妙手莲心

文泉杰◎著

中国中医药出版社
·北京·

图书在版编目（CIP）数据

妙手莲心 / 文泉杰著 . —北京：中国中医药出版社，2020.4（2020.10重印）

ISBN 978-7-5132-6131-9

Ⅰ.①妙… Ⅱ.①文… Ⅲ.①长篇小说–中国–当代 Ⅳ.① I247.5

中国版本图书馆 CIP 数据核字 (2020) 第 026119 号

中国中医药出版社出版

北京经济技术开发区科创十三街 31 号院二区 8 号楼

邮政编码 100176

传真 010-64405750

河北省武强县画业有限责任公司印刷

各地新华书店经销

开本 787×1092 1/16 印张 12 字数 290 千字

2020 年 4 月第 1 版 2020 年 10 月第 4 次印刷

书号 ISBN 978-7-5132-6131-9

定价 58.00 元

网址 www.cptcm.com

社 长 热 线 010-64405720

购 书 热 线 010-89535836

侵 权 打 假 010-64405753

微信服务号 zgzyycbs

微商城网址 https://kdt.im/LIdUGr

官 方 微 博 http://e.weibo.com/cptcm

天猫旗舰店网址 https://zgzyycbs.tmall.com

如有印装质量问题请与本社出版部联系（010-64405510）

一边读小说，一边学养生

——出版者的话（代序）

中医药学是中华民族的伟大创造，也是打开中华文明宝库的钥匙，传承创新发展中医药是新时代中国特色社会主义事业的重要内容，是中华民族伟大复兴的大事。

中医药的传承发展既要不断加强中医药专业人才培养，更要让中医药走进大众生活，只有这样，才能充分发挥中医药对保卫人民健康的重要作用。要实现这一目标，不仅需要中医人的努力，也需要更多拥有公众话语权的人将中医药带进公众视野之中。比如周杰伦的一首《本草纲目》，让很多人第一次知道了这本享誉世界的博物学著作，并对中医药产生了好奇和学习兴趣。

中国中医药出版社作为中医药出版的"国家队"，多年来，《问中医几度秋凉》《古代的中医》《华佗传奇》等系列传记或小说类图书的出版，通过轻松有趣且大众喜闻乐见的形式，不仅赢得了众多读者的喜爱，也让更多人了解中医药，爱上了中医药。

本书作者文泉杰是拥有百万粉丝的自媒体达人，一直致力于通过自己的文学创作向公众传播中医药。他的微信公众号"文小叔说"在中国中医药报2019年度中医药微信自媒体榜单中位列第3名，拥有很强的公众影响力。《妙手莲心》即是他继《女国医》和《大食医》之后，潜心多年的又一力作。

在本书的出版过程中，我们不仅配备了具有中医药专业背景的编辑团队进行文字加工，同时聘请有深厚文学底蕴的中医药专家对书稿进行了专业把关，不仅保证了小说情节的完整和流畅，也保证了中医养生内容的正确性。同时，我们以书中情节所涉及的中医食疗知识为线索，为本书增加了多项实用、有趣的数字资源。读者只要用微信扫描下方二维码，即可领略融合出版为阅读本书增添的特别体验。衷心希望广大读者提出宝贵意见和建议，以期携手为弘扬中华传统文化和中国百姓的健康贡献绵薄之力。

中国中医药出版社

2020 年 2 月

目录

第一章　烟笼芙蓉⋯⋯⋯⋯⋯⋯⋯⋯⋯⋯⋯⋯⋯⋯⋯⋯⋯⋯⋯⋯ 1

风头无双的温夫人竟在临盆时意外身亡，当夜幕笼罩究极山庄，从各个院子的私房话里，众人秉性一览无余。当面临良心与责任的考验，谁将接下抚养温夫人遗子独孤风的重担？山庄之外，独孤及的一场酩酊大醉，使他与才貌双全的原太医令之女晏尺素结缘，并对其一见钟情。但"只求一人心，白首不相离"的晏尺素，对于美妾成群的深深侯门颇为抵触。独孤及开始了追求红颜知己的漫长道路⋯⋯

第二章　藕香榭⋯⋯⋯⋯⋯⋯⋯⋯⋯⋯⋯⋯⋯⋯⋯⋯⋯⋯⋯⋯ 20

十里红妆嫁入究极山庄的晏尺素，一进门就遇到了考验。面对秉性各异的众人，山庄另类的新妇考验让擅长养生的晏尺素也有为难之处。却不想一次举手之劳的调理，让晏尺素结交到山庄里第一位"盟友"。在她的帮助之下，晏尺素开始筹备自己养生与厨艺的首秀⋯⋯

第三章　独孤风⋯⋯⋯⋯⋯⋯⋯⋯⋯⋯⋯⋯⋯⋯⋯⋯⋯⋯⋯⋯ 29

原本众人避之不及的抚养独孤风一事，竟因为晏尺素与老夫人的一席谈话引来各院争抢。在众人相争之下，老夫人与独孤及也不得不做出让步，一波三折的抚养权竞选赛正式开始⋯⋯

第四章　月满则亏⋯⋯⋯⋯⋯⋯⋯⋯⋯⋯⋯⋯⋯⋯⋯⋯⋯⋯⋯⋯ 44

独孤及独宠晏尺素，引来了其他妾室的嫉妒和不满。在杨紫陌的怂恿之下，除采桑子外的妾室们浩浩荡荡地去找老夫人评理。老夫人迫于无奈，只好劝说晏尺素做出让步，以平息山庄风波。在与独孤及两情相悦和老夫人的要求之间，晏尺素陷入了两难的选择⋯⋯

第五章　朱嬴馆⋯⋯⋯⋯⋯⋯⋯⋯⋯⋯⋯⋯⋯⋯⋯⋯⋯⋯⋯⋯ 58

中秋佳节，究极山庄举行游园赏菊活动，采桑子的提议无意中致使杨紫陌难堪。杨紫陌恼羞成怒，打翻姜汁让采桑子吃螃蟹导致胃痛，又逼她为自己伴舞。关键时刻晏尺素挺身而出，与自恃舞技超群的杨紫陌展开较量⋯⋯

第六章　花容失色⋯⋯⋯⋯⋯⋯⋯⋯⋯⋯⋯⋯⋯⋯⋯⋯⋯⋯⋯⋯ 68

晏尺素脚踝受伤，在独孤及的悉心照料下，二人关系重归于好。莫离恨利用晏尺素与独孤及的恩爱情形，挑唆杨紫陌带领众人大闹藕香榭。不成想，最后竟然变成了一场混战⋯⋯

第七章　缁衣⋯⋯⋯⋯⋯⋯⋯⋯⋯⋯⋯⋯⋯⋯⋯⋯⋯⋯⋯⋯⋯ 79

春节将至，依照惯例各妾室在除夕宴要奉上一道菜肴。采桑子无意中将晏尺素的菜肴告知了莫离恨。杨紫陌听说后，买通晏尺素的婢女缁衣，偷走了晏尺素备好的食材。直到除夕当天中午，晏尺素才发现食材被偷……

第八章　重楼相思·························· 96

寒梅怒放，姐妹们相约到重楼欣赏梅花。月疏桐在梅花树下为众姐妹弹琴，曲毕却突然呕血。晏尺素与大夫交谈后留下照顾月疏桐，月疏桐向她倾诉起自己与独孤及的往事……

第九章　一江晚照·························· 102

晏尺素听闻江晚照患上不寐，前去探望。江晚照道出茹素礼佛是因为心中另有所爱，却被皇上乱点鸳鸯谱，赐婚给独孤及。此时独孤及突然来到妙空斋，告诉江晚照她所爱之人已经大婚。江晚照心死，意欲出家……

第十章　桃之夭夭·························· 110

桃夭夭与花千树的胞弟花滋荣一见钟情，暗中私会时被晏尺素撞见。晏尺素在二人苦苦哀求之下心软，却不想三人间的对话被莫离恨偷听。莫离恨心生一计，欲借岳阑珊之手告发此事……

第十一章　花千枯树·························· 119

花滋荣在杖刑中意外暴毙，花家父母因此气急身亡。花千树悲痛万分，对独孤及由爱生恨。在独孤及探望花千树时，她拔出发簪欲与独孤及拼命……

第十二章　身怀六甲·························· 128

采桑子和杨紫陌相继怀孕，晏尺素为二人传授养胎法，杨紫陌不以为然，还怀疑晏尺素要加害她。莫离恨利用山楂糕致使杨紫陌滑胎，晏尺素不计前嫌，前去为杨紫陌调理身体……

第十三章　喉喑·························· 146

采桑子顺利产下一子，姐妹们前来道贺。岳阑珊讥讽杨紫陌后突发喉喑，百般医治无效，只好找晏尺素治疗……

第十四章　祝东风·························· 151

众姐妹一一归附晏尺素，莫离恨意难平，无意中获得了晏尺素旧人的鸿雁传情之书。莫离恨将信交给了独孤及，导致二人产生矛盾，并借机夺取了独孤风的抚养权……

第十五章　莫离莫恨·························· 164

独孤及厌弃晏尺素，独自出外寻欢。晏尺素得知后，二人间的隔阂进一步加深。独孤及无意间听到莫离恨主仆对话，得知阴谋的真相，揭发了莫离恨的恶行。莫离恨的婢女黄时雨为她替罪而亡，但不久莫离恨竟然日渐疯癫……

第十六章　观音手·························· 182

老夫人七十大寿，晏尺素奉上的佳肴"五谷丰登"赢得满座惊叹。老夫人提议为晏尺素的巧手取一名字，一位不速之客突然到访……

大泰朝祥乐三年三月，荣城究极山庄，藕香榭。

今年的春雷比去年来得晚一些，当春雷响彻云霄之时，独孤及紧锁的眉头开始舒展，悬着的一颗心终于落地。因为几乎比春雷更洪亮的啼哭声同时传遍了整个山庄。

稳婆抱着一个瘦小的男婴跑了出来。

"恭喜侯爷！是个少爷。"

独孤及接过男婴，棱角分明的脸上泛着红光，他抱着男婴轻轻地晃着，目光温柔如水。

"从今日起，你就叫独孤风，你就是我的风儿。爹爹愿你如风一样自在。"

独孤及的姜室纷纷拥了过来，贺喜声此起彼伏，不绝于耳。

"恭喜侯爷！贺喜侯爷！愿侯爷吉祥！愿少爷金安！"

独孤及一共有九房姜室，个个是如花美眷，但正室之位一直空悬。如若不出意外，藕香榭的温烟芙诞下独孤风之后，究极山庄的正室之位将会被她收入囊中，成为究极山庄众红粉佳人艳羡的第一夫人。

就在这时，温烟芙的婢女如烟极度慌张地跑了出来，瘫软在地上，带着哭腔道："侯爷，我们夫人，她，她不行了！"

藕香榭的天空刹那间乌云密布。

独孤及的心咯噔一下，二话不说，一个箭步冲进了温烟芙的产房。

独孤及看到的是一摊血，鲜红的血，染红了整个锦衾绣被，并从床榻上一滴一滴地流下来，流了一地。这刺眼鲜红的血也流在了独孤及的心里。

"侯爷，请节哀。温夫人往生了。"

独孤及终究没有挨到看她最末一眼，跟她道最后一声别。温烟芙，这个如莲花一般出淤泥而不染的女子，这个他最痴念、最怜惜的女子，就这样无情地离他而去了。

"烟芙……烟芙……"

独孤及俯下身去，抚摸着温烟芙冰雪一般的脸颊，泣不成声，内心的悲痛如浪汹涌。如若让他选择，他宁愿选择不要孩子，也要温烟芙好生活着。

是夜，究极山庄注定无眠。人间之大悲大喜同时在究极山庄上演着，纵使再冷血之人亲临如此变故也难免唏嘘不已。更况乎人非草木，孰能无情？

幽篁居。莫离恨的居所。

莫离恨的婢女黄时雨端了一碗银耳莲子羹过来,暗暗道:"夫人,守得云开见月明,你的苦日子总算熬到头了。"

"今晚的莲子少了一点,银耳多了一些。"莫离恨拿着勺子在碗里轻轻地搅动,脸上露出阴鸷之色,"时雨,已经跟你说了多少回了,银耳莲子羹,莲子要多一些,为的就是清心安神。而银耳是用来美白润肤的,安神的功效是没有的。"

莫离恨已经忘记了从何时起她就落下了这个不寐之症,通常是整夜地做梦,稍有风吹草动就会惊醒,从没有睡过一个囫囵觉,故素日里她常常用莲子来清心安神。

"夫人,今晚就将就着些。莲子已经没有了,明日奴婢再去采纳。"黄时雨不紧不慢地说道。耳濡目染,加之莫离恨的调教,黄时雨的言谈举止与莫离恨颇有几分相似。

"晓得了。"莫离恨尝了一口,又道:"料想,此刻咱们隔壁的杨夫人正心里偷着乐吧。"

黄时雨心里明白,究极山庄除了莫离恨口中的杨夫人没有第二人能与自家夫人相抗衡了。莫离恨最忌惮杨夫人的一点是,杨夫人家世显赫,父亲是丞相,一人之下万人之上;而自己的身世呢,卑微飘零如同草芥,自小就被父母抛弃,寄人篱下,而养父也只不过是一个不起眼的富商而已。每每想到这一点,莫离恨总是悲从中来,叹命运不公,为何如此刻薄自己。

黄时雨宽慰道:"放心吧,夫人,在奴婢看来她不是您的对手。夫人别忘了,侯爷最厌恶的就是飞扬跋扈之人。"

倾城别院。杨紫陌的居所。

莫离恨口中的"杨夫人"就是究极山庄大名鼎鼎的杨紫陌,十处敲锣九处有她,依仗父亲的位高权重,不可一世。

倾城别院灯火通明,藕香榭温烟芙的香消玉殒没有给杨紫陌带来一丝一毫的伤悲。杨紫陌比温烟芙早进究极山庄半年,温烟芙没有到来之前,杨紫陌出尽风头。可惜好景不长,温烟芙来了之后就把独孤及对她的宠爱全夺了过去。所以,杨紫陌视温烟芙如眼中钉、肉中刺,恨得咬牙切齿的,做梦都想把她除掉。如今无需她大动干戈,温烟芙难产而死,正去了她的心腹之患,岂不是大快人心?

杨紫陌的婢女重锦抓了一小把枸杞子,又放入三五朵杭白菊,加入一勺蜂蜜,泡了一杯清肝饮端至杨紫陌跟前。

"恭喜夫人,这下究极山庄第一夫人的位置非您莫属了。"

杨紫陌抿了一口茶,冷笑了两声,道:"想跟我斗,也不掂量掂量自己的身份!"

重锦附和道:"就是,这回连老天爷也不帮她呢。"

杨紫陌道:"她的那位好姐妹采桑子应该伤心欲绝了吧?"

正说着,杨紫陌的老毛病头风病又犯了,叫唤道:"哎哟,哎哟,头疼死了,还不快来给我揉揉!"

朱蠃馆。采桑子的居所。

温烟芙生前最好的姐妹,采桑子,潞城太守采育才之女。温烟芙和她一个温良贤淑,大家闺秀;一个纯良可人,小家碧玉。二人无话不说,如影随形,相得益彰。

采桑子哭肿了眼睛,呜咽着:"姐姐,从今往后再也无人与我一同泛舟采莲了。"

美好的过往一一浮现在眼前，不知温烟芙还记得醉心亭二人赏荷吟诗的欢声笑语吗？

婢女月来端来一碗白粥，表情的难过并不亚于采桑子。

"夫人，喝点粥吧。一整日粒米未进，身体怎消受得了？人死不能复生，温夫人在天之灵也不想看到你这样子。"

采桑子用荷香锦帕拭了拭泪珠，抽噎了几下："你先去睡吧。我心头难受得很，委实难以下咽。"

"夫人素来胃弱，可记得吃呀。"

月来放下碗筷，回头看了几眼采桑子，轻悄地走了。

妙空斋。江晚照的居所。

人非草木，孰能无情？江晚照偏偏是这偌大的山庄最无情之人。她的无情体现在不参与任何聚会，真真的一个两耳不闻窗外事，与杨紫陌形成天壤之别。江晚照也不过二十五六，芳华年纪，却终日厮守在妙空斋，深居简出，不喜山珍海味，不喜绫罗绸缎，素面朝天，粗茶淡饭，青灯古佛，日复一日，毫不厌倦。

究极山庄的一个怪人。

究极山庄上下都这么认为。

好在，江晚照"怪"得起来：其兄江邦是开国大将军，与当今圣上曾经出生入死，与独孤及是结拜兄弟，一起协助圣上打下秀丽江山。

斜阳晚照，独立黄昏，江晚照时常伫立在妙空斋一个角楼眺望同一个方向。无人知晓她内心最隐秘的情愫，独孤及不知晓，抑或连她自己也不知晓吧。

"夫人，该吃益寿膏了。"

江晚照的婢女瑟瑟低垂着头，小心翼翼地说道。江晚照不喜闲谈，瑟瑟亦养成了只言片语的习性，只埋头做自己应该做的事，不该问的一概不问。

这益寿膏是独孤及专门请宫廷名医为江晚照精心炮制的养生膏药。江晚照常年茹素，气血亏虚，面色无华，如梨花般清白，双足不温，如溪上寒冰。这益寿膏用上等的山药、茯苓、党参、桂圆等制成，益气养血，每日临睡前服一碗，极其合适江晚照。

"你吃了吧。我要为温烟芙念经一晚，助她了脱红尘之苦，早日登西方极乐。"

重楼。月疏桐的居所。

身为大泰朝第一才子李之仪之女，月疏桐骨子里透着一股冷冷的清高，她不屑与任何人争宠夺爱。她的重楼大院里遍植梅花，自己以梅花自居，孤芳自赏。独孤及唤她"暗香君"。

比之于温烟芙，除了在德行上甘拜下风之外，论才气容貌，月疏桐自认为比她更高一筹。不过她的傲气从不展露，只埋藏于心底，暗自较劲。

"夫人，早点歇着吧。温夫人这一去，赶明儿有好多事儿呢。"

月疏桐的婢女抹微一边抖着绣满梅花的被子一边轻轻地说道。这抹微原不叫抹微，叫彩云。月疏桐嫌她的名字太俗气，有一日站在阁楼上望见后山一抹微云，就说："从今日起你就叫抹微吧。"这名字起得真是极好，抹微自是欢喜，逢人便说，月疏桐的才华也被渲染得神乎其神。

"抹微，你不觉得温夫人死得有些蹊跷吗？"月疏桐斜靠在床榻上，神情有些恍惚，问道。

"奴婢蠢笨，不甚觉得。夫人明示。"抹微掖了掖被角道。

月疏桐鹅蛋脸上有几丝疑云："这究极山庄美女如云，就数温夫人气色最佳，身子最为健朗，怎会突然早产，还难产而死？"

抹微一副无所谓的样子，打了一个哈欠："可能这就是命吧。温夫人福薄，消受不起侯爷与老夫人的恩宠。"

月疏桐最喜究根问底，心思极为缜密，品性又敏感。可是这一回她也想不出个所以然来，又与抹微絮叨了几句，睡下了。

玉雨轩。花千树的居所。

花千树是一个不认命的女子。一个名不见经传的小县令之女，所有人都不看好她与独孤及的姻缘，而她硬是突破重重阻隔，如愿以偿地嫁入了豪门。别人都以为她要的是荣华富贵，只有她自己明白，她要的仅仅是独孤及的一颗心。

花千树与独孤及初相识甚是美妙，用独孤及的话来形容就是"蓦然回首，那人却在灯火阑珊处"。

幽暗的月光下，花千树独立在一树梨花下，倩影若隐若现。婢女衣上云怕她着凉，拿来一件云锦披风为她披上，唉声叹气道："眼看着就要成为山庄第一夫人，就这么去了。这人啊，还是硬不过命啊。"

花千树转过身来，以一种轻蔑的口吻道："我就不信命。"

衣上云知道拗不过她，不再与她争辩，道："夫人，起风了，请回屋吧。"

玄都阁。桃夭夭的居所。

婢女依依用琉璃夜光杯斟了一杯"醉红颜"递给桃夭夭。

"夫人，晚上不宜饮此酒，还是少喝为妙。"

这是桃夭夭独家美容养颜秘方，用桃花加桃仁酿制的美酒，每日一小杯，润肌肤、除瘀血。饮了此酒，桃夭夭日日面若桃花，容光焕发。玄都阁院子里有上百株桃树，每当桃花盛开的日子，她都会收集一些桃花亲自酿她的"醉红颜"。

"无妨。今日发生此等大事，多喝一杯压压惊。对温夫人的死，你有何看法？"桃夭夭没有丝毫悲伤，似乎对生死之事充满了兴趣。

依依若有所思，神情伤然："奴婢曾听闻汉武帝念念不忘那位倾国倾城的李夫人。在最美好的年华死去，未尝不是一件好事。"

"真是谬论。"桃夭夭瞪了依依一眼，"人生苦短，芳华易逝，为何不珍惜这美好春光，与它一起共逍遥、同快活？所谓三从四德于人生有何意义？我看温夫人就死得太可惜了，人间诸多美妙的事都还没有体验呢。"

依依不解："夫人所谓美妙之事是什么？"

"情。"桃夭夭缓缓吐出一个字。

"侯爷不是把满腔的爱倾注给温夫人了么？"依依羞红了脸，浅浅的柳叶眉弯成一道涟漪。

桃夭夭举杯饮下最后一口酒："弱水三千，一瓢怎够？"

桃之夭夭，灼灼其华。桃夭夭就是如此这般，为爱而生，如果有美好不期而至，她会华丽绽放，决不羞羞答答。

依依不再言语，桃夭夭的此等高论她也不甚明晓。桃夭夭也只能在依依面前说说这些话，如果这些话被老夫人或者独孤及听了去，是没有好果子吃的。

桃夭夭也不再絮叨下去，毕竟依依与她不是同一个境界的人，夏虫不可语冰，再说也无异于对牛弹琴。

及第舍。岳阑珊的居所。

"夫人，您歇歇，润润嗓子吧。"

婢女素娥端来一杯润喉甘露饮，这已经是第五杯甘露饮了。用上好的罗汉果煮制，加入蜂蜜而成。岳阑珊嗓子时有不适，全靠它来调理。素娥有些不耐烦，但不能明说，只好用喝茶来提醒她说的太多了。

岳阑珊是究极山庄第一长舌妇，上苍赐她一张如簧巧嘴，却没有口吐莲花。她爱说，好话坏话她都说，一件芝麻大的小事她也会唠叨个没完没了。她爱搬弄是非，见人说人话，见鬼说鬼话。祸从口出，她的嘴为她惹了不少麻烦，但她仍改不了乱嚼舌头根子的毛病。

如今山庄出了这等大事，她岂能放过机会。于是她如家数珍地回忆了一遍温烟芙嫁入山庄后发生的诸多鸡毛蒜皮的小事，觉得自己和她同病相怜，感叹人世无常，想到自己有朝一日抑或会红颜命薄，又把自己的经历说了一遍。最后她又说到独孤及身上，埋怨独孤及如何如何风流成性，如何如何喜新厌旧，叹这世上只有新人笑，哪见旧人哭。

岳阑珊饮完最后一口茶，叹一口气道："也不知下一位被娶进山庄的又是哪位佳人呢？"

而素娥早已鸡啄米似地瞌睡连连了。对道行尚浅的素娥来说，摊上这样一位主子真是苦不堪言啊。

温烟芙的丧事已然结束，她的居所藕香榭被封闭，藕香榭的婢女下人们都被遣散。然而有一件事情悬挂在老夫人心头，温烟芙留下的遗子独孤风该如何处置？独孤风可是老夫人的第一个孙子，老夫人盼着他茁壮成长，可不想他打小就缺少慈母的关怀。

可是，这偌大的山庄，众多的儿媳当中谁又愿意真心认养独孤风、视他为己出呢？如果是违心的，不要也罢！

老夫人召集众儿媳来到自己的居所蓬壶阆苑，打算听听平日里一个比一个孝顺的儿媳如何说道。

众夫人前几日还是白衣缟素，如今个个都是花枝招展、珠光宝气，真可谓百花争妍，不过妙空斋的江晚照一如既往地素面朝天。

最先赶到的是幽篁居的莫离恨。山庄凡是有展现她贤良淑德之品性的大小事宜，她从不甘落后。

"让老夫人久等了。"莫离恨笑容可掬，毕恭毕敬。她的话总能讨老夫人欢心，很寻常的话从她嘴里说出来，老夫人都觉得如沐春风。

莫离恨打开一个锦盒，一股香气飘了出来。莫离恨亲自将一碗药膳端到老夫人跟前，说道："近日老夫人操心过度，身子难免有些亏欠，媳妇特地亲手烹制了这道药膳给老夫人滋补身子。老夫人赶快趁热喝一点吧。"

老夫人笑得合不拢嘴，直夸众儿媳中莫离恨最贴心。老夫人喝了一小口，问道："这是什么汤？味道甘美。"

莫离恨稍稍屈了屈身，耐心说道："这是山药沙参猪肚汤。听闻老夫人有些消渴，经常容易饿，这是胃火过盛的缘故。这款药膳中的山药、沙参都有滋养脾阴的功效，医家有以形补形的说法，用猪肚来健脾养胃最适合不过了。"

老夫人频频颔首说"好"，莫离恨的婢女黄时雨不失时机道："老夫人，这可是我们夫人一夜不曾合眼，小火慢炖熬出来的呢。"

正说着呢，倾城别院的杨紫陌梳着朝天髻，拖着流光溢彩的鸾凤华服，光芒四射地走了进来。尾随其后的是及第舍的岳阑珊。

"老夫人好！老夫人吉祥！"

杨紫陌声音响亮，宛如百灵鸟的叫声。瞥见黄时雨手中的紫檀木镂花双层手提食盒，杨紫陌有些难堪，随即转向莫离恨，讥诮道："听闻妹妹素来喜欢摆弄药膳，这药膳可不是随便吃的。没有大夫的辨证施治，吃出问题来了你担当不起。"

舌头从不甘寂寞的岳阑珊帮衬道："是的呢，是的呢。是药三分毒啊！"

莫离恨微微一笑，如风中轻轻摇摆的翠竹，四两拨千斤道："二位姐姐所言极是。不过这道药膳中的食材都是寻常见的，人人都吃得，就算吃错了也无大碍呢。"

老夫人朝杨紫陌摆手道："紫陌啊，不是我说你，每次你一来总要挑三拣四的。不就是一道普通的药膳嘛，你们不做，还不许人家做啊？有本事下回你来做做看。"

老夫人心里明镜似的，知道莫离恨的药膳让杨紫陌倒了面子，故意激激她。杨紫陌骄横惯了，也该杀杀她的气焰了。

果不其然，老夫人这么一说，杨紫陌心中大为不爽。好在莫离恨聪明伶俐，抢了她的话头道："姐姐见多识广，妹妹这次疏忽了。下次妹妹一定当面向姐姐讨教。"

杨紫陌家大势大，莫离恨可不敢得罪。虽不与她为伍，但也万万不可与她为敌的，至少目前不行。

不一会儿，月疏桐着梅花纹纱袍款款而来。紧接着是一袭白衣的江晚照，手捻佛珠，一副不食人间烟火的神情，众人也见怪不怪了。如不是此次老夫人亲自嘱咐，江晚照是不肯挪动她的玉足半步的。

月疏桐行礼道："老夫人长乐安康。"

江晚照行礼道："老夫人福慧双全。"

片刻，采桑子、花千树、桃夭夭也到了。

采桑子神情黯然，眼周蒙了一层淡淡的黑烟，虽略施粉黛，仍掩盖不了她的憔悴，想必是这几日思念已故的温烟芙所致。要是以往，每逢这样的集会，她都是要与温烟芙手挽着手呢。

群芳荟萃，算上各房的婢女，总计十七位佳人聚集在老夫人的客堂。屋子的上空弥漫着胭脂水粉的香味，竟惹来一只花蝴蝶翩翩起舞。花蝴蝶一会儿停在莫离恨的发髻上小憩，一会儿又嗅一嗅月疏桐发髻上的梅花，即便是淡妆素裹的江晚照，花蝴蝶也驻留过，唯独最惹人注目的杨紫陌除外。花蝴蝶飞至她绣球一般的发髻上，马上就迫不及待地飞走了。站在杨紫陌旁边的岳阑珊忍不住笑出了声，杨紫陌狠狠瞪了岳阑珊一眼。

老夫人正襟危坐在太师椅上，面庞祥和，不失威严。老夫人五指并拢敲了敲桌子，又轻轻咳了两下，示意众人安静。

客堂顿时鸦雀无声。众人都在心里揣测着，老夫人此次有何重大事项要商议呢？如此兴师动众。

老夫人发话了："此次叫你们来是想商议一下如何处置温烟芙的遗子。你们先说说看，把你们的心里话都说出来，不要藏着掖着，最后合计一下有什么好的法子没。"

老夫人话音刚落，下面就叽叽喳喳开了。众人都舒了一口气，还以为是什么大不了的事儿呢，原来是这劳什子事。众人表情各异，唯有江晚照神情木然，似乎这里发生的一切与她毫无干系，她来到这里不外乎凑个数，给老夫人一个面子。

杨紫陌率先发表自己的高论："老夫人大可不必操心，山庄里奶妈子多的是，随便叫一个过来喂养不就是了。"

满堂之上，唯有她这个丞相之女敢如此放肆说话。

杨紫陌的跟班岳阆珊附和道："是呀是呀，如果咱山庄没有，我去外头寻几个奶水足的。"

老夫人面有不悦，都不正眼看杨紫陌与岳阆珊一下。

采桑子此时垂着头，缓步走上前去，跪在老夫人面前，央求道："温夫人生前贤良，烦请老夫人一定善待风儿。"

老夫人用慈爱的目光看着采桑子，抬了抬手："起来吧。风儿是我们独孤家的血肉，即便她母亲不在了，善待他也是必然的。"

莫离恨见最好的时机来临，施了礼，微启朱唇，说道："风儿不仅是独孤家的血肉，也是儿媳们共同的孩儿。老夫人请宽心，我们定然会照顾风儿周全，呵护他长大成人。"

莫离恨的话老夫人很是受用。老夫人眉头舒展开来，对莫离恨点了点头。

杨紫陌听了这话起了一身鸡皮疙瘩，嘴上不说什么，心里又是冷嘲又是热讽："尽拣好听的说。有本事把风儿领了来当个佛爷供在自个儿屋中啊。"

月疏桐也开了金口："老夫人，儿媳可以教风儿读书识字、琴棋书画。"

月疏桐不鸣则已，一鸣惊人。这句轻轻巧巧的话向众人传达了两层意思：一来袒露了她的心意；二来侧面显露了她的才华，琴棋书画无所不能呢。

老夫人大声道了一句"甚好"，赞月疏桐说了一句实在话。

花千树、桃夭夭也随即表了态，不外乎"一切听从老夫人的吩咐"云云。

唯有江晚照鹤立鸡群，冷眼旁观，一言不发。

老夫人看不下去了，点名道："晚照，你有什么高见也说说吧。"

江晚照嘴角抽动了一下，勉强露出一丝笑意，道："不说也罢，说出来恐惹老夫人不欢喜。"

老夫人面色阴郁："但说无妨。"

江晚照面如枯木死水："生死有命，富贵在天。"

江晚照的话音刚落，人群中有彼此起伏的笑声传来。老夫人的脸色很难看，但并没有与她计较，只旁敲侧击道："我老婆子不懂佛，只听说佛魔在一念之间，你可别学佛不成入了魔道。"

杨紫陌平素里就看不惯江晚照一副圣女高高在上的模样，这下可逮住机会了，于是接过老夫人的话茬，说道："老夫人所言极是，我就见过很多所谓的出家人，他们的言行举止还不如我们这些寻常百姓呢。照我说啊，凡人你就好好做个凡人，凡人做到了极致不就是圣人了么。姐姐妹妹们，你们说是不是这个理啊？"

杨紫陌的一番高论一石激起千层浪，众人纷纷表示赞同，言辞或委婉或激烈直指江晚照的清高。比之于江晚照，月疏桐的清高并不输于江晚照，只不过月疏桐的清高在骨子里，江晚照的清高在脸面上。

江晚照心潮起伏，觉得很委屈。她不明白自己什么也没做为何会引来众怨呢？她已然觉得继续待在这里毫无意义，于是什么话也没说，头也不回地走了。

老夫人半怒半笑道："你瞧瞧，你瞧瞧，学佛都学成这般模样了！"

又议了一炷香的功夫，还是众说纷纭。老夫人的耐心耗尽了，突然站起来大声说道："今儿个我老婆子就把话挑明了吧，我就是为了给风儿，给我的宝贝孙子找一个养母。你们当中，有谁真心愿意做风儿的养母？听着，我要的是真心，是真心！"

全场顿时寂静无声。

直到此时，众人才恍然大悟，明白了老夫人的良苦用心。这确实是一件大事，对独孤及、对老夫人、对她们这些红粉佳人们，甚至对整个山庄都是一件举足轻重的事。大家彼此心照不宣，若是平日里关照关照风儿谁都乐意，但若是把风儿领到自家住处，做风儿的养母，这得需要多大的担待啊。自己的孩儿无妨，别人家的孩儿就算有个头疼脑热都难以招架。你管吧，打也不是骂也不是；不管吧，说你敷衍了事。再往坏处想，万一有个三长两短，弄不好把自个儿性命也搭进去。

良久，依然没有人回应。一向趾高气扬的杨紫陌也垂下了头，她压根儿没有想过要做风儿的养母，她恨温烟芙还来不及呢。

最为难的是温烟芙昔日最好的姐妹采桑子。于情于理她都应该把风儿接过来好生照料，温烟芙生前对采桑子的恩惠可是有目共睹的。有那么一瞬间，她就要站出去了，要大声宣布愿意做风儿的养母。可是，另外一个声音又响起：你真的可以照顾好风儿吗？你真的能够做到视如己出吗？有朝一日有了自己的孩儿又该如何处理？于是，她又犹豫了。最终，采桑子没有勇气跨出这一步，只得在心里谴责自己，乞求温烟芙的原谅。

"到底有没有？！"老夫人提高了嗓门。

又过了许久，依然没有人回应。

老夫人失望不已，摆了摆手："罢了，罢了，都散去吧，都散去吧。"

不出意料，出了蓬壶阆苑的大门，一干人等就对采桑子指指点点，诸如"忘恩负义""没有良心"之类的话不绝于耳。采桑子脸羞得通红，浑身不自在，像被刺儿扎着一般，疾步劲走，回到了自己的居所朱嬴馆。

话说老夫人遣散众儿媳后，满腔的怨气无处发泄，遂拄着漆金花梨木寿杖，在婢女暮云的搀扶下，径直来到独孤及的居所缥缈居。

痛失爱妾，独孤及正独自一人饮着闷酒。

独孤及见老夫人亲自驾临，赶紧起身相迎。

"娘，有甚要紧的事唤一声孩儿就过去了，大老远走过来仔细累坏了身子。"

老夫人刚坐定，气不打一处来，道："还不是你的那些好媳妇们！"

"娘，有事慢慢说，别气坏了身子。"

独孤及吩咐他的贴身侍卫南浦去为母亲倒一杯消气降火茶来，自己又走到母亲身后，为母亲捶了捶肩膀。

"你说你这些媳妇们，平日里嘴巴裹了蜜似的，需要用她们的时候一个一个夹着尾巴不吱声。"老夫人开始絮絮叨叨起来，"更不像话的是那个江晚照，都快走火入魔了。她要诚心想学佛呀，干脆利索点出个家，做个姑子岂不是更好？赖在那妙空斋作甚？"

南浦端着茶盘迈着阔步走过来："老夫人，您慢用。"

这消气降火茶由夏枯草、菊花加入蜂蜜调制而成，最是清肝火、明双目。老夫人喝了一大口，果真气消了大半，叹道："唉！及儿啊，为娘的越来越摸不清你的心思了，这个江晚照石头人一般，怎么就入了你的法眼了呢？"

老夫人弄不明白独孤及为何会娶江晚照，也弄不明白他为何娶媳妇只娶九房，多一个断然不可。平常男子三妻四妾不足以为奇，何况一个侯爷，家大业大，多娶几房妾室有何不妥？

"风儿啊，你也四十好几了，整个独孤家就剩你一个男人了，目前为止你还只有风儿这一个子嗣。娘希望你啊，多多让独孤家开枝散叶，把我们独孤家的香火延续下去。不然这样吧，娘明儿个托媒婆再去为你说几门亲事。"

老夫人脸上有些怨气，更多的是困惑："还有啊，娘实在想不明白，当初为何拱手相让历经九死一生打下来的江山？你明明可以称王称帝的，为何甘心只做一个小小的侯爷？"

……

老夫人每每回忆往昔，话匣子一旦打开，一时半会是收不回来的。独孤及理解母亲的心，不做任何辩驳，只是偶尔笑笑。人生于世，诸多事不在同一个境界的人是无法沟通的。

丧妾之痛并未愈合，母亲又是如此一番长篇大论的唠叨，独孤及难免有些伤感，心绪难平。他把母亲送至蓬壶阆苑，又遣退了侍卫南浦，独自一人去究极山庄各处走走停停，停停走走，以期疏散心中郁结之气。

是夜，月华如水。彼时已经暮春，但夜风习习，仍然有些许凉意。整个山庄一片静籁，独孤及漫不经心地走着，不觉间来到了藕香榭的门口。

"这不是温烟芙生前的居所么？"独孤及呢喃着，迈过了门槛。

最先映入眼帘的是一片荷塘月色，以及荷塘中央朦胧的莲心亭。"莲花莲叶连相思。"独孤及情不自禁地吟哦着。

然而，他心尖上的佳人再也回不来了。

往事如春风拂面。

独孤及忘不了温烟芙亭亭玉立的身段，如垂柳一般的腰肢，如莲花一般的面庞；忘不了她美妙的歌喉，宛如天籁之音；忘不了她手持莲叶月下起舞的清影；忘不了她嫩葱一样的纤纤玉指，能够妙手回春的双手。

她说，荷花是天赐佳品，全身都是至宝。荷花活血止血，荷叶清暑利湿，荷梗通气行水，莲藕补血凉血，莲子养心益肾，莲子心清心安神。然而，即便荷花全身是宝，没了她的一双妙手又有何意义呢？

她沏的荷叶茶，她炖的莲藕汤，她熬的莲子羹，他再也无福吃到了。

天妒红颜。

人去楼空，睹物思情，自诩"阅女无数"的独孤及也不禁泪湿襟裳。

荣城城西月湖。

三月三日天气新，长安水边多丽人。

三月三日上巳节，宜近水赏花，沐浴焚香。有大河者，溯源而上；有大湖者，绕湖而行。荣城没有大河却有大湖，其状如新月，名曰"月湖"。月湖是荣城上至达官贵人、下至寻常百姓春游必去的地方，在这样一个特别的节日，月湖边更是游人如织。

晏尺素梳着涵烟芙蓉髻，上插一枝如意步摇，身穿古烟纹碧青罗裙，扶着婢女缃衣的胳膊，在月湖旁边莲步轻移。其雅致风姿引得路过的风流才子、文人雅士纷纷驻足。比起春光无限的月湖，晏尺素的举手投足、一颦一笑更加秀色可餐。

"小姐，天色已晚，我们稍微歇息就回去吧。"

"也好，我也乏了。"

缃衣眼尖，指着前方兴奋道："看！那边有一个石凳，我们就去那里歇会儿吧。"

二人稍稍加快了步子，向石凳走去。

缃衣用自己的手绢把石凳仔细擦了好几遍，又用手指摸了摸，确认石凳没有尘埃后方请晏尺素坐下。

晏尺素从衣袖中掏出一块锦帕，那锦帕做工妙绝，绣着一朵清水芙蓉从氤氲的水雾中冒出来，惟妙惟肖，似真的一般。锦帕上绣有"烟笼芙蓉"四个字，字迹婉丽清秀，如涓涓溪流。更令人叫绝的是，锦帕散发出一股淡淡的荷香，沁人心脾。据说，晏尺素每日用收藏的干荷叶煮水来浸泡她的锦帕，这种自然的香气能够醒脾通窍，很好地对付春困。

晏尺素用锦帕轻轻地拭去额际渗出的细密汗珠，那汗珠也自带了一股淡淡的荷香，让人心醉神迷。

正在这时，一个身形魁梧的中年男子，身着锦绣华服，喝得酩酊大醉，朝这边跌跌撞撞而来，旋即就倒在了晏尺素的脚下，不省人事。

缃衣跳将起来，拉着晏尺素的手臂，道："小姐，这是个醉鬼。我们赶紧走吧。"

"等一下，缃衣，先看看他的情况再说。"晏尺素拂开了缃衣的手。

缃衣见天色已晚，又不想惹是生非，催促道："小姐，我们还是别管了。回去晚了，老爷、夫人会着急呢。"

晏尺素不听缃衣的劝阻，蹲下身子，用手触碰了一下男子的手臂，试探着问："公子，你没事吧？"

男子三魂七魄没了六魄，恍恍惚惚听到有人问他，可惜全身绵软无力，毫无气力回应，一会儿就彻底晕厥过去。

缃衣也着急了，晃着男子的手臂，大呼："醒一醒！醒一醒！"

见男子毫无反应，缃衣又自言自语道："看他这身衣裳定是门庭显赫之人，怎的连个随从都没有？"

缃衣起身四下里望了望，盼着有个路人来帮衬帮衬，可目光所到之处竟无人烟。

缃衣一脸的无奈："小姐，这如何是好？"

晏尺素神情自若，言语淡然："日薄西山。游人所剩无几，再等下去也不是个办法。我们把他扶到不远处的月湖客栈吧。"

缃衣有些为难："我们两个弱女子哪里扶得动这魁梧大汉？"

"试试吧。"

万般无奈之下，晏尺素与缁衣费了九牛二虎之力才把男子的两只手臂分别搭在两人柔弱的肩膀上，拖拉着他行一步、歇三步，好不容易弄到了客栈门口。

二人香汗淋漓，气喘吁吁。

缁衣唤道："小二！小二！"

客栈的掌柜与小二同时跑了出来，缁衣说明事情原委，掌柜与小二把男子抬进了客房。

晏尺素用锦帕为男子擦了擦脸上的污浊之物，对店小二千叮万嘱："他醒来之时定会头疼欲裂，这是肝火上炎的缘故，请为他沏一壶浓茶。他可能还会呕吐，吐过之后请为他准备一碗糜粥，以滋养他被酒气损伤的脾胃。"

一切安排妥当之后，晏尺素与缁衣准备离开。掌柜询问二人姓名，晏尺素只道："区区小事，何足道哉。"拉着缁衣快步走了。

回府的路上，缁衣一个劲儿夸赞："小姐真是菩萨心肠！"

晏尺素嘴角含笑，凤眼盈波："看似萍水相逢，实则缘分注定。要善待每一个缘分。"

回到晏府，晏尺素欲要清洗锦帕时，才猛然发现锦帕落在了客栈。

被晏尺素搭救的这位锦衣男子正是究极山庄大名鼎鼎的侯爷独孤及。

老夫人去荣城最大的寺庙泓圣寺烧香拜佛，为独孤家祈福，祈求长乐永康、子嗣兴旺。独孤及让南浦跟随老夫人，负责一切安全事宜，自己则孤身一人来月湖游玩。杨紫陌吵嚷着要一起来，被他严厉拒绝了。

月湖，只属于他与温烟芙。他记得，每年的上巳节，他都会与温烟芙携手相伴，谈笑风生，同游月湖。那份温情浪漫他刻骨铭心。如今，佳人不在，他茕茕孑立，月湖的一花一木、一山一水、一石一鸟都徒增伤感。何以解忧？唯有杜康。于是独孤及跑去酒馆借酒浇愁。可惜，酒入愁肠愁更愁，越愁越喝，越喝越愁，最后喝得天旋地转、昏天黑地。

他记得跌倒在地上之时，有一位清雅女子来到他的跟前，那身影和神情多么像逝去的温烟芙啊。

他很想唤她一声，可是他却一个字也说不出来。

独孤及睡得很沉。温烟芙进入他的梦中，从天上飘飘然下来，立在莲花之上。独孤及跑过去想抓住她，可她化作一缕轻烟，消失得无影无踪，留下一句"夫君，妾身无处不在"。独孤及大呼"烟芙"，随即醒来。

独孤及醒来时已是翌日晨曦。如晏尺素所料，独孤及头疼欲裂，店小二忙不迭给他喝下浓茶。一股甘洌清凉的茶水从喉头一直滋润到肚腹，独孤及顿感神清气爽。他饥肠辘辘，又喝了糜粥，立马生龙活虎。

独孤及从怀中摸出一个元宝以示谢意，店小二却谢绝，说道："客官要谢就谢搭救你的那位姑娘吧，你的一切费用她都付清了。"接着，店小二将事情的来龙去脉说给了独孤及听。

独孤及的心立马落在了晏尺素身上，忙问道："请问姑娘何在？府上在何处？留下芳名没有？"

店小二摇摇头，一副爱莫能助的模样。

独孤及怀着疑惑走出客栈，店小二追上来，道："客官，姑娘落下一块锦帕。"

独孤及接过锦帕，细细端详，险些惊呼出来。只见那锦帕洁白如云，绣有出水芙蓉图案，下有"烟笼芙蓉"字样。这锦帕与温烟芙生前整日随身携带的一模一样！这莫不是烟芙的锦帕？

烟芙，你告诉我，你是不是还活着？你只是躲着我，不愿意见我对不对？

独孤及心潮澎湃，把锦帕揣进怀里，带着满腹疑虑回到了究极山庄。

独孤及差遣侍卫南浦去寻锦帕的主人，命令无论付出多少代价也在所不惜，务必要寻到锦帕的主人。南浦率一干人等按月湖客栈店小二提供的线索，先是出重金让画师绘下了人像，然后再持画像四处打听，又安排一些人在月湖等候。三五日过去，没有任何消息；半月有余过去了，仍不见锦帕主人的芳踪。独孤及不死心，又动用了官府衙门的力量，再加上究极山庄的家丁，成百上千的人组成一支声势浩大的搜寻队伍，在荣城展开了撒网式的搜寻。

关于寻人之事，独孤及并没有知会家中女眷，就连老夫人也蒙在鼓里，偶尔有妾室前来探问，他也就一句话搪塞过去。无奈人多嘴杂，纸终究包不住火，老夫人最先知晓。不过老夫人并没有生气，反而暗自欢喜，她老人家巴不得儿子多讨几房妾室，为独孤家绵延子嗣。所以，老夫人只是佯装动怒，说了独孤及几句，说如此重大的事情也不告诉她，眼里还有没有她这个娘云云。

一传十、十传百，很快山庄上下人尽皆知独孤及正千方百计地寻一位女子。独孤及的妾室们蠢蠢欲动，纷纷猜测这位女子是何方神圣。最先按捺不住的是杨紫陌。她风风火火地闯进缥缈居，质问独孤及这位女子与他有何干系。独孤及只说"无可奉告"。他能说什么呢，至今为止都未曾谋面。杨紫陌不死心，歇斯底里、穷追猛打地追问。独孤及烦了，让人把她拖了出去。婢女黄时雨把此事说与了莫离恨。莫离恨冷笑了一声道："这个女人，真是愚不可及。"

皇天不负有心人，晏尺素终于被独孤及寻得。

那日，天气晴好。独孤及伫立在缥缈洲的寒烟阁，眺望偌大的究极湖，究极湖的湖面金光闪闪。

南浦兴冲冲地跑来，禀告道："恭喜侯爷！那位女子已经找到。她是城郊前太医令晏翰的千金晏尺素。"

独孤及喜上眉梢，紧接着却喟然长叹道："终究不过是我的一厢情愿，晏尺素不是我的温烟芙。"

独孤及又问南浦晏尺素芳龄、品貌如何，南浦一一告之。

"晏尺素花容月貌、冰清玉洁，其姿色与故去的温夫人难分伯仲，甚至更胜一筹。尤其难能可贵的是，晏尺素从小跟随父亲研习岐黄之术。多年的耳濡目染，使得她甚是精通摄生之道。侯爷的凤愿不就是寻一位懂得摄生之道的红颜知己伴随左右吗？"

独孤及的侍卫南浦向来就是这般有一说一，不会因为温烟芙是独孤及的爱妾而刻意贬低晏尺素、抬高温烟芙。恪尽职守、不阿谀奉承，独孤及最欣赏南浦的这一点，这也是多年来一直让南浦留在自己身边的缘由。

舍弃半壁江山，独孤及要的就是神仙眷侣的逍遥日子。他从不否认自己醉心美色，除了美色他还留恋尘世间所有的美好，对美景、美食、美酒均如此。"金无足赤，人无完人"，这是独孤及的软肋。他可以放下功名利禄，却又为美色牵绊。

食色，性也，男女之大欲也。但食色适度尚可，过度则是致命的伤害。独孤及深谙这一点，也曾数次参佛悟道，与禅师、道长秉烛夜谈，探讨如何正视、克服人的欲望，但终究无法超脱。所以，独孤及一直以来希冀有一位精通摄生的如花美眷来到他的究极山庄。温烟芙是擅长摄生的，但水平有限，如今又斯人已去；莫离恨也略知一二，可难登大雅之堂；至于其他几房妾室，虽各领风骚，但摄生这一块是一无所知的。

独孤及听了南浦客观中正的描述，不禁心花怒放："明日随我一同前往晏府行答谢之礼。"

冥冥之中独孤及感觉，晏尺素，这个他还未见过一面的女子，将与他有深不可测的缘分。

晏府。

与搜寻晏尺素不同的是，此次拜访晏府独孤及极其低调内敛，无车马之排场，只有他与南浦二人。若不是需要南浦引路，他都想只身一人前来。独孤及料想晏翰悬壶济世，淡泊名利，是不会在乎金银珠宝这些身外之物的，遂没有携带贵重之礼，只从静修堂所藏字画中精心挑选了一幅爱莲图作为见面礼送与晏翰。

二人敲开了晏府斑驳朴素的大门，在下人的引导下行至大堂。独孤及左右张望了一下晏府的院落，与自己的山庄比起来可称得上是"寒碜"了。院子很幽静，植有很多的花木，有几个下人在清扫落叶。

声名煊赫的独孤侯爷突然驾临让晏翰夫妇二人始料不及，忙招呼下人沏茶看座。

晏翰拱手道："不知侯爷莅临舍下，有失远迎，还望侯爷海涵。"

独孤及出于尊重，虽知晏翰辞官还乡有些年头了，依然称呼他"晏大人"。

"晏大人客气了。晏大人妙手回春，医者仁心，我独孤及最是佩服。恕我孤陋寡闻，最近才知大人已经辞官隐居，不然我早就来打扰大人了。"

独孤及与当今圣上一起打天下的时候，晏翰还只是一名随军大夫。独孤及对他的医术与医德早有耳闻，只是二人之间并无太多交集。

独孤及端起茶杯，打开茶盖，闻了闻袅袅上升的茶香，品了一口，道："好茶。"

晏翰客套着："薄茶一杯，侯爷见谅。"

独孤及和颜悦色，望着晏翰说道："大人可知我此次前来所谓何事？"

晏翰正纳闷呢，侯爷怎会突然驾临，茫然道："在下不知，正要讨教。"

南浦一本正经地将来意说明，独孤及又示意南浦把带来的字画呈给晏翰。

"来时匆忙，爱莲图一幅，小小意思，不成敬意。望大人莫要嫌弃。"

晏翰毕恭毕敬地接过字画，作揖道："侯爷此话羞煞老夫也。承蒙侯爷抬爱，老夫必将好生珍藏。"

又寒暄客套了几句，独孤及提出欲见上一见晏尺素。晏夫人说女儿正在晏府后花园修剪花枝，晏翰便让夫人去把女儿领到客堂。独孤及摆手，说要亲自去见晏尺素，也一并游览一下晏府的后花园。

独孤及谢绝了晏翰的陪同，几乎是迫不及待地走出了客堂，迈着大步，朝后花园走去。

进得花园，一股芬芳之气扑鼻而来。花园开阔，别有洞天，各色花木错落有致。独孤及目力所到之处，五彩缤纷，万紫千红。更有蜂蝶，翩然起舞，增添情趣。比之于富丽堂皇的究极山庄，晏府的后花园算得上小巧精致。其实，这花园里所种的花用来观赏倒是其次，更主要的是用来入药的。比如百合、合欢、金银花、菊花、虞美人、月季等，无一不能用作药材。

独孤及用殷切的目光搜寻着晏尺素的倩影，只见两位年纪相仿的婉约少女立在一丛月季花旁边说笑着。身量稍矮的女子荆钗布裙，猫着腰，修剪着花枝。身量稍高的女子穿天青色烟罗纱裙，亭亭玉立，用纤纤玉指比画着，大概是告诉布裙女子如何剪枝吧。

独孤及料想，前方就是晏尺素与她的婢女了。独孤及不想打扰到她们，轻轻地、缓缓地走了过去。到了能够听到她们交谈之处，独孤及停下了脚步。

"小姐，这朵月季花又大又红，真漂亮！我摘下来给你插在头上吧。"

缁衣说着，不等晏尺素回话就咔嚓一声剪掉了那朵绽放的月季花。缁衣把月季花拾起，吹了吹上面的尘土，满脸喜悦地把花递给晏尺素。

"小姐你看！多美！不过再美也美不过小姐呢！"

晏尺素接过那朵月季花，花朵确实娇艳无比，每一片花瓣都那么完美无瑕。晏尺素微微一笑，半责怪、半打趣道："人家开得正旺，却偏偏遭了你这毒手。知否，花儿也会伤心、也会疼痛的。"

缁衣撇了撇嘴，不明就里道："花儿也会伤心？可是老爷用它做药时不也一样要采摘嘛。"

晏尺素微微笑着，像摇曳的花："'物尽其用'方为不暴殄天物。树上结了果子，在果子还没有熟透之时就把它摘下来，这叫糟蹋，果子会伤心的。花儿也一样。"

缁衣嘟哝着嘴道："哎呀，小姐你的话直让奴婢犯迷糊。你还是跟我说说月季花能够治什么病来得实在。"

晏尺素轻轻戳了一下缁衣的脑门，道："瞧你这记性，以前不是跟你说过了么？这月季花乃是女科良药，可以调经解郁，还可以活血消肿。比如你不慎摔倒了，喝点月季花茶可以帮助你恢复得更快一些。"

"好一个花儿也会伤心！我独孤及真是虚度了四十年的光阴，还是头一遭听到如此高论。料想，姑娘的心也是花儿做的吧？"

晏尺素适才对花儿的独特见地甚合独孤及的心意，独孤及再也按捺不住喜悦之情，气宇轩昂、春风满面地走过去。

缁衣正要为晏尺素插上那朵瑰丽的月季花，听到独孤及雄浑洪亮的声音，抬头一望，大吃一惊，手中的月季花掉落在地。

"小姐，你，你看——"

晏尺素缓缓回首，那修长雪白的脖颈宛如仙鹤一般优雅。独孤及痴醉不已，目不转睛地盯着晏尺素。

晏尺素看到独孤及也诧异不已，心想，这不是数月前醉倒在月湖的那位锦衣男子么？晏尺素避开独孤及火辣辣的、含着万千柔情的目光，微微垂首，只道："请问阁下是……"

晏尺素的花容月貌在独孤及面前展露得完完全全：手如柔荑，肤如凝脂，微启的朱唇含着扇贝之齿，眉毛如远方若隐若现的青山，眸子如秋水澄明，白里透红的面庞远胜于掉落在地上的月季花。

晏尺素见独孤及神情呆滞，重复道："请问阁下是……"

独孤及这才回过神来，心知有失体统，歉意道："适才见姑娘闭月羞花、沉鱼落雁，有些忘乎所以，还望姑娘包涵。"

随后，独孤及自报家门，又阐明了来意。

"多谢二位姑娘的救命之恩。"

晏尺素这才打量了一下独孤及：面庞如冷峻的山崖，其身如松柏之刚直，虽自称不惑之年，实则看上去不过三十出头。比之于上回在月湖遇到的那个憔悴萎靡、狼狈不堪的男子，这回站在她面前的不失为一位伟岸的美男子。

晏尺素有一点点心动，但仅此而已。因为她深知彼此门不当户不对，身份悬殊。再者独孤及身为侯爷，妻妾成群，她可不想嫁入究极山庄，委身为一个妾室。

"侯爷言重了。侯爷只不过醉酒，谈不上救命之恩。"

独孤及从怀中摸出那块锦帕，本想告诉晏尺素因这块锦帕酷似温烟芙之物才找上门来，又想到没有哪个女子愿意成为别人的替代品。于是硬生生地把话头压了下去，只说如果愿意，请晏尺素不要收回锦帕，他想留个纪念。

晏尺素迟疑了一下，回复道："此锦帕不是什么稀罕之物，侯爷喜欢就留下吧。"

独孤及不胜欢喜，道："多谢姑娘成全，今日就此告辞。"

临了，他又回头留下一句："姑娘的声音如夜莺一样婉转。"晏尺素听了，脸上泛起了红晕，好在他已经走出了花园。

独孤及走后，缁衣雀跃道："小姐，侯爷看上你了！"

"胡说。"

"哪胡说了？侯爷的眼神是骗不了我的。"

缁衣扮了个鬼脸，笑嘻嘻地又问："只是不知小姐有意否？"

晏尺素笑而不答。

独孤及对晏尺素一见倾心，决意要把她娶进山庄。他与老夫人合计了一下，老夫人笑得合不拢嘴，拍手赞成，只是说在好事未成之前，还是先瞒着山庄的几房妾室。

独孤及让南浦私下里寻一个上好的媒婆，携聘礼去晏府提亲。

对于媒婆的到来，晏翰夫妇并不吃惊。晏尺素已然到了谈婚论嫁的年纪，加之才貌双全，虽不是名门望族之后，但家境也十分富裕，所以前来提亲的人如过江之鲫。晏尺素不愁嫁，主要是要嫁一个两情相悦之人。晏翰夫妇倒也开明大义，并不以父母之命、媒妁之言来压她，儿女的事由儿女自己决定，二人也乐得自在。

媒婆走后，晏翰夫妇把晏尺素叫到跟前。

晏翰吃了一口茶，慈眉善目地问道："女儿啊，独孤侯爷来提亲了，你心里是怎么想的？"

晏夫人跟着说道："这阵子提亲的人络绎不绝，你都看不上眼。这侯爷不是一般的人物，我们可得罪不起。素儿，你要三思啊。"

晏尺素胸有乾坤，对儿女之情有自己独到的见解："爹，娘，女儿已经三思过了。我不求富贵，亦不求显达，只求一人心，白首不相离。"

晏翰道面有虑色："你这不求、那不求，最后这一求可了不得。这一人心可不好求

第一章 烟笼芙蓉——15

啊。先别说有没有这一人心，即便有了这一人心还得入你的眼。"

晏夫人语重心长道："素儿，爹娘知道你性子刚烈，儿女之情这事上有自己的主意。但缘分这个事看不见、摸不着，可能说来就来，也可能一辈子不来。如果这一人心迟迟不来又该如何？难不成一辈子不嫁吗？"

如若遇不上真命天子，宁愿孤单，绝不将就。晏尺素缓缓道："女儿相信这个有心人定然会到来。他可能在路上耽搁了，但是无妨，女儿可以等他。如果这个人一辈子不来，女儿就一辈子等下去。对女儿没有心的人女儿不要，对其没有心的人女儿也不会去欺骗。"

晏翰话锋一转，脱口而出："那如若这位有心之人，你对他亦是有心，但他已经有三妻四妾又该如何？"

晏翰巧妙地把话题转移到独孤及的提亲上来。

晏尺素正色道："倘若彼此都有心，即便他妻妾成群，女儿也不在乎。"

晏夫人眉头舒展："别说远了，先说说眼前这位。这位侯爷相貌堂堂，家大业大，多少女子争先恐后地要嫁过去，希望得到一辈子享不尽的锦衣玉食、荣华富贵。那么你对他有心吗？"

晏尺素若有所思道："这要看他对女儿有没有心。"

晏夫人笑道："都已经上门提亲了，还没有心吗？"

晏尺素神情庄重："未必。女儿听闻侯爷生性风流多情，常寻花问柳，又何以见得他对女儿不是图一时的新鲜快活？"

晏翰捋了捋胡须，对女儿的冰雪聪明很是满意。他朝夫人摆了摆手，乐呵呵道："我看呐，独孤侯爷这回的提亲恐怕要回绝喽。"

晏尺素微微一笑道："谢爹爹明察秋毫，体谅女儿的心思。"

晏尺素是有自己的思量的。"易求无价宝，难得有情郎"，人生无常，情爱又是无常中的无常。姻缘大事，要么一辈子痛苦，要么一辈子福气，没有第三条路可选。而且她深知世上男子的劣根性，越是唾手可得的越不会珍惜。所以，她才不会傻乎乎地就这样轻易嫁过去呢，谁知道那究极山庄是龙潭虎穴还是世外桃源？她需要一点时日来摸清独孤及的这颗心有多真。

这边，独孤及见晏尺素谢绝了他的情意倒也不气恼。晏尺素与众不同、遗世独立，要想美人在怀，多花一点心思是值得的。更何况独孤及自认为对晏尺素是真情实意，并非图一时的鱼水之欢。这世上女子万千，有些女子见一面再也不想见，而有些女子见了一面还想见，时时刻刻想见。晏尺素就是独孤及心中时刻想见的女子。

越是求而不得的东西就越有求的欲望。晏尺素拒绝了一次，独孤及又去求一次，再拒绝一次，再去求一次。独孤及越挫越勇，丝毫没有打退堂鼓的意思，隔三岔五就去提亲，有时差媒婆去，有时亲自去。每次去，独孤及都会投其所好，带上不同的礼品，比如一本医书、一幅字画、几株花木、一些药食同源的食材。总之，独孤及没有送她珍珠，也没有送她翡翠，他知道她不喜欢。

这些不甚贵重的礼物却蕴含了独孤及的绵绵情意，晏尺素兰心蕙质岂能不知？然而一旦父母问及是否该答应这门亲事，晏尺素总是说"时候未到"，微微笑着的脸庞藏着不可泄露的天机。

这日，晏尺素受父亲所托，去给绸缎庄的王员外送药回来。她刚要踏进晏府的大门，就瞅见一个熟悉的身影朝这边走来。看那矫健的步伐，晏尺素料定来人就是究极山庄的独孤及。

"小姐，侯爷又来了。"

缁衣小声说道，语气中似乎也夹杂着嫌弃独孤及近日来得过于频繁的味道。

晏尺素吩咐缁衣速速将大门关了并栓上。

"这是何意？"缁衣满脸狐疑。

"无需多问。"

缁衣慢吞吞地把门栓了，心里嘀咕着："这又演的哪门子戏？侯爷都已经看见咱们了。这得让侯爷多伤心呐。"

独孤及望见了令他魂牵梦绕的身影，满心喜悦，脚下生风般朝晏府的大门阔步走来。独孤及也自知近日确实来晏府频繁了一些，他亦想节制一下，无奈总有一种鬼使神差般的力量让他不由自主地就走到了晏府的大门。最近独孤及外出之时多是如此，有时会绕好大一个弯，别无他求，就是为了站在不远处望一望晏府的大门。倘若能侥幸看见晏尺素出入的倩影，那就是上苍额外的恩赐了。

独孤及对晏尺素的深情让南浦有些摸不着头脑，堂堂一位侯爷总是这般低三下四地来一个寻常人家提亲，成何体统？但南浦从不过问独孤及的隐秘之事，除非独孤及主动问他。南浦还捉摸不透的是，往昔心心念念的温烟芙夫人，侯爷是不是早已抛到九霄云外去了？南浦想，幸好我没有堕入万丈红尘，不然我历经九死一生也未必能够出来。

南浦攥紧拳头敲了敲门，无人应答。他加大了力度，还是无人应答。

"这就怪了，平日里这晏府的大门不都是大敞着吗？"

南浦好生纳闷，问独孤及如何是好，是去还是留。

"南浦，你先回吧。我想一个人在此等上一等。"

南浦离去。独孤及背着双手，直直地立在那里，眼珠一动也不动地望着晏府的大门，陷入某种神思。

这世间的缘委实妙不可言，数月前这个大门与自己毫无瓜葛，而此刻却牵动着自己的万千情绪。晏尺素，你现在何处？在做什么？你对我到底有甚念想？佛家说，万事随缘。这个缘究竟该如何随呢？

晏尺素与缁衣并没有走，与独孤及仅一门之隔。缁衣眯着眼，透过门缝向晏尺素报告独孤及的一举一动。

"小姐，还是把门打开吧。要是侯爷知道了，会怪罪于你的。"

"我自有主张。"晏尺素神情自若，不为所动。

时间一点一滴地流逝，缁衣的双腿都快麻木了，也丝毫不见独孤及有离去的意思。

起风了，天色大变。突然间乌云密布，电闪雷鸣，倾盆大雨说来就来。

缁衣想，这回侯爷该走了吧。可透过门缝一看，独孤及还伫立在那里，岿然不动，像一块石头一样。

晏尺素让缁衣取两把雨伞过来，自己透过门缝去望独孤及。

"这呆子，这么大的雨，就不知道来这屋檐下避一避吗？"

雨越下越大，独孤及已然全身湿透。

晏尺素柔肠百转，她明白自己心中最后一道防线即将被独孤及突破。

真心难寻，眼前的这一幕不就是真心吗？

她想，是时候了。

缁衣拿来雨伞，晏尺素让她先回屋中。晏尺素轻轻地打开侧门，怀着似水柔情，悄无声息地走至独孤及的身后。独孤及竟然毫无察觉，直到晏尺素白玉般的手撑着伞，举过他的头顶，为他撑起一片晴空。

这一举，就是一世情缘。

独孤及蓦然回首。佳人在旁，他又惊又喜，竟无语凝噎。

他不知道该说些什么，或许千言万语也抵不过他此时的眼神。

四目相对，一眼万年。

晏尺素看不清独孤及英气逼人的面庞流的是雨水还是泪水，她只明白，她心意已决，此生她要跟着他走，无论风雨晴空，不离不弃。

晏尺素与独孤及伫立在风雨中，同一把伞下，互相凝望着，静默着。

良久，晏尺素缓缓垂下头，呢喃道："一颗漂泊的心需要靠岸。"

晏尺素话音落定，风雨忽停，云开雾散，晴空绽放。一道彩虹挂在天边，霞光把独孤及的脸庞映照得灿烂无比。这一刻，晏尺素看清楚了，独孤及眼角含的不是雨水，而是泪水。这是喜极而泣的泪，是幸福突然而至的泪。

晏尺素并未邀请独孤及去府中歇息，但晏尺素的情意独孤及了然于胸。他归心似箭，欲以雷霆之势迎娶晏尺素。

分别时，二人依依不舍。晏尺素秋波闪闪，含情脉脉，对独孤及千叮万嘱："秋风秋雨最伤人，你被风吹雨打如此之久，即便体魄健朗，或多或少也会感染风寒。最迟明天早上你会发冷，头重，打喷嚏，四肢酸痛。所以，回去以后请用上好的姜块，加上葱白连须一起煮水喝。记住，姜块一定要去皮，如此才好把姜块发汗解表的药效发挥到极致。还有，不要煮得太久，一刻钟便可，以免破坏了药效。"

独孤及心里暖暖的，恨不能立刻将晏尺素揽入怀中。他柔情蜜语道："尺素，你等着我，我很快来娶你。余生我要与你携手，看高山流云，看溪涧飞花。海枯石烂定不负你！"

如此山盟海誓、浪漫表白，试问，世间女子哪个抵挡得了？晏尺素心里甜如蜜。不过，晏尺素明白这样的表白是情之所至，听听就罢了，当不得真。一旦你执着于此，痛苦就会随之而来。

独孤及与晏尺素在雨中的这一幕，被另外一位白衣男子看了个完完全全、真真切切。此白衣男子叫祝东风，刚从江南游学归来。不料天降大雨，他想去晏府避一避雨，于是就撞见了独孤及与晏尺素。祝东风也算是才华横溢、玉树临风，与晏尺素两小无猜、青梅竹马。长大后，祝东风对晏尺素倾慕万分、一往情深。可晏尺素呢，一直以来视祝东风为兄长，总觉着他温润如玉的面庞缺少一股七尺男儿该有的英勇之气，真可谓落花有意流水无情啊。祝东风没办法，只得以兄长的身份接近晏尺素，以解他的相思之苦。

祝东风早有耳闻，究极山庄的侯爷独孤及三番五次来晏府提亲。今日亲眼看见，他心中甚是酸楚，似乎已经料到了什么。

祝东风在晏府的大门口截住了晏尺素。

祝东风这位不速之客让晏尺素花容失措，此刻她还沉浸在与独孤及的别离之情中呢。不过该来的总要来的，今日她要把话彻底跟祝东风挑明了，让他死了这份心，不要因为她这棵芳木而失去整片丛林。

晏尺素笑靥如花："东风哥哥，你来啦，我正要去寻你呢。"

祝东风双目放光："我知晓你寻我作甚。"

"哦？"晏尺素故作惊讶，又顺着祝东风的话道："那你倒说说，我寻你作甚？难不成你有通心术？"

祝东风不想把气氛弄得难堪，也故作诙谐道："你东风哥哥我啊，没有通心术，却有千里眼、顺风耳。"

晏尺素是何等聪慧之人，一听这话就明白她与独孤及在雨中的情景被祝东风看去了。晏尺素也不戳破他，道："那你就别卖关子了，说说我寻你究竟有何事？"

"不外乎告诉我这个哥哥，妹妹有了意中人啦，让我退避三舍，不要再纠缠你啦。"

祝东风苦笑着，轻松的话语掩饰不了他难过的心。

不觉间，二人行至晏府的后花园。一场骤雨刚刚过去，满园残红，这凋零衰败之象让二人的谈话变得沉重起来。

"东风哥哥，妹妹我终究是要对不住你了。"

晏尺素蹲下身子，拾起一朵残红，缓缓起身，目光夹杂着诸多愧疚。

"你可想好了？一入侯门深似海，你品性至善至纯，侯府错综复杂的环境你真的喜欢吗？据我所知，独孤及已有好几房姬妾。各姬妾为争宠夺爱难免明争暗斗，这样的日子你适应得了吗？"

祝东风目视远方，思绪纷乱，言辞有些激切。其中既有失去心爱之人的无奈伤感，又有对晏尺素进入虎狼之地如何应对的忧虑。

"已经深思熟虑过了，已经给了自己足够的时日来证明。龙潭也好，虎穴也罢，我也要去闯一闯。心若安定，处处是吾乡；心若纷乱，哪里都是龙潭虎穴。兵来将挡水来土掩，走一步看一步，人生没有迈不过去的坎。"

晏尺素是一个很有见地的女子，一旦决定要做什么就会毫不犹豫地去做。祝东风也深知这一点，于是祝福道："看来我再说什么也没用了，只好祝你大道通途，与独孤及花好月圆、天长地久。"

晏尺素稍稍屈了屈身子，道："也祝哥哥有一个好的归宿。"

祝东风并不答话，向前走了几步，看满园花色，忍不住吟道："聚散苦匆匆，此恨无穷。今年花胜去年红。可惜明年花更好，知与谁同？"

祝东风心中凄然，尺素啊尺素，明年满园春色的时候，谁会执你的手，与你一同欣赏这万紫千红？我祝东风自知，那个人将不再是我了，料定是那个独孤及吧？

说罢，祝东风走了几步又折回来，从怀中掏出一本古籍，道："这是我路过汝州买下的，唐朝食养大家孟诜的著作《食疗本草》。妹妹留下，权且做个纪念吧。"

祝东风伤情离去。

晏尺素捧着那本还带着祝东风体温的古籍，喉头哽咽，一滴清泪掉落下来。

第二章 藕香榭

祥乐四年春。荣城无处不飞花，桃红柳绿，鹧鸪声声。晏尺素坐着雍容华贵的八人喜轿，在锣鼓齐鸣中，在荣城老少万人瞩目中，在独孤及殷切期盼中，踏进了究极山庄富丽堂皇的大门。

晏尺素入住藕香榭。

门可罗雀的藕香榭，在荒芜了一年之后又欣欣向荣起来。

独孤及的妾室们对晏尺素入住藕香榭各有思量，有的认为独孤及此举颇有深意，意在不久的将来荣升晏尺素为正室夫人；也有的人认为独孤及此举是为了纪念逝去的温烟芙，而晏尺素只不过是温烟芙的替代品。

晏尺素本人并没有对住处细究过，只是她一眼就喜欢上了藕香榭，喜欢上了这个弥漫荷香的、别具一格的庭院。百花中，她最爱的就是荷花。

喜宴过后，老夫人在蓬壶阆苑首次宴请晏尺素，目的是让晏尺素与独孤及其他八位妾室会面、相识。

晏尺素对着雕花的窗棂，梳理着她如云的秀发，心中有淡淡的期许与不安。初入这深宅大院，人生地不熟，要想明哲保身，为人处世、言谈举止、人情来往，这些她都得琢磨。

一只喜鹊似乎嗅到了晏尺素云鬓上独特的清香，飞了过来，落在窗檐上，发出叽叽喳喳的鸣叫。

作为陪嫁与晏尺素一起嫁入究极山庄的还有她的贴身婢女缃衣。缃衣从柜子里找出独孤及赏赐的华服，说道："夫人，就穿这件吧。这件最华丽，夫人穿上去赴宴一定光彩照人，不失面子。"

"不妥，换一件素一点的吧。"晏尺素略施粉黛，看了一眼缃衣拿出来的衣裳说道，"初次见面不能太过招摇，何况人的尊严面子不是一件衣裳就可以赢得的。就穿那件云烟轻罗衫吧，不是太素，也不是太亮，刚刚好。"

顿了一会儿，晏尺素又道："另外，我们要赶在午时之前到蓬壶阆苑。不能太早，太早了惹得其他姐姐妹妹们不满，以为我要急于攀附老夫人；也不能太迟，太迟会拂了老夫人的面子。"

缃衣服侍晏尺素穿好衣裳："还是夫人想得周全。"

晏尺素估摸着藕香榭到蓬壶阆苑的路程，差不多该动身了。果不其然，幽篁居的莫离恨、倾城别院的杨紫陌、及第舍的岳阑珊正围绕在老夫人身边，有说有笑，谈论着什么。

"老夫人万福。"

晏尺素迈着轻盈的步子来到老夫人跟前，不紧不慢地行礼道。

又转过身向莫离恨施礼，后是杨紫陌，再是岳阑珊，无论大小一律先唤作"姐姐"。

"妹妹见过姐姐，愿姐姐芳华永驻。"

老夫人笑逐颜开，招手示意晏尺素到她的身边落座。晏尺素落落大方走过去，坐定。老夫人上下打量了晏尺素一番，夸赞道："真真的一个可人儿，粉嫩粉嫩的，像刚刚出水的芙蓉。"

见老夫人如此欢喜，莫离恨赶紧过来奉承道："早就听说妹妹天生丽质，今日一见果然名不虚传。我还听说妹妹精通摄生之道，日后免不了要向妹妹讨教喽。"

晏尺素谦虚地回道："老夫人、姐姐谬赞了。尺素天生愚笨，初来乍到诸多不晓，如有不妥之处，还请老夫人、姐姐雅量，及时指点。"

杨紫陌见晏尺素一来首先向莫离恨行礼，此刻又与莫离恨聊得热乎，大为不悦，把头扭向一边，硬是不来搭讪。

晏尺素看在眼里，却一时半会儿寻不出合适的话题与杨紫陌搭讪，又不想做得太刻意，只好作罢。

好在这时其他妾室陆陆续续到来。先是重楼的月疏桐，再是朱嬴馆的采桑子，最后是玄都阁的桃夭夭与玉雨轩的花千树结伴而来。

采桑子一来就过来拉着晏尺素的手，说晏尺素长得酷似死去的温烟芙。这一下把话题引到了温烟芙身上，众人都来细细端详晏尺素，对比着温烟芙与晏尺素的姿首迥异相通之处。晏尺素一时招架不过来，好生尴尬。

杨紫陌终于逮住了一个机会，长叹一口气道："侯爷真是一往情深。温妹妹都故去一年了，侯爷还如此念念不忘。"

此言一出，姐妹们都不说话了，都看着晏尺素如何作答。

晏尺素明白杨紫陌的言下之意，侯爷娶你进来不过是出于对温烟芙的思念，而不是对你的喜爱。

晏尺素并不气恼，微微一笑道："一日夫妻百日恩，寻常人家也会如此，更何况侯爷与温姐姐伉俪情深。如若侯爷对温姐姐毫无缅怀之情，姐姐们估计会更寒心吧。其实，进入山庄之前，侯爷经常对我说起温姐姐的往事。"

晏尺素的回答甚是巧妙，她告诉众人，独孤及娶她并不是因为温烟芙，而且对于温烟芙她是知情的。

老夫人出来打圆场："烟芙有烟芙的美，尺素有尺素的妙，都好都好。"

岳阑珊总是不甘寂寞，插嘴道："是呢，是呢，老夫人所言极是。世上都没有两片相同的树叶，哪有两个一模一样的人。"

莫离恨颇有心计，樱桃小嘴一挑，说道："贤良淑德现在还未可知，不过单从姿色身段来看，我认为尺素妹妹更胜一筹。大伙说是不是啊？"

莫离恨的心思是，使劲夸一个灰飞烟灭的人有何意义，还不如卖一个人情给眼前的人实在。

众人在莫离恨的点拨下突然醒悟过来，温烟芙已经作古，说再多的好话她也听不到，不如给侯爷的新欢一个薄面，于是纷纷附和莫离恨的话。

只有重楼的月疏桐一言不发。晏尺素注意到了月疏桐脸上有一种高处不胜寒的孤傲。

见众人一边倒，杨紫陌的脸气得发青，但也不好再说什么了。

这时，老夫人的婢女暮云来禀告："老夫人，可以用膳了。"

岳阑珊随口道："不等江晚照妹妹了吗？"

月疏桐终于说话了，脸上紧绷的神色松弛了下来，对老夫人道："我来时路过妙空斋，江姐姐托我带话，说见不得荤腥，所以就不来了。"

老夫人有些不悦，没好气地说道："不提她了，就当这个山庄没有她这个人吧。"

桃夭夭不解道："江姐姐也真是的，吃什么素，礼什么佛，红尘多好多逍遥。"

花千树若有所思道："可能江姐姐有自己的苦衷吧。"

晏尺素心里暗想，这江晚照何许人也？这么大的派头。不给自己面子也就罢了，老夫人的面子也敢忤逆。

众人说着，一道道精美的菜肴摆了上来。

用膳期间倒也无事，只是采桑子有过好几声咳嗽。晏尺素本想细细询问，看是否能够给她调理一下。但她又转念一想，众目睽睽之下，说这事未免有炫耀医术的嫌疑，不如等宴会结束后再问较为妥当。

用完膳，众人又玩闹了一会儿，各自散去。

晏尺素恰好与月疏桐走在一起。整场宴会中，月疏桐始终沉默寡言。她生来就是这样一个人，疏于交往，懒于搭理，山庄举办的集会她能不来就不来。即便她很欣赏一个人，也不会主动去走动或者搭讪。虽然她也想像江晚照那样霸气，但是她没有资格。

月疏桐走在前面，晏尺素走在后面。

晏尺素好心提醒："姐姐仔细脚下的石头。"

月疏桐莞尔一笑："谢谢妹妹。"

月疏桐一方面孤傲，一方面又很谦卑，而且很懂得感恩。别人对她一点好，她都会铭记于心，定找机会涌泉相报。用她自己的话来说，她是一个不能欠别人人情的人。

晏尺素发自内心地赞美道："姐姐笑起来真美。"

月疏桐心头一热，说道："莫要笑话姐姐了。妹妹天姿国色，笑起来倾国倾城，姐姐不及妹妹一二。"

晏尺素听出，月疏桐骨子里透出一股自卑。

她继续找话题道："姐姐平素里有什么喜好？"

月疏桐轻轻回答道："琴棋诗画略知一二。"

晏尺素心生敬意，声音大了一些："姐姐原来是才女啊。"

月疏桐浅浅笑了一下，不再作答。如果她告诉晏尺素自己是大泰朝第一才子李之仪之女，晏尺素又该做何感想呢？李之仪，琴棋书画、诗词歌赋样样精通，尤其诗词达到了登峰造极的程度。据说，凡有水井处都流传有他的诗词。其实，晏尺素空暇之余也时常阅读李之仪的诗词，每到绝妙之处反复吟哦。

月疏桐与晏尺素道别，朝自己的住处重楼走去。

晏尺素想起宴会上采桑子咳嗽，于是朝采桑子的住处朱嬴馆走去。

朱嬴馆与藕香榭比邻而居，走过去几百步就是藕香榭。

晏尺素抬头望了望朱嬴馆的匾额，三个漆金大字金光闪闪，遒劲又不失飘逸，很是贴合朱嬴馆的寓意。

"夫人，为何叫朱嬴馆？"缁衣好奇道。

"朱嬴是菊花的别称，朱嬴馆的主人想必喜爱菊花吧。"

晏尺素站在朱嬴馆的门口四下望了望，确定没有其他姐妹跟上来，才与缁衣走了进去。

还未到菊花盛开时节，朱嬴馆院子里的景致稍显单调枯燥，除了那株青翠笔挺的银杏外再无亮点。

采桑子的婢女月来见藕香榭新来的主人不期而至颇感意外，忙不迭地去通报主人了。

"姐姐来啦！快快到屋里来，妹妹刚沏了新茶呢。"

采桑子对晏尺素有莫名的好感与亲近感，不单单是由于晏尺素的姿首神色与温烟芙有几分相似，更有一种说不出、道不明的缘由，仿佛晏尺素是久违的故人。

采桑子像一只雀儿一般迎了过来，拉着晏尺素的手，毫无疏离感。适才在老夫人的宴会上，晏尺素叫采桑子姐姐，互通年龄后发现二人同年，只是晏尺素比采桑子稍长三个月。于是，采桑子改唤晏尺素姐姐。

进屋落座后，缁衣开门见山道："采夫人，我家夫人是想来问问您咳嗽的事儿。"

采桑子笑眯眯的，悦耳动听的声音如银铃一般："姐姐真是个贴心人，我这点小恙也被你发现了。我都咳了十来日啦，也没有管它，以为会自然好的，不料迟迟未愈，真有些烦心呢。怎么，姐姐还懂医理？"

晏尺素见采桑子心思单纯、纯洁可爱，坦言道："家父曾是太医院的太医令，我跟随家父学了点皮毛，虽不能救死扶伤，但调理一些小病小灾还是可以的。"

缁衣在一旁说道："夫人谦虚了，何止是可以，那是绰绰有余。奴婢有好几回生了病都是您调理好的。"又转过身去，对采桑子有些兴奋地说道："而且我家夫人调理疾病有一个特色，她从不用药，都是用食物呢。"

"食物也能治病？这我还是头一回听说呢！"

采桑子把颇有些不可思议的眼神投向晏尺素，希望从她那里得到更为具体确切的释疑解惑。

晏尺素点点头："药食本是同源，厨房里很多食材都可以入药的。商朝的大宰相伊尹写了一本《伊尹汤液经》，是专门讲述如何用食材治病的。所以，伊尹被后世尊称为厨神。再者，是药三分毒，姐姐又不是专门的大夫，只能在食材上下功夫喽。药吃错了后果难以预料，食物吃错了就当解馋了。"

采桑子见晏尺素引经据典，说得头头是道，愈发来了兴趣，乌黑的眼睛睁得大大的。

"那我这个咳疾也能用食材治疗吗？"

"那是当然。"晏尺素斩钉截铁地回答，随即又把话说回来，"不过你单说是咳疾，姐姐也无从下手呢。"

"此话怎讲？"

"咳疾有很多种的，有热咳、寒咳、燥咳、虚咳等，甚至吃多了也会引发咳疾。只有把妹妹咳嗽的缘由弄明了了，方能药到病除。你试着回想一下，你咳嗽之前发生了什么或者吃了什么？"

在晏尺素的循循引导之下，采桑子慢慢回忆道："半个月前吧，我在究极湖边戏水濯足，时间久了一点，吹了点风，当晚就难受了。我也没当回事，找了个大夫随便吃了一点药。后来伤寒好了，但这咳疾却落下了。"

晏尺素听采桑子如此一说，心里明白了七八分，又让采桑子伸出舌头看了看。只见胖大的舌头有很多齿痕，舌面铺了一层厚厚的白苔，滑滑的，还湿漉漉的。晏尺素对如何调理采桑子的咳疾已经胸有成竹了。

"咳嗽一般是染上风寒之后才出现的。肺为娇脏，就是说肺很娇气，受不了寒也受不了热。无论寒邪还是热邪，只要入侵到肺脏，就会引发咳嗽，你的咳嗽正是寒邪入侵肺脏所致。你咳嗽的时候有痰，还是白色的吧？"

"对对对。"采桑子鸡啄米似地连连点头。

晏尺素望了望桌子上冒着热气的菊花茶，问道："妹妹平素里是不是经常饮菊花茶？而且还喜欢喝浓郁的菊花茶？"

采桑子不假思索："是的。我最爱菊花，听说菊花可以清肝明目，所以每日都会饮用。这有何不妥？"

晏尺素头一回为山庄的姐妹调理身子，不敢大意，沉凝片刻："菊花性寒，最得秋天之气，故能够平抑肝气。也正因为如此，菊花不能日日饮用，它的寒邪会长驱直入伤肺，然后再伤脾胃。你的肺里已有菊花带来的积寒，加之湖边戏水时外来寒邪入侵，内外交加，故引发咳疾啊。"

"那妹妹当下该如何是好？"采桑子都有些迫不及待了。

"夫人，奴婢没有记错的话，这种咳疾单用一味食材就可以解决——它就是陈皮。"

聪明伶俐的缁衣不失时机地抢过了话头，如此一来就更能衬托晏尺素的医术了。连身边的婢女都这么厉害，更不用说她的主人了。

果真，晏尺素并没有怪罪缁衣的插嘴，笑了笑，点了点头，用眼神赞许她回答得恰到好处。

采桑子有些不相信，加重了语气问道："姐姐，是真的吗？果真如此？"

晏尺素如数家珍地娓娓道来："陈皮，也就是晾干后保存两年以上的橘子皮。小小陈皮，寻常之物却有大用处。凡是由气和湿引发的疾病，它都有用武之地。总的来说，陈皮可以理气、化痰、止咳、燥湿、健脾、和胃。还有哦，如果吃不了姜，炖肉的时候可以放点陈皮，同样可以去腥，还可以让肉食更加容易软烂。"

采桑子后悔不迭："哎呀，往日我吃完橘子，橘子皮随手一扔岂不是太可惜了？"

晏尺素笑道："所以啊，上苍赐予我们的每一朵花、每一棵树都自有妙用，切不可随意糟蹋哦。"

采桑子对晏尺素钦佩起来，奉了一杯茶，说道："受教了！听姐姐一席话，胜过妹妹读十年书。姐姐，那我的咳疾就用陈皮泡茶吗？还有什么需要特别叮嘱的？"

"我给妹妹开一个食方吧。甜草橘汤饮，用橘皮一个、甘草三片，加入少量蜂蜜，每日煮汤代茶饮。不出七日你的咳疾就可以痊愈了。"

采桑子如获至宝，叫婢女月来速速取来笔墨，将晏尺素的食方一字不落地记了下来。

"姐姐一来就给妹妹这么大的恩惠，日后姐姐若有用得着妹妹的地方，妹妹一定不遗余力。"

晏尺素打心眼里喜欢采桑子这样天真无邪之人，遂对她露出真诚的目光，说道："妹妹见外了。咱们都是一家人，理应相亲相爱、互相帮衬。不过姐姐确实有一事相求，还要劳烦妹妹。"

采桑子不假思索地问道："姐姐快说什么事？"

晏尺素坦诚直言："我初来乍到，对山庄各处的姐妹知之甚少。过几日我要宴请老夫人、侯爷，还有各处的姐妹们。姐姐就是想了解一下姐妹们的习性、口味，好做出她们喜爱的菜肴来。"

"原来是这事啊。"采桑子打开了话匣子，滔滔不绝地说起来，"那就先说说最讨老夫人喜欢的莫离恨吧。据说她的身世不太好，从小就被父母抛弃，所以她在山庄很是谦让。但是不知道为何，我不太喜欢她，总觉得她有股阴气。住在她旁边的那位杨紫陌，最爱出风头，性子也急得很，动不动就火冒三丈，经常犯头疼的毛病。江晚照姐姐素面朝天，清心寡欲，和别人不怎么走动，她旁边的月疏桐姐姐似乎对她更熟知一些。月姐姐呢，是这个山庄最有才情的人，不过就是不爱说话，冷冷的，但其实心很暖。花千树姐姐很容易开心又很容易伤心，她脾气很怪，我们都不敢惹她。桃夭夭喜欢吃喝玩乐，山庄就数她最能饮酒了，常常醉倒在桃花树下。岳阑珊，我很讨厌她，杨紫陌的跟屁虫，杨紫陌说什么她就跟着说什么。她特别喜欢嚼舌头根子，反正她来我这儿从没有说别人的好，山庄的姐妹们都被她说了个遍……"

五日后，晏尺素在藕香榭宴请独孤及、老夫人及独孤及其余八位妾室。这是老夫人定的规矩，凡是新过门的媳妇都要亲自下厨为山庄做一桌丰盛的菜肴，以此来判定新媳妇的贤惠程度，让大家做到心中有数。

藕香榭可谓群芳荟萃，美女如云。各种鸟儿都来凑热闹，如鹧鸪、雨燕、灰雀、画眉，在枝丫上叽叽喳喳的。

这可是晏尺素进入究极山庄遇见的第一件大事，自然不敢怠慢，忙得不亦乐乎，早早地将五花八门、名目繁多的食材一一准备好了，就等这一日大显身手了。

山庄的姐妹们陆陆续续到齐，各自给晏尺素带来贵重程度不等的礼物。莫离恨送了一支如意簪。杨紫陌出手倒是阔绰，送了一件蚕丝月华锦衫，自卖自夸地把锦衫说得天花乱坠。月疏桐别出心裁送了一本琴谱，惹来众人异样的目光。采桑子送来一只白玉步摇，她委实不知道送什么好。花千树送来一篮子梨子，让众人目瞪口呆。桃夭夭送来她自制的"醉红颜"，称今日大喜的日子怎能少了美酒，差点让杨紫陌笑掉大牙。岳阑珊效仿杨紫陌，送来软毛织锦披风。极少出席各种宴会的江晚照也破天荒参加了，不过双手空空如也。这次要不是独孤及极力要求，江晚照还是不会来的。

在送礼这件事上，杨紫陌当之无愧地拔得头筹，免不了趾高气扬。其余姐妹所送礼物都说得过去，唯独花千树送来的梨子引起大家的窃窃私语。虽说是自家院子种的，也是自己亲手摘的，但这未免太寒碜了吧。梨，离也，团聚的日子送来此等礼物确实不太吉利。面对众姐妹的非议，花千树我行我素，并不觉得有甚不妥。

无论送什么样的礼物或者空手来的，晏尺素都笑靥如花，施礼道谢。

谈笑间，独孤及搀扶着老夫人走了进来。

众人立马起身，纷纷迎过去。杨紫陌一马当先，岳阑珊紧跟其后，二人抢了第一排中间位置，满脸堆笑，施礼道："老夫人吉祥。侯爷金安。"

晏尺素忙于招呼众人，晚了一步，站在了最后一排。

独孤及感觉几日不见，如隔三秋，刚进屋子就用目光极力搜寻晏尺素的身影。独孤及发现了她，晏尺素虽然站在最后一排，但透过人群缝隙仍然可瞥见她与众不同的绰约风姿。如不是众妾室在场，独孤及定会把持不住，一把揽她入怀。

独孤及用目光传达了爱慕，晏尺素心领神会，一股暖流流遍全身。

众人各自选定座位落座。独孤及坐在老夫人左边，杨紫陌忙不迭地贴过去欲要坐在独孤及的旁边。独孤及示意她起身，表示这个位置是要留给藕香榭的主人晏尺素的。杨紫陌羞愧不已，又想坐在老夫人的右边，不料被莫离恨抢先了一步。杨紫陌气愤难当，却无处发作。莫离恨一副笑盈盈的模样，佯装毫不知情，心里却讥笑杨紫陌如一只聒噪的麻雀。

良辰已到，晏尺素吩咐下去，可以上菜了。

一个偌大的雕刻着松鹤延年图案的紫砂大碗被婢女小心翼翼地端上了桌，众人的目光齐刷刷地定格在第一道佳肴上。

晏尺素起身，向老夫人深深鞠了一躬，落落大方道："这第一道菜肴是献给老夫人的，祝老夫人寿比南山。"

"尺素啊，辛苦了。快给我说说看这是什么菜？"老夫人和颜悦色道。只见那紫砂碗里各色食材丰富多彩，琳琅满目。

"这是十全大补汤，是用十味食材和十味药材加上佐料小火慢炖烹制而成。这十味食材是鸡肉、鸭肉、鹅肉、猪肚、猪骨、猪肘子、墨鱼肉、冬笋、蘑菇、大枣，这十味药材是人参、茯苓、白术、甘草、川芎、当归、白芍、地黄、黄芪、肉桂。诸虚不足，五劳七伤，面色萎黄，腰膝无力，一切病后气不如以往，忧愁思虑伤动血气、脾肾气弱、五心烦热等都可以用这道药膳调理。所以，它叫作'十全大补汤'。"

众人听后啧啧称奇，别说亲手烹饪了，有些食材都闻所未闻。这需要费多大的心思与气力啊！

老夫人笑得合不拢嘴，心里也乐开了花。如此大费周折的一道佳肴，谁还能说晏尺素不孝顺吗？

晏尺素用青花瓷小碗为老夫人盛了一碗，老夫人品尝后向晏尺素竖起了大拇指，说是无法用言语来形容这道佳肴的美味。

老夫人的神态让众人垂涎三尺。最喜吃食的桃夭夭忍不住吞了吞口水，恨不能把碗挪过来，大口喝汤，大快朵颐；采桑子的眼睛也一眨不眨地盯着十全大补汤。只有江晚照在一边冷眼旁观，甚至还不合时宜地念起了阿弥陀佛。好在老夫人沉浸在美味之中，并未察觉江晚照不合时宜的举动。

晏尺素又为独孤及盛了一碗，独孤及品尝了一口，叹道："真是从未尝过的人间美味啊！"

老夫人又让大家都尝尝看。晏尺素亲自一一为众妾室盛汤，对于先盛给谁颇费了一番思量。晏尺素旁边是杨紫陌，老夫人旁边是莫离恨。一个家世显赫，一个最讨老夫人欢心，两个都得罪不起。杨紫陌就在旁边，向来以山庄第一夫人自居，凡事都要头彩，先盛给她不会引起大家注目，因为大家都习以为常了。

想到这，晏尺素把汤盛给了杨紫陌。杨紫陌果真很受用，挽回了座次上的颜面。接着晏尺素按照顺序来盛汤，一个一个，最后才轮到莫离恨。杨紫陌露出胜利者的微笑，心里哼了一声。

不料，盛到最后汤汁已然不多，晏尺素略显尴尬，就多为莫离恨盛了几块肉。这个微小的细节被敏感的月疏桐捕捉到了，暗想，这个晏尺素真是玲珑剔透之人。莫离恨当然也注意到了这个细节，她面带微笑，说道："妹妹真是用心良苦。"

喝了汤，无论是出自真心实意还是客套恭维，免不了要对晏尺素的厨艺夸赞一番。

杨紫陌满脸堆笑道："早就听说妹妹厨艺了得，今日一见真让我佩服得五体投地。恭喜老夫人、侯爷，以后有口福喽。"

岳阑珊喝了一口汤道："哎呀，喝了妹妹的汤，感觉姐姐我以前白活啦！"

月疏桐笑不露齿道："人间至美，叹为观止。"

采桑子大大咧咧，砸吧着嘴，叹道："此肴只应天上有，人间哪得几回食。"

花千树的表情不温不火："美味又不失养生，两全其美。妹妹真是妙手。"

桃夭夭动作利索，拿起酒樽为晏尺素斟酒："有美食怎能没有美酒？愿我的佳酿为妹妹的珍馐佳肴锦上添花！我敬妹妹一杯。以后我会经常来这藕香榭讨吃的，妹妹可别嫌烦哦。"

有了第一道十全大补汤的惊艳亮相，众人纷纷猜测第二道佳肴会是什么样子的，还有为自己量身定做的菜肴又将如何。

在众人期待的目光中，第二道佳肴被摆上了桌子。

晏尺素淡淡笑着，如微微的风拂过一汪平静的碧波："这是月映蛟龙，专门为侯爷烹制的。这是用海马、鸡脯肉、鲜贝、鹌鹑蛋加上佐料炖制而成，有很强的温补肾阳的功效。"

晏尺素说完，向独孤及投去意味深长的一眼。其实晏尺素还有后半句话没说，就是肾为后天之本，不泄为补。独孤及美妾成群，虽无可厚非，但从摄生上来说，节欲才是保养肾气的根本。

独孤及似乎并没有深究这道菜的深意，只是好奇地问道："为何叫'月映蛟龙'？"

老夫人嗔怪道："及儿真看不出还是假看不出？鹌鹑蛋不就是月亮嘛，海马不就是蛟龙嘛。"

独孤及恍然大悟道："甚好，甚好。这月映蛟龙色、香、味、形、神一一俱全，大家都趁热尝尝。"

杨紫陌打趣道："妾身看啊，侯爷是被尺素妹妹做的菜肴所蕴含的浓情蜜意冲昏了头脑啦。侯爷，妾身敬你一杯，祝你与尺素妹妹百年好合。"

莫离恨也起身道："妾身也敬侯爷一杯，祝侯爷与妹妹花好月圆、天长地久。"

醉心于男女之事的桃夭夭看了月映蛟龙这道佳肴，浮想联翩，这鹌鹑蛋与海马不就是男子的宗筋嘛，这晏尺素还真有一手啊。适才喝了十全大补汤，后来又喝了"醉红颜"，桃夭夭不禁脸红燥热、春心荡漾。这该死的侯爷，都多久没有光顾我的玄都阁了，这寂寞春闺真是难熬啊。

接下来，晏尺素给姐妹们量身定做的佳肴一一登场，众人无不欢喜，都惊叹晏尺素对自己的口味、习性摸得如此之准。比如杨紫陌喜欢牡丹花，晏尺素就给她做了"凤穿牡丹"；桃夭夭爱美，晏尺素就给她做了明目乌发的青精饭；花千树好腰细，晏尺素就给她做了祛湿消肿的"鲤鱼跃龙门"……不一而足，暂且不表。

宴席上一派祥和欢闹的气象，也许是在美味佳肴的促使下，素来不苟言笑的月疏桐也多说了几句。老夫人煞是满意，众妾室们能够和睦相处是老夫人最大的心愿，现在就盼着这些儿媳们多给独孤家开枝散叶啦。

与其乐融融的氛围格格不入的是江晚照，她始终一言不发，口中念念有词。晏尺素特地为她做了益气养血的桂花糯米藕，她也只是一声不吭地尝了一块。她不理众人，众人也不理她。老夫人看在眼里气在心上，也不好当众数落她。独孤及呢，也早已见怪不怪了，由她而去，毕竟她心中的怨恨都是由他而起。

说着说着就聊到摄生之道上了，众姐妹都请教晏尺素的摄生秘诀。晏尺素用《黄帝内经》的话语做了回答："虚贼邪风，避之有时；恬淡虚无，真气从之；精神内守，病从安来？"

众人似懂非懂地点了点头，如此场合就算不懂也会装作略知一二。唯有采桑子虚心求教："上次喝了姐姐的甜草橘汤，我的咳疾已经好得差不多了，多谢姐姐了。人们说'病从口入'，这食物还真不能乱吃。比如我日日饮菊花茶，殊不知菊花寒凉，无形之中伤了我的脾胃。亏得晏姐姐提醒，我这才改了过来。"

晏尺素顺着采桑子的话继续说道："别看我们日日用膳，可这用膳的学问高深莫测，但凡我们知晓一二就会受益一生。"

莫离恨虽天赋兴趣不在摄生之道上，但还是懂点皮毛的。她对此饶有兴致又想一探晏尺素的虚实，便问道："妹妹不如为我们说说这用膳之道可好？"

晏尺素起身，向老夫人、独孤及和众姐妹行了礼，最后把目光落在莫离恨瘦削的脸上："民以食为天，这用膳之道最高的准则是：五谷为养，五畜为益，五菜为充，五果为助。五谷是养生之根本，脱离五谷而谈食养则是妄谈。五菜、五畜、五果是来补充、补益、补助我们身体的。所以，无论身处何地、置于何时，好好食用五谷才是用膳之道。否则就是舍本逐末，谬矣。"

采桑子吐了吐舌头："我素日就是喜欢吃果蔬，不喜欢吃五谷，看来又要改一改啦。"

莫离恨倒要看看晏尺素的道行有多深，继续追问道："听妹妹之言，似乎这用膳之道还有其他准则喽？"

晏尺素点点头："用膳之道第二条准则：五色入五脏。黄入脾，白入肺，青入肝，红入心，黑入肾。何解？就是说黄颜色的食物对我们的脾胃有好处，比如土豆、玉米等。白颜色的食物对我们的肺有好处，比如百合、银耳、山药、白萝卜等。青颜色的食物对我们的肝有好处，比如绿豆、绿茶等。红颜色的食物对我们的心有好处，比如红豆、樱桃等。黑颜色的食物对我们的肾有好处，比如黑豆、黑芝麻等。"

莫离恨心生嫉妒，面上却是一副心服口服的神色，打破砂锅问到底："还有呢？"

晏尺素知晓莫离恨在试探自己这潭水有多深，也不藏着掖着，索性和盘托出："用膳之道第三条准则：甘入脾，辛入肺，酸入肝，苦入心，咸入肾。甘入脾，甘味的食物补益我们的脾胃，五谷基本上都是甘味的，所以最养我们的脾胃。辛入肺，辛味的食物可以宣发肺气，生姜就是如此。酸入肝，酸味的食物可以收敛我们过盛的肝气，比如肝火旺了可以喝点酸梅汤。苦入心，苦味的食物可以泻我们的心火，比如心火旺导致的口疮用苦瓜就可以迎刃而解。咸入肾，咸味食物可以滋养我们的肾阴……"

晏尺素在藕香榭的宴请大获成功，无论在厨艺、摄生上，还是在待人接物上都无可挑剔。更难能可贵的是，宴会自始至终都是一团和气，无半点不快。不似往昔，人多嘴杂，免不了争执、赌气。老夫人很满意，临走时对晏尺素赞不绝口，并要儿媳妇们都学着点，不仅要手巧，还要心灵。

树大招风，刚过门的新媳妇如此风光，自然会招来羡慕嫉妒。羡慕嫉妒倒无妨，不过一旦演变成了恨，麻烦就来了。杨紫陌会嫉妒那是必然的，以她的心性，山庄各房姜室的风头要是盖过她，她会气得跳脚。不过今日不看僧面看佛面，看在老夫人与独孤及的面子上，杨紫陌没有发作。要知道晏尺素大婚当晚，杨紫陌辗转难眠，本以为走了温烟芙就可以名正言顺地成为山庄第一夫人，孰料半路又杀出个晏尺素。

杨紫陌的人生信条是，谁挡她成为究极山庄第一夫人的路，她就不会给谁好果子吃。

杨紫陌的嫉妒在脸上一览无余，而另外一个人的嫉妒则隐藏在心底，藏得天衣无缝。这个人，就是莫离恨。

宴会那天除了老夫人，最喜悦的莫过于独孤及了。他的喜悦是发自内心的，是从头漫延到脚后跟的。他暗自庆幸上苍把晏尺素赐给了他。

当晚，独孤及就留在了藕香榭。

二人月下漫步，偶然间独孤及提到了温烟芙的遗子独孤风，他由衷地说道："可怜风儿一出生就没有母亲，要是风儿有一个如你这般的母亲该多好。"

其实独孤及也就是发发感叹，无任何言外之意。可说者无心，听者有意，晏尺素记在了心里。

第二日，晏尺素与缁衣来到了老夫人的居所蓬壶阆苑。

老夫人正在院子里赏花。

"老夫人，藕香榭的晏夫人来了。"婢女暮云前来禀报。

老夫人"哦"了一声，心里嘀咕："昨儿个刚宴会结束，这一大早过来有甚要紧事？莫不是来讨赏？如果是这样的话，那我对这个儿媳的好印象要大打折扣喽。"

上了年纪，老夫人养成了多疑的性格。

"老夫人万事如意！儿媳又来搅扰您了。"

"来得正好，就与我这个老婆子赏一赏这园子里的桂花吧。"

中秋将至，老夫人院子里的桂花开得正旺。老夫人喜爱桂花，金桂、银桂、丹桂、四季桂都植有若干。闻着满院的桂花香，晏尺素与缁衣顿觉神清气爽，心旷神怡，数日的疲乏烟消云散。

"中秋节就要到了，我正想着让厨房的婢子们摘点桂花，酿点桂花酱给各房送过去。"

晏尺素正思虑着该找一个什么样的话题与老夫人攀谈呢，老夫人一提到桂花她不禁喜上眉梢。

"老夫人真是关心我们，儿媳先替姐姐妹妹们谢过老夫人。"晏尺素屈了屈身子，"儿媳也甚是喜爱桂花呢。"

"差点忘记这茬了，你可是精通摄生之道哦。那你就说说看，这桂花好在哪儿？"老夫人眼神亮了亮，来了兴趣。

"那儿媳就献丑喽。桂花可以用来泡茶，味道让人沉醉。它还可以温中散寒，调经通络，能够有效去除口中的异味。对了，桂花对秋冬的咳疾大有作为呢！没有秋冬咳疾的人，喝了桂花茶可以治未病，防患于未然；有秋冬咳疾的人呢，喝了桂花茶就可以慢慢好转。"

老夫人颇有些兴奋道："那敢情好！我这老婆子就有秋冬咳疾呢，一入秋，天气凉了，总要咳那么几下。这已经是老毛病啦，虽无大碍，总是让人心里不痛快的。如此看来，我要天天喝这桂花茶喽。"

老夫人的婢女暮云此时若有所思道："桂花是百花之中最不惹眼的，但它的香气又是其他花朵不可比拟的。如果用它来泡茶，晒干了香气就没了。请教夫人，如何保存这桂花的香气呢？"

不愧跟随老夫人多年，暮云与老夫人还真心有灵犀一点通，老夫人也正想问这个问题。

晏尺素也曾为如何保存桂花的香气而绞尽脑汁，好在经过不断地摸索，她找到了绝妙的法子。于是她用轻快的语调回答道："找一个干净的罐子，放五份桂花进去，再放一份盐进去，就可以长久保存桂花的香气了。"

暮云作揖道："多谢夫人赐教妙招。"

老夫人浑浊的眼里露出几分欣赏，说道："我赏了这么多年的桂花，今日总算大长见识了，想不到小小的桂花大有用武之地啊。这多亏了尺素你，真是谢谢你了。"

晏尺素谦谦一笑："老夫人历经风雨沧桑，儿媳不过是在老夫人面前班门弄斧罢了。如有不对之处，还望老夫人指正。"

老夫人轻轻戳了一下晏尺素的脑门，用充满慈爱的口吻说道："你这丫头啊，就是太谦虚了。"

又走了一会儿，老夫人问道："尺素，你今日来不会就是跟我这老婆子谈桂花的用处的吧？"

晏尺素深深鞠躬，回答道："老夫人明察秋毫，儿媳确有一事相求。"

"但说无妨。"

"儿媳想把温姐姐的遗子独孤风接过来，亲自抚养，悉心照料。"

此言一出，老夫人停下了脚步，脸上掠过诧异的神色。适才还想着晏尺素是不是来讨赏的，这会子听她这么一说，老夫人大为感动。作为独孤家的长孙，独孤风这一年来一直是老夫人的心头肉。独孤风的身体稍有不适，老夫人就心绪不宁，会急匆匆赶过去。

老夫人郑重其事地问道："你为何突然有此等想法？"

老夫人忆起一年前召集众儿媳问话，竟无一人敢认养独孤风。

"因为儿媳明白，再多的锦衣玉食、再多的山珍海味都抵不过慈母的关怀。风儿如若幼年没有母亲的关爱，长大成人后内心必然会有诸多缺失，这于风儿的前程极为不利。"

晏尺素的话说到老夫人的心坎上去了，她又何尝不是这样想的呢。老夫人并没有马上表态，只是弯下身子将晏尺素扶起，缓缓道："你深明大义，有这份心思我就很欣慰了。不过兹事重大，关系风儿一生幸福，容我与侯爷商议商议，再做定夺。"

"是，老夫人。儿媳静待佳音。"

是夜，老夫人就把独孤及召至蓬壶阆苑，商议晏尺素认养独孤风事宜。

独孤及通过老夫人的口中得知晏尺素的心思，比晏尺素直接告知他更令人感怀，这正是晏尺素的巧妙聪慧之处。人生无常，谁能保证你说出的话定然能够做到？因缘一旦突变，预期之事定然成为泡影。承诺越多，失信越多，于人于己都会造成伤害。不如等待天时、地利、人和都具备了，去做你想做之事就可，至于何种结果就不用太在乎了。

独孤及正处于宠溺晏尺素的阶段，难免感情用事，当场就拍板同意晏尺素认养独孤风。其理由有二：一是晏尺素品性纯良又冰雪聪慧；更要紧一点的是，她精通摄生之道，这之于独孤风身心的成长至关重要。所以，晏尺素认养独孤风再合适不过了。

老夫人也赞同独孤及的想法，不过她还是留了一点心思，说过三五日再说，一来要让晏尺素知道认养独孤家长孙并非易事，如此在以后的抚养中更加珍惜周到；二来也给晏尺素思考回旋的余地，毕竟这绝非儿戏。

独孤及赞叹母亲高瞻远瞩，表示一切听从母亲的安排。

话说隔墙有耳，藕香榭的晏尺素认养独孤风一事不胫而走，很快就传遍了整个山庄。

无疑，晏尺素此举必然会引起众怒。此前，山庄各房妾室都视独孤风为烫手的山芋，巴不得马上扔掉。如今晏尺素却站出来与她们对着干，这叫她们颜面何存？这等同于晏尺素给了她们一记耳光。

最先得知此消息的是莫离恨，她微微上翘的嘴角露出一丝狡黠的笑，对婢女黄时雨道："山庄安静了这么久，终于有好戏看了。"

杨紫陌则气得跳脚，狠狠拍了一下桌子，杏眼圆睁道："她凭什么？！要认养也是我认养，山庄的掌度还在我手中，她晏尺素竟敢越过我直接去找老夫人说这事！太不把我放在眼里了！"

月疏桐、花千树、岳阑珊的心里也有些不悦，一致认为晏尺素此举确实有些不妥，没有考虑姐妹们的感受。她这样做意欲何为？讨老夫人与侯爷的欢心？还是以此衬托她的贤惠？

晏尺素与采桑子交好，又治好了采桑子的咳疾，她倒没有什么意见，只觉得不可思议。认养一个孩子得多大的负担，她可受不起这个罪。

江晚照自然是一副"事不关己，高高挂起"的样子，还叮嘱婢女瑟瑟看看就罢，不要去掺和此事。

当山庄上下议论纷纷，当众妾室都以小人之心度君子之腹时，晏尺素正在藕香榭内莲心亭研习祝东风赠给她的医书《食疗本草》。

晏尺素真没有考虑过此举会引来非议吗？非也，这一切都在她意料之中。只是她认为"清者自清，浊者自浊"，在这件事上她问心无愧，不需要去解释什么。人之于世，无论你做任何事总会有人不喜欢，多数人做的事不一定是对的，少数人做的事不一定是错的。时刻与大多数人保持一致，就失去了人格与灵魂的独立性。

晏尺素不想做一个行尸走肉一般的人。

莫离恨觉得有必要去藕香榭走一遭，彻底摸清晏尺素的心思，于是与婢女黄时雨装作路过的样子，敲开了藕香榭的门。

"妹妹在作甚？"莫离恨迈着轻快的步子走过去，拉着晏尺素的手，"秋风日紧，妹妹可仔细着身子，这荷塘吹过的风还真有些凉呢。"

晏尺素合上医书，起身行礼道："见过姐姐。"

"妹妹在看什么书？"莫离恨低头瞅了一眼，"妹妹真是博学多才，腹有诗书气自华。都说'女子无才便是德'，我看呐，这话完全用不着妹妹身上，妹妹是德才兼备。"

"姐姐抬举了。不过是闲来无事，打发一下慵懒的时光罢了。"

缁衣端来了茶。

莫离恨用袖子遮挡着茶杯抿了一口，轻声细语道："近日有传闻说，妹妹要认养温姐姐的孩子独孤风。可有此事？"

晏尺素实话实说："确实如此。"

"妹妹宅心仁厚，有如荷花般的高风亮节，姐姐是自愧不如了。"莫离恨说着，话锋一转，"可是妹妹有没有为自己的将来打算？有朝一日你会有自己的孩子，那时又该如何？"

晏尺素淡淡道："我没有思虑太多，跟随自己的心走吧。"

晏尺素也会深思熟虑，也会高瞻远瞩，只是在认定的事上不会优柔寡断、瞻前顾后。莫离恨则不同，她必须左思右想、未雨绸缪，确认万无一失后才可付诸行动。

莫离恨的眼珠转了一下，继续试探晏尺素的心思："没有远虑，必有近忧。这别人家的孩子打也打不得，骂也骂不得，万一有个差池会给妹妹惹来无限祸端。妹妹可想好了？"

晏尺素不以为然，浅浅一笑："孩子是用来疼爱的，不是用来打骂的。"

晏尺素这话让莫离恨哑口无言。莫恨离心里想，说得轻巧，到时有的你受。

"既然如此，就不打扰了。"

晏尺素把莫离恨送到了院门口，站了一会儿才回屋。

莫离恨又拐道去了杨紫陌的倾城别院。

杨紫陌正在气头上，莫离恨来到了跟前，她也不正眼瞧上一瞧。

莫离恨知道她的脾性，忍气吞声久了也就习以为常。

莫离恨轻言细语道："姐姐是在生谁的气呢？莫不是我这个不速之客搅扰了姐姐的清净？"

"与你无关。"杨紫陌指了指藕香榭的方向，"还不是我隔壁这个新来的！"

莫离恨一下子明白了杨紫陌所为何事，远山眉毛轻轻一扬，道："我适才路过藕香榭进去坐了一坐。晏妹妹说……"

莫离恨欲言又止。

"她说什么？"杨紫陌最受不了别人卖弄关子，大声问道，唾沫星子溅了莫离恨一脸，弄得莫离恨好生尴尬。可杨紫陌呢，却若无其事。

莫离恨心里想着，这个女人可恶至极，凌驾于自己头上耀武扬威多年，要不是看在她背后有位高权重的宰相撑腰，自己早已跟她撕破脸了。忍辱负重的滋味有时真让莫离恨崩溃，无奈她身世惨淡，无父无母，人微言轻，在这个山庄里她谁都得罪不起。除了一忍再忍，她别无他法。所有的忍都是为了日后能够扬眉吐气，她在等那一天到来，等她成为究极山庄第一夫人的那一天到来。到那时，她会第一个找杨紫陌算账，出一出她心头被压抑多年的恶气。

"说出来姐姐可不要生气哦。"

"少废话。快说！"

莫离恨心头冷笑，杨紫陌越急不可耐就越会中招。

"姐姐得发誓不要对任何人说这话是我说的，我可得罪不起深受老夫人与侯爷宠爱的晏姐姐。姐姐要是做不到，妹妹现在就走。"

说着，莫离恨起身就要走，杨紫陌一把拉过莫离恨，说道："我发誓还不成吗？"

杨紫陌发誓道："如果我将今日之言泄露出去，天打雷劈、不得好死。"

莫离恨这才缓缓说道："晏姐姐说，山庄这么多人竟无一人认养独孤风，她委实看不下去，为抚慰温烟芙的在天之灵，要把独孤风接过去好生照料。"

杨紫陌大声哼笑了两下，道："好一个看不下去啊，事情还未成呢，开始往自己脸上贴金了！明日我就让她瞧瞧到底有没有人去认养风儿！"

莫离恨见目的达成，起身告辞，还特地嘱咐杨紫陌不要冲动，不要伤了姐妹间的和气。

第二日，杨紫陌就风风火火地找到老夫人，开门见山地说要认养独孤风。

"老夫人，儿媳知错了。"

杨紫陌一来就双膝跪地，把老夫人吓了一跳。

老夫人用寿杖敲了敲地，说道："这是作甚？起来说话。"

杨紫陌故作姿态："老夫人，儿媳考虑清楚了。我要认养独孤风，请老夫人成全。"

老夫人一惊，手中的茶杯停在了半空中："你这是唱的哪一出戏啊？一年前我可记得你推三阻四的，说什么也不愿意认养风儿，这回太阳从西边出来了啊。"

杨紫陌继续扭怩作态，口是心非地说道："请老夫人宽恕儿媳考虑不周。我当时只是想保全自己，没有想到风儿的处境，没有顾全大局。现在儿媳想明白了，作为山庄后院的掌度，认养风儿是义不容辞的事情。儿媳应当做出表率，才能让姐妹们心悦诚服，和睦相处，才能让后院风平浪静。"

老夫人放下茶杯，用半信半疑的目光看着杨紫陌："合着你认养风儿是为了保持自己在山庄的威风和颜面啊？"

杨紫陌提高了声量："老夫人明鉴！儿媳是为了风儿，为了独孤家的未来，为了整个山庄！"

老夫人似乎洞穿了杨紫陌的心思："我看你是见尺素要认养风儿，眼红了，过来凑热闹的吧？"

杨紫陌辩白道："老夫人，冤枉啊！儿媳这几日一直未出门，在家里一门心思地绣着一个决明子枕头来孝敬老夫人呢。这决明子枕头有催眠安神的功效，最适合老夫人了。"

说着，杨紫陌朝婢女使了使眼色，重锦把一个全新的枕头呈给老夫人。

老夫人看了看枕头，语气舒缓了下来，但依然不信杨紫陌会如此深明大义："果真如此？别蒙我这老婆子耳聋眼花，我可听说你与温烟芙不和，怎会有这等好心突然要认养她的孩子？"

杨紫陌又突然跪下，磕了三个头："儿媳承认过去是与温妹妹有些过节，可现在妹妹不在了，我还计较那些做什么呢？再说我跟温妹妹也没有什么深仇大恨，更何况我现在认养的是独孤家的血脉，是老夫人的长孙哪！请老夫人一定要明白我这颗赤子之心啊！我是真心实意想把风儿接过来当自己的亲生儿子一样照顾。老夫人应该清楚的，我滑胎两次，想孩子都想疯了。请老夫人可怜可怜你这思子心切的儿媳吧。"

杨紫陌声情并茂地说着，差点就要声泪俱下了。

老夫人最见不得身边的人可怜兮兮的，心软了。她思忖了片刻，说道："你先回去吧，这事等我跟侯爷商量之后再给你答复。"

出了蓬壶阆苑的大门，婢女重锦说道："夫人真是高明，借花献佛地把莫夫人送给你的枕头送给了老夫人。"

杨紫陌沾沾自喜道："那是。她晏尺素想跟我斗还嫩着呢！"

这边莫离恨正在幽篁居的竹林里吹着埙，声音低沉而悠长，仿佛藏着无尽的伤痛。

婢女黄时雨疾步走过来禀报："倾城别院的杨夫人已经去蓬壶阆苑央求老夫人恩准她认养独孤风了。"

莫离恨继续吹着埙，直到一曲终了她才回过头来，阴沉地说道："把这个消息散布出去。为了让这出戏更加精彩，明日我们也去老夫人那走一遭吧。"

第二天，莫离恨也去蓬壶阆苑请老夫人恩准她认养独孤风。不过莫离恨并没有苦苦央求，只是风轻云淡地表达了她的心意。

晏尺素、杨紫陌、莫离恨，这风头最劲的三位夫人相继要认养独孤风的事，在山庄传得沸沸扬扬。山庄的其他妾室坐不住了，再不去的话就显得自己太特立独行，太不把老夫人放在眼里了。除了江晚照和采桑子以外，其余妾室纷纷请求老夫人让自己抚养独孤风，只不过她们都是做做样子罢了。

众妾室们接踵而至，都快把蓬壶阆苑的门槛踏破了。老夫人纳闷不已，要么一个不来，要么就来一窝蜂。老夫人提醒自己，这事马虎不得，人多了难免泥沙俱下。自己得擦亮眼睛，为风儿寻一个最中意的母亲。

按照独孤及的意思，晏尺素是不二人选。可按照老夫人的意思，其他妾室也不能就这样拒绝，得有个说头，不然以后晏尺素在山庄的处境会比较艰难。

独孤及和老夫人合计，想出了一个法子，要当众考核她们是否有能力抚养独孤风。

于是，独孤及把爱妾们都召集到了缥缈居。

最先到来的依然是莫离恨。其次是杨紫陌与岳阑珊。

杨紫陌气焰嚣张，拖着凤穿牡丹曳地长裙，高昂着头，一进来就用目光搜寻晏尺素的身影。

莫离恨走过来向杨紫陌施礼道："预祝姐姐旗开得胜。"

杨紫陌一副志在必得的模样："我想要的东西没有得不到的。"

其余姜室都陆陆续续到齐，各怀心思，见了杨紫陌都不敢怠慢，会主动过来问好。

桃夭夭昨晚喝多了一点，睡得也不好，精神有些恍惚，没有过来向杨紫陌问安。杨紫陌气不打一处来，走到桃夭夭身边，阴阳怪气道："妹妹想要认养独孤风，我看还是等下辈子吧。"

桃夭夭倒也不气恼，本来对此事就是一个凑热闹的心态，反唇相讥道："祝姐姐这辈子如愿以偿。"

岳阑珊不失时机地凑过来奉承杨紫陌道："我们都是来给妹妹做陪衬的，能够与妹妹抗衡的也就是尺素妹妹和莫妹妹了。不过，姐姐我更看好妹妹你。"

花千树最见不得岳阑珊的嘴脸，忍不住开口道："那可未必，尺素妹妹的实力不可小觑。"

杨紫陌剜了一眼花千树，花千树并不理会。

岳阑珊又问身边的月疏桐："妹妹不会也想认养独孤风吧？"

月疏桐淡淡道："姐姐你说呢？不然我来这里作甚？"

岳阑珊认为月疏桐与三位风头正劲的夫人相争，无异于螳臂当车，轻蔑地说道："你认为你争得过杨妹妹她们？"

花千树冷冰冰的脸对着岳阑珊："岳姐姐还是先管好自己的事吧。如果你实在闲得慌，不如我们来打个赌，赌一下谁能胜出。"

岳阑珊热血上涌，脱口道："打赌就打赌。你说赌什么？"

花千树似乎是动了真格，不像戏言，一本正经道："如果我赢了，你在你的及第舍宴请我们好吃好喝一顿。如果我输了，我在我的玉雨轩宴请你们好吃好喝一顿。"

花千树在山庄地位不高，岳阑珊自然不惧怕花千树。岳阑珊把桃夭夭拉了过来，道："桃妹妹与月妹妹作证，我赌杨紫陌胜出。"

花千树冷笑一声："那我就赌晏尺素胜出。"

老夫人来了，独孤及也来了。人都到齐了，唯独不见晏尺素的身影。

约定的时辰已到，独孤及心里颇为纳闷，尺素这会子跑哪去了？

为拖延时辰，独孤及故意寻了其他话题与众姜室们谈论。

岳阑珊窃喜，这还没开始呢，晏尺素就输了一大截，这回与花千树打赌十有八九是胜券在握了，于是站出来说道："侯爷，尺素妹妹怎么还没有到呢？时辰已经过了，是不是该开始了？"

花千树赶紧站出来说："想必尺素妹妹有事耽搁了，她平时是很守时的。尺素妹妹是第一个提出认养独孤风的，这次考核若缺了她实在不妥。"

花千树的话甚合独孤及的心意，他说道："那就姑且再等等吧。"

杨紫陌大为不悦："老夫人、侯爷，晏妹妹不会临阵脱逃了吧？"

岳阑珊推波助澜："如果一味地等尺素妹妹，对其他姐妹们有失公允。"

独孤及有些为难。老夫人出了个主意，说道："等不等她大伙说了算。赞同等她的站在我这边，不赞同等她的站在侯爷那边。"

杨紫陌忙不迭地站在了独孤及这边，岳阑珊后脚跟了上去。花千树迅速站在了老夫人这边，桃夭夭迈着碎步跟了过去。采桑子毫不犹豫地站在了老夫人这边，心里替晏尺素捏了一把汗。月疏桐不紧不慢地走到独孤及这边。此时，赞成的与不赞成的打了一个平手。

最后就看莫离恨的取舍了。

莫离恨瞬间成为全场焦点。莫离恨看了看独孤及，又看了看老夫人，装作一副左右为难的样子。

杨紫陌向她使了使眼色，莫离恨视若无睹，最后走向了老夫人这一边。

杨紫陌的脸上一下子乌云密布，她狠狠瞪了一眼莫离恨。

老夫人笑呵呵地说："如此看来，大家伙还是赞成等喽。"

老夫人话音刚落，晏尺素迈着细碎的脚步姗姗来迟，神色稍稍有些慌张。

她深吸了一口气，稳了稳情绪，走上前去施礼道："老夫人、侯爷，妾身在赶来的途中遇到突发事故，来迟了一步，让大家久等了。望老夫人、侯爷、姐妹们多多包涵。"

独孤及舒了一口气，紧蹙的眉头也舒展开来，向晏尺素投去疼惜又夹杂埋怨的目光，但更多的是爱意绵绵。那眼神似在说，尺素你可算来了。老夫人也笑逐颜开，她老人家心里面还是最乐意晏尺素做独孤风的母亲的。

再看看站在老夫人这边的妾室们，最紧张的莫过于花千树了，她可是有赌约在身，若还没开始就输了未必太损颜面。看到晏尺素的身影，花千树紧耸的肩膀也松弛了下来，向对面的岳阑珊投去得意的笑容。老夫人这边的妾室神色各异，不过都有几分雀跃，庆幸自己没有站错队伍。

再看看站在独孤及这边的妾室们。为首的杨紫陌有些花容失色，似乎晏尺素的出现是一个意外。岳阑珊垂头丧气的，晏尺素的到来为她适才的赌约增加了诸多悬念。不过从内心讲，她不得不承认晏尺素的真才实学是远远胜于杨紫陌的金玉其外败絮其中的。

考核正式开始，全场肃穆下来。

独孤及出第一个考题："小儿哭了如何处理？"

独孤及话音刚落，全场愕然，都以为自己听错了。侯爷这是把她们当三岁小娃了，如此简单的考题谁不会答呢。

话篓子岳阑珊忍不住扑哧一笑，抢先作答："侯爷，小儿哭了就哄他笑呗。"

独孤及的眼神有几分愠色："如何哄他笑？"

岳阑珊脱口而出："给他糖吃！"

岳阑珊如跳梁小丑，引发人群更多的笑声。

老夫人见岳阑珊那滑稽模样，哭笑不得，摇了摇头。

花千树反驳道："你怎知晓小儿哭了一定要吃糖？"

岳阑珊怔了一下，支支吾吾道："这，这……"

独孤及轻声又不失威严斥责道："下去吧，别在这丢人现眼了。"

一向爱出风头的杨紫陌本想站出来回答，又觉着独孤及这道考题出得蹊跷，看似简单又蕴含着高深莫测的道理，前几日从宫里请来的御医教给自己的小儿养生道理完全派不上用场啊。这样揣度着，杨紫陌决意按兵不动，静观其变。

莫离恨迈着款款的步子走上前去，目光里颇有自信同时蕴含着几分幽怨："小儿哭了，要细细查看他哭的缘由。小儿冷了、热了、怕了，甚至思念母亲了都会哭泣。诚然，小儿饿了也会哭，但如果不分青红皂白，自以为小儿哭了就要给他吃食，会对孩子造成莫大的伤害。"

老夫人轻轻拍起了巴掌。在晏尺素到来之前，莫离恨一向是她最喜欢的儿媳，这一回又没让她失望。

独孤及也很满意，向莫离恨投去赞许的目光，不过他总觉着莫离恨的表情有些麻木冷漠，对孩子那份母性的疼爱在她身上丝毫展露不出来。

老夫人顺着独孤及的意思，出了第二道考题："小儿饿了又该如何处理？"

有了前车之鉴，大家都不敢贸然回答，都垂首沉思，琢磨着老夫人出题的深意。

岳阑珊真是丈二和尚摸不着头脑，小孩饿了就给东西吃啊，不给吃的，难不成饿死他？不过适才自己已经无地自容，这回她不想再贻笑大方了。

杨紫陌也有些慌了，怎么净出一些不着边际的考题呢？此时的杨紫陌恨不能钻进老夫人的肚子里一探究竟，看看老夫人到底做的什么打算。

独孤及扫视了一下全场，期许的目光最后落在晏尺素身上。

晏尺素捕捉到了独孤及意味深长的眼神，从容淡定地走了出来，其悦耳动听的声音如风吹莲叶："小儿饿了要分清是真饿还是假饿。小儿由于行动不便，传递自己的喜怒哀乐只能靠嘴巴。哭、笑、吃是小儿用嘴传达情绪的三种方式。很多时候，小儿会通过不断地吃东西来表达他的存在，引起周围人的注意。这时做母亲的要体贴入微，引导小儿，转移他们的注意力，如此小儿就不会想着吃东西了。脾胃是后天之本，而小儿最薄弱的脏腑恰恰就是脾胃。稍不留神，小儿就容易吃多了，慢慢就会损害他的脾胃。"

晏尺素行云流水一般的回答让在座的无不折服。

老夫人又拍了拍巴掌，力度比适才要大一些，也要持久一些。心细如发的月疏桐留意到了这一点，心想，如此看来，比之于莫离恨，老夫人更赞赏晏尺素的回答。月疏桐有些后悔站错了队伍，她其实对晏尺素没有任何敌意。为弥补先前的过失，她起身对晏尺素道："妹妹学富五车，口若悬河，对小儿养生之道洞察得入木三分，姐姐真是汗颜。"

岳阑珊也站起来，三分夸赞、七分讥诮地说："妹妹还未做过母亲，怎会如此精通小儿养生？我真是好奇啊。"

采桑子听了此话，觉得岳阑珊在羞辱晏尺素，疾疾起身，为晏尺素辩白："有什么好奇的？岳姐姐没吃过猪肉还没见过猪跑吗？"

采桑子这话倒逗乐了全场。

花千树附和道："有些人头发很长，见识却很短。如此也就罢了，还眼红别人的博学。"

桃夭夭也出来帮腔："岳姐姐，我可是亲眼见证哦，你跟花姐姐是打了赌的，我可等着岳姐姐好吃好喝地招待我们呢。对喽，一定要有佳酿哦。"

岳阑珊受到众人奚落，脸色铁青，有些气急败坏："鹿死谁手还未可知！哼！"

岳阑珊说完扭过头去，又向她的靠山杨紫陌投去埋怨的一眼，愤愤地想，这杨紫陌怎么了？平素里伶牙俐齿，紧要关头也不帮我说几句！

不是杨紫陌想一声不吭，只是她阵脚大乱、自顾不暇呢。要是下一道考题她还回答不出来，那就要败下阵来了。

杨紫陌在心里默念："祈求万佛护佑，助我度过这一关。"

独孤及出了第三道题："为何医家说'若要小儿安，三分饥与寒'？"

杨紫陌心想，谢天谢地，自己的祈求灵验了，这道考题与宫里御医说与她的如出一辙。

杨紫陌迫不及待地走过去，拂了拂衣袖，终于要大展身手了。孰料，由于她太过兴奋的缘故，准备好的说辞霎时忘得一干二净，脑子里一片空白。杨紫陌心急如焚，细密的汗珠渗出来，弄脏了她浓妆艳抹的脸。

岳阑珊似乎比杨紫陌更着急，小拳头攥得紧紧的，心里不断地呼唤："快说呀！快说呀！"

月疏桐心里讪笑，花拳绣腿，虚张声势，以她浅薄的学识能够回答出如此深刻的考题？

采桑子不免有些幸灾乐祸，巴不得杨紫陌出丑呢。

花千树和桃夭夭虽然面不改色，心里也盼着杨紫陌最好答不出来，也好杀杀她一贯的嚣张气焰。

莫离恨可不想杨紫陌就此溃败，她还需要看戏呢。于是她率先起来安抚道："姐姐莫急，时辰多的是。"

老夫人也和颜悦色道："紫陌啊，这又不是真考场，放松，放松。你想到什么就说什么，能说多少算多少。"

杨紫陌总算缓过劲来，灵光一闪，几乎是一字不落地背诵出了御医教给她的答案："对于'若要小儿安，三分饥与寒'，妾身是这样领会的。三分饥，是因为小儿的脾胃很弱，吃进太多的食物脾胃消受不起，就会留下积食，导致小儿咳嗽、盗汗等疾病。医书中说'饮食自倍，肠胃乃伤'，就是说如果我们吃进去的食物超过脾胃的承受能力，脾胃就会受到伤害。不仅大人如此，稚阴稚阳的小儿更是如此。"

杨紫陌越说越流利，脸上的得意之色又浮现出来。她顿了顿，接着道："再说'三分寒'。不知道诸位有没有注意，小儿是最不怕冷的。冰天雪地的，大人们都披着貂绒、带着手炉，小儿呢，在雪地里活蹦乱跳的。这是为何？因为小儿是纯阳之体。医家说，小儿'阴常不足，阳常有余'。所以，做母亲的切记不要老拿厚厚的棉袄捂着小儿，棉袄一捂，他的汗毛孔就会张开，一张开虚贼邪风就进去了，就会得伤风。所以啊，小儿的病不是吃出来的就是捂出来的。"

杨紫陌一边侃侃而谈，一边挪着纤纤玉足来回走动，眼睛也不闲着，一会儿看看独孤及，一会儿瞧瞧老夫人，一会儿望望两边正襟危坐的姐妹们。

光彩照人，掷地有声，杨紫陌的表现近乎完美无瑕。这让在座的诸位着实吃惊不小，平素里压根儿看不出她懂这么多摄生之术，这会子她像变了一个人似的。她们当然不知晓，这几日杨紫陌为应付这场考核做足了功夫，晨起睡前稍有闲暇，她都会背诵御医教给她的小儿养生之道。

岳阑珊把巴掌拍得啪啪响，忘乎所以地欢呼起来："紫陌妹妹，你说得太好了！说得太好了！"

在岳阑珊高涨的情绪带动下，全场鼓起掌来。掌声参差不齐，有不情愿的，有嫉妒的，有讨好的，更多的是疑惑与纳闷。

莫离恨谄媚道："杨姐姐的这番高见让妹妹自愧不如。"

月疏桐无论如何也不信杨紫陌有这等见识，三分恭维七分揶揄："姐姐真是深藏不露。"

花千树、采桑子、桃夭夭默不作声。

岳阑珊抢过话茬："紫陌妹妹这叫低调含蓄，不像某些人懂点皮毛就大张旗鼓的，唯恐天下不知。"

杨紫陌扭着丰腴的腰肢走到晏尺素面前，以挑衅的目光看着她，阴阳怪气地问道："晏妹妹以为我说得如何？"

晏尺素报以微笑，不卑不亢："杨姐姐妙语连珠，浑然天成，无可挑剔。"

独孤及与老夫人又各自出了若干考题，踊跃表现者唯有莫离恨、杨紫陌、晏尺素三人。莫离恨进退有度，拿捏得当，就是不想拔得头筹；杨紫陌则披荆斩棘，见神杀神；晏尺素泰然自若，恪守中正，不卑不亢。

独孤及与老夫人交头接耳一番，达成共识，郑重宣布道："经过遴选，杨紫陌、莫离恨、晏尺素名列前茅。三人平分秋色，不相上下。知难行易，你们三人将要经过第二轮考核，各自抚养独孤风一月，根据你们的表现择优录取。风儿的抚养权最终花落谁家，拭目以待。"

众人散去。

杨紫陌一回到倾城别院就气势汹汹地唤道："重锦你给我出来！"

重锦吓得花枝乱颤，怯生生道："夫人回来了。"

"我之前跟你吩咐了什么？！"

"夫人让奴婢去阻拦晏尺素，拖延时间……"

"真是饭桶！这点小事也办不成！"

"夫人息怒。那晏尺素实在厉害，不一会儿就看出我是装病的……"

"所幸我早有准备。不然坏了我的大事，仔细你的皮！她晏尺素再厉害，还能比御医厉害？咱们骑驴看唱本——走着瞧！"

"夫人英明。"

三日后，杨紫陌第一个把独孤风接到了自己的院子。

说是亲自抚养，杨紫陌却做了个甩手掌柜，独孤风的饮食起居一应事宜一股脑儿吩咐给了婢女重锦。她自己乐得逍遥，该干吗还干吗。重锦有苦难言，只得硬着头皮勉强支撑。当然，杨紫陌为保证万无一失，外面有恭请的御医随时待命。

上天还真眷顾杨紫陌，这一个月独孤风能吃能睡，安然无恙。只是重锦忙得不可开交，白天侍候独孤风吃喝拉撒，晚上也闲不着，时常被独孤风的哭闹惊醒。一个月下来，重锦面黄肌瘦，像黄花菜似的。她这一个月度日如年，好在不辱使命，总算挺了过去，把一个完整、白白胖胖的独孤风交给了莫离恨。

莫离恨从杨紫陌怀里抱走了独孤风。

杨紫陌倚在门口冲着莫离恨娇小的背影冷嘲热讽："妹妹小心台阶！闪了自己的腰是小事，摔着风儿麻烦可就大喽！"

与杨紫陌截然相反的是，莫离恨把独孤风视若珠宝，凡事都亲力亲为。她不相信任何人，只相信自己的眼睛和双手。杨紫陌有宫廷御医随时施以援手，莫离恨无依无靠，在这节骨眼上，她只能靠自己。她自己废寝忘食地研习医书，无奈临时弄到的典籍对小儿养生记载甚少。好在莫离恨自小就吃尽了苦头，这一个月的辛劳对她来说不算什么。

可老天偏偏与她作对，还有十来日就结束了，独孤风突然病了。

独孤风先是不吃不喝，神情呆若木鸡，后来晚上一睡觉就咳嗽。

莫离恨哪敢懈怠，急忙差遣婢女黄时雨偷偷地外出寻找大夫，自己在家中的佛龛烧起高香，虔诚地祈求诸佛菩萨护佑独孤风不要有任何闪失。

不成想，这偷偷请来的大夫是个庸医，随便开了一点不痛不痒的药，拿了丰厚的诊金后就溜之大吉了。三日过去，独孤风的病不见好转反而愈发严重了。好在这几日独孤及事务繁忙，早出晚归，无暇顾及风儿。老夫人也恰巧玉体欠安，在院子里躺着歇息。不然，被独孤及和老夫人知晓了，后果可想而知。

"夫人，这可如何是好？"婢女黄时雨急得像热锅上的蚂蚁。

莫离恨镇定自若，对黄时雨千叮万嘱："务必要守口如瓶，切不可走漏半点风声，尤其不能让老夫人和侯爷知晓。"

"夫人，风少爷千金之躯，老夫人视其若掌上明珠，含在嘴里怕化了，捧在手里怕掉了。他要是有个三长两短，我们可担待不起啊。要不，我们还是禀告老夫人……"

"糊涂！"莫离恨骂道。她也是急昏了头，控制不住自己的情绪，抬手就给了黄时雨一个耳光："经不起事的贱婢！"

黄时雨白嫩的脸上留下了鲜红的五指印，火辣辣地疼。她心中的怒火也熊熊燃烧，只迫于莫离恨的淫威与自身的卑贱，不敢言语半声，把头深深埋于胸前。

莫离恨见黄时雨楚楚可怜的模样，知自己下手太重，又过去捧着她的脸，抱歉道："对不住了，时雨，我也是气急了。你想想啊，此时禀告老夫人我们就前功尽弃了，我们所有的努力都会付诸东流。放心吧，风儿没事的，我们会有法子的。"

黄时雨眼眶潮湿，心中五味杂陈，真有一股冲动想一走了之。可她是一个孤苦伶仃的弱女子，天下之大，哪里是她的容身之处呢？跟着莫离恨虽看不到希望，但好歹有口热饭吃，有张暖床睡。

此时，一个身影突然闪过黄时雨的脑海，她战战兢兢地提议道："夫人，有一人或许可以帮助我们。"

莫离恨眼里闪出一丝光亮，像是抓住了最后一根救命稻草："谁？"

"藕香榭的晏尺素。"

不到万不得已，莫离恨是不会相信任何人，何况晏尺素还是她的死对头。不过从她掌握的情况来看，晏尺素或许是她唯一的救星。莫离恨沉重地点了点头，默许了黄时雨的提议。

莫离恨没有十足的把握晏尺素会不会助她一臂之力，甚至最坏的打算她也想过，那就是晏尺素不但不施以援手，反而把此事通报老夫人。知人知面不知心，但无奈之下，莫离恨只得放手一搏了。

莫离恨亲自出马去藕香榭请晏尺素。

晏尺素正在屋子里插花，正把一只干的莲蓬插进一只玉净瓶中。晏尺素喜欢简约的插花，有时候是一枝梅花，有时候是一根柳条，有时候是一根干枯的树枝。杨紫陌恰恰相反，喜欢繁复耀眼的插法，比如她经常插的是牡丹、芍药、百合，一插都是一大把，少有单枝的。

"有劳妹妹走一趟了。"

莫离恨如履薄冰，慎之又慎，只说幽篁居有点急事需要晏尺素帮忙，并未详尽告知。缁衣也要跟随而去，却被莫离恨阻止了。晏尺素也不追问，揣着疑惑出了门。

到了幽篁居，莫离恨随手把院门栓死了。

一条鹅卵石铺就的小道，两边是各式各样的竹子，弯弯绕绕，曲径通幽，好一会儿才来到客堂。

　　"风儿有些小恙，我拿捏不准，故请妹妹前来赐教赐教。适才不在藕香榭明说，是不想节外生枝，望妹妹体谅。"

　　莫离恨这才坦白实情，随即让黄时雨把独孤风抱了出来。

　　晏尺素面上没说什么，心想，好一个小心谨慎之人。

　　只见那独孤风耷拉着脑袋，一副无精打采的样子，薄薄的小嘴紧紧地闭着，唇色黯淡无光。在瘦削四肢的衬托下，本来可爱的小脑瓜显得有些突兀。

　　"风少爷三日没有进食了，只喝了些水。"黄时雨皱着眉头道。

　　晏尺素蹲下身子，把独孤风的小手放在自己的手心，又用另外一只手去抚摸独孤风的脑袋。

　　"大便如何？"

　　"发干、发臭，好几天才排一次。"

　　"睡觉如何？"

　　"睡不踏实。一睡觉就咳嗽，喜欢趴着睡。对了，睡觉还出汗，喜欢蹬被子。"

　　晏尺素似乎捕捉到了最关键的一点，特意问道："请仔细回忆一下，出汗的部位在哪里？是全身出汗，还是胸部以上出汗，还是仅仅头部出汗？"

　　黄时雨回忆了一下，肯定地说道："是胸部以上出汗！"

　　晏尺素又让独孤风伸出舌头看了看，舌苔黄厚，又摸了摸他的小肚子，心里明白了。

　　"这是小儿疳积。"晏尺素沉思片刻，起身道："风儿肚子鼓鼓的，四肢瘦弱，不思饮食，大便秘结，睡觉咳嗽，盗汗。这些正是小儿疳积的症状。"

　　见晏尺素胸有成竹，又说得头头是道，莫离恨如释重负。

　　"如何调理呢？要吃些什么药？"

　　"无需特别吃药。我那里有已经制作好的消食丹，服上三日就可以了。"

　　莫离恨的眼神里有几分警惕："这消食丹是什么？"

　　晏尺素解释道："不是什么稀罕物，就是山楂、炒麦芽、炒神曲三样食材混合制成的丸子。我是留着给自己或者身边的人用的，哪天冷不丁多吃了不消化，就吃几颗消食丹，健胃消食特别好，尤其善于化肉食。风儿就是吃多了才得小儿疳积的。姐姐也可常备着，需要之时也就不慌忙了。"

　　事不宜迟，晏尺素立马回藕香榭把消食丹取了来。

　　晏尺素先用温开水把消食丹化开，亲自尝了尝看是否太烫，然后一勺一勺地喂给独孤风喝。独孤风似乎对这酸酸甜甜的消食丹特别喜欢，把小嘴张得大大的，喝了还想喝。莫离恨在一旁忍俊不禁，而晏尺素无微不至的细心又让她动容。

　　一切安置妥当后，莫离恨送晏尺素出来。送至门口，莫离恨作揖道："今日多亏了妹妹，姐姐感激不尽。日后若有用得着姐姐的地方，姐姐定当全力以赴。"

　　晏尺素渐行渐远，莫离恨望着晏尺素婀娜多姿的背影，心里产生了微妙的情绪。晏妹妹宅心仁厚又聪明绝顶，如果能够与她交心，引为知己，无话不谈，该多好啊。在这个偌大的山庄，我真是太寂寞、太无助了。

　　可是，可是为何她跟我拥有同一个夫君？

上苍垂怜，晏尺素的消食丹比神丹妙药还管用，独孤风仅服用了一日就胃口大开，叫嚷着要吃东西了。又服了一日，独孤风痊愈。

有惊无险，莫离恨总算还给了独孤及和老夫人一个完好无损的独孤风。

接下来就轮到晏尺素抚养独孤风了。

晏尺素凭借无与伦比的摄生之道与事无巨细的慈悲心肠，把独孤风照料得妥妥当当的。一个月不见，独孤风长高了些，还长结实了一些。他精神头特别足，总咿咿呀呀地缠着晏尺素与他玩儿，比如一起躲猫猫，一起围绕着门柱子转圈圈，或者用小脚踢着蹴鞠球。独孤风总是咯咯地笑着，高兴起来手舞足蹈，一玩就停不下来，起码要玩一两个时辰。晏尺素和缃衣忙得团团转，不过累并快乐着，因为独孤风这个小家伙特别惹人喜爱。

独孤及有一回悄无声息地来到藕香榭，在晏尺素与独孤风的身后，看到二人亲密无间地嬉耍，不是母子却胜似母子。

晏尺素拉着独孤风的小手，风儿微微吹起晏尺素的白色长裙，宛如仙女下凡一般。这个温馨的画面久久留存在独孤及的记忆里。

独孤及心想，如果温烟芙泉下有知，风儿有这样一个母亲，她也应该安息了吧。

晏尺素抚养的这一个月，独孤风快快乐乐、安安康康。晏尺素把独孤风交给奶妈时，小家伙还哭哭啼啼，一步三回头，非常舍不得晏尺素呢。

杨紫陌、莫离恨、晏尺素都顺利地完成了抚养任务，独孤风该交给谁又成了难题。

从情感偏向来说，老夫人与独孤及都愿意把孩子交给晏尺素。但杨紫陌与莫离恨在抚养过程中亦是劳心劳力，恪尽职守，没有出任何偏差，就这样把她二人刷下去总有点说不过去。更何况众姬室都盯着呢，不能失了公允。

独孤及又将众人召集到了缥缈居，希望大家集思广益，想出一个万全的法子来。毕竟决定谁抚养独孤风这事不能无限拖延下去。

正在独孤及为难之际，莫离恨突然站了出来。

"老夫人、侯爷，可能要让你们失望了，我打算退出。"

莫离恨如实道明了缘由，她心有余而力不及，无论是精力还是养生之道都不及晏尺素和杨紫陌。

莫离恨的话掀起轩然大波，众人窃窃私语，都想不通莫离恨此举究竟为何。

就剩杨紫陌与晏尺素二人了，又该如何抉择？

杨紫陌心里想，这晏尺素这么不识趣，早该像莫离恨一样主动退出。你一个小小太医令之女，不，是前太医令之女，凭什么跟我这个堂堂大宰相之女争？

晏尺素呢，她是决意要认养独孤风的，绝对不会退出。

独孤及与老夫人都冥思苦想，搜肠刮肚却还是想不出妥当的法子。

这时，采桑子出乎意料地站了出来，一脸天真无邪地说："我们老想着替风儿选母亲，不如让风儿自己选母亲呢。我们全部退到一边，把风儿放在中间，尺素姐姐和紫陌姐姐分别立在两边，让风儿自己走过去，走到谁的身边就由谁抚养。"

真是一语点醒梦中人，这种灵光一现的智慧只有品性极其纯朴的人才会有。晏尺素不禁在心里暗暗为采桑子叫好。

众人听了都拍手赞成。独孤及也茅塞顿开，容颜大悦，连说三个"妙哉"，老夫人也连说"甚好"。

万事俱备，只欠东风，此刻，就等独孤风这个小家伙走向哪边了。

备受瞩目的时刻来临，众人都屏住呼吸，伸长了脖子，目不转睛地盯着独孤风的一举一动。

独孤风忽闪着漆黑的大眼睛，左看看右看看，向前走了一会儿，又退了回来。

杨紫陌有些心虚，不成想采桑子想出这么一个馊主意，悔不该那一个月没有与独孤风好好建立感情。于是，杨紫陌只得临场发挥她魅惑人的伎俩，一会儿向独孤风眨眨眼睛，一会儿向独孤风努努嘴。独孤风呢，毫不理睬她，只顾自个儿走走停停。

晏尺素始终面带微笑地立在那里，她相信心诚则灵，她相信独孤风能够感受到她的心。

独孤风向左走去，左边是杨紫陌。近了，近了，再走几步杨紫陌就可以一把将小家伙揽入怀中了。

众人都把心提到了嗓子眼，采桑子更是大气都不敢出，很怕自己好心办了坏事。

杨紫陌有些飘飘然，使劲向独孤风招手，还大声嚷嚷："风儿，过来呀，快点过来呀。来，来，再走几步。"

可是，独孤风停在那里再也不肯往前一步了，用懵懂疑惑的眼神看着杨紫陌。杨紫陌急得不行，恨不能跳过去捉住独孤风。

就在大伙都以为小家伙要走向杨紫陌时，独孤风突然后退了几步，然后向晏尺素一阵风似地跑去，扑到了晏尺素的怀里。

众望所归。

月疏桐、采桑子、花千树、桃夭夭纷纷跑过去祝贺晏尺素。

唯有杨紫陌与岳阑珊如霜打的茄子般蔫了。

走出缥缈居，莫离恨追上杨紫陌，安慰道："姐姐莫生气，塞翁失马，焉知非福？"

杨紫陌"哼"了一声，拂袖而去。

走远了，见无人跟上来，黄时雨道："夫人高明，鹬蚌相争，渔翁得利。"

莫离恨轻蔑地笑道："好戏才刚刚开始。"

第四章 月满则亏

昨夜一场绵绵的秋雨湿润了整个山庄，晏尺素晨起缓缓地推开窗子，山庄背后的青山清晰可见。微微的风夹着山木清新的气息拂过面庞，晏尺素深深地吸了一口，那舒爽通透的感觉从脚底的涌泉漫延至头顶的百会。

又是一个晴好的天气。

晏尺素拿着鸡毛掸子拂去了窗棂上的灰尘，开始慵懒地梳妆，当窗理云鬓，对镜贴花黄。

时光静静地流淌，晏尺素认养独孤风已一月有余，这一个月可算晏尺素生命历程中最美妙的光阴。独孤及虽不可夜夜留宿藕香榭，但却是日日都来藕香榭，风雨无阻，雷打不动。面上是说来探望独孤风，实则与晏尺素只羡鸳鸯不羡仙，共谱琴瑟之曲，共享鱼水之欢。

梳妆完毕，晏尺素走出雅致闺阁，开始享用早膳。

缁衣端来了热气腾腾、香气扑鼻的粥，那粥单看色泽就让人垂涎欲滴了，有红、黄、白、青、黑五种色泽，五彩缤纷。除了粥，还有在粥里煮熟的鸡蛋，还有一小碟晏尺素自制的腌菜。腌菜的原料根据时令节气变化而不同，或是菘菜，或是萝卜，也可以是黄瓜。

"风儿可吃好了？"

晏尺素用纤纤玉指剥完一个鸡蛋，随口问道。

"按照夫人的吩咐，把粥最上面的那层粥皮给了风儿吃。"缁衣整理了一下陶罐中的干莲蓬，又回过头来不解地问："那东西有什么特别之处吗？"

"那叫米油，是整锅粥的精华所在，最补益气血，尤其适合脾虚胃弱之人。小儿脾胃最为虚弱，所以这个米油给风儿吃了会很养人。"

"真是该死！要不是夫人提醒，奴婢还想把它舀出来倒了呢。"

正说着，藕香榭的粗使丫头匆匆来报，侯爷突然驾临。

晏尺素颇有些纳闷，独孤及的到来已是家常便饭，但极少这么早，通常是午时左右，而此刻刚过辰时。莫非侯爷有甚要事？

粗使丫头前脚刚走，独孤及就一阵风似地跨了进来，那魁梧高大的身子裹着晨风，让整个屋子都有些秋凉。

"素儿，在吃甚好吃的？一进屋就闻到香味了。"

独孤及自顾自地坐下，瞅着晏尺素碗里花花绿绿的粥，饶有兴致地问道。

晏尺素目光如水："侯爷可曾用早膳？"

"用过一点。"

"侯爷要是喜欢，在素儿这里再用碗薄粥吧。"

晏尺素的话正中独孤及的下怀，无论何种美食，只要他未见过的他都乐意尝试一下。

"出自素儿妙手的定是美味佳肴，看你吃得津津有味亦勾起了我的口腹之欲，那我就却之不恭喽。"

片刻，粥就被手脚麻利的缁衣端了过来。独孤及趁缁衣进去盛粥之时，用宽厚温暖的手轻轻抚过晏尺素的后背，说道："这些日子，辛苦你了。"

晏尺素全身麻酥酥的，又似春风吹进了胸口，暖融融的。

"妾身的分内之事，侯爷不用挂怀。"

独孤及品尝了一口粥，清爽甘淡，犹如高山溪谷流下来的泉水。

独孤及柔情满满、爱意浓浓地问道："素儿还没告诉我，这是什么粥？"

晏尺素莞尔一笑："这是五色养颜粥，妾身前几日才配制出来的。今日才开始尝试，不料就被侯爷撞见了，不知情的还误以为我独享美食呢。"

独孤及哈哈大笑，甚是爽朗："那我真是太有口福喽。这五色养颜粥有何妙处？素儿快细细说来。"

"请侯爷细细瞧瞧碗里面的粥，有黄色的黍米（小米），有白色的薯蓣（山药），有红色的赤小豆，有青色的绿豆，有黑色的黑豆。根据《黄帝内经》五色入五脏学说，黄色黍米健脾养胃，白色薯蓣补益肺气，红色赤小豆养益心血，青色绿豆清肝明目，黑色黑豆滋养肾阴。这五色养颜粥把五脏都补益到了，其中以黄色黍米为主，因为脾胃居于五脏六腑中央位置，脾胃好了，其他脏腑都会跟着好。"

独孤及听得如痴如醉，恰巧缁衣从旁路过，插嘴道："夫人还把这五色养颜粥最养人的部分给了风儿。"

独孤及感动得无以复加，心中暗暗庆幸，能够把晏尺素这般精通摄生又如花似玉的女子娶进山庄，真不知道是几生几世修来的福。

独孤及情不能自已，轻轻地握住了晏尺素的手，那手宛如柔荑，肤如凝脂。这真是一双与众不同的手啊，如此美丽又如此灵巧，更重要的是还如此慈悲。独孤及爱不释手，越抓越紧，似乎要把这玉脂一般的手融化在自己的掌心。

晏尺素避开了独孤及火辣辣的目光，两颊飞红，心中像揣着个小鹿般怦怦乱跳。晏尺素羞赧难堪，挣脱了独孤及的手，娇羞道："侯爷，你抓疼我了。"

独孤及方如梦初醒，面带愧色："一时忘情，素儿莫怪。"

为打破尴尬，晏尺素转移话题道："侯爷比平日来得早一些，可有其他事？"

独孤及像突然想起什么似的："还真有一事，我要出一趟远门。皇上召见我，说是有些重大事情需要商议。我早已不过问朝政多年，无奈皇上隆恩，执意要召见我，只好去一趟了。"

晏尺素有些意外："要去多少时日？"

"恐要十来日。"

"回来就是中秋了。中秋是团聚的日子，恳请侯爷早去早回，赶在中秋佳节前回来，与老夫人和风儿共享天伦之乐。"

说完，晏尺素心里兀地生出一股难舍之情，自打进入究极山庄以来，还未曾与独孤及分离这么久呢。

又寒暄了几句，独孤及终于要走。

晏尺素默不作声，垂首把独孤及送至藕香榭的门口。

"进去吧，风凉，别冻着身子了。"

独孤及执着晏尺素的手，含情脉脉地凝视着她，温情地说道，眼里也尽是依依不舍。是离愁，别有一番滋味在心头。

独孤及走了几步又折回来："素儿，你会思念我吗？"

晏尺素不料独孤及会突然问这个问题，怔住了，不知如何作答。

思念那是必然，只是说不出口。

"不管素儿心里记不记挂我，反正我会时时刻刻惦记你的。你和风儿一定要好好的。"

想不到独孤及此刻竟如此儿女情长，柔肠百转，晏尺素劝慰道："侯爷莫说中听的话了，日日相见，何来思念？"

"有一种牵肠挂肚叫'你日日伴我左右，我日日念你如海'。"

独孤及的脸上掠过一丝不易察觉的失望，说完这句话就黯然离去。

"侯爷保重。"

晏尺素微微作揖，目送独孤及远去，眼里早已是盈盈粉泪。

刚才还不觉着什么，这会子独孤及的身影全然消失了，离别的愁绪如断壁颓垣上的爬山虎，肆无忌惮地蔓延。晏尺素情不自禁地吟道："何处合成愁？离人心上秋。纵芭蕉不雨也飕飕。都道晚凉天气好，有明月，怕登楼。年事梦中休，花空烟水流。燕辞归、客尚淹留。垂柳不萦裙带住……"

晏尺素的心里空空落落的，没有回到屋子里，恍恍惚惚、弱柳扶风一般挪至荷塘中央的莲心亭，颓然坐在石凳上，神情萧索，如一朵刚刚被风吹雨打过的凋零的花。

原来，与心上人的离别竟如此之苦。

晏尺素生平第一次尝到了。

为打发这难耐的相思，晏尺素开始回忆这些日子与独孤及朝夕相处所有的美好。

独孤及在左边，牵着风儿的小手，晏尺素在右边，牵着风儿的小手，漫步在藕香榭的廊桥，谈笑风生。

两人坐在蒲团上，背靠背，用针挑出莲子里面的莲子心。风儿围绕着他们，不断地转圈，银铃般的笑声飘荡在满屋。

更多时候，他们走出藕香榭，徜徉于究极山庄的每一个角落。

究极湖里，他们泛舟，看落日余晖；天音阁上，她抚琴，他吹笛，到天明；静修堂里，他握着她的手，一笔一画地教她书写作画，烛光摇曳，映红了他们的脸颊；听雨轩中，他们听雨落梧桐，话巴山夜雨；放光寺，禅房花木深，他们烧香拜佛；无尘观，别有洞天，他们品茗论道……

朱嬴馆的采桑子进得藕香榭，见晏尺素一人歪坐在莲心亭的身影，对婢女月来"嘘"了一声，让她留在原处，自己蹑手蹑脚、悄无声息地来到晏尺素的身后。

一双手蒙住了晏尺素的双眼。

采桑子压低自己的嗓门，怪里怪气地道："素姐姐，猜猜我是谁？"

晏尺素回过神来，知是采桑子，又苦于离别之痛无心寻她乐子，便直言道："敢情是采桑子妹妹。"

采桑子扑哧一下笑出声来："姐姐这等聪敏！是如何猜着的？"

"你呀，真笨。这山庄除了你叫我姐姐还有谁呢？"

采桑子用手捂住了嘴，恍然大悟："哎呀，我真是笨死了！这都没想到。"

晏尺素也笑了，笑容里藏着挥之不去的伤感。

采桑子用手绢拂了拂石凳上的尘埃，坐下后问道："姐姐一人枯坐在这里作甚？像木头一般。莫不是在等侯爷？这些日子侯爷可是流连忘返于你的藕香榭，姐姐该是掉进蜜罐了吧？"

"侯爷走了。"晏尺素缓缓道。

"走了？"

"说是要去一趟远门，中秋才回来。"

采桑子又咯咯地笑了起来，打趣道："我说这是怎么回事？原是姐姐害相思病啦。侯爷才走了这么一会儿，姐姐就这等苦楚模样了，再等个几日，姐姐岂不是人比黄花瘦啦。"

这山庄中唯有在采桑子面前晏尺素才是放松的，可以随意玩笑，甚至道出自己内心隐秘的情绪。

晏尺素也不遮遮掩掩，叹了一口气，发自肺腑道："我自认为还算洞悉这男女之情，等轮到自己头上时亦不过如此。"

采桑子还头一回像过来人般抚慰道："人生自古伤别离。姐姐，没事的，过几日就好啦。想当初，侯爷独宠我一人时，有一回他离开，自己像丢了魂似的，茶饭不思，后来还不是过去了。如今，侯爷很少去我那儿了，我也不觉着什么，也没有太多的想念。"

晏尺素苦笑道："问世间情为何物？直教人生死相许。这'情'一字，终其一生有多少人能够大彻大悟？我们通常以圣贤自居去劝慰别人，却如傻子一般折磨自己，此时的我就是这个傻子。"

采桑子蹙了蹙眉，继续劝道："姐姐不要太苛刻自己，红尘滚滚，即便整日参佛悟道之人也未必能够看破放下。比方说，妙空斋的江晚照姐姐，虽日日粗茶淡饭、夜夜青灯古佛，但是她真的放下了吗？我看未必，甚至比起我们这些凡夫俗子还抓得紧呢。"

"此言在理。所以我还是把自己当作凡尘俗子吧，接受自己的七情六欲，接受自己的喜怒忧思悲恐惊，接受自己的瑕疵。只要拿捏得当，不过度就好。"

想不到平日里嘻嘻哈哈、大大咧咧的采桑子，此刻说起话来还颇有几分道理。晏尺素愣愣地注视着她，禁不住要对她刮目相看了。如此，还是那句醒世之言说得好，善待你身边的一花一木，他们都可能是佛菩萨的化身。

晏尺素的聪慧之处就在于善于把控自己的情绪，她可以允许自己产生悲伤消沉的情绪，但绝不让这些不良情绪蔓延下去。她会很快调适自己，恢复如初。

想到这，晏尺素有些欢喜起来，如风儿吹掉了蒙在她心上的尘埃，如阳光刺破了阴霾。每经历一次痛对于她都是一次蜕变。

采桑子又掏心掏肺地说道："姐姐已经相当出类拔萃了，像侯爷这般宠溺姐姐的情况在山庄几乎没有，多是五六日，至多十来日，最多最多大半个月。姐姐应该也知晓，侯爷可是风流成性、最是多情！"

听了这话，晏尺素的心又紧了一下，因为她想起了独孤及对她说过的甜言蜜语。独孤及于花前月下，对她呢喃，说有了她之后再也不会去外面拈花惹草，再也不会娶其他女子进究极山庄，此生有她一人足矣。

晏尺素闪了神，采桑子用手在她面前晃了晃："姐姐在想甚呢？"

晏尺素"哦"了一声："没啥。"

采桑子一脸坏笑："姐姐是如何做到让侯爷如此这般眷恋你的？妹妹是真心向姐姐取经，姐姐可要如实相告哟。"

"其实也无甚秘诀，就是好生做自己。"

"做自己？"采桑子两眼发光，精神头十足，又颇为不解，"愿闻其详。"

"如若你是一株小草，就不要羡慕大树的伟岸；如若你是一条溪流，就不要羡慕江河的辽阔；如若你是一只飞燕，就不要羡慕雄鹰的高远；如果你是一只羔羊，就不要羡慕虎狼的凶猛；如若你是月亮，就不要羡慕太阳的辉煌；如若你是蔷薇，就不要羡慕牡丹的璀璨。"

晏尺素妙语连珠地说了一大串，采桑子似有所悟，轻轻拍了一下石桌，站了起来。

"初见时，侯爷说喜欢我的纯真。慢慢地侯爷说我变了，不似往日的我了。听了姐姐的这番话，细细回想起来，我为侯爷改变了太多，快失去自己了。"

晏尺素好奇道："妹妹为侯爷做过哪些改变？"

采桑子开始掰着指头一件一件数起来，那天真无邪的模样让人又好笑又怜惜。

"比如，侯爷喜欢吃辣椒，我就跟着他吃辣椒；他喜欢喝酒，我也跟着他喝；他喜欢歌舞，我就没日没夜地学……其实这些我压根不喜爱。我想讨侯爷的欢心，到头来委屈了自己，还没留住侯爷。"

晏尺素感触颇深："就是如此。你一味迎合他人，不但得不到你想要的，反而会丧失更多。"

一语点醒梦中人，采桑子突然抓住晏尺素的胳膊："姐姐，如若我回到从前，侯爷还会再喜欢上我吗？"

晏尺素的眼神充满鼓舞，语气也很坚定："会。"

采桑子眉飞色舞，小拳头攥得紧紧的，如麻雀一般跳了起来。

晏尺素喝了一口蜂蜜茶，润了润嗓子："无事不登三宝殿，妹妹来我儿可不是为了专门谈风花雪月之事的吧？"

"哎呀，姐姐你看我一高兴把正事都忘了。"采桑子重新坐下，回了回神，"其实我这回来是向姐姐讨要食方的。"

"妹妹身子哪儿不舒服了？"

采桑子碎碎念地说了起来："也没什么大不了的，就是身子骨老觉着乏，早上醒来也不想起床，日间稍微活动活动就老想坐着或者躺着。我这是怎么啦？姐姐，我哪里出毛病了？"

晏尺素笑道："啥毛病都没有，你这叫秋乏。你没听说有一句俗语叫'春困秋乏夏打盹'嘛。寻常人都会有些的，只不过妹妹脾胃虚寒、气血不足落下了病根，秋乏更明显罢了。"

"春困秋乏夏打盹？这有什么说道吗？"

晏尺素耐心释疑道："春天我们的气血往四肢走，顺应春天的生发之气，内里五脏六腑的气血就相对弱了，所以会春困，老想睡觉。夏天是春困的延续，气血全跑到外面来了，困得不行了，就忍不住打盹喽。秋天呢，气血又要往里走，顺应秋天的收敛之气，最明显的就是树叶会掉叶子。气血回到五脏六腑，四肢就相对弱了，所以此时我们的脑子是清晰的，四肢却乏力不想动。春困，困的是脑府；秋乏，乏的是四肢。"

晏尺素唯恐采桑子不懂，用极其浅白通俗的言辞把个中的道理说得明明白白。采桑子不住地点头，听完了大发感慨："岐黄之术还真是博大精深啊！这些事情我们都在经历，却浑然不知其中的道理。以后姐姐多教教妹妹摄生之道吧！"

晏尺素颔首，深有体会："道，日用而不知。摄生不是高深莫测的事，不是阳春白雪，不是大夫、老人专管的事，摄生就在我们身边，在我们的日常饮食起居里的滴滴点点。"

采桑子此时更关切的是如何调理，迫不及待地问道："我该吃些什么来缓解一下恼人的秋乏呢？"

"要补脾胃、养气血，可以用黄芪和当归煮粥喝。对了，我这里刚刚研制出补益脾胃的五色养颜粥，妹妹可以把方子拿去，每日熬来服用。尤其是粥上面的那一层米油一定要单独服用，不出百日，妹妹必容光焕发、光彩照人。"

说着，晏尺素吩咐缁衣笔墨伺候，一笔一画地写下了五色养颜粥的配方。

采桑子如获至宝，对晏尺素千恩万谢后告辞离去。

采桑子走后，缁衣忍不住问道："夫人真是大善之人，不仅把你殚精竭虑研制出来的食方给了她，还教她如何笼络侯爷的心。可是夫人，你不担心她把侯爷从你的身边抢走吗？"

"如若侯爷因此把我遗忘，那说明侯爷终究不是我的。属于你的他不会走，不属于你的你抢不来。山庄美女如云，就算没有采桑子，也会有其他佳人、美人层出不穷地冒出来。与其一辈子诚惶诚恐，担心她们把侯爷夺了去，不如静守心中那朵莲，好生做自己。"

晏尺素缓缓起身，仪态万千，凝视着荷塘，似乎又想到了什么，补充了一句："就好比这清澈纯净的水，与世无争，则天下莫能与之争。你抓得越紧，失去得越快。"

缁衣听得云里雾里，似乎明白了一点又似乎一点都不明白，垂着头，默默地走开了。

话说采桑子揣着晏尺素给的食方，迈着轻盈的步子，哼着愉悦的曲儿，还采了一些不知名的野花，走在回朱赢馆的路上。

路过幽篁居，被归来的莫离恨撞了个正着。

莫离恨迎风摆柳般地走了过来，半是打趣半是招呼："这不是采桑子妹妹嘛，采了这么多好看的野花啊。"

采桑子大概是欢喜过了头，把去藕香榭讨食方的事情一五一十说了出来。莫离恨也佯装自己近日也有些秋乏，采桑子就把食方拿出来给莫离恨瞧，莫离恨一目十行地背了下来。采桑子走后，莫离恨轻蹙蛾眉，计上心来。

莫离恨回到幽篁居的书房，迅速把刚才看到的食方一字不落地记在了帛书上，然后携带帛书，出了幽篁居，朝倾城别院走去。

"姐姐不是要与姐妹们一起去老夫人那里讨说法嘛，这是我费尽心思刚刚研制出来的养生食方，小小心意不成敬意，或许能助姐姐一臂之力。"

莫离恨把帛书放在桌子上，慢慢展开，轻言细语道。

"是要去讨个说法了！不然晏尺素太目中无人、无法无天了！这晏尺素不知使了什么狐媚之术，让侯爷对她寸步不离，都快忘记还有我们的存在了！"

一提到晏尺素，杨紫陌就有一股无名之火冲上心头。

杨紫陌此言不虚，独孤及专宠晏尺素一月有余，其他各处的姜室们像被打入了冷宫，已然引发了诸多流言蜚语。莫离恨、岳阑珊、杨紫陌自不用说，恨得咬牙切齿的。一向持中立态度的月疏桐、花千树和桃夭夭也看不下去了，觉得晏尺素太过分了。本来此三人对晏尺素还颇有些好感，独孤及的独宠把这一点的好感也抹掉了。尤其是水性杨花、情欲高涨的桃夭夭，每日独立西楼，望穿秋水，希望能看到独孤及走进玄都阁，可每次都失望之极，寒心透骨。日日如此，桃夭夭难免会迁怒于晏尺素，认为她心胸狭隘，霸占了独孤及。

杨紫陌于是跳出来牵头，在倾城别院举行宴会，煽风点火地鼓惑众姐妹一起去老夫人那里讨个说法。岳阑珊头一个响应，杨紫陌点头默许，花千树与桃夭夭本来不屑与杨紫陌为伍，这回也赞同去老夫人那儿讨个说法。月疏桐倒不觉得这个法子有什么用，只是她不想成为众矢之的，也不想别人说她与成为众矢之的人来往过密。所以，月疏桐也低下高昂的头，同意与她们一起去讨个说法。

莫离恨提点道："姐姐别忘了，她跟你争抢风儿就是她使的最大的狐媚之术。"

莫离恨总是能够击住杨紫陌的七寸，一听这话，杨紫陌恍然大悟，恶声恶气道："原来如此！有了风儿，侯爷必然会常去探望。只要侯爷人去了，还有什么不可发生的！晏尺素就是这样媚惑侯爷的，装出一副清纯的模样，内心却有如此龌龊的算计！"

说着，杨紫陌朝地上啐了一口："我呸！"

杨紫陌拿起帛书看了看："这食方有何用处？"

莫离恨慢悠悠地说道："润肌肤、养五脏、益容颜，每日食之可延年益寿。近日老夫人有些疲乏，这五色养颜粥最适合不过了。如若将此食方献给老夫人，那我们这次的讨说法就事半功倍了。"

"为何你不亲自献给老夫人？"

"姐姐是此次活动的发起人，妹妹怎敢抢了姐姐的风头？"

杨紫陌露出一丝奸笑："如此甚好。"

"妹妹告辞，祝姐姐马到成功。"

"走好，不送。"

"轻点，轻点。慢点，慢点。就摘桂花，大家伙都仔细着点，别伤着树枝和叶子了。"

老夫人的蓬壶阆苑与往日比热闹了许多，下人们正在小心翼翼地采集桂花。一些人站在凳子上采摘，一些人站在下面拿着簸箕接住扔下来的桂花。老夫人的千叮万嘱让这些下人们格外小心，唯恐闪了神，伤了老夫人视若珍宝的桂花树。今年的桂花比往年开得更旺一些，如今花也赏够了，香味也闻够了，晏尺素又说了桂花的诸多妙用，为了不让桂花烂掉，老太太吩咐下人好生采集，顺便赶在中秋佳节来临之际，做一些应景的桂花糕带到中秋宴会上吃。

"哎哟，老夫人在忙啥呢？别累坏了身子骨！"

人未到，声先到。杨紫陌清脆响亮的声音在桂苑里传了个遍，莫离恨、岳阑珊、月疏桐、花千树、桃夭夭簇拥着花枝招展的杨紫陌来到了老夫人面前。

老夫人见这架势，来者不善，善者不来啊。杨紫陌一干人，身边的丫头们个个手中拿着物件。如此兴师动众、拉帮结派的，这是要作甚？

老夫人唯独不见晏尺素，说实话，她此刻最想见的就是晏尺素，倒不是为了看一眼日夜惦记的宝贝孙子，而是要感谢一下晏尺素。那日晏尺素说了桂花可以调理秋咳，第二日她就泡着喝了，至今咳疾还未犯过。

老夫人用目光搜寻了一下，不见晏尺素的身影，也不见采桑子的身影，随口问道："尺素和采桑子怎么没有跟你们一起来？"

老夫人并没有提及江晚照，因为江晚照是不会掺和这些的。

杨紫陌伶牙俐齿，先声夺人："她们俩哪像我们一门心思想着孝敬老夫人啊。"

莫离恨倒也公道，但言语中仍然偏向说晏尺素的不是："晏妹妹分身乏术，为了照看好风儿，难免对老夫人力不从心了。"

岳阑珊跨了一步过来搀扶着老夫人："莫妹妹不要再为她开脱了，只要有心还怕不能两全？何况晏妹妹不过是动动嘴皮子，风儿有丫头和奶妈子伺候着呢。要是换做紫陌妹妹，定然会把风儿照顾得无微不至，亦会把老夫人伺候得妥妥帖帖。"

老夫人对晏尺素的表现不做表态，漫不经心地问："那采桑子呢，又如何说？"

杨紫陌抢过话头："采桑子与晏尺素早就沆瀣一气，采桑子唯晏尺素马首是瞻，晏尺素作甚她跟着作甚。"

物以类聚，人以群分。采桑子品性纯良，与人为善，她愿意与谁亲近走动，表明此人定与她同气相求、意气相投。

老夫人瞅了瞅月疏桐、花千树、桃夭夭三人，问道："你们三人怎像闷葫芦一样，一声不吭的？"

委实地说，月疏桐对今日之行权衡拿捏了很久，并不想说三道四，也对此毫无兴趣。再说晏尺素对风儿的倾力照顾大家有目共睹，于是她急中生智道："老夫人，适才儿媳见这满园的桂花，正搜索枯肠想着与桂花相关的诗句呢。"

老夫人饶有兴致："哦？说两句来洗一洗我这耳朵。"

月疏桐明了老夫人的言下之意，杨紫陌和岳阑珊的聒噪已经污了老夫人的耳朵，于是信手拈来地吟道："人闲桂花落，夜静春山空。"

花千树也正愁插不上话，不失时机道："我也想到了两句，让老夫人见笑了——中庭地白树栖鸦，冷露无声湿桂花。"

桃夭夭近日深受寂寞深闺之苦，雪白的脸庞竟然失了往日的桃红，略带哀愁，也吟哦了两句："可怜天上桂花孤，试问姮娥更要无。"

莫离恨心里甚是好笑，知桃夭夭思春厉害，还自诩为嫦娥，真不害臊呀。莫离恨不甘示弱，也说了两句："婵娟醉眠水晶殿，老蟾不守余花落。"

莫离恨说得妙哉，此句更是应了桃夭夭说出的那句。你桃夭夭不是自诩为嫦娥吗，可惜吴刚不在，你还是用你的"醉红颜"一醉解千愁吧。

桃夭夭倒也未觉得有何不妥，倒是月疏桐垂首，抿嘴笑了笑。

诗词歌赋是杨紫陌的短板，她最不屑一顾，认为诗词都是百无聊赖的文人骚客瞎鼓捣出来的。三天不给他们饭吃，看他们还能拿得动笔杆子不？

杨紫陌为掌控局面，长袖一挥："哎呀，姐姐妹妹们，就别欺负我糙人一个了，都进屋吧，跟老夫人说正事要紧。"

众人笑嘻嘻地拥着老夫人来到了大堂。

到了大堂，各房婢女们纷纷拿出带过来的礼物。

为了讨老夫人欢心，杨紫陌差遣婢女重锦去各房传话，无论如何也要搜罗出一些新鲜玩意送给老夫人，不求奢华贵重，只求别出心裁。各房虽有异议，但既然上了同一条船，就得听舵手的号令，只得应承下来，绞尽脑汁思虑着该送什么礼物最为妥当。

最后，莫离恨送来了用竹子精心编制的首饰盒，盒子里面还放了一只翠玉镯子，心思缜密，用心良苦。月疏桐临摹了一幅字帖，内容是老夫人喜欢的《心经》，礼轻情意重，还不落俗套。花千树呢，不知从哪弄来了一个精致的笼子，里面有一只能说会道的鹦鹉。鹦鹉叫了两下"老夫人好，老夫人好"，惹得众人笑得前仰后合。桃夭夭懒得花心思，送来的还是她的"醉红颜"。岳阑珊平素最抠门，最舍不得花银子，于是就亲手缝制了一个香囊，倒也别致。

各房的礼物都一一亮了相，杨紫陌的礼物千呼万唤始出来。只见她身姿摇曳地走到老夫人跟前，笑成了一朵花："老夫人，今日儿媳给您呈现的是五色养颜粥食方。这食方不仅能够调理老夫人近来的秋乏，还能让老夫人日日精神矍铄，益寿延年。"

旋即，重锦毕恭毕敬的，双手将一个金光灿灿的锦盒呈到老夫人眼前，那锦盒价值不菲，绣有松鹤万年图案。众人都把好奇的目光集中在那精致的锦盒上，想一窥究竟锦盒里装的是何方圣物。杨紫陌郑重其事、不紧不慢地打开锦盒，拿出一块雪白雪白的锦帕。她把锦帕放在手心，双手捧给老夫人。

"这食方秘诀就记载这锦帕上，请老夫人过目。"

老夫人细细端详了一下锦帕，字迹确实是杨紫陌所书，虽不娟秀，倒也工工整整。老夫人的脸上跃上几许诧异，这杨紫陌平素里不是醉心衣着发饰、胭脂水粉，怎有这等心思研究这养生食方？

老夫人斜睨了杨紫陌一眼："这食方是你亲手研制？"

杨紫陌大言不惭道："这五色养颜粥是儿媳历经一月有余才研制出来的。"

莫离恨过来帮腔："老夫人，紫陌姐姐此言不虚。一个月前我去姐姐那串门，她就跟我提及此事。"

一向与杨紫陌来往甚密、对杨紫陌的举动了如指掌的岳阑珊有些蹊跷，这杨紫陌什么时候研制的五色养颜粥？我咋压根儿不知晓？但也不好质疑什么，便向前一步道："紫陌妹妹对老夫人的孝心真是日月可鉴。"

月疏桐默不作声，她是绝对不相信此食方出自杨紫陌之手。花千树与桃夭夭对食方出自谁手漠不关心，她们只在乎今日的讨说法能否起到作用。

"那我这老婆子姑且收了你这份孝心。"

老夫人示意婢女暮云收起了食方。

顿了顿，老夫人问道："打开天窗说亮话吧，你们如此煞费苦心，到底所为何事？"

骚动戛然而止，众人面面相觑，不知道由谁出头道明原委，毕竟这男欢女爱之事羞于出口。杨紫陌向岳阑珊使了使眼色，岳阑珊佯装没看见，把杨紫陌气得半死，这女人平日里吆三喝四的，关键时刻哑巴了？

众人都把头深埋于胸前。沉默了片刻，还是莫离恨站了出来。

"其实此事也由不得我们这些做儿媳的评头论足，只是出于对独孤家子孙后代着想，才不得已众姐妹齐聚一堂，商讨商讨。"

"子孙后代？"老夫人立马想到了孙儿独孤风，警觉道："莫不是风儿出了什么状况？"

"风儿安然无恙，老夫人勿忧。只是……"

莫离恨故意欲言又止，引起老夫人注意。

"只是什么？"

"只是寻常人家都儿孙满堂，老夫人就风儿一个孙子，不觉有些清冷吗？"

一听这话，老夫人有些激动，脱口道："独孤家人丁单薄，还不是你们的肚子不争气！"

"老夫人息怒，不是我们肚子不争气，而是侯爷他——"

终于把话题引到正题上了，莫离恨的心思真是让人叹服。不过，杨紫陌却急不可耐了，一个箭步上前，连珠炮似地控诉道："与侯爷有何干系？还不是晏尺素那狐媚子不知给侯爷灌了什么迷魂汤，引得侯爷与她夜夜笙歌、寸步不离！侯爷早就把我等姐妹忘到九霄云外去了！老夫人怨我们肚子不争气，我们还一肚子委屈不知向谁去诉呢。"

莫离恨接过话茬道："如此下去，极不利于独孤家的子孙后代。"

老夫人总算明白是如何一回事了。老夫人心里明镜似的，与其说为了独孤家绵延子嗣后代香火，不如说是为了跟晏尺素争风吃醋争宠夺爱。不过一谈到子嗣问题，老夫人总是格外重视，这是她心中时时刻刻的挂碍与痛处。

岳阑珊添油加醋道："老夫人，不说一万就说万一，万一晏妹妹的肚子真的不争气呢？不是白白地糟蹋了侯爷对她的独宠嘛！"

月疏桐审时度势，察言观色，估摸着老夫人的心理防线快要被突破了，于是玉足前移，补充道："老夫人，我等希望侯爷一视同仁，雨露均沾。"

花千树与桃夭夭也异口同声道："请老夫人为我们做主！"

莫离恨此时扑通一声跪下，杨紫陌也跟着跪下，随后是岳阑珊，一干人等齐刷刷地全跪在了老夫人面前。

"请老夫人为我们做主！"

面对如此架势，老夫人还能说什么呢，只得应承下来，为她们去周旋周旋。

杨紫陌一干人袅袅娜娜地散去，满意而归，却把难题留给了老夫人。

该去和谁说道呢？与晏尺素？委实说晏尺素迄今为止的所作所为堪称完美无瑕，没有一丝一毫可挑剔之处，老夫人每每感恩上苍赐给独孤家如此一位温婉贤淑的好媳妇呢。与独孤及？知子莫如母。以独孤及倔强桀骜的脾性，跟他说了，反而会适得其反，不但会迁怒于杨紫陌等人，还会对晏尺素的宠爱有过之而无不及。独孤及就是这般我行我素，他不想做的事情谁也劝不了，他想做的事情不需要任何人劝。

老夫人思前想后，最后决计去晏尺素的藕香榭走一遭。

晏尺素置一长条案几于独孤风卧榻十尺开外，拿来鸾凤七弦古琴，轻轻放在案几上。她的纤纤玉指缓缓触摸琴弦，美妙的琴音温柔地飘浮在空中，慢慢地进入独孤风的耳中。适才在床榻上辗转反侧的独孤风很快就安静了下来，侧耳聆听晏尺素专门为他弹奏的安神曲。片刻，独孤风酣睡过去。

此时正当午时，心经当令，午时休憩可养心安神，对阴常不足、阳常有余的小儿来说尤为重要。所以，晏尺素每日都要让独孤风午睡。

缃衣轻手轻脚地来报："老夫人来了。"

晏尺素亲了亲独孤风的额头，与缃衣一并出来迎接老夫人。

"老夫人吉祥如意。"

晏尺素作了揖，与暮云一起把老夫人搀进了屋子。

"老夫人此番前来对儿媳有什么吩咐吗？"晏尺素奉了茶道。

老夫人肩负重大使命，此刻并不轻松，一时不知如何启齿，随口应付着："哦，哦，没甚大事，就是想风儿了。风儿呢？"

"风儿刚刚睡着。"

"那就不去吵着他了。这些日子真是辛苦你了。"

这倒是老夫人掏心窝子的话，晏尺素抚养独孤风以来，小家伙一日一个变化，没有出任何乱子。晏尺素的抚养与以往奶妈的喂养有着天壤之别，奶妈只管独孤风吃饱睡好，其他方面是心有余而力不足。晏尺素不单单注重身体的调养，还密切留意独孤风情志的变化，喜怒悲思都在她的掌握之中。此外，晏尺素还引导独孤风的心灵、学识往良好的方向发展。小儿虽小，但感应能力与效仿能力超强，与独孤风一起戏耍之时，一言一行、一举一动都要拿捏得当。

晏尺素从老夫人眼中读出了心事，为打破尴尬便提议去院子走走。

老夫人的婢女暮云先找了一个话题，与晏尺素攀谈起来。

"晏夫人，听说你精通摄生之道，奴婢有一事相求，还望夫人不吝赐教。"

"请说，不用见外。"

"冬天还未到，奴婢的手足却冰凉冰凉的，还不如老夫人的手暖和呢。夫人，这是怎么回事呢？"

说着，暮云伸出一只手。她的手稍微有些浮肿，晏尺素摸了摸，果真凉凉的。暮云感觉到晏尺素的手温温润润的，摸起来很是舒服惬意，如沐春风。

"手足不温看似是小事，却反映了身体的大问题。一般来说，肾阳不足之人会手足不温，还会畏风怕冷，一年四季手足都是凉的。若是冬日入睡，睡了一个晚上，手足还是无法暖和过来。还有一种情况也会导致手足不温，就是血虚。这种人有什么特点呢，就是夏天手足是温的，还经常发烫，到了秋冬就冰凉了。血虚之人睡眠浅，容易惊醒，不过他们的手足在被褥里却是暖和的。血虚之人的手足会跟着天气走，天气暖和他们的手足就暖和，天气寒冷他们的手足就冰凉。"

暮云见晏尺素说得很对自己的症状，兴趣更加盎然了："如此看来，奴婢属于第二种——血虚，我就是冬天怕冷、夏天怕热。那如我这种状况该如何保养？请夫人恩赐妙方。"

"血虚之人光补血是没用的，还要补气。"

"这又是为何？"

晏尺素不紧不慢地耐着性子解释："因为气血相辅相成，是一对阴阳关系。气为血之帅，血为气之母。也就是说，血要走，气必须先行，就好比打仗时的先锋部队。气通常走得快，血通常走得慢。所以气要是血的三倍之多，才能气血并行。血足气足，手足就不会冰凉了。"

暮云摇了摇头，一副不明白的神色："奴婢才疏学浅，夫人刚才所言奴婢一知半解。夫人干脆告知奴婢该怎么做好了。"

晏尺素知暮云身为奴婢有诸多不便，就说了两种方案："可以用黄芪和当归煮汤喝。黄芪是最补中益气的，而且没有人参那么峻猛；当归是女科圣药，又补血又活血，诸多血证的治疗都少不了它。如果不便服药，每日可以食用米汤，米汤是寻常百姓家的人参。"

暮云向晏尺素投去感激的眼神，心里感叹晏尺素真是体贴之人，知道她是奴婢，吃不起黄芪、当归这么昂贵的汤药，特意给她开了物美价廉的食方。黄芪、当归吃不起，米汤还是应有尽有的，去膳房向伙夫要几碗就是了。暮云还是第一次知晓米汤有这等好处。

"暮云在此谢过夫人。"

晏尺素与暮云聊着，老夫人有一搭没一搭地听，一门心思扑在如何开口关于独孤及雨露均沾的事宜。

好在晏尺素观察入微，绝顶聪明，先开了口："儿媳猜得没错的话，老夫人定有事与儿媳说。儿媳愿意聆听老夫人的心事，为老夫人分忧。"

老夫人这才叹一口气说道："家家都有一本难念的经啊。尺素，我问你，这一月以来侯爷是不是与你如胶似漆，缠绵悱恻？"

晏尺素心中一惊："有何不妥？"

老夫人脸上浮现几分为难："如果是寻常人家夫妻恩爱、举案齐眉再好不过了，但如果是王侯将相之家就难免有诸多无奈。"

晏尺素似乎猜到了一点，轻言细语道："请老夫人明示。"

老夫人直言："她们眼红了，说你霸占了侯爷。"

老夫人不再拖泥带水地瞒着晏尺素，索性将杨紫陌一干人等讨说法一事和盘托出。说完后，老夫人如释重负。

这真是让晏尺素始料不及，自己好生做自己，不惹是生非，竟然也招来这么大的麻烦。

晏尺素低着头，眉头紧锁，搓着双手，跟在老夫人身后，一言不发。

老夫人又体谅地说道："其实我也明白你满腹委屈，这事不能怪你，只能怪侯爷。但此事与你又脱不了干系，也只有你才能平息这场风波。尺素啊，山庄的和睦与安宁就在你的一念之间了。有时候舍弃一些东西不见得是坏事。月满则亏，你如此冰雪聪明，应该比我这个老婆子更明白这个道理。侯爷回来后该怎么做，不用我再啰唆了吧？"

老夫人走后，晏尺素久久地伫立在风中，耳边不断回响着老夫人语重心长的话语，陷入了深深的思索。

数日后，独孤及快马加鞭，日夜兼程，风尘仆仆地回到究极山庄。皇上极力挽留独孤及在宫中过中秋佳节，独孤及婉拒了皇上，想着念着日日牵肠挂肚、魂牵梦萦的晏尺素，归心似箭，恨不能插翅飞到晏尺素的身边。

独孤及疲惫的眼神蕴含着深深的期许，家中女眷都来到究极山庄的大门恭迎独孤及，连深居简出的江晚照也来了，独孤及却怎么也看不到晏尺素的身影。独孤及心中的失望之情漫过了舟车劳顿带来的疲惫。

当着众妾室的面独孤及也不好问什么，随便敷衍着她们的嘘寒问暖，闷闷不乐地回到了缥缈居。

只有老夫人明白，她的话起到作用了。

独孤及让侍卫南浦把皇上赏赐的珠宝玉器首饰等分给各房妾室，唯独晏尺素那一份留下来，他要单独带着，亲自送到她手中。那份细腻的心思让一向粗枝大叶、不懂儿女之情的南浦也动容不已。

各房收到礼物不管喜不喜欢只有接受的份，或是赏玩或是收藏，唯有杨紫陌刨根问底，问各房的礼物如何。听南浦说均等，她就阴沉了脸，觉得她这个掌度劳心劳力，没有功劳也有苦劳，无论如何也要比其他姐妹多分一些才是。她又问晏尺素的如何，南浦憨厚老实，说晏尺素的那份侯爷专门备着。杨紫陌听了就气不打一处来，南浦刚跨出院门，她就把送来的首饰盒子扔在了地上，哭嚷着说宁愿什么也不要，只要侯爷来看一看她。

莫离恨也特别问了晏尺素的如何，南浦如实奉告，莫离恨并未当场发作，只是心被刀割了一下似的。

日薄西山，独孤及拒绝了各房甚至老夫人的邀请，携带着礼物准备去藕香榭与晏尺素共进晚膳，然后促膝长谈，互诉衷肠。

独孤及盼望着藕香榭的门口出现晏尺素的身影，浮想联翩着晏尺素朝他跑过来，香软的身子扑进他宽厚的怀里。他幻想着晏尺素一边流着泪一边告诉他，日日思君不见君。可是，这一切都落了空。直到进了屋子，他才看见晏尺素冷漠的身影。

"素儿！"

独孤及唤了一声。一日不见如隔三秋，十日不见如隔万年，所有的思念、深情都在这一声呼唤之中。

晏尺素回过头来，依然是浅浅一笑，内心却如浪汹涌。

"妾身恭迎侯爷回府。"

佳人还是那个佳人，从头到脚，晏尺素的样子丝毫未变。可是，独孤及却觉得有些陌生。晏尺素那句谦恭客套的问候像一盆冷水浇在独孤及发热的头上。我念你如海，你待我如冰，独孤及的心也凉了半截。

"你这是怎么了？"独孤及忍不住问道，"是不是发生了什么？"

从独孤及的问话中，晏尺素感受到了他深深的爱意。因为如若不是深深眷恋一个人，是不会看到对方细微的变化的。

"侯爷恕罪，妾身身子有些不适，所以没有去迎接侯爷。"

"哪里不适？看大夫没有？"

"每月的月事而已，歇几天就好了。"

晏尺素说了一个谎。这个谎言一出，独孤及就不可能在藕香榭留宿了。

千言万语都咽进了肚子里，独孤及也冷冰冰地问道："风儿如何？"

"安然无恙。"

独孤及转过身去，背着手，似乎已经没有任何话可以说了。

他本想拂袖而去，但还是忍不住亲自打开锦盒，拿出一支珊瑚排串步摇，也不管晏尺素愿不愿意，就轻轻地插在了她的发髻上。闻到她发丝上淡淡的迷人的清香，独孤及所有的怨恨都烟消云散，只剩一腔似水柔情。

"我走了，过几日再来看你。你自己珍重。"

"抱恙在身，不能留侯爷过夜，愿侯爷能眷顾一下其他姐妹。"

晏尺素也不知道独孤及是否能体会自己复杂的心思，是否明白她的话中有话。独孤及不做任何回答，头也不回地走了。

晏尺素取下步摇，只见上面刻了一个醒目的字：素。

晏尺素久久凝视着这个"素"字，心潮澎湃，眼泪像断了线的珍珠，簌簌而下。

缁衣不知何时站在了晏尺素的身后，完全不明白晏尺素为何要如此无情地对待独孤及。

"夫人，奴婢愚钝，真不明白为什么所有人都想把侯爷抓住手中，只有你把他推出去。夫人不怕侯爷伤了心，再也不回来了吗？你的慷慨大度在侯爷看来也许是冷漠无情。"

晏尺素目视远方，目光深邃："或许他会有一时的难过，但我相信我和侯爷之间的情分经得起这次考验。如果他心里有我，他会来找我；如果他不再来找我，那也只能表明我们之间情深缘浅。缘起缘灭不过就在一刹那。"

"但愿如此，愿侯爷能够明白夫人的一片苦心。"

独孤及出得藕香榭，情绪一落千丈，像失了魂一样。他不知道该去哪，漫不经心地走着。他自认为阅女无数，历经的情劫也不计其数，不会再对哪个女子用情了，可如今晏尺素只是稍微对他冷漠了一点，他就难以释怀。难道，我前世真的就是情种？在感情里无尽地轮回，每一次都说要结束了，却又是下一次轮回的开始。

去哪呢？独孤及突然想起晏尺素最后说的一句话，让他多多眷顾山庄中其他的姐妹。好吧，你让我眷顾我就眷顾吧。去谁处呢？莫离恨？不去，此女子像蛇一样阴冷阴冷的。杨紫陌？又蠢又啰唆的女人。去了耳根子受不了。江晚照？想都不想。月疏桐？更适合与她吟诗作赋，吹箫抚琴……

独孤及搜罗了一个遍，突然想到与晏尺素走得最近、情同手足的采桑子。这个采桑子纯洁无瑕，刚好可以抚慰我忧郁沉重的心，说不好她还能告诉我为何晏尺素今日如此待我。

对，就去采桑子处……

第五章 朱嬴馆

今日中秋，海上生明月，天涯共此时。

无论是达官贵人还是布衣白丁，无论是阳春白雪还是下里巴人，无论是山珍海味还是粗茶淡饭，这一日，是与众不同的日子。这一日与家有关，与圆满有关，与月亮有关，与思念有关。

究极山庄自然也免不了车水马龙，比往日喧嚣了不少。不过今日山庄里最热闹非凡的地方却是朱嬴馆。

采桑子的朱嬴馆。

前日侍寝，独孤及问及今年中秋如何过，采桑子就提议在朱嬴馆过。因为朱嬴馆遍植菊花，可以邀请姐妹们一同赏菊，然后晚上吃月饼、赏月。采桑子也只是说说罢了，也并无奢望非得在朱嬴馆过。不料独孤及一口允诺下来，采桑子喜出望外。

在采桑子那一晚上，独孤及心不在焉，即便美人在怀也抵消不了内心的惆怅，而且终究没有从采桑子那里探询到什么。采桑子只说晏尺素的身子可能真有不适，让独孤及不要胡思乱想。

采桑子在朱嬴馆忙得不可开交，吩咐下人们把整个院子前前后后打扫得一尘不染，又布置得焕然一新，错落有致。中秋晚宴所需的食材、糕点、酒水、乐器等一一被送至朱嬴馆。

晏尺素一大早也过来照应，二人齐心协力，把诸事打理得井然有序。虽然忙得香汗淋漓，但也不亦乐乎。

过了午时，各房姐妹们陆陆续续来到朱嬴馆。因为忙于往来事宜，老夫人要稍稍迟些再来，独孤及则要晚宴开始时才能到来。

按照往日的礼仪，各房都带了一些应景的吃食过来助兴。晏尺素带来了莲子糕，莫离恨带来了红豆糕，月疏桐带来了杏仁酥，花千树带来了秋梨膏，桃夭夭带来了酒酿圆子，岳阑珊带来了花生酪。一时间桌子上堆得琳琅满目，如小山一样。就连特立独行的江晚照也破天荒地带来了她亲手制作的素心月饼。

一向喜欢独占鳌头的杨紫陌今日却一反常态，在众人的期盼之下姗姗来迟，不过带来的吃食花开富贵喜饼倒也惊艳。

"哎哟，才几日不见，妹妹的气色像变了一个人似的！你看这眸子，水汪汪的；你看这脸蛋，粉红粉红的，像刚出水的芙蓉一般。妹妹，快告诉姐姐吃了什么灵丹妙药了？"

说着，杨紫陌怪笑了几声。杨紫陌的话半是戏谑半是嘲讽，因为她万万没有想到，没有参与讨说法的采桑子却捡了个大便宜。她们的计划达成了，独孤及是没去晏尺素那儿了，独孤及是雨露均沾了，可既没去杨紫陌那，也没去莫离恨那，却去了最不起眼的采桑子那。第二日，当这个消息传遍山庄之时，杨紫陌气得几乎呕血，这让身为山庄后院掌度的她情何以堪，颜面何存。

采桑子被杨紫陌的话羞得满脸通红，不知道如何应答。

岳阑珊也趁火打劫揶揄道："采桑子妹妹就不要遮遮掩掩啦，有了侯爷的滋润当然春光满面喽。这等好事，我们这些姐妹们羡慕还来不及呢，你咋还当见不得人一样呢！"

岳阑珊这热辣的戏谑让采桑子愈发抬不起头来了，恨不能找个地洞钻进去。

其实，众姐妹中最羡慕采桑子的莫过于桃夭夭了。她向前一步，拉过采桑子的手："妹妹大可不必害臊，男欢女爱天经地义，妹妹快说说前天晚上的情形。"

花千树也忍不住说了一句："妹妹真是好运气。"

莫离恨此时出来圆场："其实也怪不得采桑子妹妹，人算不如天算，妹妹命里有这个福分。"

月疏桐冷冷道："侯爷的心思如这诡谲多变的风云，谁能猜得着呢？"

一直沉默不语的江晚照实在看不下去了，拨弄了一下念珠："整个山庄都是侯爷的，侯爷要去哪、要眷顾谁，轮得上你们在此说三道四吗？谁要是愤愤不平大可去侯爷那里论理。"

作为开国大将军之妹，作为山庄第一怪异之人，杨紫陌也要礼让三分。见江晚照如是说，众姐妹都收紧了舌头。

不过杨紫陌依然咽不下这口气，继续对宛若羔羊的采桑子颐指气使："别怪姐姐话难听，我生平最恨不劳而获之人，你好自为之吧。"

此时，一直在膳房帮忙打点照应的晏尺素匆匆走来，拨开人群，说道："妹妹在这呢。膳房的厨子有事找你呢，快跟我来吧。"

说着，不容分说就拉走了采桑子。采桑子像是从牢狱里逃出来一般，大大松了一口气。

众姐妹落了座，吃了茶，嗑了点瓜子，嚼了点花生，家长里短、七嘴八舌地聊天，这些暂且不表。

老夫人来了后，采桑子招呼大家游园赏菊。

众芳摇落，唯有菊花此时格外灿烂。放眼望去，朱赢馆的院子一片金光闪闪，生机勃勃。

姐妹们簇拥着老夫人，暂时忘却了红尘俗世、家长里短的烦恼，有说有笑，与娇艳无比的菊花融为一体，分不清哪是花，哪是佳人。

月疏桐为展露自己的才学，又想讨老夫人的欢喜，寻了个时机说道："作为花中四君子之一，菊花有'延寿客'的美称。今日老夫人沾染了菊花的灵气，定会福如东海、寿比南山。"

谁知，杨紫陌更胜一筹，说得更让老夫人开心："我怎么觉得该是菊花沾染了老夫人的仙气才对！姐妹们，你们说对不对啊？"

众人纷纷响应附和，顿时赞美老夫人的话如潮水一般涌来。月疏桐卖弄不成惹一身骚，心中颇为不爽。

老夫人笑得合不拢嘴，无论中听妥帖的话，还是刻意奉承的话，老夫人权当一阵热闹的风，过过耳朵，图个喜庆吉利。

老夫人那日与晏尺素谈话之后，甚是觉得有些对不住她。今日中秋游园赏花，晏尺素虽然表现如同往昔，该说的说，不该说的不说，脸上始终挂着淡淡的微笑，但善感的老夫人还是觉察到晏尺素内心隐藏的忧郁。大家都不是圣人，谁真心愿意把自己钟爱的男子推到别的女子面前呢？晏尺素虽然顾全大局、雍容大度，但伤心难过是难免的。

老夫人当着众儿媳的面也不好直截了当地去安慰晏尺素，于是问起晏尺素有关菊花的养生功效来。

"尺素啊，那日听你说了桂花的诸多妙处，这满院的菊花应该也有与众不同的妙用吧？"

一提及摄生之道，众人就默不作声了，就算爱出风头的杨紫陌也苦于摄生之道的浅薄，不敢贸然在晏尺素面前班门弄斧。

众人把目光集中在了晏尺素身上，各怀心思。讨说法一事有人觉得稍稍有点过，对晏尺素有些愧疚；也有人没当回事，觉得就应当如此。

晏尺素也觉察到姐妹们看自己的眼神和对自己的态度发生了微妙的变化。往日，月疏桐、花千树、桃夭夭等人还常来藕香榭坐会儿，讨教一下各种养颜美容食方。近日不仅不见她们来访的芳踪，即便在路上不期而遇，她们也只是勉强地招呼一声，匆匆离去。看来，独孤及独宠自己确实引发了众怨。所以，晏尺素自认为暂时对独孤及冷漠疏远是可取的。

晏尺素向老夫人投去感激的一瞥，点了点头："菊花的好处并不亚于桂花。菊花在晚秋怒放，最得秋天的时令之气。所以，菊花最大的妙处就是清肝明目，疏风散热。有眼疾的人可以用菊花泡酒，每日取适当量饮用可改善目力。夏日炎炎，如果染上风热邪气，可以用菊花加桑叶泡水喝，效果显著。"

这菊花是采桑子的朱嬴馆所栽，这菊花的用处又是晏尺素的高论，杨紫陌真是越听越不顺耳，故意找茬道："晏妹妹不要把菊花吹上天了。据我所知，菊花性子寒凉，每日饮用的话会大大损害脾胃，导致食欲不振、茶饭不思，甚至胃痛。我还是觉得老夫人的桂花更好一些，更适合我们这些体寒怕冷的女子。"

岳阑珊甩了甩手中的香帕，说道："菊花不及牡丹的国色天香，又不及桂花的十里飘香，照我看菊花确实平庸了一点。"

岳阑珊话音刚落，月疏桐忍不住笑出了声："菊花与暗香浮动的梅花、空谷留香的幽兰、高风亮节的竹子，自古以来被高雅之士并称为'花中四君子'。你却说菊花平庸，不免贻笑大方。"

岳阑珊有些无地自容，仍抢白道："我就是喜欢牡丹，你奈我何？"

桃夭夭也跟着起哄："我就是喜欢我的桃花。"

花千树也凑热闹："我更偏爱梨花。"

莫离恨的兴致也被带动起来了，顾不上谁的情面不情面了，也来插上一句："千朵万朵不及我的翠竹一竿。万物凋零，它却四季常青，不仅有四君子的美称，还当之无愧地与梅花、松柏比肩，并称'岁寒三友'。有句名言叫'宁可食无肉，不可居无竹'。"

一时间众人纷纷高谈阔论起自己喜好的花朵，嘻嘻哈哈，完全忘记了正在采桑子的朱嬴馆游园赏菊，弄得采桑子好不尴尬。

唯有江晚照总是说一些不合时宜的言论："女人如花花似梦，好景不常在，好花不常开，何必执着于花的美丽。"

老夫人朝众人摆摆手，示意她们安静："各花入各眼，这中秋佳节，采桑子的朱嬴馆有这等好的菊花供大家欣赏，你们还不知足！不知足就回自己的住处看你们的牡丹、桃花、梨花去！"

老夫人用寿杖敲了敲地，又道："尺素，你继续说菊花的妙处。"

晏尺素沉吟半晌，顺着杨紫陌话中的意思说道："适才杨姐姐说了菊花性子寒凉，这话不假。所以，菊花是不能经常饮用的，只是在我们身子出了状况时用来调理。不过，如若菊花茶里加入另外一种养生佳品就可以每日饮用，安神助眠，还能去掉脸上的瑕疵斑点。"

一听说能够美容养颜，众人齐刷刷地问："加什么？"

"枸杞子。"

岳阑珊笑得喘不过气来："妹妹诓我呢。枸杞子不是催情壮阳的嘛，是专为男子享用的。有句话说'远行千里，勿食枸杞'，看来妹妹的摄生之术也不过如此啊。"

晏尺素并不理会岳阑珊的挖苦，继续说道："姐姐此言差矣。世人都以为枸杞子壮阳，其实它是滋阴的，并不会起到催情效用。枸杞子益肾填精，对肝有特别的补益作用。此外它的药性比较温平，与菊花搭配在一起可谓天作之合。枸杞菊花饮，两种药材一个清肝、一个补肝，还不伤脾胃。此等养生佳饮，何乐不为？"

老夫人乐呵呵道："采桑子啊，尺素这一说，估摸着你园子里的菊花要被一抢而空喽。"

众人又被老夫人的话逗乐了。

晏尺素补充道："时值秋季，天地肃杀之气为重。秋天肺金当令，肺金克肝木，故秋天需要补肝。食物当中酸味入肝，所以秋天可以适当多食一些酸味的吃食，比如梨子、枇杷等。"

说笑间，大家沿着石径小路来到菊花丛中一个古色古香的亭子——延寿亭。老夫人恰巧说乏了，众人就搀扶着老夫人在亭子里歇息片刻。

采桑子此时跳出来提议，一脸兴奋地说："菊花待我们如许，我们岂能辜负了菊花的美意？不如我们来吟诵古人作的菊花诗如何？"

总算逮住机会好好表现一下自己了，月疏桐第一个站起来举手同意。晏尺素说"甚好"，·花千树轻轻击掌附和，老夫人也点了点头。见老夫人首肯了，莫离恨、岳阑珊等人也跟着说好，江晚照仍是默认。唯有杨紫陌心里很不舒爽，自己平时最不喜这吟诗作赋之事，采桑子这提议不是故意让她下不了台嘛。

采桑子一马当先，她如此喜爱菊花，自然积累了诸多关于菊花的诗词佳句："不是花中偏爱菊，此花开尽更无花。"

月疏桐的脸上有几分骄傲，脱口即出："他年我若为青帝，报与桃花一处开。"

晏尺素信手拈来："采菊东篱下，悠然见南山。"

莫离恨朗朗而答："荷尽已无擎雨盖，菊残犹有傲霜枝。"

花千树沉思片刻："冲天香阵透长安，满城尽带黄金甲。"

桃夭夭紧锁眉头、搜肠刮肚："满园花菊郁金黄，中有孤丛色似霜。"

岳阑珊冥思苦想，好不容易想出一句，还断断续续地才说全："家家菊……尽黄，梁园独如……如霜。"

就剩江晚照和杨紫陌没有说了。江晚照说正常，不说也正常。众人只关心杨紫陌说不说得出来。

本来就胸无点墨，知晓的那几句又被别人抢了先，这会子纵使杨紫陌使出浑身解数也无济于事。杨紫陌窘迫异常，越急越想不出，左顾右盼，脑府中空空如也。

月疏桐心里窃笑，你也有今日。

江晚照此时缓缓吐出了一句："寒花开已尽，菊蕊独盈枝。"

采桑子在一旁催促道："连江姐姐都说了，杨姐姐还不说啊。"

月疏桐似在为杨紫陌打气，又似在幸灾乐祸："姐姐不急哦，慢慢想，我们姑且打个盹。"

言下之意，即便我们睡个囫囵觉起来，你也未必想得出。

想着平日里杨紫陌威风惯了，此刻让她出出洋相也好，老夫人不但不为杨紫陌打圆场，还将了她一军："平日里一会儿说要罚这个，一会儿说要罚那个。今日你要是答不出，就罚你晚上用膳时多喝一盅酒、少吃一只螃蟹。"

采桑子立马接过老夫人的话打趣道："今日的螃蟹可是又大又肥哦。"

众人笑弯了腰。

杨紫陌都快恼羞成怒了，心里愤愤地想，好你个采桑子，让我如此不堪。你等着吧，有你好看的！

山穷水尽也不见柳暗花明，杨紫陌像泄了气的皮囊，只得向老夫人求饶。

"如此，待会儿你就要少吃一只螃蟹、多喝一盅酒喽。"

天公作美，今晚的月亮又大又圆，照亮了整个大泰朝，照亮了整个究极山庄，也把小小的朱嬴馆照得如同白昼一般。

老夫人啧啧称奇，连连感叹活了这么大一把年纪了还从未见过如此硕大的月亮呢，它似乎要与太阳一比高低。夜空也晴朗无比，没有一丝云朵，寥寥无几的星星也羞于与月亮争辉，远远地躲在天边。

糕点、水果、佳肴、美酒一一摆上了桌子，品类繁多，无不色香味俱全，让围坐在一起的姐妹们垂涎欲滴。

花好月圆，良辰美景，朱嬴馆的中秋宴会就这样拉开了序幕。

众人都怀着美好的心情享受着这当下的快乐，唯有独孤及心中像装了一块石头，无比沉重。这块石头是他心爱之人晏尺素给的。委实地说，那晚留宿采桑子的朱嬴馆并未让独孤及真正放松，反而平添了几丝对晏尺素的愧疚。

众人识趣，故意把独孤及身边的座位留给了晏尺素。晏尺素也不扭捏，大大方方地坐在了独孤及的身边。

看晏尺素笑靥如花、若无其事的样子，独孤及愈发困惑了，她若心中有我，怎能感受不到我心中的苦楚？

一番寒暄客套之后，众人开始各自享受美食。

应酬了一天口干舌燥，再加之郁郁寡欢，面对一桌子的珍馐佳肴，独孤及却食之无味，味同嚼蜡。更糟糕的是，晏尺素不与他说话，他亦不与晏尺素说话。实在无趣，独孤及破天荒地站起来为各房妾室盛汤。大家都受宠若惊，要知道平日宴会上都是她们争先恐后地为独孤及夹菜盛汤，还未必有机会呢。各房妾室哪敢劳驾独孤及，纷纷起身把碗递给他。

独孤及示意她们都坐下，他一个一个来。

从左边开始，独孤及第一个为老夫人盛汤。老夫人略微感觉到儿子的异常，心想，莫不是与我跟晏尺素谈话有关？

之后依次是杨紫陌、采桑子、莫离恨等。最后一个，晏尺素。

这时气氛发生了微妙的变化，空气有些凝固。当晏尺素把自己的碗递过去准备接独孤及盛起的汤时，独孤及突然把勺子放下了，坐了下来，并没有给晏尺素盛汤。所有的人都盛了，就差晏尺素一个。独孤及此举在众妾室心中掀起了波澜，纷纷猜测其中缘由。

杨紫陌、岳阑珊自然是看笑话之流，只觉得大快人心。莫离恨盘算着独孤及与晏尺素有了龃龉，但独孤及此举并非真想让晏尺素难堪，反而愈发显得晏尺素与众不同。月疏桐呢，虽没有幸灾乐祸之感，但见自己的情敌被独孤及冷落，心里还是很舒爽的。采桑子心中纳闷，为晏尺素着急。花千树、桃夭夭无多大感觉，继续享受美食。

众人都盯着晏尺素，想看看接下来晏尺素如何应对这种局面。

如若换了她们，她们会有怎样的表现？

杨紫陌势必恼羞成怒，摔碗而去。莫离恨呢，表面风平浪静，心中少不了千恨万怨的。江晚照、月疏桐会默默地放下碗筷离去。采桑子可能会直接问，为何没有我的？花千树、桃夭夭、岳阑珊八成会阴沉着脸，一句话也不说，也不再去夹菜，只是用筷子在空碗里搅动。

再来看看晏尺素是如何应对的吧。

晏尺素拿起自己的碗，又拿起汤勺，为自己盛了一碗。她又拿起独孤及的碗，为他盛了一碗，和颜悦色道："侯爷忙碌了一天，请多喝一些汤滋补一下。"

独孤及面无表情，冷冷地说道："要你给我盛汤，真是受不起啊。"

晏尺素心里明白，说到底还是她伤了他的心，所以无论他怎么强硬，她都由着他。他越刚，她越柔。再者此时想看笑话的人不少，怎能遂了她们的愿？

晏尺素浅浅一笑："夫为天，妾为地。妾身侍候侯爷天经地义，理所当然。"

此时，壮硕肥美的蒸螃蟹被端上了桌。老夫人为打破尴尬，不失时机地问道："尺素，都说螃蟹很补身子，在享用这道美味之前你给大伙说说，螃蟹怎么个大补法？"

晏尺素起身屈了屈身子，行云流水般说道："螃蟹滋养五脏六腑之阴，活血化瘀，养筋壮骨。经常咳嗽有肺痨的人，可以吃点螃蟹化掉肺里面的积热。肾阴虚的人可以多吃点螃蟹滋阴，伤筋动骨的人也可以多吃一点螃蟹。"

晏尺素顿了顿，话锋一转："螃蟹大补，却不是所有的人都能食之。越是大补的食物越是要谨慎，就好比人参，有回阳救逆之效，但也不适合所有人。因为大补的食物偏性也越大，食物的偏性越大也就越接近药材，而只要是药材就有三分毒。"

莫离恨记起在医书上看到的一句话，忙不迭地说出来炫耀："人参杀人无过，大黄救人无功。"

采桑子问道："那什么样的人不适合吃螃蟹呢？"

借着皎洁的月光，大家可以看见晏尺素一脸的庄重："螃蟹是大寒之物、至阴之物，所以体寒阳虚之人要少食。胃寒的人要少食或者不食，泄泻之人不要食，染上风寒之人不要食，皮肤瘙痒经久不愈者不要食，身怀六甲之人不要食，女子月事来临不要食。"

晏尺素此番话语刚说完，杨紫陌眉头一皱计上心来，决意要给采桑子一点教训。

杨紫陌起身为大家分螃蟹，轮到采桑子时，多分了一只螃蟹给她，说她是今日的主人辛苦了，理应多吃一只，众人都叫好。接着，杨紫陌又把自己那一只螃蟹夹到采桑子的碗里，说下午赏花吟诗时没有说出来甘愿受罚，按照老夫人的意思要少吃一只螃蟹，所以就把这个少吃的螃蟹给采桑子，众人觉得有理。然后呢，杨紫陌又把采桑子的酒杯拿了过来，说老夫人要自己多喝一杯酒，说着就一饮而尽。把酒杯还给采桑子时，杨紫陌还故意弄掉了用来吃螃蟹的姜汁。

采桑子也没觉得有何不妥，很快就吃完了一只螃蟹。杨紫陌又催促她吃第二只，采桑子盛情难却，在没有姜汁、没有酒的情况下吃完第二只螃蟹。

很快，采桑子感觉胃里开始翻滚，接着隐隐作痛。采桑子这才明白中了杨紫陌的奸计：她定是知晓我素来胃弱，所以一个劲儿让我多吃螃蟹，还抢了我的酒、打翻了我的姜汁。螃蟹大寒，为了去掉它的寒，吃螃蟹一定要就着姜汁吃，再喝一点酒温暖一下胃。

杨紫陌，我与你无冤无仇，为何要害我？

采桑子按着腹部，忍着疼痛，豆大的汗珠掉了下来。

宴会在露天下举行，月色虽然皎洁，但如若不靠近采桑子，不仔细观察发现不了采桑子的异样。何况，采桑子为了不扫大家的兴致，忍着胃痛，强颜欢笑。

晏尺素与采桑子隔得远，也未发觉她的异常。

杨紫陌发现了，因为她看见采桑子不停地用手按抚腹部，不禁为奸计得逞暗暗叫好。痛就叫出来吧，哼，看你还能撑到几时！

杨紫陌还不断地为采桑子夹菜，满脸堆笑地让她多吃点。

宴会进行了差不多一个时辰，众人酒足饭饱。杨紫陌见时机已到，起身对独孤及千娇百媚地说道："侯爷，'明月几时有，把酒问青天'，接下来何不'起舞弄清影'，让姐妹们为侯爷载歌载舞一番如何？"

独孤及的九房姬妾中，最善舞的莫过于杨紫陌了，这也是她唯一值得炫耀的地方，每逢佳节或重大宴会她都要酣畅淋漓地表现一番。为衬托她的舞姿，也为了把别人比下去，每次舞蹈她都要拉好几个姐妹来当她的绿叶。

跳舞是佳人们都擅长的技能，虽不能与汉宫飞燕比肩，但自娱自乐或者供他人欣赏是绰绰有余的。所以，杨紫陌的提议倒也难不倒大家。只是，采桑子是这些姐妹中舞技最差的。

杨紫陌故意刁难采桑子："妹妹，今晚你是主人，理应由你打头阵为大家献舞。不过念在妹妹劳苦功高的份上，就由姐姐与你一起献舞如何？"

此时采桑子胃痛难忍，脸色煞白、四肢无力，哪有心思起舞，推辞道："妹妹舞技不堪入目，无法与姐姐匹配。姐姐还是另寻他人吧。"

不料独孤及却道："你就不要推辞了，不就图个乐子，好不好有甚要紧的？"

独孤及这一说，众人纷纷附和。采桑子盛情难却，只好硬着头皮上了。可想而知，采桑子的舞蹈有多糟糕。她本来就不善舞，身体状况又如此不佳。采桑子知道，这是杨紫陌故意让她出丑。在杨紫陌的映衬下，采桑子捉襟见肘，根本跟不上杨紫陌的节奏，好几次险些跌倒。好在她强忍着，硬生生地支撑了下来。

谢幕时，借着明亮的月光，杨紫陌看着采桑子苍白无力的脸，挖苦道："不曾想妹妹如此不善舞技，辛苦妹妹了。"

采桑子狼狈退下阵来。

杨紫陌想，这回该轮到你晏尺素了。你压了我这么久，今晚我要报仇。

杨紫陌轻挪莲步，风情万种地走到独孤及面前，娇滴滴道："侯爷，接下来妾身想与晏妹妹合舞一曲'嫦娥奔月'，望侯爷恩准。"

独孤及并未专注欣赏杨紫陌适才的舞蹈，他心不在焉的，看一会儿杨紫陌的舞蹈，又思一会儿晏尺素。此刻乍一听杨紫陌要与晏尺素共舞倒来了兴趣："你的提议甚好，中秋月圆之时舞'嫦娥奔月'再好不过。"

独孤及说完，用复杂莫测的眼神看着晏尺素。杨紫陌急不可耐地说道："尺素妹妹，我可是听说你平日隔三岔五就舞给侯爷观赏。今晚老夫人与姐妹们都想一饱眼福呢，妹妹可别扫了大家的兴哦。"

老夫人只知晓晏尺素的摄生之道炉火纯青，还从未观赏过她的舞技呢，也颇为好奇地劝道："尺素，你就上去舞一曲吧。"

晏尺素料定杨紫陌对独孤及近日来独宠自己一事怀恨在心，想出一口恶气，通过舞蹈的方式把自己比下去，何不满足一下她膨胀的虚荣心呢？何况究竟谁的舞姿更胜一筹还未可知。

"姐姐如此盛情，妹妹就却之不恭了，望姐姐指点。"

说着，晏尺素起身，款款地走了上去。

虽然是在朦胧的月光下，晏尺素依然看到了杨紫陌嘴角边挂着一丝轻蔑的笑。

杨紫陌显然是有备而来，她轻轻地击了一下掌，美妙动听的丝竹之声悠然响起。

杨紫陌为了今晚的舞蹈特意穿了蚕丝月华锦衫，长长的袖子几乎垂地，轻巧、灵动、飘逸。晏尺素呢，身着素雪绢裙，倒也与今晚的月色应景。

莫离恨看着眼前的一切，心里轻轻地哼了一声，杨紫陌，你也配把自己比作嫦娥？

月疏桐的舞技也超凡脱俗，此刻她心猿意马，不知何时自己才能单独地再为侯爷舞上一曲？就在漫天飞雪里，就在重楼的梅花树下。

杨紫陌踌躇满志，率先做了一个白鹤亮翅的姿势。晏尺素从容不迫，轻轻一跃，做了一个天女散花的动作。杨紫陌长袖一挥，继续翩翩起舞，轻车熟路，一边舞一边用眼角的余光去瞥独孤及，看他是否为自己的舞姿如痴如醉。晏尺素呢，心无旁骛，并没想着自己的舞姿一定要打动谁，只是为了不辜负今晚的清风朗月。渐渐地，杨紫陌见晏尺素丝毫不亚于自己，又是嫉妒又是慌乱。更让她难以忍受的是，独孤及压根儿就没看自己，一直目不转睛地盯着晏尺素。本想凭借自己举世无双的舞技狠狠地打压一下晏尺素，不料反而成全了晏尺素的轻歌妙舞，让她受众人瞩目。

晏尺素仍旧在忘情地舞着，如飞花逐月，如行云流水，如风吹麦浪，如飞瀑跌落，物我两忘、天人合一。

人群中有窃窃私语声飘来。

"不是说杨夫人的舞技天下无双吗？怎么越看越像是给晏夫人做陪衬？"

"谁说不是呢。晏夫人才是真正的嫦娥仙子。"

"不曾想尺素妹妹的舞技如此美妙绝伦，让我大开眼界。"

……

本来就有些心浮气躁，又隐约听到这样贬低自己、抬高晏尺素的议论，杨紫陌心中愈发妒火中烧，一个邪恶的念头魔鬼般地浮现在杨紫陌的脑海中。

舞蹈临近尾声，有这样的一个舞姿，杨紫陌弯腰弓着身子，双手触底并拢，整个身子成一个拱月形状；晏尺素则飞身从杨紫陌身上越过去，是为"嫦娥奔月"。

于是，当这个动人心魄的瞬间来临之时，杨紫陌原本纹丝不动的身子突然抬高了一点点，任何人都没有察觉。晏尺素猝不及防，脚尖踢到了杨紫陌的身子，随后斜着飞了出去，重重地跌落在地。

独孤及的心猛地咯噔一下，大呼"不好"，一个箭步冲了过去。

各房姜室也花容失色，跟着蜂拥而上。

做贼心虚的杨紫陌反倒先"哎哟"起来，直嚷晏尺素踢疼了她。不过，她的叫唤没有任何人理会，众人都急切地问晏尺素如何。

幸亏晏尺素急中生智，眼看就要重重地摔在地上，千钧一发之际用手掌撑在了地上，才没有造成大碍。不过还是伤势不轻，晏尺素的右手掌被一个石头戳得鲜血直流，右腿膝盖也磨破了，渗出了血，动弹不得。

晏尺素疼得无法言语，脸色煞白，豆大的汗珠冒出来。

独孤及心急如焚，不容分说抱起晏尺素，冲出了门。

老夫人也急得不行，一边匆匆忙忙跟了过去，一边在后面嚷着："慢点，慢点！"

慌乱中，晏尺素发髻上的步摇，那支独孤及送给她的步摇滑落在地。夜色朦胧，群芳四散，没有人注意到这事。偏偏莫离恨耳尖，听到有什么东西坠地的声响，于是仔细察看，并用手胡乱地摸索着，摸到了晏尺素的步摇。

莫离恨拿到亮处定睛一看，只见那精致的步摇在月光下熠熠生辉，中间那精心雕琢的"素"字赫然在目。

莫离恨瞬间明白了所有，一种痛夹着恨涌遍全身。

莫离恨怀揣着重重心思回到幽篁居。

莫离恨让黄时雨多点了一根蜡烛。摇曳的灯光下，莫离恨拿出步摇，久久地凝视着，眼神深不可测。

"时雨，你过来一下。"

黄时雨轻轻走过来："夫人，有何吩咐？"

"你认为，这只步摇的主人会是谁呢？"

黄时雨接过步摇细细端详，心中思忖着，适才见夫人在朱嬴馆拾到了什么，匆忙中也没多问。莫不是这步摇就是夫人拾得之物？

"上面刻着'素'字，又是在朱嬴馆拾得，奴婢揣测应该是晏夫人跌倒时滑落的。"

莫离恨一手拿着步摇，另外一只手伸出修长瘦削的玉指放在那个"素"字上，若有所思道："若是一只寻常的步摇也就罢了，这个'素'字大有文章。"

黄时雨又凑了过去看了看："这步摇应该是他人馈赠给晏夫人的。"

"聪明！"莫离恨露出一丝狡黠的笑，"会是谁送给她的呢？"

"晏夫人敢在中秋宴会上佩戴，不怕侯爷瞧见。依奴婢愚见，这只步摇十有八九是侯爷送给晏夫人的。"

在莫离恨的耳濡目染下，黄时雨的心思缜密如针，品性像是与莫离恨一个模子刻出来的。

莫离恨很满意地点了点头："依你之见，该如何处置这支步摇？"

"这个……呃……"黄时雨揣度了一下，不知如何作答。

莫离恨的神色有如深不可测的沼泽："如果把它物归原主或是交给侯爷会怎样？"

"如果完璧归赵，会获得晏夫人感激。如果交给侯爷，侯爷只当寻常小事，并不会感念夫人。"

"那把它交给杨紫陌又会如何？"莫离恨目光犀利，如一把剑。

黄时雨顿时心领神会，赞道："妙哉！杨夫人看到此步摇一定会醋意大发。"

莫离恨终于笑出了声，笑声诡异而惊悚。

第二日，莫离恨与黄时雨来到倾城别院。

杨紫陌的倾城别院是究极山庄中最奢华之处，里面雕梁画栋、富丽堂皇。巍峨高大的院门两旁矗立着两个巨大的石狮，土俗不可耐，倒也庄严肃穆。

杨紫陌扭着腰肢款款而来："妹妹一大早过来有何贵干？"

莫离恨耐人寻味地笑着："妹妹有一物要交给姐姐。"

杨紫陌有些心不在焉："何物？"

"我昨晚拾得一只步摇，不敢私藏，特地交给姐姐处置。"

杨紫陌的眼睛亮了一下："哦？拿来我看。"

黄时雨不慌不忙地从衣袖里掏出步摇。

"姐姐是后院掌度，步摇如何处置全凭姐姐定夺。"

莫离恨的言语始终不冷不热，不带丝毫情绪。

杨紫陌看了步摇，脸色大变，这么明显的一个"素"字，这步摇不是晏尺素那贱人的还会是谁的？杨紫陌虽四体不勤、五谷不分，但在男女之情上还是很敏锐的，她直觉认定此步摇定是独孤及上次从宫里回来特意带给晏尺素的。那个"素"字像针一样扎在她心里，越看越刺眼，她的大拇指紧紧地按在那个"素"字上，恨不能把它抠掉。

杨紫陌朱唇紧闭，咬牙切齿了许久道："此步摇就先放我这吧。晏妹妹昨夜摔倒，今日不便去打搅，过几日我再把步摇还给她吧。"

莫离恨面露警觉之色，似是故意又似无心地问道："晏妹妹怎会如此不小心摔倒呢？"

杨紫陌"哼"了一声，脸上没有丝毫愧疚，亦没有慌乱之色。一来她觉得小小的摔倒不过是小小惩诫，晏尺素擦破点皮不值得一提；二来绝不会有人发觉这是她有意加害于晏尺素，就算晏尺素觉察到了也有口难辩。那种幽暗朦胧的环境，谁能保证自己的舞姿万无一失？姿势出了点差错再寻常不过了。

"怨不得别人，只能怪她学艺不精！"

莫离恨心想，果真是晏尺素学艺不精吗？嘴上却道："还是姐姐技高一筹，姐姐的倾城之舞让妹妹叹为观止。"

第六章 花容失色

　　秋雨初歇的清晨，独孤及踏着重重霜露，闻着鸟雀啁啾之声来到藕香榭。他径直走进晏尺素雅致宜人的闺阁，只见晏尺素云鬟半编，淡妆轻抹，两缕青丝垂于胸前。虽卧病在床，面容有几分憔悴，但分毫不影响她那双美目流出款款情丝。

　　晏尺素懒懒地斜靠在床榻上，独孤及走过去温柔地执着她柔软的手，关切地问道："素儿，今日如何？"

　　如若不是这次意外摔倒，独孤及还真打算疏远晏尺素几日。可晏尺素这一摔倒，独孤及早就把之前晏尺素对他的刻意冷淡抛诸脑后，眼里尽是怜惜，心中尽是柔情。晏尺素休养了三日，独孤及日日都来探望。

　　晏尺素呢，虽不再执着于非要对独孤及无情，但也不似之前那般热情似火、温情似水，走了一个中正之道。月满则亏，老夫人的提醒犹在耳畔，中秋之夜的摔倒则又是一个警醒。

　　冷峻的面庞，忧伤的眼睛，晏尺素望了望独孤及的面容，又把目光移开："多谢侯爷关心。不过是一些皮外伤，静养一些时日就好了。侯爷日理万机，大可不必为妾身这点小事日日劳心劳力。"

　　"伤筋动骨一百天，谁说是小事？"独孤及用手把晏尺素额际的发丝往上捋了捋，"整个山庄还有何事比你的事重要？"

　　或许是独孤及的肺腑之言，或许是独孤及的随口一说，总之这句话让晏尺素颇为动容。满目山河空望远，何不怜取眼前人。这世间大多数男子不明白女子只需要当下的相依相伴，而不是为她们画一个大饼或许一个承诺，舍近求远、南辕北辙地去做一些她们不喜欢甚至伤害她们的事。

　　但晏尺素脸上依然是一副风轻云淡："侯爷如此厚爱妾身，妾身何德何能？"

　　"有德有能的女子万千，而我只需要一个与众不同的晏尺素。"

　　独孤及往上靠了靠，轻轻地把晏尺素的头揽入怀中，晏尺素感受到了独孤及的温热与男子独特的气息。那一刹那，她意乱情迷，有点把持不住自己，想不顾一切地扑进他的怀里。

　　不过，晏尺素抑制住了自己的情欲，挣脱了独孤及的怀抱，端端正正地坐直了身子。

　　身陷情爱中的女子几乎没有人能够抵抗独孤及如此的甜言蜜语，偏偏晏尺素不吃这一套。她认为，世间所有的山盟海誓都是泡影，听听罢了，当不得真。

"怎么了？"见晏尺素一副拒他于千里之外的样子，独孤及有些错愕。

晏尺素忙低下头，不让独孤及瞧见她慌乱的眼神："我想起来走走。"

"那我扶你。如果不行，切不可硬撑。"

"不用了，侯爷。"晏尺素直言拒绝了独孤及，"你去忙你的吧，这儿有缃衣就够了。"

要是换作其他女子如此这般对他，独孤及早就甩手而去。而晏尺素这样对他，他反而割舍不下。

"素儿，你是不是有什么心事？如果有就说出来吧，不要为难自己，也不要折磨我。"

晏尺素阴沉着脸，一言不发。

独孤及想起中秋之夜对晏尺素的冷淡，问道："是不是中秋宴会我没有给你盛汤，你气恼了？"

晏尺素冷冷道："侯爷想多了，妾身并不小肚鸡肠。"

"那你倒是说啊！为何一夜之间你像换了一个人似的？你我都不是黄口小儿，有什么事不能开诚布公地谈一谈？如果我做错了什么，我一定改；如果你有无法解决的难题，我一定倾力为你解决。"

独孤及言辞恳切，神情焦灼。话已至此，晏尺素又非草木，岂能无动于衷？她动摇了，左思右想，是否要将老夫人与她谈话一事倾囊告之。如果独孤及知晓了，是会收敛一下对自己的宠溺，还是反其道而行之，越发宠溺她？

最后，晏尺素的话到嘴边却成了："这些日子妾身卧病在床，恐怕又不能陪侯爷了。侯爷还是多去其他姐妹那儿走动走动吧。"

独孤及的耐性终于被耗尽，晏尺素的最后一句话激怒了他。他愤愤起身："既然如此，不再打扰。"

说完，大踏步走出门外。

这一切被站在门口的缃衣全部偷听了去。等独孤及走出藕香榭的大门，缃衣追上了他。

"侯爷请留步！"

一个脆生生的声音传来，独孤及停下了怒气冲冲的脚步。

"你有何事？"独孤及的语气粗重，显然正在气头上。

缃衣低着头不敢正视独孤及的目光，声音瑟瑟发抖："请侯爷息怒。夫人这般对待侯爷，是因有难言之隐。"

听缃衣这么一说，独孤及的语气缓和了下来："哦？快快说来。"

缃衣又跪在独孤及脚下，俯首乞求道："请侯爷万万答应奴婢，得知实情后不要与老夫人和夫人说起此事，侯爷就装作一无所知就可。"

"我答应你就是。"

缃衣这才将杨紫陌一干人去老夫人那讨说法，要求独孤及雨露均沾一事一五一十地说给了独孤及。

独孤及听后恍然大悟，对晏尺素的怨气立马烟消云散。

"这事我知晓了，你回去好生照顾夫人。"

"小心，别让汤洒了出来。"

莫离恨走在通往藕香榭的小路上，不时回头看一下黄时雨，叮嘱道。

黄时雨小心翼翼地走在后面，拎着一个高高的、沉重的紫檀木食盒，食盒里装着一道莫离恨专门给晏尺素烹制的药膳：三七鸡骨汤。

"夫人，奴婢不明白。"黄时雨换了一只手，喘了口气，问道："为何要送这么好的药膳给晏夫人？这可是你的家传秘方。她的伤要是好不了，岂不是更好？"

莫离恨一听这话皱了皱眉："就算没有这道药膳，她的伤也会好起来，只是多些时日罢了。为何不卖给她一个人情呢？山庄里的眼睛都盯着呢，于情于理、于公于私我都应该去看看她。"

说话间，二人已经来到藕香榭的门口。缁衣见到二人，速速去通报。

"有伤在身，恕妹妹不能起床相迎。"

莫离恨的到来让晏尺素颇有些意外，二人虽然彼此交情尚可，但总像隔了一层阻碍。

"妹妹真是见外了。你的伤好一点没有？"

莫离恨说着就过来摊开晏尺素的手掌，轻轻地摩挲着，那神情像是慈母抚摸着孩子受伤的手。

"手掌已经结痂了，就是膝盖还是有些肿痛。"

除了采桑子，莫离恨是山庄姐妹中第二个来看望她的人。莫离恨那亲昵的动作让晏尺素感觉到一丝难得的姐妹情谊，但是又不太适应莫离恨这般的亲昵。

"看姐姐给你带来了什么？"

莫离恨笑容可掬，让黄时雨把药膳端了上来。

晏尺素闻到一股淡淡的鸡肉香味："是鸡汤？"

莫离恨神秘兮兮地说道："妹妹先尝一口，看看还有什么？"

晏尺素也不推辞，先尝了一口汤，确实鲜美异常。她又慢慢嚼了嚼汤中小节小节的药材，细细回味。那味道稍稍有点苦涩，后来又有点回甘。

"是三七。"

莫离恨绽开笑颜："果真什么都瞒不过妹妹。这是三七鸡骨汤，特意为妹妹熬制的，对妹妹的膝盖有很好的帮助。妹妹是女中扁鹊，三七的神奇之处不用我唠叨了吧。"

一谈到摄生，晏尺素精神抖擞，如数家珍地说起来："三七，又叫田七、金不换，是补血圣药，治疗一切血证都离不开它。它不仅补血，还活血化瘀、消肿止痛。跌打损伤用三七最好，内伤瘀滞它也能化除。"

莫离恨补充道："妹妹真是句句不离本行。你膝盖有伤，这鸡腿骨的骨髓最滋养膝盖了，三七又能把膝盖的瘀血化掉，岂不是一举两得？"

黄时雨趁机插话："这是我家夫人的家传秘方。"

说者有意，听者也有意，晏尺素颇有些受宠若惊："姐姐真是费心了，妹妹感激不尽。"

"举手之劳，不足挂齿。妹妹要是喜欢喝，派缁衣来知会一声就是了。我还听说这三七，每日食之会红颜不老，年过耄耋了脸上也会洁白无瑕。"

莫离恨一说完，缁衣乐得跳起来："果真如此？有这么神奇？"

晏尺素打趣道："就知道你爱美。确实如此，人上了年纪都会有瘀血，手上长的斑点和脸上长的斑点都是瘀血所致。三七最能化瘀血，所以每日食之当然能够让你鹤发童颜、青春不老啰。不过话说回来，如若你没有良好的习惯，再好的神丹妙药也是徒劳。"

莫离恨淡淡笑道："有妹妹调教缂衣，缂衣哪能没有好的习惯呢！"

缂衣吐了吐舌头跑开了。

莫离恨此行还有一个目的，就是打探一下晏尺素的跌倒是人为还是意外。

晏尺素喝完了三七鸡骨汤，莫离恨旁敲侧击道："妹妹素来谨小慎微，舞技又精湛无比，怎会跌倒呢？"

晏尺素心里嘀咕，莫姐姐怎么突然问起此事？其实她自己也觉得蹊跷，她起身飞跃之时到底是力度不及还是杨紫陌抬高了身子，她一时半会也回忆不起来了。不过她隐约觉得杨紫陌有意加害于她，只是空口无凭，她也拿杨紫陌没有办法。

于是晏尺素正色道："终究还是妹妹大意了吧。"

莫离恨看晏尺素的表情觉得她有所保留，说道："是天灾还是人祸，妹妹可要想仔细了，不要让居心叵测之人逍遥法外。"

正说着呢，缂衣来报，侯爷驾临。

晏尺素纳闷，昨日才惹恼了他，估摸着会有三五日不会理我，这下又来做什么。

一听侯爷驾临，莫离恨暗自高兴，真是天助她也。她的三七鸡骨汤没有白做，独孤及见到了定会对她心存感念。

果不其然，见莫离恨如此贴心照顾晏尺素，独孤及面露喜色："要是山庄的姐妹都如你们这般和睦，那就好喽。"

莫离恨甚是知趣，料想独孤及是要与晏尺素单独相处，于是借口还有要事在身，匆匆退出。

独孤及颇为满意，对着莫离恨离去的背影道："除了你，也就是她能够让我宽心了。"

其实独孤及还想说一句：可是我总感觉莫离恨的身上有一股寒飕飕的气息，虽然她的样子总是那么热乎，但愿是我想多了吧。但话到嘴边又咽了下去。

不知怎的，独孤及的话竟然让晏尺素有几分醋意呢。她在心中比较，我与莫离恨谁更好一些？侯爷会更喜欢谁一些？

独孤及已经知晓真相，用爱意绵绵的眼神看着晏尺素："你莫不是又要赶我走吧？"

晏尺素觉得独孤及的语气怪怪的，眼神也怪怪的。我如此待他，他理应气恼啊。

"整个山庄都是侯爷的，妾身能把侯爷赶到哪里去呢？"

柔弱的语气更添妩媚，独孤及在床沿上坐下来："这些日子真是为难你了。"

为难我什么呢？我不是在为难侯爷吗？听独孤及这么一说，晏尺素越发云里雾里了。

"妾身不明白侯爷何意。"

独孤及用手轻轻捏了捏晏尺素的鼻子："小丫头，你不需要明白，只要我明白你的心就好。我前几日不明白，此刻明白了。你的心在我这，我的心在你这。如此，不是很好吗？你小小年纪，就有这等智慧与雅量，你真是世间罕见的奇女子啊。我真是越发喜爱你了！"

独孤及总是情不自禁地在晏尺素面前直抒胸臆地表达他的爱意，晏尺素把眼睛睁得大大的："侯爷是不是听说了什么？"

"是我听说了什么还是你听说了什么？"

独孤及温柔地笑着，晏尺素发誓从来没见过这么温柔的笑。

"侯爷有话就直说，别让妾身胡思乱想。"

独孤及又开怀大笑起来："前几日你还让我胡思乱想呢。"

晏尺素故意噘着嘴，扭过头去："好吧，侯爷既不愿意说就不要来消遣妾身了。"

"总之呢，我会照你的意思去做，不让你为难。我会多去其他几处走动。"

话已至此，晏尺素已然明白独孤及知晓一切了。

沉默了一会儿，晏尺素道："月满则亏，相信侯爷比我这个小丫头更明白这个道理。"

独孤及又忍不住握住晏尺素的手，脸上的表情庄重又不失柔情："可是，素儿你真的愿意、真的舍得把我对你的爱匀给其他姐妹吗？素儿你跟我说说你内心最真实的想法吧。"

要说自己没有一点想法也不可能，晏尺素沉默了一会儿，缓缓道："妾身不是圣贤，也会心痛，但是只要侯爷心里有素儿，一切足矣。妾身思虑着，爱，是可以分享的吧。"

委实地说，独孤及更期望听到晏尺素说不愿意，说道："既然如此，那就依你所说，往后的时日我来你这儿就会少一些。但希望素儿明白，我对你的念想只会多不会少。思你念你之时，我会去天音阁吹起我的箫。也许在某一个静谧的深夜，你突然听到我的箫声，那是我在对你说，素儿，我想你了。"

独孤及的深情告白像冬日的火炉，烤得晏尺素心中暖暖和和的，鼻子一酸差点涌出泪来："侯爷，如若素儿念你思你之时，也会去天音阁弹起我的琴，告诉你，素儿想你了。"

已入晚秋，天气一日比一日凉，也一日比一日清朗。今早下了很大的雾，遮天蔽日的，雾散后天空却是光芒普照、朗朗乾坤。晏尺素发现院子里那棵枫树的叶子已经鲜红鲜红的，煞是夺人眼目。晏尺素让缁衣折了一枝枫叶拿来屋里插在花瓶中，瞬间整个屋子喜庆红火不少。晏尺素平日不喜大红大紫，觉得太过张扬，不够偶尔点缀一下也是一种雅趣。

秋高气爽，风轻云淡，晏尺素已经能够下床行走，只是还一瘸一拐的。久躺伤气，没日没夜地躺着会让人萎靡不振，晏尺素是精通摄生之道的，所以但凡能够走动，只要不过度用力，她总是要活动一下的。

独孤及说好日后会减少来藕香榭的次数，可今日用完早膳，在山庄漫步，走着走着就来到了藕香榭的门口。他徘徊了一下，又鬼使神差般地走了进去。

他心想，就去坐一会儿，看一眼素儿，马上就离开，大不了就说想风儿了。

进得藕香榭，大老远就望见晏尺素在院子里来回走动。独孤及三步并做两步走了过去，一把搀扶起晏尺素，责怪与疼惜的神色布满了整张脸。

"素儿，提防着点，别摔着。"

晏尺素面露惊喜："侯爷怎又……"

独孤及一只手轻轻揽住晏尺素的肩膀，另外一只手抓住她的胳膊，一边扶着她走动，一边说道："就知你会这么说。我就是想风儿了，过来转转。"

晏尺素料想独孤及在说谎，因为他的眼神出卖了他，不过心里也甚是甜蜜："侯爷是顶天立地的君子，君子一言，驷马难追，侯爷可得言出必行哦。"

独孤及索性逗她："在素儿面前，我只想做小人。"

晏尺素扑哧一声乐了，露出白玉一般的牙齿，嗔怪道："讨厌，没个正形。"

在晏尺素面前，独孤及有时是父亲，有时是兄长，有时又是孩子。此刻，独孤及就像一个孩子，无虑无忧，顽皮又可爱。

"我就想这样执着你的手，与你一起慢慢变老。"

刚刚还是孩子般的笑容，独孤及说完这句话神色就变了，一半是明媚，一半是忧伤。

"一说到老难免让人伤感，'我生君未生，君生我已老'。有朝一日我白发苍苍，老态龙钟，而素儿正值妙龄，风华绝代，会不会嫌弃我这个糟老头啊。唉，老天为何不让我早点遇见你呢？那样，我就可以多陪陪素儿了。"

听了独孤及这般伤感又真情的话语，晏尺素竟不觉流下泪来。"愿得一人心，白首不相离"，这一人心不就在眼前吗？

"素儿生是你的人，死是你的鬼。无论沧海桑田，无论你变成何等模样，素儿都会不离不弃。素儿在最美妙的年华遇上爱，遇上侯爷，夫复何求？"

晏尺素喉头哽咽，声音暗哑。她转过脸去，不让独孤及看见她的泪水。此刻，她才发觉，她什么也不是，只是纯粹的一个弱女子。

她的泪水还是被铁骨柔肠的独孤及发觉了："素儿，怎哭了？"

"没哭，是沙尘掉入了眼睛。"

杨紫陌领着莫离恨、岳阑珊等一干人浩浩荡荡地朝藕香榭走来。

昨日莫离恨离开藕香榭后，心怀鬼胎地又去了倾城别院。

在倾城别院的国色天香亭里，莫离恨一边品着香茗，一边看似漫不经心却又添油加醋地把晏尺素与独孤及恩爱甜蜜的场面说给了杨紫陌。莫离恨一边说一边用眼角的余光察看杨紫陌风云变幻的神色，还时不时说自己红颜薄命，独守空房。

"妹妹这一生已无他求，只求平平安安、得过且过。只是可惜了姐姐门庭显赫又天姿国色……"

杨紫陌哪经得起这般煽风点火，她气得眼珠子都要突出来，当场就把茶杯摔在了地上，放出狠话："晏尺素你这个贱人，受伤了还不安分，还要勾引侯爷！有朝一日，我杨紫陌定让你如此茶杯一般粉身碎骨！"

是夜，杨紫陌辗转难眠，怒火在她的脑海中上蹿下跳，愤怒的魔鬼潜入了她的身子。这不，天刚蒙蒙亮，她就起了床，早膳也不用，风风火火地一一敲开了究极山庄各房妾室的大门。杨紫陌美其名曰要姐妹们与她一起去探望晏尺素，实则是想要她们助她去藕香榭出一口恶气。杨紫陌心中信誓旦旦，要当面揪出晏尺素的狐狸尾巴。

山庄各房妾室情愿的、不情愿的都跟在杨紫陌身后，唯有玉雨轩的花千树是最窝火的，一肚子气。当时花千树正躺在床榻上，这几日她来了月事，气浮于上、血虚于下，心浮气躁，动不动就找下人发火。更让她不堪忍受的是，每每来月事时肚子痛得要命，真想一头撞死在墙上。

花千树的身子如此糟糕，哪有心思跟杨紫陌去闹腾，只想歇着，啥事都不想干。这杨紫陌偏偏不依不饶，连拉带拽，喋喋不休，还指桑骂槐。花千树性子乖戾，好走极端，敢爱敢恨。若惹急了她，她会豁出一切。花千树本来就对杨紫陌的刚愎自用、颐指气使耿耿于怀，凭啥什么事都要拉上自己。于是，花千树当场就与杨紫陌闹得不愉快，还是莫离恨劝了好久才平息纠纷。

莫离恨说，晏尺素精通摄生之术，到时可以让她为花千树调理调理。花千树这才勉强答应，怀着一肚子的怨气，跟在她们身后。

话说杨紫陌气势汹汹地冲进藕香榭，独孤及扶着晏尺素走路的一幕被她撞了个正着。杨紫陌心中的那个无名之火就甭提多大了，但迫于独孤及在场，她只能强压着，但她的神色无论如何也掩饰不了心中的嗔恨。

也不问安了，杨紫陌走上去就冷嘲热讽："哎哟哟，妹妹真是吃了灵丹妙药啊，才几日身子就恢复得如此利索了，活蹦乱跳的，比那蚱蜢还敏捷。你们说是不是呀？"

没有人回应杨紫陌的话，晏尺素知来者不善，也没有回应。

独孤及面露愠色，厉声道："一大早跑来聒噪什么！"

他又用锐利的目光扫视了一下众人："你们也是的，跟着她来瞎凑什么热闹！"

岳阑珊怯怯地说道："侯爷，我们是来探望晏妹妹的。"

"什么探望不探望的！你们这等架势，我看是来吃人的！不来一个影子都瞧不见，一来就来一窝蜂。尺素现在最需要静养，不需要你们这般折腾！"

花千树原本就不想来的，听独孤及这一说，心里更是窝火，站出来道："侯爷明鉴，妾身是被杨姐姐硬拖着来的。"

一听这话，独孤及就气不打一处，上回杨紫陌唆使大伙去老夫人那儿闹事还没跟她算账呢，这回又来了！独孤及的目光中电闪雷鸣，狠狠地瞪着杨紫陌："整个山庄就你事儿最多！"

杨紫陌飞扬跋扈惯了，自然也不是好惹的，她阴阳怪气道："侯爷此言差矣！侯爷这么说就是'只许州官放火，不许百姓点灯'。你可以来看晏妹妹，就不允许我们来看吗？"

杨紫陌真是吃了豹子胆了，竟敢在众目睽睽之下忤逆独孤及。独孤及越发愤怒了："你这是来看望吗？！你这是黄鼠狼给鸡拜年！你做了什么自己心里有数！"

"哈哈！"杨紫陌怪笑一声，继续惺惺作态，"侯爷，妾身明明是好心却被你当成了驴肝肺。妾身真是冤枉啊！"

杨紫陌那矫揉造作的嘴脸越看越让独孤及恶心，像吃了一只苍蝇一般："够了！还不快给我滚回去！"

独孤及发了雷霆之怒，自晏尺素嫁入山庄以来还从未见过他发这么大的火，在场的各房妾室无不吓得花容失色。

杨紫陌也心惊肉跳，但心中的魔鬼依然驱使她揶揄道："侯爷真是'冲冠一怒为红颜'啊。不过妾身还有话跟晏妹妹说，不说完我是不会走的。"

"你不走，我走！你现在这张嘴脸我是一刻也见不下去！"

独孤及说完，背着双手，头也不回地走了。

独孤及这一走，正中杨紫陌的下怀。没有了独孤及对晏尺素的呵护与帮衬，她不正好可以肆意妄为、无法无天吗？

果真，独孤及前脚刚走出藕香榭，杨紫陌就按捺不住了，阴沉着脸，围着晏尺素转了几个圈。

"哟，我细细打量了一下妹妹，也没看见有狐狸尾巴啊，怎么就闻到一股狐狸的骚味呢？难道是我眼拙，姐妹们你们都过来瞧瞧。"

杨紫陌故作姿态地招了招手，其他人都默不作声，唯有岳阑珊亦步亦趋地贴了上去，装模作样地也围着晏尺素转了一圈。

　　岳阑珊嬉皮笑脸道："紫陌妹妹，你还别说，我也没瞧见。这狐狸精真是太狡猾了。"

　　缁衣哪受得了晏尺素这般被羞辱，冲过去辩护道："谁是狐狸？！你们才是狐狸！"

　　晏尺素知道，该来的总是要来的，是福不是祸，是祸躲不过。她与杨紫陌之间总要有一场正面交锋，与其日积月累地压着，不如来得痛快一些。

　　晏尺素冷然道："缁衣，你让开，让她说。"

　　岳阑珊适才在玉雨轩与花千树碰了一鼻子灰，正愁火气无处发泄，于是指着缁衣的鼻子破口大骂道："你这卑贱的蹄子！我们主子之间的对话轮得上你插嘴吗？！"

　　说着她扬起巴掌就要扇过去。晏尺素一个疾步，果断抓住了岳阑珊的手，那力度让岳阑珊吃惊，她使劲挣扎着也没抽出手来。

　　"说，可以。动手，谁敢？！"

　　晏尺素一字一顿地说道。众人瞠目结舌，面面相觑。不曾想，平素温婉贤淑如莲花一般的晏尺素怎会如此威风凛凛。

　　莫离恨假模假样走过去："有话好好说，别伤了和气，大家都是一家人。"

　　月疏桐本想去劝一劝，说几句不痛不痒的话。她见莫离恨先行一步了，就决定姑且按兵不动，静观其变。

　　晏尺素这才放下岳阑珊的手。岳阑珊疼得不行，使劲揉着被抓红的痛处。

　　杨紫陌大手一挥，撒起泼来："谁跟她是一家子！谁愿意做狐狸精跟着她去好了！"

　　晏尺素毫无惧色，反唇相讥道："心中有屎溺之人闻着处处是臭的。杨姐姐，犯不着如此大动肝火、指桑骂槐的，有什么话就明说吧。如果姐姐闲着发慌要去捉狐狸，就去后山吧，恕妹妹不奉陪。"

　　杨紫陌勃然大怒道："好一张巧嘴！你说你不是狐狸精，为何要整日勾引纠缠着侯爷不放？为何？！为何？！侯爷是你一个人的吗？恬不知耻的贱人！我看你就是一只发春乱叫的野猫！"

　　看到杨紫陌终于说出了心里话，晏尺素不卑不亢，冷冷一笑："如姐姐所说，侯爷日日伴我左右，我怎会发春？只有得不到的、满足不了的才会发春乱叫。这一大早跑到妹妹这里来乱叫的只有姐姐你，如此看来真正发春的野猫是姐姐喽。"

　　众人听了晏尺素的话忍不住笑出了声。

　　莫离恨却倒吸一口冷气，这晏尺素真真不能小瞧，她不温不火、不急不躁，也不气不恼、不吼不叫，却三言两语就会让人哑口无言、无地自容。

　　花千树、桃夭夭、月疏桐在心中暗暗为晏尺素叫好。

　　杨紫陌气得说不出话来，指着晏尺素的鼻子，面部扭作一团："你——你——"

　　晏尺素面无惧色，眼睛死死盯着杨紫陌那张脸，接着说道："妹妹整日在藕香榭照料风儿，从未想过要去招惹谁，更没想过与你为敌。姐姐得饶人处且饶人，事不要做得太绝，话不要说得太满。姐姐对妹妹做过什么事，姐姐心里应该很清楚吧？"

　　晏尺素目光锐利，那锋芒刺得杨紫陌后退了好几步。杨紫陌心神不定，琢磨着难道中秋摔倒一事她知晓了？哼，即便她知晓也无关紧要，除了天知地知、你知我知，还有谁知道？

杨紫陌稳了稳神，又换了一副表情，笑里藏刀道："妹妹的三寸不烂之舌真是让我佩服得五体投地，能把死的说成活的。真是高，太高了！可是，如果我让你看一件东西，你的舌头还会这么灵巧吗？"

说着，杨紫陌慢吞吞地从衣袖里掏出晏尺素遗落的步摇。

晏尺素一惊，步摇怎会在她手中？自己知步摇在中秋宴会上遗落，还特意嘱托采桑子如果拾得马上送过来。不料这步摇竟落在杨紫陌的手中。

晏尺素揣测不出杨紫陌此时突然拿出步摇意欲何为，面不改色道："姐姐拾金不昧，妹妹感激不尽。"

杨紫陌拿着步摇在晏尺素面前晃了晃："这真是一只做工精致的步摇啊！妹妹一定爱不释手、如获至宝吧？丢了它一定心急如焚吧？"

说着，杨紫陌又高高举起那只步摇，刻在步摇上的"素"字在阳光的照耀下格外醒目。

杨紫陌大声道："姐妹们都来瞧瞧！瞧瞧这个'素'字，这可是侯爷与晏妹妹两情相悦、至死不渝的象征啊！你们都死了那份心吧，有晏妹妹在，你们注定要独守空房一辈子。"

杨紫陌有意挑拨离间，让晏尺素引发众怒，不过收效甚微，响应她的寥寥无几。

只有岳阑珊说着连自己也不相信的话："一定是晏妹妹求侯爷送给她的。侯爷堂堂七尺男儿、铮铮铁骨，怎会有细腻心思做这等儿女之事，传出去岂不是让人笑掉大牙？"

早就看岳阑珊不爽，一直隐忍着的花千树站出来讥讽道："岳姐姐这番言论简直滑天下之大稽！'男儿有泪不轻弹，只因未到伤心处'，殊不知七尺男儿最动人之处就是他柔情之时。岳姐姐恐怕是得不到这份柔情而醋意大发了吧？"

岳阑珊羞愤难当："你说谁醋意大发？"

花千树鄙视了看岳阑珊一眼，加重了语气："说你。"

岳阑珊的火气腾腾地往上蹿："好啊，你这个吃里爬外的家伙！让你一起来，你不帮着说话也就罢了，还胳膊肘往外拐。"

花千树冷笑道："笑话，谁说一起来就要帮着你们说话？"

向来巧舌如簧的岳阑珊此刻舌头似被人打了结，只得发飙骂道："狼心狗肺的东西！"

花千树毫不示弱，目光咄咄逼人："你说谁狼心狗肺？！有种再说一遍！"

岳阑珊歇斯底里："说你，说你，说你！不止说一遍，我还要说千遍万遍！狼心狗肺的东西！狼心狗肺的东西……"

岳阑珊与花千树唇枪舌剑，你一句我一句，吵得面红耳赤、难解难分。二人很快就动起手来，你推我一把，我推你一把，最后扭打成一团。岳阑珊去撕扯花千树的衣裳，将衣裳撕破一角。花千树亦不是省油的灯、好惹的主，哪里咽得下这口气，疯了一般冲过去扯住岳阑珊的头发……

莫离恨见此情景，心里又琢磨开了，要是老夫人看到这一幕就有意思了。于是对黄时雨耳语，让她速速去告知老夫人这里的一切。

这边晏尺素与杨紫陌的事还没完，缁衣趁乱去抢杨紫陌手中的步摇，杨紫陌眼疾手快地避开了，还让缌衣栽了一个跟头。

"我让你抢，我让你抢！"

杨紫陌咆哮着，冲到荷塘边用力一扔，步摇飞进了荷塘。

晏尺素不料杨紫陌会使出这一招，跟着奔了过去，差点跳进荷塘，幸好被缌衣死死拖住。

晏尺素也有些失控了，冲着杨紫陌飞扬跋扈的身影吼道："杨紫陌，你可以扔掉步摇，但扔不掉侯爷对我的心！"

杨紫陌也不甘示弱，声嘶力竭地喊道："晏尺素，我与你势不两立！"

这出大戏真是越来越精彩了，幕后的操纵者莫离恨心中大呼痛快。此时老夫人拄着寿杖心急火燎赶到，一进藕香榭，见乱作一团，捶胸顿足地喝道："都给我住手！"

莫离恨一直瞄着藕香榭的大门，一见动静，忙不迭地去劝架。月疏桐、桃夭夭也跟了上去。莫离恨拉住岳阑珊，桃夭夭拉住花千树。月疏桐抬起胳膊挡住自己的头，想去拉扯又不敢，怕拳脚无眼。

全场终于安静下来。其实众人不去劝架，花千树与岳阑珊也会停下来，因为她们都用尽了最后一丝气力。这场架打得真是酣畅淋漓，花千树的衣衫被岳阑珊扯得褴褛不堪，岳阑珊也没有占了便宜，脸上被花千树抓得青一块、紫一块、红一块。两人歪在地上，喘着粗气，狼狈不堪。

"看看你们的样子，成何体统！"老夫人用寿杖分别指了指岳阑珊和花千树，又对众人疾言厉色道，"还有你们！还愣在这里作甚？还不快给我散了！"

在老夫人的命令之下，众人慢慢散去。

等所有的人都走了，晏尺素颓然地坐在莲心亭，看着荷塘中步摇掉落的地方发愣。

须臾，花千树却被婢女衣上云搀扶着折了回来。

衣上云神色慌张地唤道："晏夫人，快给我家夫人看看吧。"

晏尺素小跑着过去："这是怎么了？"

"夫人她肚子痛得难以忍受。"

花千树适才打了一架，勉强挤出一丝气力，脸色苍白地说："我来月事……小腹痛……"

同样身为女子，晏尺素顿时明白了是怎么一回事。她让衣上云扶着花千树到椅子上歇着，自己去厨房拿来几粒花椒让花千树含着，同时吩咐缌衣快快煮一些艾叶生姜红糖水来。

说也奇怪，花千树慢慢咀嚼着花椒，随着花椒的麻辣辛温之气缓缓进入体内，肚子的疼痛感竟然减轻了不少。

很快，缌衣端来了艾叶生姜红糖水。

衣上云一口一口地喂着花千树。

大半碗的艾叶生姜红糖水下肚，花千树的肚子一点也不疼了。

花千树面露喜色："我不疼了，谢谢妹妹。"

晏尺素又让缌衣端来一碗糜粥，花千树喝下去后神色恢复不少。

花千树用微弱的声音道："妹妹，我这是咋了？每次来月事都痛不欲生……"

"姐姐这种情况出现多久了？"

"三个月了。"

"这是下焦寒湿凝聚任冲二脉所致。痛则不通，通则不痛。姐姐平日是否喜欢吃水果？"

"我喜欢吃梨子。这次发作之前，我贪嘴吃了四五个梨子。"

"梨子比较寒凉，脾胃虚寒的人不可多食。姐姐下回月事前切记不可贪凉，要注意保暖，可以用艾叶加生姜煮水喝，来驱除下焦的寒气、打通经络，经络通了就不痛了。"

花千树疑惑地问道："这艾叶不是荒山野草吗？它还有这等功效？"

"艾叶属于纯阳之物，最能行气活血、温中散寒，是女子良药。"

"可是这艾叶的味道委实……"

花千树皱了皱眉，刚才那碗艾叶生姜红糖水太难喝了，她差点吐出来。

"良药苦口。如果姐姐实在无法消受这艾叶的味道，还有一个法子同样可以调理姐姐的月事病。"

"哦？"花千树眼睛亮了一下，"愿闻其详。"

"隔三岔五用艾叶煮水，用艾叶水再加点热水一起用来泡脚，每次大约泡两刻钟，直到身子微微出汗即可，如果加点花椒进去效果更佳。坚持下去，你的月事病就会痊愈。"

花千树喜上眉梢："真是太神奇了！不用服药就可以治好我的病？"

晏尺素坚定地点了点头。

又坐了一会儿，花千树气力完全恢复了，在衣上云的搀扶下，离开了藕香榭。

第七章 缁衣

杨紫陌携众人大闹藕香榭之后，究极山庄鸡犬不宁的日子暂告一段落。接下来数月有余，山庄宁静祥和，独孤及各房姬室安守本分，或是临帖，或是对弈，或是作画，或是抚琴，或是阅书，倒也逍遥快活。

连素日焦躁不安的杨紫陌也大为收敛，不再出什么幺蛾子。这得益于老夫人亲临倾城别院与杨紫陌的一番语重心长的谈话。老夫人深入浅出、恩威并施的谈话，让杨紫陌颇受教诲，至少在当时感慨万千。要想笼络一个男子的心，与别的女子毫无关系，即便没了晏尺素，还会有无数个晏尺素冒出来。如果每出现一个晏尺素都要与之明争暗斗一番，那么就算倾其一生的心血，到人之将死时也未必能够获得自己想要的，如此人生有何意思？

杨紫陌似乎醍醐灌顶，将嫉妒的种子暂时埋在了地下。

老夫人也一一去了其他各房，但谈话内容与时辰大相径庭，有的是泛泛而谈，有的是训话，有的是郑重其事，有的是谆谆教导。对于晏尺素，老夫人无任何教诲，更多的是交心。晏尺素的聪慧无需老夫人苦口婆心，老夫人只觉得委屈了这个贤良的媳妇。

各房不再唯杨紫陌马首是瞻，杨紫陌召集活动，响应者也寥寥无几，就连她的跟屁虫岳阑珊也和她生分了起来，有意无意地与杨紫陌保持一定的距离。

这主要是因为杨紫陌与岳阑珊之间发生了一件小事。

杨紫陌虽然财大气粗，但花费起来也大手大脚，如流水一般。山庄每个月的例钱是有限的，杨紫陌这种毫无节制与计划的花销难免有入不敷出的时候，多数时候杨紫陌都需要娘家的接济。不巧，这个月娘家也周转不开，说是她父亲正督办一个耗费巨大的工程急需用度。杨紫陌没了娘家的接济，又要为自己增添华贵的衣物首饰和胭脂水粉，如何是好？总不能开口向独孤及要吧？那还不得被臭骂一顿。

于是左思右想，杨紫陌不得已向对她言听计从的岳阑珊求助。当然杨紫陌不会亲自出面的，她的面子比什么都金贵，于是她指派重锦去及第舍走了一趟。重锦呢，狐假虎威，见岳阑珊一向对她的主子低头哈腰惯了，对岳阑珊也没啥客气态度，用一种几乎是命令的口吻说："岳夫人，我家夫人让你借她一百两银子周转周转，麻溜地拿来。"

岳阑珊的家境寻常，平日还是很勤俭的，入山庄以来每月确实积攒了不少银子。但那是她的命根子啊，别说借给别人了，自己都舍不得花。如果没了这些积蓄，她会陷入一种莫名的恐慌之中，她甚至想到了万一独孤及家道中落如何是好，无论如何也要为自己谋一条后路。

所以当重锦过来借钱时，岳阑珊心里是一百个不愿意的，但委实又磨不开情面，也得罪不起。于是她编排借口，说自己手头不宽裕，也是捉襟见肘，望杨紫陌体谅体谅云云，最后犹犹豫豫地拿了五十两银子交给了重锦。重锦回去复命，杨紫陌不但没有感激之心，反而讥讽岳阑珊吝啬抠门。

话说自打这五十两银子借出去后，岳阑珊整日忧心忡忡。杨紫陌怎么还不还我？她是不是还不起？她是不是不想还我？好几回岳阑珊亲自去倾城别院试探，发现杨紫陌压根就没有归还的意思。岳阑珊有些后悔，一想到这节衣缩食省下来的五十两银子如同肉包子打狗，她寝食难安，想死的心都有了。这黄白之物是岳阑珊的软肋，鸟为食亡、人为财死，说的就是她这样的人。

岳阑珊终于把持不住了，厚着脸皮亲自去讨要。杨紫陌一副借钱是主子的神情回答说，自己又不是不还，你猴急什么。岳阑珊当时真想一巴掌拍死她，她站着说话不腰疼，口口声声说还，等她还钱黄花菜都凉了。杨紫陌最后大手一挥地说，下个月例钱发下来就还你，这五十两不过是九牛一毛，瞧你那没出息的样。

岳阑珊没法，只得回去等。度日如年地挨到了下个月，她兴冲冲跑去倾城别院，杨紫陌却说前几日就把刚领的例钱花完了。岳阑珊心中的那个气就别提了，到处乱窜。她冲动之下跑到老夫人那诉苦，求老夫人主持公道。老夫人义不容辞地去了一趟倾城别院，帮岳阑珊要回了五十两银子。

这之后，杨紫陌就与岳阑珊心生芥蒂，走动甚少。

黄时雨把杨紫陌与岳阑珊的纠纷告知了莫离恨，莫离恨皮笑肉不笑，只道："这山庄啊，没有永远的朋友，也没有永远的敌人。"

黄时雨附和："怪就怪岳夫人瞎了眼，投靠了这么一个忘恩负义的主子。"

再来絮叨絮叨藕香榭这边发生的细碎之事。

晏尺素两耳不闻窗外事，除了好生照料风儿，再就是潜心钻研她的养生之术。这岐黄之术博大精深，她起初学了一点皮毛觉得还挺容易的，越学发现越难。什么阴阳五行啊、五运六气啊、八纲辨证啊，诸如此类学说让晏尺素一头雾水。遇到解不开的难题，晏尺素一般是求助于医学典籍，或者修书让父亲为其解惑。毕竟已经嫁作他人妇，她不便时常回娘家走动。

这期间晏尺素为独孤及研制了九九归一益元丸。

这九九归一益元丸益气养血、健脾和胃，能消积食、去浊湿、润肌肤、长气力。每日食之，坚持不懈，能益寿延年。

有一日，独孤及偶然提及自己近来有些疲乏，身子困倦，不思饮食。晏尺素听者有心，第二日就翻遍了医书，废寝忘食地为独孤及量身定制了这个食方。

女子三十五岁、男子四十岁以后，身体开始走下坡路，阳明经衰弱得更加明显。作为后天之本的脾胃在五脏六腑中居于中心位置，脾胃不好，其他脏腑也会跟着不好；脾胃好了，其他脏腑也会跟着好。人得胃气则生，失胃气则亡。哪怕一个人的病情再重，只要他能够吃得下饭则无大碍；反之，身子看似很好却终日食之无味的人则性命休矣。所以，人上了一定年纪，调理脾胃是重中之重。

晏尺素提着精巧的食盒，迈着轻盈的步子，怀着绵绵爱意，走进了缥缈居，把九九归一益元丸喂进了独孤及的口中。

晏尺素耐心嘱咐，九九归一益元丸每日饭前半个时辰服用，一日三次。她已制作成鸟蛋大小的丸子，放在匣子里，外出时可随身携带，适时服用。

独孤及自是欢喜异常，且不说九九归一益元丸到底功效如何，单是晏尺素的这份心思也够他动容万分了。独孤及也不细问九九归一益元丸到底是何方圣物、配方是什么，晏尺素叮嘱之事他无不应允。他相信她。

这以后，独孤及或是外出，或是参加山庄宴会，或是独酌，或是去其他妾室处小聚，到了时间就毫不犹豫地掏出九九归一益元丸服食，神情怡然自得，有时在众目睽睽之下也旁若无人地服用。所见之人无不好奇，猜测这是什么神丹妙药。有大胆者询问并索要秘方，独孤及笑而不答，委婉拒绝。独孤及越是这般神秘，众人就越是心痒难耐。最无法忍受的自然是杨紫陌，她数次恳求独孤及赐予秘方，独孤及就是不答应，说此食方只适合他一人，于他人无用。实则是独孤及想一人独享晏尺素满满的爱。

服用九九归一益元丸一个月后，独孤及的身子果然大大改善，胃口打开了很多，每日多食三碗干饭。他的气色也回到了往昔，春风满面，身轻如燕，仿佛一月之间年轻了十岁。

独孤及感念不已，不惜重金、千方百计地为晏尺素购得一架精妙绝伦的极品古琴——太古遗音。晏尺素轻抚古琴，喜极而泣。

为不让晏尺素为难，也为了避免杨紫陌大闹藕香榭这样的事再度发生，独孤及践行诺言，去藕香榭的次数少了很多，三五日去一回，把柔情万种深埋于心底。两情若是长久时，又何必每日缠绵悱恻？细水长流方能长久。

其余的日子里，独孤及会随心所欲地去别处走动走动，不过是掩人耳目，让她们不再怨声载道地说自己独宠晏尺素一人罢了。独孤及多数是喝喝茶，闲坐一会儿，或是用点膳，很少留宿过夜。

独孤及自诩风流多情之人，奇怪的是自从有了晏尺素，他的情欲一直很平淡，对其他女子毫无非分之想。即便有一绝色女子赤身露体地站在他面前搔首弄姿，他也会无动于衷。独孤及有时自嘲快成柳下惠了。不过要是没有晏尺素，他是经不起美色诱惑的。看来这情与欲是相互牵制的，正是有了对晏尺素的一往情深，才有了独孤及对其他女子少之又少的色欲。

在究极山庄各处中，独孤及去得多一些的是采桑子的朱嬴馆，爱屋及乌嘛，其次是月疏桐的重楼，再次是莫离恨的幽篁居。其他各处独孤及一个月难得去一两次。

有一回心血来潮独孤及去了玄都阁，桃夭夭大喜过望，在独孤及的酒杯里放了一点催情之物。桃夭夭说，这是一种叫作"醉生梦死"的酒，是她新研发出来的，喝了之后快活似神仙。独孤及喝了后确实欲火中烧，差一点就被桃夭夭勾引到床榻之上。好在那一刻他的脑海浮现出晏尺素的音容笑貌，硬是克制住了，从玄都阁跌跌撞撞地逃了出来。

至此，独孤及再也没有光顾玄都阁。

独孤及曾与晏尺素有约，思念她时会去天音阁吹起他的箫。记不清从什么时候开始，月朗星稀之时，究极山庄的天音阁会隔三岔五传来忧伤的箫声。每每听到箫声，晏尺素都会放下手中的书籍，怀着愉悦的心情走到藕香榭的门口，静静地听。每一个音符都是独孤及浓浓的思念，她知道，他想她了。人间还有比这更甜蜜之事吗？

甜蜜之时，晏尺素也有一桩心事未了，那就是她视若珍宝的、刻有她名字的步摇被杨紫陌一气之下扔进了荷塘里。虽罪不在晏尺素，但晏尺素怕独孤及伤心难过，精心馈赠给心爱之人的礼物就这样被糟蹋，所以她一直隐瞒着。独孤及有一回问起她，为何不戴上步摇，是不中意么？晏尺素搪塞过去，只说她好生珍藏着，不到特别之时不会轻易拿出来佩戴。

晏尺素曾找一水性极好的仆人下水去找，无奈荷塘水深超过两人，那仆人潜入水中，在步摇掉入的地方摸索了很久也没有找到。一回不行又试二回，三回，四回……终究无果。再加之天气渐冷，那仆人冻得直哆嗦，上岸后直打寒战，嘴唇发紫。晏尺素料他是受了寒邪，忙不迭吩咐缃衣煮了姜汤给他喝，那仆人才没落下病。

"夫人，快把这件裘衣披上，外面下了好大的雪。"

鹅毛般的大雪漫天飞舞，飘飘洒洒，究极山庄一派银装素裹、琼楼玉宇的气象。采桑子耳朵冻得通红，不断搓着手，哈着热气，等着月来为她系好裘皮大衣。采桑子午时用膳贪嘴多吃了几块粉蒸肉，之后肚子就一直不舒服，已经上了三回茅房，依然没有缓解。不得已，她打算去一趟藕香榭，向晏尺素求个法子。

出了门，放眼望去，白茫茫的一片。主仆二人裹得严严实实的，双手插进袖子里，深一脚、浅一脚地朝藕香榭走去。

婢女月来倒是欢喜，脸上的表情亦如雪花一般可爱，左顾右看，一边走一边欣赏着美妙的冰天雪地。采桑子呢，低着头，肚子一直在闹腾，她只盼快些到藕香榭。

"这大雪天的，怎跑来了？快喝了这杯酒暖暖身子。"

晏尺素温了一杯酒给采桑子。采桑子脱下裘皮大衣，一屁股坐下，在红泥小火炉旁烤着双手。适才外面的风雪把采桑子的手指冻得僵硬如木头一般。待手指活泛了些，采桑子饮了饮酒。

"姐姐，快给我瞧瞧吧，我这娇气的肚子折腾死我了。"

月来见采桑子用手按着肚子，一副愁眉苦脸的样子，忍不住抿嘴笑着。

晏尺素望了一眼月来，问道："你家夫人怎么了？"

月来快人快语，言语中还有一丝责怪："我家夫人她呀就是吃多了粉蒸肉闹的，奴婢劝都劝不动。她说就多吃几块没事的，结果呢——嘿嘿。"

采桑子扬起手轻轻拍了一下月来："还说呢，都怪你，把这寻常的粉蒸肉做得这般好吃！"

晏尺素见采桑子与婢女月来这般亲昵，甚是欣慰："粉蒸肉虽美味无比，但属肥甘厚腻之物，常人吃多了胃肠也消受不了呢，脾虚之人就更遭罪了。"

"听姐姐这意思，我这是脾虚了？"

"稍微吃多一些油腻之物就腹泻，这属于典型的脾虚。"

采桑子急切地问道："姐姐妙手回春，快给我出出妙招。"

晏尺素吩咐缃衣拿了一点小儿消食丹来，就是上回治好独孤风小儿疳积的丸子。晏尺素一直备着它，独孤风一有大便黏腻发臭、口臭等症，就给他服一丸。至今独孤风的小儿疳积再也没犯过。

"这是什么丸子？"

采桑子说着就吃进了丸子，丸子酸酸甜甜的，煞是好吃。采桑子对晏尺素的信任深厚如山，这个山庄里她最信赖的人就是晏尺素了。晏尺素用陈皮茶治好了她胃疼的毛病，又用五色养颜粥让她的气血一日比一日充盈。

缁衣在一旁抢着答："这是小儿消食丹。"

采桑子眼睛睁得大大的："小儿？我还是小儿？"

月来掩面而笑："小儿不好吗？小儿无忧无虑、天真无邪，多好。奴婢看夫人童心未泯，比小儿还小儿呢。"

缁衣挑了挑眉毛，也跟着打趣道："月来妹妹所言极是。"

晏尺素舒心一笑，解惑道："这丸子虽是给小儿服用，但大人也可以用。这丸子里面的山楂、陈皮最能消解肉食，化解油腻。不过这也只能暂时缓解一下你的腹泻，要根治则需要好好健脾。"

采桑子细嚼慢咽地吃完小儿消食丹，砸吧着嘴："果真如一股清风拂过我的肠子，我肚子好受多了。姐姐说要好好健脾，像妹妹这种腹泻怎么健脾？可以不吃药吗？"

晏尺素对各种食方早已烂熟于胸，不假思索道："妹妹这种脾虚腹泻可以用山药莲子羹调理。"

一听是寻常的食材，采桑子乐得手舞足蹈："太好了！这些都是妹妹爱吃的。具体如何做？请姐姐赐教。"

"淮山药四钱、莲子去心十五颗，一起熬粥喝，大约熬半个时辰。每日晚间喝一次，不出一月你的腹泻就会改善。不过妹妹要记得，这期间不能再多食肥甘厚味喽。"

一听要忌口，采桑子嘟哝着嘴："一点肉都不能吃吗？哎呀，那我的五脏庙拿什么祭祀呀。"

"这段时日最好别吃，实在馋了则要浅尝辄止，等脾胃调理好了可以适当吃一些。总之养生之道的精髓在于适度二字，凡事不能过，过了就是火。时下之人以妄为常，为满足口腹之欲，日日胡吃海塞，最后把脾胃彻底吃坏了，就什么也吃不下去了。"

采桑子、缁衣、月来三人听了晏尺素语重心长的话语都若有所思，点了点头。月来用食指戳着自己的下巴，眉头紧蹙，似乎想起了什么，发问道："晏夫人，那像我夏日吃了冰镇的黄瓜拉肚子，又如何调理呢？"

"你这属于寒湿腹泻，用藿香、佩兰泡茶就可以了。如果没有藿香、佩兰，用花椒煮水喝亦可。较之于万物蛰伏的冬日，欣欣向荣的夏日里更容易腹泻。"

月来歪着头，一副疑惑不解的样子："这又是为何呢？"

晏尺素娓娓道来："因为夏日里我们的气血全浮在体表，五脏六腑的气血相对不足，所以稍微吃点寒凉生冷的就容易腹泻，正是内里正气不足，无法抵御外邪所致。相反，冬日里我们的气血全藏在内里，即使多吃一点生冷寒凉也不会腹泻，因为正气很足。所以，为呵护脾胃，夏日务必要慎食生冷寒凉。比如，酸梅汤本来是夏日消暑佳品，但用冰块冰镇了后，喝了反而会伤脾胃。为了图一时之快而损害脾胃，得不偿失哦。"

采桑子一副悔不该却又庆幸的样子："哎呀，幸好姐姐提醒得早，我就是喜欢吃冰镇西瓜，胃疼的毛病估摸着就是夏日吃冰镇西瓜吃出来的。往后再也不吃了。"

此时缁衣也说出了自己的困惑，要不是采桑子今日来访，她的难言之隐还羞于启齿呢："夫人，这阵子奴婢的大便一会儿干一会儿稀，比方说前日稀稀拉拉的，昨日就比较干硬，今日又稀稀拉拉的。如此反反复复，又是为何呢？"

说完，缁衣用手捂住了娇小的脸蛋，怪不好意思的。

采桑子一把拽下缁衣的手，打趣道："人吃五谷杂粮，哪有不得病的。又没有外人，你害什么臊呢。"

晏尺素又为每人斟了一小杯酒："你这是肝气不舒引起的。肝喜条达，不喜抑郁。肝气郁结，气就会在肚子里乱窜，有时会腹痛，有时还会屁多。这种情况可以用乌梅煮汤喝。乌梅能够起到什么效果呢？它可以引气归元，就是把原本待在哪儿的气引回去。"

绿蚁新醅酒，红泥小火炉。外面的雪花仍在纷纷扬扬，屋内温暖如春。晏尺素耐心而又通俗的解答激发了她们无穷的求知欲，大家一个问题接一个问题，时不时还有欢声笑语。四人举杯祝福，温馨祥和，不失为美事。

天色渐晚，采桑子起身告辞，又突然想起件事，问道："姐姐，再过几日就是过年了。按照以往的惯例，我们各处都要精心准备一道佳肴。姐姐准备得怎样了？"

晏尺素答道："准备得差不多了。"

"姐姐要做什么？想来一定是别出心裁、与众不同。"

缁衣见采桑子不是外人，随口答道："那是。我们夫人做的这道佳肴，说出来啊吓死你。"

"那还不快说说，急死我了。"

"这道佳肴需要五种不同的谷物，五种不同牲畜的肉，五种不同的水果，五种不同的蔬菜。为此，夫人已经准备了一个冬天呢！"

采桑子惊得目瞪口呆，用手捂住了嘴巴："天呐！这是何等佳肴！估计当今皇上也没吃过吧。这珍馐佳肴叫什么名字？"

"五谷丰登！"

缁衣响亮地回答。

"姐姐，你回屋歇着吧。我要回去琢磨琢磨除夕之夜做什么菜肴，除夕晚上就期待姐姐的'五谷丰登'喽。"

采桑子说完就与月来冒着风雪匆匆离去。

幽篁居前，站在院门口赏雪的莫离恨远远地看见二人朝这边走来。莫离恨叫住了采桑子，邀请她回屋吃一壶酒，暖暖身子。采桑子推辞了，二人就站在雪地里寒暄。无意中，采桑子将晏尺素在除夕之夜要做的菜肴"五谷丰登"和盘托出，还发出好几声惊叹。

采桑子走后，莫离恨想，这几个月山庄太安静了，是时候来点儿响动了。于是，她选了一块玉佩作为薄礼，敲开了倾城别院的大门。

"这天寒地冻的，哪阵风把妹妹吹来了？"

杨紫陌把自己裹得像粽子似的，打了一个哈欠，走了出来。

"许久不曾走动，快过年了，我来拜访一下姐姐。小小意思，望姐姐笑纳。"

莫离恨把一块纯洁无瑕、晶莹透亮的玉佩轻轻放在了桌子上。

杨紫陌的眼睛先是亮了一下，随意瞟了一下玉佩，见是三流货色，目光又黯淡了下来。

"无功不受禄。妹妹如此孝敬姐姐，怕是有事相求吧？"

莫离恨笑里藏刀："姐姐想多了，妹妹就是来串串门子，以免生分了。"

杨紫陌心想，哼，我何时跟你熟络过？无事献殷勤，非奸即盗。我得悠着点，别着了她的道。这女人心怀叵测，阴险狡诈得很。

"唉，这山庄里啊，也就你还算有点良心了。自从被老夫人训斥、被侯爷冷落，我这院子就冷冷清清的，连个鬼影都没有。"

莫离恨一脸谄媚的笑："妹妹以为，姐姐天生高贵，她们与姐姐走在一起自觉矮了几分，所以就避着姐姐喽。"

"人情冷暖，世态炎凉，我也算是看透了。"杨紫陌又打了一个哈欠，"妹妹有话就直说吧，不说我得回屋歇着了。这大冬天的总睡不够。"

莫离恨不动声色地说："也无甚要紧之事，就是过来问问姐姐，除夕之夜准备了什么佳肴献给侯爷和老夫人。"

杨紫陌不喜烹饪之事，觉得那是下贱人干的，一提到除夕献菜肴给老夫人和侯爷这事就头疼。她皱了皱眉："还有几日呢，等到那一日再想也不迟。"

莫离恨依旧不动声色地说："适才偶遇采桑子，采桑子说晏尺素三个月前就未雨绸缪，开始准备这道除夕菜肴了。她还扬言要独占鳌头，从姐姐这里夺走山庄后院的掌度之职。"

杨紫陌立马警觉起来："真有此事？"

莫离恨把脸凑了过去，开始煽风点火："千真万确。姐姐不会忘了吧？今年的除夕献菜可多了一个规矩，最佳者将会掌管山庄后院事宜。姐姐掌管后院快三年了，今年晏尺素一来就立了新规矩，这不明摆着要夺去姐姐掌度一职吗？论厨艺，这山庄里可真没有人比得上她呀。"

江山易改，本性难移，莫离恨的几句话就把杨紫陌挑拨了起来："这山庄里自然是没有人比得过她，但山庄之外呢？山外有山，人外有人，强中自有强中手。我就不信了，宫里的御厨也会比不上她。她想从我手中夺走掌度之权，门儿都没有！"

"妹妹已经习惯了姐姐掌管后院事务，所以此番妹妹前来就是希望姐姐小心应敌，守住掌度之位。"

"晏尺素要做什么菜肴？"

"'知己知彼，百战百胜'，姐姐问得好。晏尺素要做的是'五谷丰登'。"

"五谷丰登？"

莫离恨轻挪了几下玉足，加重了语气："这道佳肴需要五种不同的谷物，五种不同牲畜的肉，五种不同的水果，五种不同的蔬菜。可见晏尺素为了夺得掌度之位，是何等处心积虑。"

杨紫陌重重地拍了一下桌子："谁能笑到最后，还未可知！"

莫离恨走后，杨紫陌平静了几个月的心又开始澎湃起来。

她先是托人找到了荣城厨艺最好的厨子，据说此厨子以前在皇宫任过膳房总管，除夕这道菜肴就包在他身上了。

接下来几日，杨紫陌绞尽脑汁，企图想出一个法子让晏尺素败下阵来。

一日掌灯时分，重锦点亮烛火，灵光一闪，对杨紫陌说道："夫人，'巧妇难为无米之炊'。"

杨紫陌一拍大腿，从椅子上腾地起身："妙计啊！妙计！"

于是，二人在烛火下摩拳擦掌，商议出了对付晏尺素的妙计。

除夕前一日的午后，雪霁初晴。晏尺素在屋子里教独孤风识字，缁衣在院子里清理花木上的积雪。

缁衣有些心不在焉，这几日为家里的事愁眉不展。

重锦瞅准机会，蹑手蹑脚地走到缃衣身后，"嘘"了一声把缃衣拉到了外面。

"缃衣，听说你母亲卧病在床急需银两。"

重锦说着拿出一袋白花花的银子，又对缃衣耳语一番。

缃衣先是恼羞成怒，转身就走，后被重锦拖住。重锦花言巧语，说得口干舌燥，缃衣才低着头，有些犹豫不决。

"如何？这笔买卖很划算吧？想想你卧病在床的母亲。"

缃衣不置可否，重锦又道："不过就是借用一日，明日定将如数归还。"

重锦又拿着那袋银子在缃衣面前晃了晃："想清楚了，这银子就是你的喽。不要犹豫了，尽点孝心，让你母亲过个好年吧。"

缃衣终于极不情愿地点了点头。

她再三嘱咐重锦："说好了，明日午时之前必须归还。"

说着，缃衣匆匆回去又匆匆出来，手中多了一袋谷子。

重锦接过袋子神色慌张地离去。

缃衣在门口站了很久才走进藕香榭。

这一幕，被出来漫步的月疏桐全看在了眼里。

又到了一年一度的除夕。晌午时分，究极山庄一片忙碌，大家大扫除、贴春联、准备晚上的年夜饭。每个人的脚步急促而匆忙，脸上却是欢喜与微笑。

藕香榭内亦是如此。晏尺素进进出出，指点下人们干这干那，虽忙得不可开交，但一切还是按部就班、有条不紊。差不多可以烹制今晚最为重要的菜肴"五谷丰登"了，晏尺素唤来缃衣，让她把相应食材全部拿到膳房。

缃衣慌乱地应着，小跑着去藕香榭门口，心急如焚地望着前方。说好是午时前归还谷子的，此刻已经过了午时好大一会儿了，仍不见重锦的身影。缃衣如五雷轰顶，脑子蒙蒙的，心头有千万只蚂蚁在抓挠。这下糟糕了，夫人的菜肴完不成了。缃衣无脸见晏尺素，在藕香榭门口呆若木鸡，两眼无神，如死鱼一般。

"真该死！中了倾城别院的计了！"

这边晏尺素左等右等不见缃衣过来，便指派粗使丫头来寻她。粗使丫头在藕香榭门口发现了缃衣，一把拉着她回去，缃衣硬着头皮来到晏尺素面前。

晏尺素见缃衣两手空空如也，脸上露出诧异之色："食材呢？"

缃衣拢着双手，低着头，支吾着："夫人……食材……食材不见了……"

"什么？！"晏尺素脸色大变，如万里晴空飘来一大片乌云，"怎么回事？"

缃衣在内心挣扎了很久，终究没有说出实情："可能……被偷了。"

晏尺素预感大事不妙，也没再质问缃衣，而是迅速召集藕香榭所有人问话。

"你们有谁知晓食材的下落？"

晏尺素没有大喊大叫，而是一字一顿，不怒自威。

众人都摇摇头，脸上的表情十分疑惑。

缃衣把头垂得更低了，吓得大气都不敢出，脸涨得通红，心扑通扑通地跳个不停。幸好缃衣与晏尺素同侧而立，晏尺素并未察觉缃衣的异样，而且她也没想到跟随她多年、胜似姐妹的缃衣会有任何问题。

在这节骨眼上食材不翼而飞，定是有人蓄谋已久，藕香榭内定有内鬼。不过眼下最要紧的是烹饪除夕宴会上的菜肴，而不是追究责任。晏尺素稳了稳神，权衡利弊，驱散了下人。她急中生智，想出了应对之策。

"缁衣，速速把所有的小儿消食丹拿过来！"

"缁衣，把莲子拿过来！"

……

酉时，震耳欲聋的爆竹声响起，独孤及的各房妾室纷纷捂着耳朵，露出胆怯又喜悦的表情。究极山庄的除夕宴会在独孤及的缥缈居隆重举行，缥缈居大堂人头攒动，热闹非凡。大堂内除了一张大圆桌外，还摆上了好几张大长桌。圆桌是供老夫人、独孤及与众妾室落座，大长桌是供南浦、暮云等下人们落座。大家三五一群地说着笑着，杨紫陌在人群中来回穿梭，扭着腰肢，甩着锦帕，缀满珍珠玛瑙的头饰光彩夺目。她一会儿在这指指手，一会儿在那画画脚，究极山庄主人的派头十足。

独孤及一声令下，除夕宴会正式开始。

桌子上已经摆满缥缈居、蓬壶阆苑送过来的珍馐佳肴，接下来是各房的拿手好菜登场。

一如既往，作为山庄后院掌度的杨紫陌迫不及待地亮出了她精心准备的菜肴：鸳鸯戏水。

"老夫人、侯爷、姐姐妹妹们，这可是真的鸳鸯哦！为了准备这道菜肴啊，我可是一月前就托人捕捉了两只小鸳鸯在院子里小心伺候着。这对小鸳鸯一公一母，细皮嫩肉，用文火慢炖了五个时辰呢。这道菜的味道鲜美无比，滋阴养血，最适合晚上睡不好觉、有潮热症状的人吃。"

杨紫陌的脸如四五月间怒放的牡丹花，嗓门大的像锣鼓声一般，唾沫星子飞溅。她对自己这道"鸳鸯戏水"自信满满，一边说着一边用眼角的余光去瞟坐在斜对面的晏尺素，似乎想窥探什么。

众人发出稀稀拉拉的赞叹声。自从大闹藕香榭事件后，各房妾室对杨紫陌的态度发生了微妙的变化，不再像以往那样热乎。

莫离恨听了心里快要笑掉大牙，几日前杨紫陌还不知道做什么呢，这会子却说一月前就开始准备了，真是大言不惭啊。但她的脸上却热情洋溢，奉承道："杨姐姐真是用心良苦啊。"

月疏桐听了用丝巾掩面而笑，心中鄙夷道："鸳鸯戏水？如此俗不可耐的名字亏你想得出来。"月疏桐心里这样想着，却默不作声。

江晚照自是一言不发，脸上的表情如漫天飞雪般冷漠。

花千树誓言要与杨紫陌、岳阑珊决裂，她的言语中颇有几分嘲弄："姐姐真是煞费苦心，用鸳鸯做菜我闻所未闻。这道菜我是无法消受喽。"

桃夭夭一听"鸳鸯""比翼鸟""连理枝"这些字眼就莫名兴奋，面若桃红地说："祝姐姐与侯爷只羡鸳鸯不羡仙！"说完，她细细看了一眼独孤及英气逼人的脸，眼里尽是哀怨。

平素里都是第一个出来阿谀奉迎的岳阑珊，此时才有些扭扭捏捏地说道："杨妹妹辛苦了。"

心思细腻、善于察言观色的莫离恨和月疏桐都听出来了，岳阑珊对杨紫陌的称呼由

"紫陌妹妹"变成了"杨妹妹",可见两人的关系已然疏远。月疏桐心里只叹,这人与人之间的关系就好比诡谲风云,变幻莫测。

采桑子此时说了一句话把大伙逗乐了:"鸳鸯如此可爱,姐姐把它们炖来吃忍心吗?"

采桑子话音刚落,江晚照不失时机地念道:"罪过罪过。"

全场的气氛有些尴尬,杨紫陌感到难堪,脸上跃上几丝阴霾。她正欲发作,老夫人出来打趣道:"这'鸳鸯戏水'啊我们可吃不得,只有你跟侯爷吃得,我们跟你可成不了鸳鸯呐。"

全场哄堂大笑。

独孤及的脸上风轻云淡。要是晏尺素做的他定是欢喜,杨紫陌做得让他甚是觉得别扭:"你喜欢吃就多吃一点吧。不过我有言在先,你要是敢动究极湖里的鸳鸯一根毫毛,我拿你是问。"

杨紫陌赌气不理会独孤及,却拖长了声音对晏尺素道:"晏妹妹,你觉得我这道菜如何呀?"

晏尺素的面庞如一汪平静的湖水,柔声道:"杨姐姐别出心裁,妹妹佩服。"

少顷,莫离恨不紧不慢地从食盒里拿出来她准备的菜肴,笑盈盈道:"我的是乌鸡白凤汤,是将黄芪、党参、桂圆、大枣与一整只乌鸡一起炖。众所周知,乌鸡最能补血,黄芪、党参又善补气,所以这道药膳气血双补,对五劳七伤、久病初愈、年老体弱、腰腿不便之人有特别的疗效。"

老夫人笑呵呵道:"你这道菜肴不就是为我这个老太婆量身定做的嘛。"

其他人只是笑笑,并不作声,岳阑珊却站出来大大夸赞了一番:"莫妹妹真是深藏不露,手艺卓群。你这乌鸡白凤汤好香啊,姐姐我都快垂涎三尺了。天上的龙肉、地上的驴肉都比不上妹妹这道乌鸡白凤汤。"

众人都起了一身鸡皮疙瘩,连莫离恨自己也快受不了了。月疏桐忍不住笑出了声,忙不迭用丝巾捂住了嘴。花千树侧过脸去,"呸"了一声。杨紫陌则在众目睽睽之下做夸张的呕吐状,自言自语:"这也没吃什么呀,咋突然这等恶心呢?"

接下来,月疏桐从容不迫地亮出了她的拿手好菜。那姿首甚是优雅,秋波流转,笑靥如花,那樱桃小嘴不说则已,一说还真惊人呢:"大年三十岂能没有鱼呢。我的菜叫'好花常开,年年有鱼',是用红豆与鲤鱼烹制而成,最能消肿祛湿。新的一年即将来临,过去的一年无论悲伤还是快乐都让它过去吧。这世间之事呀,没有什么过不去,只有回不去。在这辞旧迎新之际,月疏桐恭祝老夫人、侯爷万事如意,年年有余!恭祝姐妹们好花常开,年年有余!"

虽然菜肴略略逊色了一些,但也讨了个吉利,博了个彩头。月疏桐这番讨巧的话更是博得了全场热烈的掌声。老夫人自是乐不可支,笑得眼泪都出来了。独孤及也笑逐颜开,忍不住向月疏桐投去深情的一瞥。可惜这一瞥并未被月疏桐捕捉到,恰巧被莫离恨看了去。莫离恨生出一丝醋意,心想,这月疏桐平日里冷冷冰冰的,这会子倒巧舌如簧、口吐莲花了!看来不能小瞧了她。

采桑子笑嘻嘻地、有些手忙脚乱地端出了她准备的菜肴:猪肤汤。

"过了今晚,明日就是猪年了,怎能少了猪肉?百菜还是白菜好,诸肉还是猪肉香。这猪肤汤啊,是将上好的猪皮剔除所有的猪毛,再加入少许米粉慢慢熬制而成,熬出来的汤如白玉一般。这猪肤汤能够美白肌肤,润泽筋骨,滋养五脏,还能清热凉血解毒。

老夫人喝了这猪肤汤健步如飞，侯爷喝了这猪肤汤容光焕发，姐姐们喝了这猪肤汤个个肤如凝脂，吹弹可破。"

采桑子的一番话让众人笑得前仰后合，老夫人的脸上更是乐开了花。

听说猪肤汤能够美肌肤，桃夭夭颇有兴趣："果真有妹妹说的这般奇效？"

采桑子眉飞色舞，用力点了点头："这个方子还是一个月前向尺素姐姐讨来的。"

采桑子的一句话把众人的目光引向了晏尺素。晏尺素微微颔首，柔和的目光望着眼前的各色菜肴。

桃夭夭很想尝试这道猪肤汤，因为她全身上下都无可挑剔，就是肌肤稍稍粗糙了一点。她做梦都想自己的肌肤似雪一样白，如绸缎一样光滑。桃夭夭对采桑子的说法半信半疑，于是把头转向晏尺素，问道："晏妹妹，这猪肤汤真有这般好吗？"

杨紫陌朝桃夭夭甩了甩丝巾，不屑一顾道："妹妹这也信？八成是采桑子拿来说笑逗我们开心呢。"说着，她冷眼看了一下晏尺素，又自顾自地咯咯笑个不停。

桃夭夭并未正眼瞧上一瞧杨紫陌，继续用期待友善的目光注视着晏尺素。

晏尺素柔声细语道："采桑子妹妹此言不虚。不过要改善肌肤也不是一蹴而就的，不仅要坚持不懈，还要把不好的习性调过来。比如不能贪吃辛辣温燥之物，不能通宵达旦、不眠不休。"

获得了确认无疑的答案，桃夭夭面露喜色："多谢妹妹提点。"

随后，花千树、岳阑珊、桃夭夭分别献出了各自准备的菜肴，都平平庸庸，无可说之处。江晚照做了一道翡翠白玉汤，其实就是白菜加豆腐炖汤。如此稀松平常的食材自然引来不少窃窃私语，江晚照自不理会，昂首挺胸，旁若无人。晏尺素为江晚照美言了几句，说白菜豆腐看似稀松平常，却能够润肠通便，清热解毒，保人平安。见晏尺素为自己说话，江晚照的表情如死水微澜，嘴角稍稍抽动了一下。

各房妾室准备的菜肴一一亮相，唯独晏尺素迟迟不肯出手。独孤及颇为纳闷，素儿虽不喜出风头，但也不至于这么落后。难不成她要给大伙一个惊喜？

晏尺素缓缓起身，向众人行了一个礼，浅浅笑道："老夫人、侯爷、诸位姐妹，请大家见谅，我这道菜肴要晚些时候才能拿出来。"

杨紫陌的心里乐开了花，这下我看你拿什么来炫耀！她的脸上尽是得意的笑："那就期待晏妹妹的压轴大菜喽。"

莫离恨并不知晏尺素已经变了菜肴，心想，我倒要瞧瞧你这"五谷丰登"是啥稀罕物。

独孤及说了一些冠冕堂皇的场面话，老夫人也絮叨了几句，众人各怀心思，开始享用一桌子的美味佳肴。

独孤及俯身耳语，问晏尺素想吃什么，他去为她夹，眼神之温柔让旁人艳羡不已。晏尺素自是心里春意融融，不过却用眼神阻止了独孤及。独孤及心领神会，一下子明白过来，如果单单为晏尺素夹菜，必然又会引起非议，说他太过于偏爱晏尺素。如果为每位妾室都夹菜，他又极不情愿。

独孤及的脸上有些无奈，露出一丝苦笑，这偌大的山庄，美女如云，想为心爱之人夹菜都这般不如意。独孤及只好把伸进碗里的筷子抽了回来，转身为老夫人盛月疏桐做的鲤鱼汤。

并不醉心于美食的月疏桐观察到了独孤及的整个动作，见独孤及去盛自己烹饪的汤有些窃喜，又见他把汤递给了老夫人不免有些失望。

不只是月疏桐，所有的人都希望独孤及多品尝一些自己做的菜肴，一来可以显示自己的手艺，二来可以看出独孤及对自己的爱慕是深是浅。唯有采桑子一门心思享受着各色美食，心无旁骛。晏尺素曾经叮嘱她脾虚不可多食油腻之物，此刻她也抛诸脑后了。采桑子想着，平日十分克制，今日除夕偶尔放纵一下倒也无妨，不然人生多么无趣。

整桌菜肴最受欢迎的是采桑子的猪肤汤，肥而不腻，入口即化，最重要的还可以美容养颜。看来爱美之心人皆有之啊。猪肤汤很快就被一抢而空，大大出乎采桑子的意料，真是无心插柳柳成荫啊。采桑子不断向晏尺素投去感激的目光，晏尺素则报以赞许的微笑。

第二受欢迎的是江晚照的翡翠白玉汤。因为整桌都是肥甘厚腻之物，这淡雅素净的白菜豆腐反倒成了稀罕物，你一勺我一勺很快就见底了。

最不受待见的菜竟然是呼声最高的"鸳鸯戏水"。鸳鸯这么美好的神圣之物竟然被杨紫陌煮了吃，大家怎么都觉得别扭，无人去动筷子。老夫人给了杨紫陌一点薄面，但也只喝了一小口汤。

见自己的菜肴无人问津，杨紫陌又气又恼。要是以往，她做的菜都是被大伙一扫而光的。此刻自己失了宠，竟遭如此冷落。杨紫陌先是暗骂众人势利眼，又在心里把教她做这道菜肴的宫廷御厨的祖宗十八代骂了个遍。这人出的什么馊主意，做的什么"鸳鸯戏水"！

独孤及则完全不给杨紫陌情面，原本放在桌子中央的"鸳鸯戏水"被他端到了杨紫陌旁边，还说让她多吃一点。此举让杨紫陌颜面扫地，无地自容，眼前一桌子美味瞬间变得索然无味，味同嚼蜡。杨紫陌的胸口一起一伏，筷子在碗里胡乱地鼓捣着，不再去夹任何食物。

众人见她如此窘迫模样，心里窃笑不已，晏尺素却从莫离恨做的乌鸡白凤汤里为杨紫陌夹了一块鸡翅。此举让众人惊诧万分，纷纷猜测作为杨紫陌的死对头，晏尺素意欲何为。其实晏尺素并无他意，只是设身处地想，人都有失势落魄之时，如若有朝一日自己沦落至此，也希望别人稍稍给予一点温情吧。杨紫陌也吃了一惊，不过马上认为晏尺素是假惺惺地充当好人，是看她笑话的。

众人酒足饭饱，疲态略显，有的开始打嗝，有的恶心却吐不出来，有的肚子胀胀的，有的昏昏欲睡。独孤及多饮了几杯，红光满面。桃夭夭则醉眼蒙眬，意乱情迷地望着独孤及。桃夭夭为情欲而生，平日欲求未满，内心里早已荡漾着一种蠢蠢欲动的疯狂。

晏尺素见时机已到，终于亮出了她的压轴大菜：步步莲心。

只见洁白无瑕的椭圆盘子上盛开着十朵莲花，莲花的色泽像红宝石一样璀璨夺目，莲花的中间还有一颗闪闪发光的珍珠般的莲芯。十朵莲花摆成了一个脚印的形状。

全场鸦雀无声，大家无不叹为观止。

莫离恨更为惊讶的是，采桑子不是说晏尺素要做的是"五谷丰登"吗？怎么变成了"步步莲心"？莫离恨细细看了看杨紫陌阴鸷的表情，似乎明白了什么。

独孤及的脸灿烂无比，忍不住当着众人的面直呼晏尺素的昵称："素儿，这是什么？如此美不胜收！"

众人都把好奇的目光聚焦在"步步莲心"上。

晏尺素的面庞浮上一丝微笑，如清澈的湖泊轻轻荡漾开来的涟漪："这是我为老夫人、侯爷以及诸位姐妹精心制作的可以食用的莲花，每人一朵。"

老夫人好奇问道："这摆成的脚印图案有何寓意呢？"

晏尺素的纤纤玉指指向"步步莲心"，她慢慢道来："愿老夫人、侯爷、姐妹们，愿世间众生都有一颗莲花般美丽圣洁的心。心若有佛，则步步莲花、步步慈悲。"

"好一个步步莲花、步步慈悲！"独孤及情不自禁地拍手赞道，"这是我今晚见过的最与众不同的菜肴！"

此时，在独孤及含情脉脉的眼中，晏尺素早已是一朵最美丽的莲花。

夸赞之声如潮水一般涌来。

莫离恨嫉妒得不得了，脸上却笑盈盈的，绵里藏针道："晏妹妹的'步步莲心'别出心裁，巧夺天工，让我大开眼界。"

此时心高气傲、才华横溢的月疏桐也不得不低下高贵的头："今日能一睹妹妹所做佳肴乃三生有幸也。"

岳阑珊不甘落后，上前拍马屁："晏妹妹做得如此精巧，我哪舍得吃哦！姐姐拿回去还不得瞻仰个三五日的。"

此时晏尺素的婢女缁衣就坐在邻近的长桌上。她一直忐忑不安，因为自己的缘故没能让晏尺素做成"五谷丰登"。这下见众人如此赞叹晏尺素的"步步莲心"，缁衣的心中才稍稍有些安慰。

此时一肚子闷气的杨紫陌冷不丁问道："这花里胡哨的东西到底是什么做的？"

晏尺素缓缓答道："山楂。"

一听是山楂，杨紫陌轻蔑地笑了："还以为是什么稀罕物呢，这破山楂也拿出来丢人现眼！我看妹妹是黔驴技穷，故意虚张声势吧？"

晏尺素早已料到会有人这样质问，满面春风地答道："上苍赐予我们的万物都是与众不同的存在，这寻常见的山楂自有大用处。它能够开胃消食，能够活血化瘀，能够清除我们体内的污秽，还有利于大便。头晕的人可以吃它，心烦的人可以吃它，臃肿的人需要瘦身可以吃它，尤其是逢年过节吃多了、喝醉了更少不了它。我之所以把这道菜肴最后才端上来，并非故弄玄虚，而是为了发挥它最大的用处。此刻大家吃多了肥甘厚味，或多或少身子都有些不舒服，此时食这'步步莲心'正好可以化解你们的后顾之忧。"

独孤及用力鼓起掌来。

采桑子起身，跑过来一把抓住晏尺素的手，一惊一乍道："姐姐，你这到底是什么手啊？！会变戏法似的。什么样的稀松平常之物你都能把它变成人间奇物。妹妹我要多摸摸，沾沾姐姐的灵气。"

"世上有两种巧妇，一种把稀罕物变成更稀罕一点的，另外一种把平常之物变成稀罕物。后者才是真正的巧妇，大巧妇，不仅需要一手巧手，更需要一颗灵心。"

随后独孤及宣告，除夕之宴上晏尺素的"步步莲心"当之无愧地摘得桂冠。

晏尺素大获成功，究极山庄的后院掌度一职花落藕香榭。各房妾室纷纷前去祝贺，唯有杨紫陌关在屋子里闭门不出，终日拿婢女重锦撒气。重锦傻乎乎地把从缁衣手上骗来的布袋拿给杨紫陌看，问如何处置。杨紫陌气不打一处来，疯了似地把布袋打开，然后把里面的五谷全部倒在了地上。

无论出于何种目的，月疏桐都要去藕香榭表示一下。她心想，带点什么礼物去好呢？重楼院子里的梅花开了，虽还未完全怒放，但别有一番韵味。月疏桐料想晏尺素不是俗人，遂别出心裁地折了一枝梅花给她带过去。

"妹妹荣任后院掌度可喜可贺，姐姐姑且以梅花聊表心意，望妹妹莫要嫌弃。"

晏尺素接过散发着淡淡幽香的梅花，甚是欢喜："'暗香浮动月黄昏'，天寒地冻的，唯有梅花能给大地带来一丝春的气息了。姐姐品性高雅，这一枝梅甚合我的心意。"

晏尺素随手把梅枝插在了粗陶花瓶里，顿时屋子里增添了不少雅趣。

"妹妹谬赞了。姐姐可是污浊俗物，比不上妹妹步步莲心。"

晏尺素幽幽一笑："姐姐哪里是俗物，我可听说侯爷给你取了一个特别的雅号'暗香君'。这山庄里啊，唯有姐姐一人享有此殊荣呢。"

听到"暗香君"这三个字，月疏桐的心触动了一下，前尘往事纷至沓来。

晏尺素倒了一杯茶给神思恍惚的月疏桐："姐姐在想什么？"

月疏桐闻了闻袅袅上升的茶香，苦笑了一下："我在想，人生若只如初见该多好。"

晏尺素歉意一笑："我勾起姐姐的伤心往事了？"

是的，月疏桐与独孤及的往事。只是月疏桐与晏尺素的交情还不至于与她倾诉细说，于是月疏桐随口搪塞过去："谁心里不曾有一两桩伤心往事呢。"

晏尺素吃了一口茶："姐姐最近身子可好？"

提到身子，月疏桐的脸上又布满绵绵阴雨："近日起夜有些频繁。去年还未有呢，不知身体出了什么状况？这大冬天的，寒风刺骨，起夜真是苦不堪言。"

晏尺素细细追问："除了晚上起夜频繁外，白天如厕多吗？平时是否惧风畏冷呢？"

月疏桐如实相告："白天如厕寻常，但我最是怕冷，一年四季手足不温。一入秋，人家还是薄薄的纱裙，我就要把棉袄穿上了。"

晏尺素沉吟片刻，说道："姐姐这是肾阳虚的缘故。女子属阴，与生俱来就比男子的阳气弱，如果在日常饮食起居中伤了阳气，肾阳就更加亏虚。"

月疏桐有些急切："要紧不？"

晏尺素摇了摇头，打消了月疏桐的顾虑："属于小疾。"

"该如何应对？请妹妹赐良方。"

"姐姐可以早起喝一杯姜枣茶，提振阳气；日间吃七八颗栗子，栗子是肾之果，对夜尿多有奇效；晚上可以喝点糯米糊糊，温阳补肾。"

"栗子不可以放在糯米里一起煮吗？"

"生的栗子治疗尿频，煮熟的栗子功效更侧重健脾。"

月疏桐眉头舒展开来，若有所思。

顿了一会儿，月疏桐环顾了一下，问道："缁衣呢？"

"在外头呢。"

月疏桐神色稍显局促，微微蹙了蹙眉："有一件蹊跷之事不知该不该说？"

"姐姐但说无妨。"

月疏桐把除夕前一日在藕香榭门口，自己见到缁衣与重锦秘密交谈一事告知了晏尺素。

乌云覆上了晏尺素的脸庞。

晏尺素送走了月疏桐，回到藕香榭的院子，远远望见缃衣一个人形单影只地坐在莲心亭里，背影寂寥而消瘦。

细细想来，自月疏桐说的那日至今，缃衣的言谈举止确实有些不对劲。近日缃衣总喜欢耷拉着脑袋，一副无精打采的样子，与晏尺素谈话时把头垂得低低的，不敢正视晏尺素的眼睛，像是做了什么亏心事。晏尺素平日里没有把她当奴婢，用膳都是一起的，有说有笑。这七八日缃衣却单独用膳，还都是在晏尺素用完后吃点残羹冷炙，而且食欲不振，食量每况愈下。缃衣平日每顿都吃两大碗干饭，近日只用半小碗，还似吃药一般。

缃衣的话语也少了很多，晏尺素吩咐她做什么时，她只低沉地说一个"是"字。晏尺素空暇之际欲寻她絮叨絮叨家常，她总是借口跑开，神色颇为慌张。近朱者赤，晏尺素教会她不少养生之术，当有人来向晏尺素讨要食方之时，以往缃衣对于知晓的都会插一句嘴，一来是小小炫耀，二来也是暗示来者，身边的婢女都如此厉害，更不用说主子了。近日呢，缃衣只是为客人倒好茶，之后就远远地站在一旁，一声不吭。

而且缃衣近日脸上失了血色，身子骨似乎有点弱不禁风。有一回晏尺素见缃衣站都站不稳，似乎要晕厥在地。晏尺素跑过去问缃衣是不是身子不适，缃衣连连摆手，一个劲儿说"没事，没事"。

林林总总，晏尺素想到缃衣肯定有些事瞒着她，但具体什么事不得而知，或许是她家里有事不愿意告诉外人。但那袋五谷被窃一事，晏尺素始终没有怀疑过缃衣。

今日月疏桐给晏尺素说起缃衣与重锦鬼鬼祟祟的行为，晏尺素方不得不承认一个事实，谷子不翼而飞与缃衣脱不了干系。

被身边最亲近、最信任的人出卖了，晏尺素一开始确实有点上火，但很快就冷静了下来。这或许不仅仅是一袋谷子的事情，背后定有不可告人的阴谋。如果缃衣需要一袋谷子，完全可以直截了当地跟晏尺素说，晏尺素会毫不犹豫地给她。那袋谷子也备了好几日了，为何偏偏在除夕那日突然失窃？为何在她需要烹饪"五谷丰登"时失窃？难道有人故意让她完不成这道菜肴？究极山庄中谁最不愿意她做成这道菜肴呢？杨紫陌……

晏尺素似乎已经想明白了，但还不敢断定。毕竟没有任何证据，偌大的山庄里见不得她好、不希望她完成那道菜的大有人在。晏尺素也没有急不可耐地去逼问缃衣，她想，终有一日缃衣会主动跟她坦白。

缃衣这边也是万分焦灼，一方面她很想把一切都告诉晏尺素，又恐晏尺素生气把她赶走。另外一方面她还抱有侥幸心理，觉着拖一日算一日，也许过不了多久晏尺素把这事完完全全忘了呢。不过缃衣也有了深刻的教训，亏心事是万万做不得，日后她会加倍认真服侍晏尺素以弥补她的过错。

又过了几日，缃衣拿着一簸箕的陈皮，打算拿到院子里在日头底下晒一晒。她前脚刚走出屋子，就两眼漆黑，双腿软绵绵的。缃衣预感大事不妙，哀哀地唤了一声"夫人"就歪了下去，不省人事。

正在捣药的晏尺素见状，忙不迭地奔过去把缃衣扶起来，背着她匆匆走向寝舍。

晏尺素料定缃衣是气血极度亏虚导致的晕厥，并没有采取任何措施唤醒她，索性让她睡一个囫囵觉。趁缃衣安睡时，晏尺素去膳房给她煮了一碗醪糟鸡蛋羹，用蒸汽温着，待她醒来时喝。

日薄西山之时缇衣才醒过来，她这一觉睡得踏实、香甜、无梦。缇衣缓缓地睁开眼睛，首先映入眼帘的就是晏尺素坐在床边，关怀备至地看着她。

缇衣微微张开黯淡的双唇，喃喃道："夫人，我这是……在哪？"

晏尺素和蔼可亲地笑着："迷糊了吧？这是在你自己的寝舍呢。"

于是，晏尺素把晕倒一事告诉了她。

说完让缇衣再眯会，说她去去就来。

很快，晏尺素就端来了热气腾腾的醪糟鸡蛋羹。

"来，快把这碗醪糟鸡蛋羹喝了。"

晏尺素用勺子在碗里搅拌了几下，又吹了吹上面的热气，打算一口一口地喂缇衣喝。

缇衣羞愧难当，勉强挣扎着坐起来，脸色苍白，眼睛里有几许血丝。

"夫人，奴婢自己来吧。"

晏尺素带着命令式的口吻又无限怜爱地说："别动，好生坐着。你伺候了我这么多年，我伺候你这一回能有什么呢。"

"奴婢何德何能……"缇衣感动至极，鼻子发酸，说不出话来。

晏尺素安抚着缇衣："听话哦，我还等着你快快好起来伺候我呢。"

说着她就舀了一勺子醪糟鸡蛋羹，小心翼翼地送到缇衣的嘴边。缇衣张开嘴喝下了，立马转过头去泪如泉涌。

晏尺素为了不让缇衣尴尬，装作没看见她的泪水，一边喂她一边说着醪糟鸡蛋羹的养生功效："这醪糟啊是糯米酿制的，最补气血了。糯米性温，益肾健脾，补中益气，但是又属滋腻之物，有湿热的人或脾胃不好的人难以吸收它的精华。而把它酿制成醪糟之后，既保留了它原有的功效，又去除了它滋腻湿热的缺陷，脾肾阳虚之人最适合喝了。每日一碗醪糟，胜似补中益气汤，什么美酒佳酿都不及它。这鸡蛋最是补益精血，醪糟的温热又牵制住了鸡蛋的寒凉，两者搭配，相得益彰。往后啊，咱们每日喝一碗，有病治病，无病防身。"

一碗温馨甜蜜的醪糟鸡蛋羹下肚，缇衣神清气爽了不少。趁晏尺素回膳房放置碗筷之时，她速速穿戴齐整。待晏尺素再次来到寝舍，她突然跪在了晏尺素跟前。

"请夫人恕罪！请夫人恕罪！请夫人恕罪！"

缇衣带着哭腔说道，俯首磕头，磕了一次又一次。

晏尺素见缇衣这等架势，忙蹲下去扶她起来："这是作甚？有什么话起来再说。"

"不，夫人！奴婢罪孽深重，奴婢见钱眼开，奴婢该死！奴婢做了对不住夫人的事！"说着，缇衣左手扇了自己一耳光，右手又扇了自己一耳光。

晏尺素抓住了缇衣的双手，制止了她："再不起来我真要生气了。你何苦至此，有何事解决不了的？起来好好说，我不怪你。"

缇衣这才缓缓起身，擦了擦眼泪，泣不成声道："除夕前一日，倾城别院的重锦来找我，说杨夫人急需一些谷子。奴婢不肯借她，知晓这谷子是夫人要做'五谷丰登'用的。重锦就威逼利诱，缠着我不放，说可以给我一百两银子。奴婢想着体弱多病的母亲急需用钱治病，重锦又担保除夕当日午时之前一定归还，我一时昏了头，就答应了……"

晏尺素用锦帕为缇衣擦了擦眼泪，摸了摸她的脸颊，柔柔地说道："看看，你这些日子为这事茶饭不思、忧心忡忡，瘦了多少啊。其实，这事我早已知晓，这是杨紫陌的计策。人非圣贤，谁能无过？知错能改，善莫大焉。缇衣，这事不怪你。你跟随我多年，我对你知根知底，你怎会有意加害于我？定是你遇到什么难处了。过几日我们就出去一趟，去你家里看望看望你的母亲，我给她调理调理。”

缇衣又扑通一声跪下，起誓道：“夫人宽宏大量，奴婢感激不尽。奴婢愿誓死效忠夫人，做牛做马，赴汤蹈火，在所不惜！如奴婢再有愧对夫人之事，天诛地灭！”

晏尺素想过，如果就这样把缇衣赶出去再找一个奴婢，日后还会有此类事发生。不如给缇衣一个机会，让她改过自新。这样她日后会更加知恩图报。

见缇衣发如此毒誓，晏尺素知道，她做对了。

第八章

重楼相思

月疏桐的重楼内梅花傲雪怒放，那鲜红欲滴的梅花把日头的光芒都比下去了。只要进入重楼院门的人，无不第一眼就被梅花吸引住了。月疏桐料想，究极山庄一年一度最佳赏梅时日已然来临，于是差遣婢女抹微一一去各房发出邀请，而月疏桐自己却怀着期许又忐忑的心绪走进了缥缈居。

独孤及爽快地允诺了她，明日一定准时赴会。月疏桐喜上眉梢，怀着雀跃的心回到了重楼，开始盘算着明日该以何等面貌示人。

山庄的姐妹都答应要来赏梅，唯有倾城别院的杨紫陌一口回绝了，说以后但凡有晏尺素参与的活动她都不会去。抹微好言相劝话不要说得太满，以免把自己逼进了死胡同。杨紫陌大手一挥说自己的事用不着她这个丫头来说三道四，说完就下了逐客令。抹微心里说了一句"不可理喻"，匆匆离去。

抹微禀报给月疏桐，月疏桐倒拍手称快，说少了杨紫陌这个俗人，赏梅活动会更加高雅一些。

除了杨紫陌明确表态不来之外，还有妙空斋的江晚照也谢绝了，语气生冷。这也正中月疏桐的下怀，不来更好，免得勾起她的伤心往事。老夫人抱恙在身，差暮云送了一堆吃食，让大伙好生玩。

第二日，月疏桐早早起来梳妆，梳梅花髻，插梅花簪子，着梅花纹纱袍。这一日，她要艳冠群芳，华丽绽放。

不是因为赏梅，也不是因为姐妹们都要来赏梅，是因为来赏梅之人中有她最牵肠挂肚的独孤及。

姐妹们陆陆续续到来。众所周知，梅是高雅之物，为了匹配这次赏梅，也为了显示自己的超凡脱俗，更是为了给主人月疏桐颜面，大家都淡妆素裹，略施粉黛。唯有玄都阁的桃夭夭一如既往地穿大红桃衣，妖娆妩媚。凡是有独孤及在的地方，她都要穷尽心思，完美地绽放自己。

姐妹们的欢声笑语从屋子里飘出来，加上红透半边天的梅花，整个院子顿时喜庆欢愉不少。

月疏桐亲自为姐妹们烹煮着极品好茶，茶香溢满了屋子，姐妹们喝了纷纷赞不绝口，问是什么茶。

"这是月光白。"月疏桐的面上有微风拂过。

一听这名字，众人又是一番啧啧称赞，连茶名都这般高处不胜寒，更不用说茶本身了。众人一致要求月疏桐细细说说这月光白的奇妙之处。

月疏桐的解说如月光轻轻地流泻："条索宛如一轮弯月，上片洁白无瑕如白玉，下片漆黑如墨金，泡在水中，如月光照耀一般，是为月光白。月光白的汤色也奇异无比，唯有爱茶之人细细观摩才会觉出，先黄，慢慢变红，再变黄，清凉澄澈，奇香无比，回味无穷。"

晏尺素也是喜茶之人，对月光白略知一二，补充了一句："更妙之处在于月光白每日适量饮用还可以养胃暖胃，不像绿茶喝多了会伤脾胃。"

采桑子一双乌黑的眸子死死盯着泡在水中的茶叶的姿态，似乎要把这月光白所有的秘密看个透："这月光白真是仙人喝的，我闻所未闻，月姐姐是从哪得到的？"

月疏桐轻轻拭去了茶几上的几许茶渍，微微颔首，似乎在回忆着什么。这月光白自然是独孤及送给她的，只不过那是很久以前的事情了，那时候晏尺素还没有嫁入究极山庄。月疏桐自然如获至宝，舍不得喝，每日盼着独孤及到来与他共品。谁知，这月光白到现在还没喝完，可见独孤及后来光顾重楼的次数少之又少。

月疏桐思虑着，要不要如实告知姐妹们月光白是独孤及所赠？晏尺素倒无妨，其他姐妹听了会寻思吗？会嫉妒吗？

岳阑珊见月疏桐欲说还休，急死了："哎呀，好东西姐妹们一起分享嘛。快说出来，姐姐也好买点回来每日品着，养养我的胃。"

晏尺素见月疏桐满眼是忧伤的往事，为她开脱道："人与人之间讲究一个缘字，人与茶之间亦是如此。缘来缘去，月光白这等极品佳茗必是有福之人才能有缘遇到。"

莫离恨品了一口茶，打趣道："如此看来，月姐姐是有福之人，而我等是福薄之人喽。"

桃夭夭对茶兴致一般，不以为然道："茶再好也只能让你终日清醒着，想着恼人的事。美酒就不同了，能够让你忘却忧愁。当你伤心落寞之时，唯有酒才是你最衷心的伴侣。"

花千树轻轻推了推桃夭夭，戏谑道："真真一个如假包换的酒鬼。殊不知借酒浇愁愁更愁，抽刀断水水更流。"

采桑子亦想用月光白养养自己的胃，极力催促着："姐姐们别打岔，先让月姐姐把这月光白道明了来源再说。"

"一位故人。"月疏桐良久才缓缓道出这一句话，终究没有说出实话。

岳阑珊稍稍有些不悦，心想，又不是要你的月光白，说个出处也这么难吗？扭扭捏捏，一点不爽快。嘴上却厚着脸皮道："既然妹妹不说，那妹妹就赏点月光白给姐姐吧。"

这下让月疏桐越发为难了，要是别的茶无所谓，送出去还落个人情，独独这月光白她舍不得。如果送了岳阑珊，其他姐妹见者有份，那岂不是一下子送光了？

花千树素与岳阑珊合不来，冷笑道："岳姐姐还是先别辜负了此刻的月光白，茶凉了就不好喝了。君子不会强人所难，夺人所爱。"

岳阑珊一听这话带刺就来气，这不明摆着骂她是小人嘛，欲要反唇相讥，此时晏尺素突然起身大声道："月姐姐，我看茶也喝得差不多了，我们快去赏梅吧。"

月疏桐向晏尺素投去感激的一瞥，也跟着起了身。

一群风雅之人遇见这风雅之梅花必然要做些风雅之事。月疏桐抓住这难得的机会，提议一起来吟咏梅花的诗词，答不出者要为大伙唱个小曲。晏尺素附和，莫离恨等人也都赞同，说今日月疏桐是主人，一切悉听尊便。

月疏桐起了个头，说出了那句她最喜欢的、已经背得滚瓜烂熟的佳句："疏影横斜水清浅，暗香浮动月黄昏。"

莫离恨用锦帕掩面笑了笑，尖牙利嘴道："瞧瞧，真没辱没这'暗香君'的名声，一来就这么一句。赶明儿我送姐姐一只仙鹤，那就是名副其实的梅妻鹤子了。言归正传，我来一句——晚风庭院落梅初，淡云来往月疏疏。"

岳阑珊脑子一转，想到了一句，怕被别人抢先，赶紧道："不经一番寒彻骨，怎得梅花扑鼻香。"

晏尺素面庞如出水芙蓉，悠然道："梅须逊雪三分白，雪却输梅一段香。"

桃夭夭转了一圈，衣袂飘飘，脱口而出："驿外断桥边，寂寞开无主。"

花千树紧蹙着眉，向前走了几步，微启朱唇："如若有雪有月再加上梅岂不是妙哉？这句正好——雪月最相宜，梅雪都清绝。"

众人都叫好。

采桑子跑到一棵梅花树下，踮起脚尖，嗅了嗅梅花的香气："遥知不是雪，为有暗香来。"

众人你一句我一句，其乐融融。此时，桃夭夭蓦地折下一枝梅，叹了一口气，道："梅花虽好，未免太孤芳自赏了些，最终落得个寂寞开无主的下场。还是桃花好，桃之夭夭，灼灼其华。桃花不孤傲，只要有人来欣赏，它就会热热烈烈绽放自己。"

桃夭夭只是随口一说，并无他意，极其敏感的月疏桐听了就以为她话中有话。这梅花是她种的，言下之意就是说她这个主人和梅花一样孤傲，最终的结局孤独一生，凄凉无比。

月疏桐自知她这种多愁善感的性子要不得，却总也改不掉。月疏桐有些神伤，脸上表情仿若下起了绵绵细雨般阴郁，她沉默着，不作声。

采桑子大大咧咧地说："就像桃姐姐，今朝有酒今朝醉，明日愁来明日忧。"

花千树也真情流露，直抒胸臆："梅花有什么不好？一生只为一人开。无人赏识，宁愿孤单一辈子，也不苟且将就。"

岳阑珊总是要忍不住鸡蛋里挑骨头，尤其是对花千树："站着说话不腰疼，等你老无所依之时有你哭的。"

花千树看也不看岳阑珊一眼，轻蔑道："不劳你操心，就算我哭也不让你看见。"

莫离恨自然也浮想联翩，想到自己凄惨的身世，想到自己迷雾重重的未来，想到自己任重道远的人生之路。莫离恨突然问晏尺素："桃妹妹的话你怎么看？"

晏尺素也不隐瞒，把自己的内心话倒了出来："桃妹妹所言不无道理，人生苦短，须及时行乐。不过桃妹妹的话有失偏颇，把这个'乐'局限在男女之情上了。其实除却男女之情，这人世间还有诸多乐趣等着我们去发觉、去体验。"

晏尺素的表情如隐没在云雾里若隐若现的群山，让人捉摸不透。

桃夭夭快人快语："还是晏妹妹懂我的心思。我是一个没有男欢女爱、风花雪月就活不下去的人。"

岳阑珊听了忍不住抿嘴而笑，心想，这小蹄子上辈子是做娼妓的吧？上辈子没做够，这辈子还对男欢女爱念念不忘。

花千树却感同身受，只是两人侧重点不同。花千树只为一人风花雪月，桃夭夭却可以为很多人风花雪月。

此时，采桑子把折下来的梅花递到晏尺素鼻子旁边："姐姐闻闻，好香！这梅花也能吃吧？有什么特别的功效？"

晏尺素信手拈来："你算是问对了。梅花能开胃散郁，生津化痰，活血解毒。梅树结的果子根据不同的炮制方法有乌梅与白梅之分。乌梅能敛肺涩肠，对时干时稀的腹泻有奇效，还能生津止渴，治疗阴虚夜间盗汗等。白梅则治中风、癫痫、喉痹、泄泻、霍乱等。"

众人又相互挽着胳膊走走停停。按照与独孤及约好的时辰，月疏桐估摸着独孤及还有一炷香的功夫就要到了。月疏桐毛遂自荐，说要在梅花树下为大伙弹奏一曲，实则是想独孤及一到重楼就能听到她弹奏的天籁之音。

众人自然纷纷叫好，采桑子乐得跳起小脚，拍起巴掌，掌声差点把残留在梅花树枝上的积雪震落下来。

月疏桐于是吩咐抹微拿来古琴以及放置古琴的长桌。

安置妥当后，月疏桐就端端坐于梅花树下，神情飘逸又安详，修长的手指轻轻抚摸纤细的琴弦，悦耳动听的琴音像麦浪一样荡漾过来。月疏桐的梅花纹纱长袍与梅花树融为一体，活脱脱一幅生动的梅下抚琴图。

琴声时而舒缓轻柔，如潺潺溪水；时而急促奔放，如风过松林；时而欢快，如百鸟朝凤；时而哀怨，如月下呜咽。

一曲终了，余音绕梁。

见独孤及仍未到来，月疏桐说还要弹奏一曲。

第二曲比第一曲更加精妙，晏尺素听得如痴如醉，心想，这山庄没有人的琴艺比得上月疏桐的，就连自己也甘拜下风。

第二曲完毕，仍不见独孤及的身影。月疏桐有些纳闷，这是怎么了？从缥缈居到重楼不过一炷香的功夫，独孤及的脚力不至于如此缓慢吧？难道有何事拖住了他？还是他临时变卦爽约了？月疏桐有些胡思乱想。

月疏桐说还要为大伙弹奏第三曲。众人劝她先歇一会儿，她执意要弹，只得由她去了。

第三曲显然有些心不在焉了，精通音律也时常抚琴的晏尺素听出了琴声中细微的瑕疵。而善于察言观色的莫离恨则看到了月疏桐眼神飘忽，月疏桐时不时瞟一下院子的大门，似乎在等待一个人的到来。

月疏桐的脸色越来越凝重，琴音也越来越紧绷。

抹微迈着细碎的步子匆匆而来，俯下身子，对她耳语道："侯爷临时有事不来了。"

琴声戛然而止，月疏桐猛地一下弹断了一根琴弦，喷了一口鲜血出来，瘫软在古琴上。

抹微大呼"夫人"，众人花容失色，手足无措。

"月姐姐，你怎么啦？"众人拥上去，急切地问道。

月疏桐缓缓抬起头来，苦笑道："没事，老毛病了，吐出来就好了。"

众人七手八脚地把月疏桐搀扶到了床榻上，千叮万嘱之后，慢慢散去。

唯有晏尺素一人留了下来。

晏尺素给月疏桐披了披被子："姐姐方才说是老毛病了，此话怎讲？"

月疏桐似乎对她的病情并不关心："他说无论如何一定来，他说一定来。"

晏尺素见月疏桐语无伦次，料定她的心结如海一般深："姐姐口中的他，是侯爷吧？"

也没什么好隐瞒的了，反正她在晏尺素面前早已经认输了，月疏桐有气无力道："是的。侯爷已经不再是我的侯爷，现在他只是妹妹的侯爷。"

多少羡慕，多少辛酸，多少无奈。

晏尺素不知道该如何安慰月疏桐，只好先把话题转移到她的病情上来："姐姐还是先细细告知你的病情才好，以免耽误了身子，留下病根。"

月疏桐这才一五一十告诉晏尺素，近半年来每每月事来临，她都要呕那么一两回血，要么就是从鼻子里流出血来。

月疏桐这么一说，晏尺素就全然明白了，她之前见过父亲治疗过类似的病。

"你这是倒经。"

"倒经？"

"月事前后或者正值月事之时，出现经常性的呕血或者流鼻血，同时正常的经血反而减少，就好像这经血倒着从鼻子或者嘴巴流出来一样，所以叫倒经。"

晏尺素耐着性子，尽量说得浅白一些，好让月疏桐明白。

"为何会出现倒经呢？"

晏尺素见月疏桐情志始终处于抑郁状态，心里明白了七八分，又盘问了一句："请问姐姐是否还有心烦易怒、两胁胀痛、咽干口苦、失眠多梦等症状？"

月疏桐毫不犹豫地点了点头。

晏尺素又让月疏桐伸了伸舌头，只见月疏桐的舌头尖尖的，晏尺素确认无疑了："姐姐的倒经是肝郁气滞、迫血妄行所致。我给姐姐开一个方子，把柴胡、当归、白芍、白术、茯苓、甘草、薄荷、生姜这八味药碾成粉末，每日食之，一月有余就会有效。"

"这是什么方子？"

"逍遥散。"

晏尺素继续叮嘱道："除了服药外，姐姐还可以每日敲打胆经，按摩太冲穴，以疏解郁结的肝气，还可睡前用热水泡脚，亦可每日闲暇之余多在院子里漫步。不要熬夜，不要生闷气。"

月疏桐又长长舒了一口气，认为晏尺素说得在理，她的郁结之气太重了，时不时都需要叹一口气来缓解。

"前面的都可以做到，就是最后一点不生闷气委实有点……"

晏尺素也明白一个人的性子要扭转过来不逊于蜀道之难，郑重其事道："其实姐姐的病是心病，这逍遥散也只能暂时缓解你的病情。要根治，姐姐的心才是最佳良方。心逍遥了，姐姐这病就会一去不复返。"

月疏桐亦是聪慧之人，明白晏尺素的话中话："心要逍遥谈何容易？妹妹也猜到了，我这心病就是侯爷引发的。除了侯爷，还有一个人，也让我耿耿于怀。"

晏尺素倒吃了一惊："还有谁？"

"住我隔壁的，妙空斋的江晚照。"

月疏桐的倾诉欲望如黄河之水，滔滔不绝地袭来："忆当年，我与侯爷……日夜相伴，或对弈，或品茗，或舞文弄墨，或琴箫合奏，无异于神仙眷侣。那是我辈子最美好的回忆。可是，自从江晚照来了之后，侯爷像变了一个人似的，再也不来我的重楼了，取而代之日日去妙空斋。我不明白的是，侯爷与江晚照若是两情相悦、缠绵悱恻也就罢了，但侯爷每次前去，江晚照都是一副苦瓜脸，冷漠相加，侯爷千金之躯为何要一而再、再而三地拿自己的热脸去贴江晚照的冷屁股？这值吗？！"

说到这，一向温婉柔顺的月疏桐眸子里竟有一股深深的恨意。

晏尺素冷不丁地说了一句非常寒心刺骨的话："大多数男子不都是如此吗？或许女子也是如此。越是唾手可得的越不会珍惜，那些遥不可及的，却成了心中永远的系挂。"

这话，是说给月疏桐听，也是说给自己听。倘若有一日独孤及移情别恋，她也会沦为月疏桐之流，她会如何应对？郁郁寡欢还是顺其自然？

月疏桐突然扬起了手重重拍打了一下被子："即便如此，我依然不明白，她江晚照凭什么拒侯爷于千里之外？她比我有才？比我柔情？比我貌美？哦，对了，她唯一比我好的是她的家世。"

这男女之事谁又能真真切切看个透彻，更何况晏尺素远远未到曾经沧海之时，她无奈地笑了笑，摇了摇头："姐姐看不明白，妹妹更看不明白。"

江晚照，晏尺素默念这个名字，看来是时候去妙空斋走一趟了。

第九章

一江晚照

数日后，晏尺素去拜访江晚照，为不搅扰妙空斋的清宁，晏尺素只身一人。

她携了两件薄礼：一件"空谷幽兰图"，是晏尺素亲手所作，素闻江晚照喜爱兰花，也算是投其所好吧；一件"不二糕"，是用胡桃、花生、糯米做成的养生糕点。江晚照常年茹素，如果膳食不均衡必然会气血亏虚，这不二糕正适合江晚照食之。

关于礼尚往来这件事，晏尺素注重"适宜"二字，根据其人的品性喜好精心择选，不在乎贵重，不然送出去的礼物大多被束之高阁。这一点与重楼的月疏桐颇相似。

午时过后，这是参禅礼佛之人较为闲暇之时，晏尺素来到了妙空斋。

门是虚掩着的，没有把门人，左边的门上题了四个字"庸人勿扰"。见到这四个字，来寻访的人或多或少会起心动念，生起嗔恨心，或者一气之下打道回府。晏尺素只是微微笑了一下，并不在意。非凡之人必有非凡之举，这都在她的意料之中。晏尺素轻轻地推开了门，开门声微乎其微。

进得院子，院中景致给晏尺素耳目一新之感，与其他各房院落大相径庭，没有花团锦簇，没有郁郁葱葱，甚至连高大一点的树木都极少，院子的角落只有一棵菩提树。整个院落素雅洁净，打扫得一尘不染，随便席地而坐，起身不沾一粒尘埃。院子的特别之处就是遍植幽兰，各种幽兰姿态各异，无一例外都清雅飘逸。院子很空很静，没有任何嘈杂声，除贴身侍女瑟瑟外，只留了一人干点粗活，打扫院子、烹煮斋饭等。

再看屋舍，没有朱阁绮户，没有雕梁画栋，一律原木素石。好一个不食人间烟火的江晚照！晏尺素心里叹道。她愈发觉着江晚照高深莫测，几乎让人望而却步了。今日能否开启江晚照紧闭的心门，晏尺素没有万全把握。

晏尺素在屋子门口见到了婢女瑟瑟，瑟瑟见到晏尺素颇感意外，让晏尺素稍候，她去通报一声。少顷，瑟瑟出来，把晏尺素引到客堂，让晏尺素在客堂耐心等候。

晏尺素独自一人品着瑟瑟端来的茶，也不知过了多久，一个清清幽幽的声音飘过来："此茶名为休宁松萝，不知还符合你的口味不？"

晏尺素抬头一望，只见一个清癯高挑的身影轻飘飘地走进了屋子，冷若冰霜的脸不见一丝春风。来人正是妙空斋的主人江晚照。晏尺素赶紧起身行礼。

"见过姐姐，姐姐福慧双全。今日拜访贵地，如有打扰，还望海涵。"

"妹妹无需客套。妙空斋不讲究这些繁文缛节。"

晏尺素略显窘迫，一时不知如何挑起话题，只好去品茶，借茶发挥："禅茶一味，姐姐适才说的这休宁松萝应该大有来头吧？"

江晚照双腿盘坐在蒲团上，这是她会见客人的一贯姿势，缓缓道："这休宁松萝产自山崖之巅，色泽温润如玉，茶香让人有秋高气爽之感，饮之心旷神怡，烦恼尽除。"

晏尺素本能地欲问休宁松萝如何取得，又想起前些日子在重楼饮月光白时发生的纠纷，遂改了口："姐姐不食人间烟火，这休宁松萝亦不食人间烟火，妙哉。"

哪知江晚照自己道出了茶的来源："这休宁松萝是山庄寂照庵妙净庵主慈悲心肠，施舍于我。"

晏尺素轻轻"哦"了一声，继续道："姐姐世外高人，安于朴素，无红尘之忧，无鸡犬之扰，妹妹肃然起敬。"

江晚照双目微合，双手合十："妹妹过奖，姐姐愧不敢当。"

晏尺素也双手合十："所以，妹妹此番前来就是想向姐姐取经，这三千大世界，烦恼如夜空星辰，如何在滚滚红尘中修得一颗如如不动的心呢？还望姐姐指点迷津。"

江晚照的神情稍稍有了一丝生气："我自愚痴，慧根浅薄，我伴青灯古佛四五个春秋，犹一头迷雾，怎敢指点妹妹？不过是相互点拨、相互切磋罢了。你若有何高见，不妨直言。"

晏尺素顺水推舟："那就恕妹妹班门弄斧了。依姐姐之意，这人间最大的烦恼是什么？"

江晚照不假思索道："不外乎'食色'二字。"

晏尺素微笑："食色，人之大欲也。人为财死，鸟为食亡，为食求得生存。不过若只为温饱，这食还是比较容易得到的。况自古就有不为五斗米折腰之高士，亦有淡泊名利、安贫乐道、隐居幽谷丛林之人。再者，这食看得见、摸得着，你所求多寡亦可计量。但'情色'二字……"

晏尺素欲言又止，用意味深长的目光凝视着江晚照。江晚照似有所悟，她接过晏尺素的话茬："依妹妹所言，'情色'二字才是人世间最难放下的。"

"然也！这情之一字最是虚无缥缈，也最是让人肝肠寸断。上至王公贵族，下至黎民百姓，可以粗茶淡饭，可以颠沛流离，甚至可以食不果腹、衣不蔽体，但是始终跳不出情网，终其一生为情所困，为情所痴，为情所狂。"

江晚照转动念珠的速度稍稍加快了一些，不敢去看晏尺素的眸子，微微颔首。

晏尺素话锋一转，直刺江晚照内心隐秘所在："恕妹妹莽撞，姐姐真的已经放下世间情欲了吗？"

江晚照的心猛地震了一下，这晏尺素言辞如此犀利，难不成知晓了什么？莫非是独孤及告诉了她什么？江晚照稳了稳神，急促道："何出此言？"

"姐姐素面朝天，一碗清粥足以度日，可见已然放下'食'字。原本可以出家潜修，却眷恋三千青丝不肯落发，这是为何？如若不是为了'情'字，还能为什么？"

江晚照的脸上如有乌云密布，有些慌了，像是光天化日之下被人扒光了衣裳，自己多年看破红尘的伪装被晏尺素全部看了个透彻。

江晚照拨弄念珠的速度愈发快了，企图掩饰慌乱的心神："妹妹恃才傲物，妄自揣度他人心思，与杨修有何区别？！"

晏尺素见江晚照面有愠色，起身作揖道："妹妹唐突，如有冒犯，还请姐姐见谅。妹妹别无他意，只是想告诉姐姐，万丈红尘，看破者几人？比起姐姐来，妹妹更是相形见绌，不但'食'字没有放下，这'情'字也抓得紧紧的。姐姐莫要笑话妹妹。"

江晚照的脸色如疾风过后的湖水恢复了平静，只是不再言语，唯恐被晏尺素看出破绽。

晏尺素叹道："问世间情为何物？直教人生死相许。放下固然是好，放不下又有何妨？红尘自有红尘的乐趣，不如痛痛快快体验一番，在红尘中修行，在红尘中顿悟。人生何处不如来？心若有莲花，步步有莲花。直至有一日，你真的痛彻心扉，你才会幡然醒悟，苦海无涯，回头是岸，方能彻底放下。"

晏尺素一番肺腑之言，江晚照听了却如芒在背，浑身不自在。自己修行多年却要一个凡夫俗人指点，说出去还不让人笑掉大牙。只是苦于修行人身份，不便发作，自嘲道："妹妹说来寒舍取经，我看是得向妹妹取经才对。"

说完，也不等晏尺素回话，就速速放下盘起的双腿，起身，却两眼一抹黑，身子晃了晃，又跌坐在蒲团上。

晏尺素见状，关切问道："姐姐这身子是……"

婢女瑟瑟柔声道："夫人经常这样，坐一会儿或者蹲下侍弄一下兰草站起来就会天旋地转，好一会儿才无事。"

"这是血虚的缘故。"

晏尺素起身，走到江晚照的身后："姐姐若不嫌弃，妹妹可以为姐姐按揉一下。"

见江晚照不发话，晏尺素就当默许了，伸出如冬日暖阳般的双手去按揉江晚照的太阳穴。动作舒缓，力度适中。按揉了一会儿又把手指移至头顶百会穴。江晚照在晏尺素的按揉之下如沐春风，一股清明之气慢慢升至头顶，很快江晚照就神清气爽，眼前清清朗朗。

江晚照出于感激，美言道："难怪侯爷如此宠你。这双巧手天下无双，能烹饪美味佳肴，能调理身体，能弹天籁之音，能长袖善舞，还能抚慰伤心之人。别说男子，就算女子也无法抗拒你这双手的美好。"

虽有不少溢美之词，但听得出来多数是真情实意，晏尺素舒心地笑了，如风中摇曳的幽兰。

晏尺素一边继续给江晚照按揉，一边问她的身子状况："姐姐真是抬爱了。姐姐除了蹲一会儿起来两眼发黑，是否还有睡眠浅、多梦、记性不好，以及不愿意思虑，一思虑脑子就很困，也不愿意多走动，多走动就很乏，冬天手足不温、夏天却手足发烫等症状呢？"

江晚照一一点头。

晏尺素停下按揉，缓缓蹲下身子，看了看江晚照的芊芊玉手，见那指甲苍白，又望了望唇色，亦是淡白没有光泽，心里明白了大概。

"姐姐由于常年茹素，又过午不食，故有些血虚，需要好好调理一番。"

江晚照虽深居简出，但也早有耳闻晏尺素妙手回春。侯爷、老夫人、采桑子、月疏桐等人经过她的调理，没有吃很多药，身子的小病小疾就好转了起来。江晚照颇有兴趣道："那妹妹就送佛送到西、好事做到底，给姐姐出一些妙招吧。"

晏尺素气定神闲："姐姐平时可以多吃一点胡桃、栗子、花生、大枣这类的食物。这些食物性温，是补血佳品。不过最主要一点还是要多食五谷，五谷才是养生的根本。不能只吃蔬菜、干果而不食五谷。"

瑟瑟在一旁频频点头："是的，是的。夫人就是五谷吃得少。"

晏尺素加重了语气："不食五谷，只食水果、青菜是养生大忌，犯了本末倒置的错误。按理，茹素修行不会血亏，是没吃对食物才导致的。姐姐只要纠正过来，很快就会好转。"

江晚照恍然大悟："原来如此。说一句不怕妹妹见笑的话，来山庄之前为保持窈窕淑女身子，我经常不吃五谷。时至今日才知自己舍本逐末，讹谬不堪。妹妹可有特别的食方？"

晏尺素稍稍思索了片刻，从积累的食方中遴选了一方："姐姐可以把桂圆肉碾成末揉成丸子，用米汤隔水蒸桂圆肉，蒸两日两夜，每日食用一两勺。这个食方养血安神，姐姐不妨一试。"

江晚照的眼神中流露出几许亲近，觉着这个晏尺素很是有几分特别，惹人喜爱："妹妹青囊有术，传授我摄生之道，姐姐无以为报……"

晏尺素趁热打铁："其实妹妹前来也有一事相求。"

江晚照脸上浮现几分狐疑："妹妹请说。"

"重楼的月疏桐得了倒经，每每月事来临都会呕血，还望姐姐施以援手，助月姐姐渡过难关。"

江晚照不得其解："月疏桐得了恶疾该找大夫才对，我又不是大夫，束手无策，怎么帮得了她？再说妹妹不是精通岐黄之术嘛，你去才更合适啊。"

晏尺素不慌不忙解释道："妹妹已经用食方稳住月姐姐的病情，只是要治本还得姐姐走一遭啊。因为月姐姐神思郁结皆由姐姐引起，解铃还须系铃人。"

江晚照愈发云里雾里："这话好莫名其妙。我日日足不出户，与她无冤无仇，井水不犯河水，怎么就惹恼了她？"

"具体我也不知，只是听她说，自从你来到山庄之后一切都变了。"

江晚照一口回绝了晏尺素："真是无理取闹！我看她是闲得发慌。这事我有心无力，妹妹请回吧。"

江晚照突然起身，不容分说对晏尺素下了逐客令。

晏尺素哑然，江晚照乃修行之人竟还这等急躁。见今日无回旋余地，晏尺素便也知难而退，悻悻而归。

晏尺素并没有气馁，她相信精诚所至，金石为开，先给江晚照几日时间考虑，她缓几日再去。缁衣见晏尺素为一个外人如此劳心劳力有些不解，说月疏桐为何不自己去找江晚照。晏尺素说月疏桐是何等清高傲气之人，这种事她如何放得下颜面去跟江晚照说，宁愿一辈子憋在肚子里。

缁衣又说晏尺素如此不遗余力帮助月疏桐，月疏桐未必会投桃报李。晏尺素说不是做什么事都需要回报的，大家天南地北、五湖四海汇聚到究极山庄，都是有缘之人，要善待每一个缘分。也许你今日帮了她不见得有任何回报，但有一日会有其他人帮助你，这未尝不是另一种回报呢。缁衣被晏尺素说得哑口无言，只一个劲儿地夸晏尺素菩萨心肠，扮了个鬼脸，走开了。

三日后，晏尺素又单枪匹马来到了妙空斋。这回晏尺素为江晚照带了补血养血的人参养荣丸，就是黄芪、当归等药碾成末蒸熟做成的药丸。人参养荣丸是益气养血的千古名方，屡试不爽。晏尺素希望用自己的诚心打动江晚照的铁石心肠。

不料，还是遭到了江晚照的无情拒绝。

江晚照的表情如荆棘一般，冷冷道："如果还是月疏桐之事，恕不相送。"

晏尺素见没有任何斡旋的余地，只得将人参养荣丸交给瑟瑟，千叮万嘱一定要让江晚照每日服用，而后失望而归。

晏尺素越挫越勇，五日之后，又提着食盒来到了妙空斋。食盒里装的还是人参养荣丸。晏尺素估摸着，如果每日服用，上回做的差不多吃完了，今日过来正好接上。晏尺素真是煞费苦心。

江晚照果真被晏尺素感化。一是她按照晏尺素给出的摄生之法调理，又吃了人参养荣丸，身子确实大有好转，她好几次试验，蹲下去起来之后再无头晕眼花。二来见晏尺素毫无所求，只为月疏桐求情，心里难免唏嘘不已，人心不古，世风日下，晏尺素这等心地纯良之人当属凤毛麟角。

不就是去重楼走一遭吗？走一遭就走一遭吧。不会缺胳膊少腿，至多枉费一番口舌罢了。如真能够化解月疏桐的郁结之气，倒也算积功累德了。

三日后，江晚照在晏尺素的陪同下走进了重楼。

弹指一挥间，重楼的梅花已然凋谢枯萎。月疏桐无限伤感，正在梅花树下收集落败的梅花，泪眼问花花不语，乱红飞过秋千去。

"月姐姐。"

晏尺素轻轻唤了一声，跑了过去。见月疏桐双眸潮湿，知她多愁善感，为这满地残红伤怀，于是劝慰道："落红不是无情物，化作春泥更护花。"

可惜月疏桐的愁绪千丝万缕，剪不断，理还乱，只哀哀道："一朝春尽红颜老，花落人亡两不知。"

直到晏尺素指给她看，告诉她，妙空斋的江晚照来了，月疏桐才为之一振，朝院门口望去，果真见一个白衣素裹的女子伫立在那里，孤高不亚于自己。

江晚照突然到来，这可是稀客啊！月疏桐惊诧万分，盯着晏尺素笑吟吟的脸，希望得到答案。

其实本无深仇大恨，不过是之前不相往来，月疏桐难以解开心结。晏尺素拉着月疏桐的手来到江晚照跟前。

月疏桐彬彬有礼，首先行礼，娇柔的声音含了几分锐气："江姐姐光临寒舍，蓬荜生辉。"

江晚照面若枯木，不冷不热："我只是受尺素所托来妹妹这里讨一下嫌。"

月疏桐不敢怠慢，将二人引到了重楼的楼阁，又吩咐抹微沏好了茶。

晏尺素为让二人谈话更加轻松一些，而自己在场，恐有些不便，于是起身告辞："二位姐姐慢聊，我先暂避一下。"

江晚照却阻止道："不必，我们的谈话没有什么你听不得的。"

月疏桐也用眼神示意晏尺素留下来，万一局面失控，她也好起到调解作用。

依然是极品好茶月光白。

月疏桐这回出于炫耀心态，主动说出了茶的来处："这月光白是侯爷馈赠，只不过是好久以前的事情了。"

晏尺素夸月疏桐好福气，月疏桐只道："什么好福气，不过是镜花水月、过眼云烟。"

　　江晚照的嘴角竟然生出浅浅的笑，这笑是嘲笑、是轻蔑。江晚照心想，你不就是想在我面前炫耀侯爷对你一往情深吗？如果我告诉你这月光白是侯爷先打算送给我，被我拒绝后再送给你的，你又会做何感想？

　　还是别节外生枝吧，都是陈年往事了，何苦再拿出来伤人。于是江晚照开门见山道："月妹妹有什么要问的尽管问吧，我定会知无不言、言无不尽。"

　　三个女人，还不是无话不谈的闺蜜，谈论同一个男人，这个男人还同时是她们的夫君，这样的场面确实有些尴尬。月疏桐又是羞赧之人，不知如何启齿，只闷闷喝茶。

　　晏尺素也略感到氛围有些沉重，环顾了一下四周，见阁楼靠窗户旁有一架古琴，便提出了一个法子："不如二位姐姐交谈，我去抚琴助兴可好？"

　　月疏桐心里巴不得呢："甚好，愿闻妹妹妙音。"

　　江晚照也道："听闻晏妹妹有俞伯牙之妙手，今日姐姐姑且冒昧充当一回钟子期。"

　　若单轮琴艺，月疏桐与晏尺素不相伯仲，各有千秋，甚至月疏桐还略胜一筹。江晚照当着她这个琴痴夸赞晏尺素，她心里自然有些不快，不过也顾不得那么多了。当务之急是要从江晚照嘴里问出独孤及当年冷落她的缘由。不然，她死也不瞑目。月疏桐就是这样一个与自己过不去、与自己较劲的人。

　　晏尺素弹奏的是千古名曲《高山》《流水》，悠扬的琴声响起，江晚照与月疏桐的神色缓和了许多。

　　月疏桐左思右想了好一会儿，终于开了口："为不耽误姐姐宝贵的辰光，妹妹就直言了。姐姐花容月貌，当年又深得侯爷垂怜，怎会抛弃所有，遁入空门？"

　　江晚照料定会有这么一问，一副居高临下的模样："妹妹以为呢？悲观绝望？消极避世？看破红尘？"

　　"妹妹愚钝，不敢妄自揣测。"

　　"首先我想纠正一下，我尚未遁入空门，只是居家修行。我茹素礼佛就好比妹妹抚琴作画，你问我为何喜欢茹素礼佛，我也想问妹妹一句，你为何喜欢抚琴作画？"

　　月疏桐心中甚为不满，还说知无不言、言无不尽，此刻却这般巧言善辩。

　　"好吧，算我多此一问了。妹妹也不想浪费口舌，只想问姐姐一个问题，望姐姐务必如实相告，不要隐瞒。当初侯爷日日光顾妙空斋，而姐姐你却日日拒他于千里之外，这到底是为何？这山庄之中谁不想获得侯爷的独宠？谁不想拥有花前月下、卿卿我我的欢愉？如若你心中无侯爷，为何要嫁入究极山庄？我更想知道的是，为何你一来，侯爷就把我打入冷宫？你知不知晓？在你来之前，我曾以为自己是这个世上最幸福的人。可你来了之后，一切化为泡影，世上最痛苦之事莫过于得到之后一夜之间全部失去。你夺走了我的一切，你对侯爷究竟说了什么、做了什么？！"

　　月疏桐与之前温文尔雅的形象判若两人，此刻她更像一个十足的怨妇，歇斯底里地把长年累月积压在心中的怨恨全部倾泻了出来，如决堤的洪水。江晚照完全招架不住，瞬间被击溃，遍体鳞伤。

　　月疏桐有如海如山般的怨，她江晚照又何尝没有？月疏桐可以向她发泄倾倒，她又向谁发泄倾倒？此刻，江晚照突然觉得，她与月疏桐同病相怜，同是天涯沦落人，都是两个为情所困的可怜女人。

看来，如果不告知月疏桐自己内心的隐秘与创伤，她今日是出不了重楼的门了。

晏尺素的琴声戛然而止，那一双手瞬间凝固在了半空中，不知道去抚弄哪一根琴弦，呆若木鸡。

晏尺素万万没有想到，月疏桐会有如此表现，这男女之爱竟然带给她如此伤痛？

面对月疏桐快要喷出火来的眼神，江晚照用低沉的声音道："我什么也没对侯爷说，什么也没对侯爷做。"

"我不信！"

月疏桐大声吼道，近乎着魔，用力一拂，茶几上的茶具全部掉在了地上，发出清脆刺耳的响声。

江晚照也勃然大怒，腾地站起，把手中茶杯里的水全部泼在了月疏桐的脸上。

"醒醒吧，月疏桐！你这个傻子！疯子！"

江晚照毫不留情地大声骂着，似乎在骂月疏桐，又似乎在骂自己。她骂着骂着又狂笑起来："哈哈哈哈……"笑着笑着，江晚照颓然倒地，"哇"的一声号啕大哭起来，那哭声如地动山摇，撕心裂肺，肝肠寸断，像是要把一生的委屈全部哭出来。

江晚照这一惊世骇俗之举把月疏桐震住了……

此时晏尺素回过了神，两个为情所困的人呐，不如弹一曲《大悲歌》，让她们释放得更猛烈、更酣畅些。

也不知过了多久，江晚照的痛哭变成了无声的抽泣。附在月疏桐身上的心魔已经逃遁，月疏桐恢复了神智，走过去搀扶瘫软在地上的江晚照。

"姐姐若不愿意说，妹妹就不逼姐姐了，何苦至此？"

月疏桐也泣不成声，哭成一枝梨花春带雨。

"不，我告诉你，我全部告诉你。"

江晚照止住了哭声，眼神凄迷而哀婉，开始讲述似乎长达万年的尘封往事。

"我的意中人是柴一鸿，我们两小无猜，青梅竹马，情投意合。他许我一世幸福，愿做一只鸿鹄，让我骑在他背上，带我看尽千山万水。而我对他也早已芳心暗许，非他不嫁……可惜，天嫉姻缘，偶然一次机会，侯爷在皇上与父亲面前提及了我，言语中有爱慕之意。侯爷与我父亲、皇上三人出生入死，共同打下大泰江山。于是父亲乱点鸳鸯谱，奏请皇上，把我赐给了侯爷。而就在前一日晚上，我跟柴一鸿有了肌肤之亲、夫妻之实。我不敢告诉父亲，更不敢告诉侯爷，怕他们骂我不守妇道、不知廉耻，更不想连累柴一鸿。就这样，我与柴一鸿被棒打鸳鸯，从此天各一方，再无相见之日。"

江晚照缓缓起身，走到阁楼旁边，俯瞰着究极山庄，继续讲述道："我来到了究极山庄，终日以泪洗面，度日如年。我的身子是柴一鸿的，我的心也是柴一鸿的。我无法接受，也万万不敢与侯爷有任何肌肤之亲。大婚那日我们就分床而睡，直至今日也没同过房。侯爷只当横刀夺爱愧对于我，也不勉强我，每日来劝慰我。为掩人耳目，我就声称看破红尘，茹素礼佛，对侯爷千般无情、万般冷漠。其实只有我自己知道，我的心里一直住着一个人，那就是柴一鸿。我也相信，柴一鸿会为我一生不娶……"

江晚照结束了讲述，看着远方连绵起伏的群山，情不自禁吟哦道："重楼重山重相思。"

月疏桐压在心中多年的巨石终于稳稳当当落了地。

晏尺素让瑟瑟去楼下取了新的茶具，为江晚照、月疏桐倒好了茶。

晏尺素举起茶杯，缓缓道："敬二位姐姐三杯茶。"

"第一杯，万古长空。"

"第二杯，一朝风月。"

"第三杯，当下随缘。"

第十章

桃之夭夭

数日后，妙空斋的江晚照惜别万缕青丝，削发为尼。经老夫人苦口婆心地劝说，独孤及的再三挽留，江晚照暂且居住在究极山庄的寂照庵。

犹如平静之湖水扔下一巨石，此事引起轩然大波。不过山庄各房虽感出乎意料，但细想也在情理之中，这么些年头江晚照在家与出家无甚区别，此次出家也算是水到渠成、夙愿以偿吧。

江晚照出家与那日在重楼和月疏桐、晏尺素谈话难脱干系，但更为深层次的缘由则是独孤及前几日的深夜来访。

薄薄的云散开了，半圆的月亮探出头来，幽兰在清冷的月光下独自起舞，江晚照听到虽轻却极其清晰的敲门声。她一边思着那句"僧敲月下门"，一边迈着疑虑的步子前去开门。

月光下，独孤及冷峻的面庞跃入她的眼帘，独孤及的眼里写满了诉说与心事。

独孤及说，柴一鸿今日洞房花烛，娶的是当朝重臣太尉的千金。

独孤及以为江晚照会痛哭流涕，孰料他只听到她云淡风轻的一句："他已放下，我又何必执着。"

让独孤及更加诧异的是，江晚照告诉她，她已不是处子之身，她的身子早就交给了柴一鸿。如今柴一鸿花好月圆，她再无念想，不日后就要皈依佛门。

独孤及无言以对，对她的隐瞒没有愤懑，只是静默着。月光洒满了院子，把他的影子拉得悠长而迷离。

临走时，江晚照眼角挂着清泪，破天荒地对他说，如果你情愿，可以留下来，今夜我是你的。

独孤及说，我宁可一生一世不曾得到过你。

独孤及背着双手，迈着沉重而又阔达的步伐，迅速消失在夜色之中，身后隐约传来江晚照幽幽的抽泣声。

再来说说月疏桐。

那日与江晚照交谈后，月疏桐似醍醐灌顶，心生万朵莲花，莲花之上一轮皎月，那是智慧与慈悲之光。月疏桐没有出家，她还眷恋红尘，只是对世间之男欢女爱有了更深的体悟。

她不再害怕忆往昔。以前只要她忆起与独孤及的点滴恩爱，想到这甜蜜不再属于她，属于山庄其他女子，她就心如刀割。眼下，再忆起时却心如止水，脸上只有平和的笑容。

她亦不再执着于独孤及何日来重楼，他来抑或不来，她都在那里。他来，她满心欢喜；他去，她亦不会伤怀满腹。她把日子安排得满满当当、实实在在，看庭前花开花落，望天上云卷云舒，没有闲暇胡思乱想，这神仙般的日子真真自在逍遥啊。

月疏桐与晏尺素走动多了起来，本是志同道合之人，只是心性有所不同，很快二人推心置腹，引为知己。与亲密无间、无话不谈的好姐妹采桑子不同的是，晏尺素与月疏桐的交谈还是有所取舍的，讨论的话题亦阳春白雪一些。比方，二人会谈及红尘中痴男怨女遭遇的种种困惑与应对之策，二人会讨论如何恋一人又不依赖于他等等。二人时而意见相左，唇枪舌剑，时而一拍即合，击掌而笑。

月疏桐从晏尺素那儿学会了不少摄生之道，经晏尺素引荐，她开始潜心阅读《黄帝内经》《神农本草经》《食疗本草》等杏林典籍。偶尔她还会留在藕香榭与晏尺素一起烹饪美味又养生的药膳，如陈皮老鸭汤、神仙大枣汤、红豆银耳沙等。更多时候，月疏桐会知趣地离去，搅扰已是不便，还要蹭吃蹭喝则未免太过放肆。

有时撞见独孤及，月疏桐也不躲躲闪闪，落落大方告别，无一丝一毫幽怨情愫。这反倒让独孤及觉着月疏桐别有一番风情，再加之晏尺素的美言点醒，去重楼的次数反而多了些。

草长莺飞，红杏枝头春意闹，又是一年大好春光照拂人间。

这春风十里，春光无限，难免会让那些独守寂寞春闺的少妇春心摇曳，愁肠百结。

此刻玄都阁的桃夭夭就美人依栏，看斜风细雨中有两只燕子比翼而飞，而自己却茕茕孑立，无限伤怀。这玄都阁的桃花比往年开得更旺盛、更妖娆，可与自己携手共赏桃花的情郎身在何方？

独孤及自是无望了，一年半载来小坐几回就算是自己烧了高香了。想着自己这倾城之貌、美玉之体就这样白白被浪费，桃夭夭心里又悲又愤，可是又毫无办法，只能日日怨天尤人。

不趁芳华正茂之时华丽绽放，难道要等人老珠黄之时再追悔莫及？桃夭夭可不想就这样枯死在这山庄之中。这样的人生了无生趣，有何意义！

这样想着，桃夭夭觉着该出去转悠转悠了，日日看着桃花也有些厌烦了，再不出去见见日头，这身子快要发霉了。于是，携了一壶"醉红颜"，出了玄都阁。

风和日丽，这究极山庄美如画，桃夭夭宛如在画中游。亭台楼榭，繁花似锦，还有那碧波万顷的究极湖，湖中有画舟轻泛。桃夭夭漫不经心地闲逛着，心情倒也舒爽不少，只可惜啊，独独少了那么一人。

行至月涵桥，忽见一翩翩少年，年纪二十上下，身高八尺，玉树临风，皮嫩肤白，玲珑剔透，好一个不折不扣的美少年。只见那美少年立在月涵桥左顾右盼，像是在寻人，又似在找路，神情有些焦急，那模样越发有趣。

能够入得桃夭夭法眼的美男子极少，独孤及是究极山庄中唯一一位。只是独孤及的美是魁梧阳刚之美，犹如可托付终身的参天乔木。而眼前这位少年郎呢，则是温文尔雅清秀之美，犹如可赏玩的青翠玉竹。两种不同的美男子各领风骚，都是桃夭夭所喜欢的。

何不上去搭讪一番，打发一下这百无聊赖的辰光？

"这位公子是何方人士？为何在此徘徊不前？"

桃夭夭面若桃红，秋波流转，娇羞无比。

少年郎彬彬有礼报上名来："在下花滋荣，是究极山庄花夫人花千树之胞弟。山庄浩大，在下误入陌路，因寻不着姐姐的住处玉雨轩，故在此滞留。敢问姑娘是——"

桃夭夭听花滋荣唤自己"姑娘"，忍不住用丝巾掩面偷笑："我跟你姐姐一样，是夫人，不是姑娘。"

花滋荣颇为腼腆，面上有几分红晕，忙作揖道："适才失礼了，夫人莫怪。请问夫人尊姓大名？"

桃夭夭轻轻挥了一下丝巾："瞧你说的，什么怪不怪的，不知者无罪。我姓桃，名夭夭。你是外人，不用拘礼法，叫我桃夭夭就可，或者你若愿意唤我夭夭更佳。"

桃夭夭言语中有些挑逗，说完又笑了几声。

花滋荣被桃夭夭丝巾上散发出来的浓郁香气搅乱了心绪，有些意乱情迷，又见桃夭夭花容月貌、眉目传情，情窦初开的他哪里把持得住，情不自禁地唤了一声"夭夭"。须臾，又觉实在不妥，便道："在下还是唤你桃夫人吧。萍水相逢，承蒙桃夫人看得起，三生有幸。"

桃夭夭被花滋荣那一声"夭夭"勾了魂去，心驰神往，笑得更灿烂了，"花公子何必介怀，有缘千里来相会，你我算是有缘之人吧。"

花滋荣初来乍到，不敢造次，见桃夭夭这话未免有些露骨，忙道："请夫人指点迷津，姐姐的玉雨轩在何处？"

桃夭夭抬起手臂，轻轻一指前方："往那去就是了。"

花滋荣不敢再逗留，拱手道："在下告辞，后会有期。"

桃夭夭痴痴地望着花滋荣匆匆离去的背影，后会有期吗？如果就这样放走了他真是太不甘心了。于是，桃夭夭急中生智，佯装被石头绊倒在地，歪坐在月涵桥头，大声呻吟着："哎哟，哎哟……"

花滋荣听到桃夭夭娇滴滴的呻吟声，又忍不住折了回来。

"公子，我的脚崴了……"

见桃夭夭弱柳扶风、楚楚可怜的模样，花滋荣满脸关切问道："还能走得动吗？"

桃夭夭一边揉着脚踝，一边可怜兮兮地摇了摇头。

这可如何是好？一边是刚刚帮自己指明了道路的桃夫人受了伤，一边是男女授受不亲的三纲五常。

见花滋荣左右为难的样子，桃夭夭心中窃喜，嘴上却道："不如这样可好？你扶我一扶，我领着你去玉雨轩。这样快些，免得你像无头的苍蝇到处乱撞，耽误了时辰，让你的姐姐干着急。你呢，就当助人为乐好了。"

花滋荣见桃夭夭言之有理，就应允了。

桃夭夭把一只胳膊搭在花滋荣的肩膀上，一种麻麻酥酥的感觉传遍了身子。花滋荣一只手攥着桃夭夭的手腕，另外一只手轻轻揽着她的腰肢，闻着她身上胭脂水粉的香气，心怦怦地跳个不停。二人三步一歇，跟跟跄跄地朝玉雨轩走去。

先到了玄都阁，桃夭夭让花滋荣进去喝会儿茶，歇个脚，顺便赏赏桃花。花滋荣怕姐姐着急，执意不肯，只好作罢。分别时，桃夭夭千般不舍，含情脉脉道："花公子，得空了务必来我这赏桃花。"

花滋荣眼中亦有不舍："刚到姐姐这里恐有诸多细琐事宜，容我一日，后日在下定当拜访。"

话说花滋荣来到玉雨轩，花千树问为何与约定的时辰晚了这么多，花滋荣支支吾吾，只说山庄太大迷了路，花千树也没再细细追问。姐弟俩阔别多年，自是一番家长里短，嘘寒问暖。

是夜，花滋荣回忆日间与桃夭夭在月涵桥的邂逅，不免想入非非。这次游学路过荣城，打算在姐姐这里小住一段时日，养精蓄锐后再度出发，游览大好山河，开阔视野，增长见识。不料，天赐良缘，刚一进山庄就遇到如花似玉的桃夭夭，那桃夭夭真是妖媚动人，撩拨人心啊。此刻，花滋荣完全忘却了桃夭夭是独孤及的爱妾，而且独孤及是他死一百次也得罪不起的雄霸一方、富甲天下的侯爷。

玄都阁的桃夭夭呢，更是辗转难眠。这个干涸了很久的女人遇到多情公子花滋荣，像是久旱逢甘霖。桃夭夭更是自以为这是上苍对她的恩赐，你独孤及不待见我，那好，老天爷派另外一个美少年来抚慰我的心。

就这样浮想联翩着，竟一夜不曾合眼。

第二日起来梳妆，桃夭夭恐慌地发现，自己洁白无瑕的面庞上竟然神不知鬼不觉地冒出了几颗硕大的痤疮，眼睛周围还蒙了淡淡的一层黑眼圈。

这如何了得？明日花滋荣就要来访，这等面目如何示人？桃夭夭本能地想到了精通摄生之道的晏尺素，于是心急火燎地与婢女依依来到藕香榭。

当时，月疏桐也在藕香榭，与晏尺素正在莲心亭对弈。

桃夭夭用丝巾捂着脸，几乎是跑到晏尺素面前的，气喘吁吁地，也不歇会儿，就开门见山道："晏妹妹，快快救救我的脸，快快救救我的脸！"

桃夭夭放下丝巾，指指自己的眼睛，又指指自己的下巴。

月疏桐见桃夭夭眼周一层黑眼圈，又见她下巴上长了几颗痤疮，笑着打趣道："瞧你那猴急模样！不晓得的以为老虎在后面追着你呢。不就是长了几颗痤疮嘛，有晏妹妹在此，你把心放进肚子里就好。"

桃夭夭捶胸顿足道："月姐姐还在一旁拿我取乐子，妹妹我这脸都快成花脸了。"

又转过头去，焦急地看着晏尺素："要紧不？"

晏尺素细细看了一下，心里明白了七八分，问道："昨晚没有睡好吧？"

"一宿都没合眼。"

晏尺素放下手中的棋子，宽心道："姐姐莫急，你这黑眼圈与痤疮都是熬夜所致，不用特别调理，好好休息一下，过几日就会好了。"

桃夭夭神色舒缓了下来："可是我希望它快快好起来。"

月疏桐又幸灾乐祸道："妹妹这等着急莫不是要去会情郎？那情郎是不是侯爷呀？"

月疏桐比往日放松了很多，平日她可不会开这样的玩笑。月疏桐无意中说中了桃夭夭的心事，素来没羞没臊的她竟也红了半边脸。

晏尺素正色道："如果想快些，就用黑豆加甘草煮水喝吧。黑豆为肾之谷，最能补益肾精，消除无明肿痛。你的痤疮是熬夜伤了肾精，虚火上炎所致，用黑豆来滋阴再好不过。"

桃夭夭鸡啄米似地点头："那这黑眼圈呢？"

月疏桐最近跟晏尺素学了不少摄生之道，此时刚好可以露一手，于是抢先道："晏妹妹，这黑眼圈不外乎两种原因。一种是熬夜肾虚所致，一种是瘀血所致。桃妹妹这种该是熬夜肾虚所致吧？"

晏尺素用欣慰的目光看了一眼月疏桐，又转过脸去对桃夭夭淡淡笑着："肾虚导致的黑眼圈就像眼睛周围蒙了一层炊烟一样，而瘀血导致的黑眼圈则是眼睛周围有很多细小的黑斑，密密麻麻的。你的黑眼圈属于前者。"

病因什么的一点没听进去，桃夭夭直奔主题道："如何调理？"

"回去可以用蜂蜜加点白醋，涂抹眼周，然后慢慢按揉片刻。"

晏尺素话还未说完，桃夭夭觉得不可思议，一惊一乍道："醋？"

"是的。"晏尺素报以确信无疑的眼神，"无论何种黑眼圈都需要活血化瘀。醋能够活血化瘀，促进眼周气血运行通畅，蜂蜜能够解毒，还能润泽肌肤，淡化黑眼圈。不过，这只是治标，标本兼治的话还得每日服用三七粉，同时保证充足的睡眠。"

桃夭夭侧耳聆听，朱唇微微闭着，似有所悟，又道："妹妹有什么清心安神的食方没？"

桃夭夭想，万一今日再漫漫长夜无心睡眠，明日痤疮消不掉岂不是误了良缘？为万无一失，遂向晏尺素讨要安眠的食方。

晏尺素沉思了片刻，下了一枚棋子，道："可以将桂圆、莲子加入稷米中煮粥喝，当作晚膳。晚膳切不可多食，以免'胃不和则卧不安'，再度不寐。"

婢女依依插话道："这些食材膳房都备着呢，今晚就给夫人做。"

桃夭夭一副大恩不言谢的模样，正欲离去，转念一想，既然来了，索性多讨要一些食方，看看如何保养这面上的肌肤。

桃夭夭摸了摸自己的脸蛋，快人快语："妹妹有没有什么胭脂水粉可以立马让我的脸肌肤似雪？"

月疏桐漫不经心道："采桑子去年除夕做的猪肤汤啊，喝了保管让你的肌肤吹弹可破。"

晏尺素笑道："攘外必先安内。若要面子好，里子必须好。只有五脏六腑好了，气血畅通，肌肤才会充盈润泽。若你日日熬夜、酗酒纵欲、郁郁寡欢、食肥甘厚腻，就算给你女娲娘娘的神仙水也无济于事。"

桃夭夭哪里听得进去，一门心思想着如何以最美艳动人的姿态与花滋荣幽会。她抓住晏尺素的胳膊摇了摇，央求道："好妹妹，你就赐我一方吧，你说的这些我会照做的。"

晏尺素无奈，有这桃夭夭缠着，自己棋都下不了，都走错了好几步，于是道："把茯苓碾成末，加入蜂蜜，加入适量的水拌匀，每日睡前敷在脸上，一刻钟即可。茯苓是历代医家极力推崇的养生佳品，健脾祛湿，美白肌肤最好不过。我自己用茯苓做了些水粉，得空了给姐姐送过去吧。"

如果是以往，月疏桐听了这话定会琢磨，她会不会也送我一份？如果不送我是不是不在乎我？如今，她不再这样想了，只是望着桃夭夭，笑容可掬道："祝福妹妹如花盛开，蝴蝶自来。"

桃夭夭满意而归。

"玄都阁的桃花开了，闲暇了，记着来赏桃花哦。"

回去后，桃夭夭刻不容缓地煮了黑豆甘草汤喝了，晚上又喝了清心安神的桂圆莲子稷米粥，躺下后果真不消片刻就进入了梦乡。梦里，她看见花滋荣骑着白马，踏着七彩祥云……

翌日，花滋荣说要去山庄各处游玩游玩，花千树怕他再次迷路，让婢女衣上云跟着。花滋荣不依，花千树只得千叮万嘱，有些禁地切不可随便进入，还有独孤及各房住处也不要进入，以免招惹是非。

花滋荣左耳进右耳出，心早就飞到玄都阁了。

桃夭夭怀着无限期许的心情在桃花树下等待着花滋荣。令她无比惊喜的是，照着晏尺素的食方，今早起来痤疮竟全消失了。她又浓妆艳抹一番，痘印也遮住了，一张完美无瑕的脸将会呈现给多情公子花滋荣。

花滋荣如约而至，二人不过惜别了一日，却似隔了三秋，又似失散多年的眷侣，见了面如胶似漆，再不像初遇时的羞羞答答，犹抱琵琶半遮面。

桃夭夭先是为花滋荣请了茶，去了矜持后给他唱了曲子，又给他弹了琵琶，在桃花树下跳了舞。花滋荣摇动桃花树，让桃花纷纷落下，让她的曼妙舞姿与落下的桃花相映成趣。

最后，他们吟诵关于桃花的诗句，谁卡了就罚酒一杯。

关于桃花的诗歌，桃夭夭最喜《诗经》中那句，于是张开她的樱桃小嘴："桃之夭夭，灼灼其华。"

如此美妙的邂逅，花滋荣想到了崔护的那句，朗朗上口道："人面不知何处去，桃花依旧笑春风。"

桃夭夭笑着说此句虽好但不应景、不吉利，她这个人面桃花相映红，永远为花滋荣绽放。花滋荣罚了一杯酒，又说出一句："桃花流水窅然去，别有天地非人间。"

桃夭夭娇笑着说这句甚好，自饮了一杯，也吟出一句："桃花细逐杨花落，黄鸟时兼白鸟飞。"

吟毕，桃夭夭哈哈大笑，说她穿黄衣、他穿白衣，不就是黄鸟兼白鸟嘛。说着她又饮了一杯，醉眼蒙胧道："真想跟你远走高飞。"

说完，桃夭夭身子顺势一瘫，倒在了花滋荣的怀里。

几杯浊物下肚，花滋荣已飘飘欲仙，又有美人在怀，一个怀春少妇，一个多情公子，情投意合，干柴烈火。花滋荣哪经得起这般撩拨，浴火中烧，急不可耐地吻了下去……

晏尺素来玄都阁送胭脂水粉，顺便观赏一下桃花，不料却看到了这一幕。

晏尺素花容失色，浑身颤抖，简直不敢相信自己的眼睛，大吼一声："你们在干什么？！"

如梦中惊醒，如当头棒喝，如从九重云霄坠落，二人吓得面如土灰，大气都不敢出。花滋荣整了整衣冠，狼狈不堪，落荒而逃。

桃夭夭连滚带爬过来跪在晏尺素跟前，语无伦次求饶道："妹妹，求求你，不要告诉侯爷。求求你，不要告诉侯爷。求求你了妹妹……"

晏尺素面有雷霆之色却不知如何发作。

桃夭夭不断摇晃着晏尺素的双腿，苦苦哀求道："妹妹，不，姐姐！只要你不告诉侯爷，我这辈子给姐姐做牛做马，上刀山、下火海，姐姐让我做什么我就做什么！姐姐，求求你了，不要告诉侯爷好不好……"

桃夭夭跪在地上，嗓子都喊哑了。晏尺素冷若冰霜，心乱如麻。

也不知站了多久，晏尺素的双腿都快僵硬麻木了，才重重地说道："光天化日之下干出这等龌龊之事，你还有何颜面去见侯爷？你对得起侯爷、对得起独孤家的列祖列宗吗？"

桃夭夭一边哭泣一边忏悔："我错了，我知道错了！请姐姐也为我想想，我有多么不容易！侯爷口口声声说雨露均沾，可是这一年半载他来我这有几回啊，就算来了也是匆匆而去！侯爷这是要我守活寡啊！"

晏尺素指着桃夭夭的鼻子厉声呵斥道："姐姐真是糊涂啊！女人的名节比性命还重要，你却如此不守妇道！既然敢做为何不敢担？！"

桃夭夭突然癫狂起来，拿起掉在地上的酒壶高高举起，用力一砸，咬牙切齿道："名节，名节！见鬼去吧，名节！凭什么他独孤及可以三妻四妾？凭什么我就不能与意中人欢愉片刻？"

"你——"晏尺素脸色铁青，气得说不出话来。此时与桃夭夭讨论三从四德，无异于对牛弹琴。

"你听候侯爷发落吧！"

晏尺素愤怒转身，桃夭夭一把抱住了她的腿："就算你不为我考虑，你为花千树、为花千树的弟弟考虑考虑吧。如果侯爷知晓此事，我死不足惜，可是花千树是无辜的啊，你忍心眼睁睁看着她被牵连吗？还有花滋荣风华正茂，如果背负这一骂名，以后还怎么苟活于世？况且这事与他无关，都是我勾引他的。姐姐，你大慈大悲，就饶了我这一回。我一定洗心革面，痛改前非……"

晏尺素深深吸了一口气，心终究还是软了下来。

如果将此事公布于众，必然会掀起惊涛巨浪，对究极山庄的名誉是一个重创，对老夫人是一个打击，对独孤及是一个打击，对花千树、花滋荣甚至整个花家将是灭顶打击。因为她深知，独孤及最不能容忍红杏出墙之事。

"我暂不告发你，你好自为之吧。"

桃夭夭骨头散了架似地瘫软在地，如同死去了一般。

桃夭夭还以为此事就此化险为夷、瞒天过海，可她万万没有想到，她与晏尺素的对话被躲在门口的莫离恨与黄时雨全部听了去。晏尺素离开之前，二人匆匆离去。

回到幽篁居，关好门窗，莫离恨与黄时雨在幽暗的灯光下密谈。

莫离恨嘴角露出一丝阴笑："真是天赐良机啊，这出戏太精彩了，太出乎我意料了。"

黄时雨摸不准莫离恨如何应对："夫人有何打算？你会让侯爷知道吗？"

莫离恨脸上的表情神秘莫测："当然会。不过不是我让侯爷知道，而是另有其人。"

"谁？"

莫离恨慢悠悠地搅拌着碗里的银耳莲子羹："这个山庄最见不得花千树好的是谁？"

黄时雨一下子明白过来，脱口道："岳阑珊。"

莫离恨尝了一口莲子羹："今晚的莲子羹真甜啊。"

不愧为莫离恨的心腹，黄时雨很快就洞悉了她的全部心思："让岳阑珊去告发，桃夭夭与花千树就此下台。而桃夭夭误以为是晏尺素言而无信，自是对晏尺素怀恨在心。花千树也免不了对晏尺素耿耿于怀。这真是一箭三雕啊。更妙在于晏尺素知情不报，侯爷定会对她失望。夫人真是高明！假以时日，夫人就会守得云开见月明了。到时，整个究极山庄就是夫人的天下……"

第二日，莫离恨与黄时雨携丰厚的礼品，像幽魂一样悄无声息地闪进了及第舍。

莫离恨轻描淡写，说遇上一左右为难之事拿不定主意，想与岳阑珊商议。在岳阑珊追问之下，莫离恨说出了桃夭夭与花滋荣苟合一事。岳阑珊听了，拍案而起，说这下可逮着机会报花千树的一箭之仇了。她还义愤填膺，说此事天理难容，告诉侯爷是义不容辞的事。

莫离恨脸上笑眯眯的，心里却暗骂，这个岳阑珊，真是一个蠢笨的女人，侯爷当初怎会娶了她。

当日酉时，一场潇潇春雨刚歇下，岳阑珊这个蠢笨的女人就风风火火地走进了缥缈居。

独孤及正在静修堂习练书法，舞文弄墨正酣。有一远道而来的故友因乔迁之喜，向独孤及求一幅字：家和万事兴。独孤及大笔一挥，在铺满案几的宣纸上笔走龙蛇，龙飞凤舞。

照理遇上这事一般人都会遮遮掩掩，岳阑珊却兴冲冲地跑进来，全然不顾独孤及身边还有外人，像发现了什么惊天秘密一样，伸出她的长舌头，一口气把桃夭夭与花滋荣暗通款曲的事一股脑儿说了出来。

独孤及握笔的手瞬间停在了半空中。

故人见独孤及后院起火不免有些尴尬，借故告退。

独孤及的颜面落了一地，尊严也被践踏得支离破碎。那幅"家和万事兴"的书联才刚刚写到"和"字，这真是天大的讽刺。

岳阑珊这才发现之前还有旁人，醒悟过来，知自己莽撞冒失拂了侯爷的面子，立马伏地请罪。

独孤及面色铁青，一场暴风骤雨随时袭来："你所说可是事实？如有半字虚言，拿你是问！"

岳阑珊打了一个寒噤，一向巧舌如簧的她此刻却结结巴巴起来："是，是的。晏……晏……晏尺素，晏妹妹也……也在场。"

独孤及的目光如电闪雷鸣，咄咄逼人，似要把岳阑珊吃了："何时之事？！"

"昨日午时左右。"

昨日午时发生的事，今日酉时晏尺素也不曾来禀报丝毫，她这是要作甚？要姑息养奸吗？还是别有所图？独孤及怒发冲冠，把手中的狼毫狠狠砸在地上，狼毫刹那断成两截，一截飞到岳阑珊的脸上。岳阑珊吓得不停地磕头，喊着"侯爷息怒"。

"来人！"

"是。"南浦匆匆赶来。

"还不快去把桃夭夭、花滋荣给我绑了！"

见岳阑珊还赖在那不走，独居及用厌恶的口吻道："怎么？你还想让我对你论功行赏吗？"

岳阑珊如得大赦一般，狼狈告退。出了缥缈居，岳阑珊寻思着是不是着了莫离恨的道了，好处没捞到，却落得一身不是，惹侯爷一顿骂。不过看在莫离恨送给她白花花的银子、黄灿灿的金子的份上忍了，反正自个也没掉一根毫毛。

南浦携一干彪形大汉以迅雷不及掩耳之势把玄都阁与玉雨轩围了个水泄不通，将桃天夭、花滋荣绑了个结结实实，押入了暴室，等候发落。

桃夭夭以为晏尺素出卖了她，被押走的那一刻，她怨气冲天，怒喊道："晏尺素！你这个下贱胚子，我做鬼也不放过你！"

面对从天而降、气势汹汹的家丁，花千树花容失色，不知发生了什么，死死拖住花滋荣的胳膊，不让家丁把他带走。直到花滋荣亲口承认干下了龌龊之事，花千树才绝望地松了手，猝然倒地……

桃花残，杏花落，满地伤……

桃夭夭与花滋荣被捕一事把究极山庄搅了个天翻地覆，各房惊诧万分，议论纷纷。

安分了数月有余的杨紫陌又蠢蠢欲动了，在院子里幸灾乐祸，拍手称快。她折了一枝牡丹别在发髻上，对重锦说："花开富贵，牡丹最好。此时，侯爷的心情一落千丈，最需要安慰。重锦，明日跟我走一遭缥缈居。"

可不曾想，第二日到了缥缈居，杨紫陌还没说上半句体己话就被独孤及轰了出来……

当黄时雨把这等糗事告知莫离恨时，莫离恨笑弯了腰，直说杨紫陌与岳阑珊一路货色，难怪以前走得很近呢，原是臭味相投啊。又说，你看这个山庄，晏尺素不去，月疏桐不去，连傻傻乎乎的采桑子都知道避讳。老虎屁股摸不得，此时去劝说侯爷，不是吃了豹子胆，就是脑子进了水、猪油蒙了心。

藕香榭，屋子外烟雨蒙蒙，犹如晏尺素心头的愁绪。

东窗事发来得太突然，晏尺素始料不及，百思不得其解，到底是谁走漏了风声？晏尺素正在一针一线为独孤风缝制着袜子，神思却飘到了千里之外，锋利的针冷不丁扎进了手指，鲜红的血渗了出来。

缁衣见了，赶紧过来吸了一下晏尺素的手指，为她包扎，又埋怨又心疼："夫人也真是的，这等粗活交给我们这些下人就好了。你看看，扎着了吧，疼不疼？"

晏尺素丝毫未觉着痛，全神贯注思考着接下来如何应对这错综复杂的局面。

恍惚间，花千树突然闯了进来，一把抓住晏尺素的胳膊哀求道："好妹妹，你帮帮我，替我去侯爷那求求情好不好？"

花滋荣被捕，花千树一个弱女子手足无措，欲哭无泪。她昨夜心急如焚，辗转反侧，一夜都不曾睡好。思前想后，她觉着晏尺素是独孤及最宠爱、最信赖之人，如若晏尺素肯出面，或许还有转圜的余地，不然弟弟只有死路一条。

晏尺素不置可否，沉默不语。

花千树继续哀求，声音嘶哑："劳驾妹妹为我走一趟吧，整个山庄只有妹妹在侯爷面前说得上话了。"

见晏尺素依然无动于衷，花千树放下素日的傲骨，缓缓地跪在了晏尺素面前。花千树虽家世不济，但所求不多，与世无争，入山庄来还从没低三下四求过谁。

"求求你了，好妹妹！花家只有我弟弟这一根独苗，如果滋荣有个三长两短，我怎么向我的父母交代啊！"

晏尺素颔首，望了望花千树憔悴的面庞，那双明眸已经布满了血丝。晏尺素绝非铁石心肠，见死不救，不然就不答应替桃夭夭隐瞒了，她只是在想一个万全之策。

晏尺素扶起花千树，沉重道："花姐姐以为只要我心慈手软就可以息事宁人了吗？你有所不知，之前我替桃夭夭隐瞒了此事，已经惹恼侯爷，如果此时去求侯爷无异于火上浇油，适得其反。"

花千树向晏尺素投去感激的一瞥："妹妹足智多谋，请妹妹想一个法子。"

"为今之计，只有去老夫人那求求情了。"

夕阳西下，晏尺素与花千树迈着沉重的步子，怀着忐忑不安的心走进了蓬壶阆苑。

晏尺素料定老夫人也会为桃夭夭、花滋荣一事心绪不宁、胡思乱想，加之老夫人本来就有消渴之疾，这几日估计也无法睡个安稳觉吧。于是，晏尺素为老夫人做了清心安神粥，用小麦、大枣、甘草与稷米熬成粥，可调理抑郁、缓解紧张压抑的心绪，还可以治疗虚汗，有助于安眠。

二人齐齐跪在老夫人的面前。

晏尺素低低道："这几日老夫人过于烦忧，儿媳特地做了清心安神粥给老夫人端来。"

老夫人不理会晏尺素，指着花千树道："有她在我怎么清心安神？你们花家怎么出了这么一个大逆不道的孽子？"

晏尺素劝道："老夫人息怒，身子要紧。"

花千树伏地请罪："请老夫人开恩！请老夫人开恩！"

老夫人用寿杖重重地捶了捶地，喘着粗气道："你弟弟把整个山庄的脸都丢尽了，你叫我如何开恩呐！"

晏尺素面容沉着，行了一个大礼："老夫人慈悲为怀，常教导我们说，人非圣贤，孰能无过，知错能改，善莫大焉。花滋荣罪有应得，但念在花滋荣年少无知，血气方刚，又看在花姐姐多年侍候侯爷与老夫人的份上，恳请老夫人去侯爷那边说个情，对花滋荣酌情处理，从轻发落。"

本来听了晏尺素合情合理的话，老夫人气消了一大半，想着去缥缈居走一遭。不料花千树失了神智，蓦地抬起头来，替花滋荣辩解道："我弟弟行为端正，定是桃夭夭那狐狸精勾引他的！"

老夫人一听花千树把罪责全部推到独孤家的媳妇身上来，勃然大怒："一个巴掌拍不响！他犯下如此滔天大罪，你还有理了？我看你跟你弟弟一样，恬不知耻！真是岂有此理！岂有此……"

说着说着，老夫人急火攻心，一口气上不来，晕倒在地。

众人大惊，七手八脚把老夫人扶起来。

晏尺素冲上去，用力掐住老夫人的人中，须臾，老夫人醒了过来。晏尺素又让缁衣速速喂了老夫人清心安神粥，老夫人的脸色才恢复了红润。

众人长长地舒了一口气，晏尺素也如释重负，不过向老夫人求情之事就这样半途而废。老夫人被众人搀扶着移到了床榻上，众人陆续散去。

出了蓬壶阆苑，晏尺素见花千树去的方向并非玉雨轩，关切地问道："花姐姐此时去哪儿？"

花千树绝望的眼神中有几分决绝："既然无人可怜我，我只有自己去求侯爷了。"

晏尺素心猛地一紧，好言相劝："侯爷此刻正在气头上，最不愿意见到的就是你。姐姐此时撞进去无异于以卵击石，飞蛾扑火。"

花千树一副视死如归、大义凛然的模样："比起我弟弟的性命，我这点薄面不值得一提！我会不惜一切保我弟弟周全。我心意已决，妹妹不用再劝。"

晏尺素忧虑重重却又无可奈何，只能善意提醒道："既如此，望姐姐察言观色，谨言慎行，切不可意气用事。"

花千树说了一句"多谢"，头也不回，大踏步朝缥缈居走去。

晏尺素思忖片刻，也没有回藕香榭，而是跟在花千树后面，打算见机行事。

远远地就望见花千树与独孤及的侍卫南浦在缥缈居的门口纠缠不清，二人推推搡搡。晏尺素料定花千树会被南浦挡了去路，心想，要是南浦能够让她知难而退，未尝不是一件好事。

南浦恩威并施，终究还是没有阻止花千树面见独孤及的决心。

花千树冲进了缥缈居，晏尺素却停下了脚步。

独孤及的内心隐秘之处有一个最大的念头，那就是对女人霸占式的占有欲。属于他的女子是绝对不允许有任何私情，就算这个女人他食之无味、弃之可惜，比如像桃夭夭这样，他也苛求她完全属于他，不准许任何其他男子侵犯。江晚照除外，因为自始至终她就没属于过他。

可想而知，花千树进去没多久，就被两个精壮的家丁硬生生地拖了出来。她挣扎着，大呼小叫着，但无济于事。花千树被家丁重重地扔在缥缈居的门口，她爬起来又冲上去，又被家丁扔了出来。如此反复数次，花千树精疲力竭。

花千树慢慢转过身子，垂着头，摇摇晃晃地向晏尺素这边走过来。

晏尺素想，这下撞了南墙该死心了吧。不料，花千树并未走向晏尺素，而是半途中突然转身，对着缥缈居的大门跪了下来。

晏尺素重重地叹了一口气，觉着花千树的心性太过于刚烈极端，已经钻进了牛角尖不愿意出来。

晏尺素快步走过去，示意缁衣一起把花千树拉起来，可花千树死活不肯起来。

晏尺素也不免有些气恼，语气重了些："姐姐糊涂！你不见大江大河总要历经曲折才能汇入辽阔的大海吗？人生很多事没有捷径，总需要弯弯绕绕才能成就。侯爷此时强硬是毋庸置疑的，姐姐却也如此强硬，以姐姐的强硬去对抗侯爷的强硬，吃亏的是谁呢？姐姐何不退一步海阔天空呢？"

花千树无言以对。她知道晏尺素忠言逆耳，可是她做不到。

沉默了良久，花千树才有气无力道："妹妹冰雪聪慧，我自不能比。我只认准一条道，侯爷总要出来的，如果侯爷不出来，我就跪死这里，以我的命换取我弟弟的命。"

多说无益，晏尺素也好话说尽，花千树是好是歹听天由命。天色已晚，夜幕悄然笼罩大地。缁衣在一旁催促着晏尺素早点回去，说独孤风此刻正眼巴巴地望着母亲归来呢，如让他等焦急了会哭闹的。

一边心疼风儿，一边又放不下花千树，晏尺素五味杂陈，怀着复杂的心绪，一步三回头地离开了。

月如钩，几缕淡云挂在天空，整个山庄死一般沉寂。

清冷的月光照在花千树苍白的脸上，花千树如一截枯木跪在那里，纹丝不动。已经跪了两个多时辰，花千树双腿已经麻木，她抬头望了望夜空，月色如此美好，可自己却如此凄凉无助。她忆起，独孤及也曾在月光中的梨花树下为她吹笛到天明。原以为他与其他的王侯将相有所不同，到头来还不是天下乌鸦一般黑，对她的生死置若罔闻，冷酷无情。

晏尺素哄睡了独孤风后，无心入睡，在缁衣的陪同下，二人提着灯笼，来缥缈居一看究竟。

远远地就看见花千树冷冷幽幽的背影，晏尺素心生无限怜悯，她知道花千树是不会走的，她亦知道独孤及也不会让步的，他的性子固执起来像一头牛。两人如此僵持要到何时？晏尺素觉着不能再袖手旁观了。

晏尺素让缁衣取掉她所有的头饰，披散着头发，又脱掉靴子，踩着冰冷的台阶，走进了缥缈居。

已是子时，独孤及胡乱翻阅着古籍，内心烦闷不堪。晏尺素如幽灵一般突然到来，让他着实吃惊不小。

晏尺素迈着三寸金莲，一步一缓，走至独孤及跟前，徐徐俯下身子，双膝跪地。

"妾身有罪，请侯爷责罚。"

若要扭转独孤及对花千树的态度，必须以柔克刚，独孤及越刚，她就要越柔。这是她决定进入缥缈居替花千树求情所采取的策略。

独孤及见晏尺素楚楚可怜的模样，虽有怜香惜玉之情，但知她是为花千树而来，又对她隐瞒桃夭夭一事耿耿于怀，于是没声好气道："你何罪之有？如果是为花千树说情而来，你还是回去吧。"

晏尺素双手触地，行叩首之礼："那日撞见桃夭夭与花滋荣苟且之事，本应及时禀报侯爷，只怪妾身经不起桃夭夭的苦苦哀求，妇人之仁，优柔寡断，所以妾身有罪。"

通过南浦，晏尺素已经知情，向独孤及告发的是及第舍的岳阑珊。晏尺素估摸着，岳阑珊是碰巧偷听到了她与桃夭夭之间的谈话。

独孤及头也不抬："你为何不禀告？难道你也认同如此龌龊之事？还是你拿了她什么好处？抑或你也有此想法？"

独孤及最后一问咄咄逼人，险些让晏尺素乱了阵脚，好在她俯首，独孤及看不到她的表情。晏尺素避开独孤及的锋芒，不紧不慢道："侯爷身后挂了一幅匾额，题曰：上善若水。这几日妾身面壁思过，一直在思索这水的品格到底如何？它不争，它利万物，它更包容一切，接纳一切，任何污秽它都能洗涤洁净。人无完人，金无赤足。智者千虑，必有一失，何况我等皆是凡夫俗子，一生所犯下的错误如天上的星辰。如若就凭一时的错误就抹掉此前的所有，未免失之偏颇。一日夫妻百日恩，望侯爷念在夫妻情分上行上善若水包容之道。"

晏尺素口吐莲花，<u>丝丝入扣</u>，切中肯綮，句句在理。这番温柔如水的言论妙就妙在既承认了自己的过失，又含蓄委婉道明了你我皆凡人，有过失情有可原。另外，晏尺素没有说让独孤及原谅花千树，也没有说让独孤及原谅自己，很好地照顾了他的颜面。独孤及不是愚痴之人，自然领会了她话中的深意。

独孤及果然变得温情起来，似责怪又心疼道："虽说是春日，但深夜赤着脚就不怕冻坏身子吗？"

听独孤及的口气，晏尺素料到他已气消了大半，于是道："春三月，当披发缓行，广步于庭。"

独孤及走下来，扶起晏尺素："既是广步于庭，还跪着作甚。"

"是。"

晏尺素应着，袅袅娜娜起身。独孤及见她即便披发缓行，白衣素裹，无任何雕饰也依然仪态万千，心里不免又升腾出种种柔情。

"放眼望去，整个山庄就你一人每每说话都能说到我的心坎上。"

独孤及说着，情不自禁把手轻轻搭在晏尺素的肩上。

晏尺素见时机已到，屈身道："夜已深，花姐姐还在门口跪着。"

独孤及仰面长叹："去吧，去把她领回去。桃夭夭和花滋荣的事我会酌情处理。"

晏尺素告退，优雅转身。独孤及见晏尺素一头乌发如飞瀑般滑过，不禁怦然心动。

不日后，对桃夭夭、花滋荣二人的处罚消息从缥缈居传出：桃夭夭杖责三十大板，永远禁足玄都阁；花滋荣杖责五十大板，逐出究极山庄。花千树也受连带责任，停发例钱三个月。

消息一出，山庄上下又炸开了锅，各房众说纷纭，褒贬不一。长舌妇岳阑珊一边嗑着瓜子一边说侯爷太心慈手软，处罚得太轻。月疏桐则扼腕叹息，桃夭夭一失足成千古恨，她这一辈子再无出头之日。采桑子为桃夭夭、花滋荣庆幸，无论如何保住了身家性命。莫离恨不过是冷笑，与她争夺荣宠的对手倒台了，怎么说也是一件值得庆贺之事，而她却知道远远未到庆祝之时。

花千树听到这消息，重重地坐在椅子上，这几日悬着的心总算可以安稳了。打板子就打板子吧，只要性命保住了就好，留得青山在，不怕没柴烧。

行刑之前，晏尺素亲自去玉雨轩走了一遭。晏尺素给花千树送去了一些三七，嘱咐她用三七熬好汤，让桃夭夭、花滋荣在行刑半个时辰前服下，这样可以大大减轻皮肉之苦，还能促进伤口的愈合；如果不服，三五个月伤口未必能够好转。这三七粉最善化瘀血，消肿止痛，跌打损伤用它是不二之选。

花千树感激万分，频频点头，说晏尺素对她姐弟俩的大恩大德她没齿难忘。

行刑时，山庄来围观者里外三层，骄阳悬挂于天空，把众人眼睛刺得都睁不开。烈日灼心，桃夭夭与花滋荣像待宰的羔羊，被人按在刑台上动弹不得。二人趴在刑台上，两两相望，千言万语无从说起。

花千树花银子打点了相关人等，想让二人服下三七熬制成的汤药。花千树自然对桃夭夭恨之入骨，原本不想给她服用，又恐辜负了晏尺素的心意，才极不情愿地把汤药分成两份。

谁知花滋荣还挺有傲骨，说堂堂七尺男儿挨几下板子算得了什么，坚决不服汤药。他让花千树把他的汤药一起给了桃夭夭，说她一弱女子经不起这般折腾，君子风度十足。花千树苦口婆心说干了口舌也无济于事，只好作罢。她在心里祈求神仙垂怜，护佑她弟弟安然无恙。

桃夭夭呢，感动万分，又悔恨不已，只因一个放浪的念头竟遭如此横祸。桃夭夭含泪服下汤药。

人算不如天算。桃夭夭是个弱女子，又是山庄的夫人，行刑人员自然三分真打、七分假打。一顿板子下来，她虽不省人事，但气息尚在，性命无虞。

花滋荣呢，外来的小伙子，血气方刚，行刑人员则毫不留情，扎扎实实的板子如石头一般落在花滋荣屁股上，力度不但不减反而加重了，全然不顾花滋荣仅仅是一个手无缚鸡之力的白面书生。花滋荣也确实有骨气，咬紧牙关，一声不吭，最后奄奄一息，一顿板子下来竟然就这样去了。

全场大乱，行刑人员溜之大吉，来凑热闹的岳阑珊也吓得一惊一乍的，喊着"死人了""死人了"，然后跑了。

花千树则疯了一般扑过去，号啕大哭起来。那哭声响彻云霄，撕心裂肺。

身在藕香榭的晏尺素也隐约听到了花千树的哭声，一种不祥的预感袭来……

屋漏偏逢连夜雨，这边花滋荣尸骨未寒，那边花家也悲剧连连。花千树的父亲听到儿子暴毙，真心痛突然发作，吐血而亡。花千树母亲见花家唯一的独苗花滋荣死了，相守相依的老伴也死了，一时想不开，也一头撞死在柱子上。

噩耗传来，山庄无不震惊，花千树更是悲痛欲绝，恨不能一头扎进究极湖，再也不要上来。

连一向与花千树不睦的岳阑珊也唏嘘不已，觉得老天爷对花家太惨绝人寰了一点。花千树到底做了什么孽啊，怎遭如此报应……

至此，花千树整日闭门不出，把所有的下人统统赶走了，一个人如活死人一般。

可是，她还不想死，她要苟延残喘，她要为花家复仇。所有的爱瞬间转变成恨，此仇不共戴天，如滔滔血海，她将矛头指向一个人，那就是独孤及。

所有的痛都是独孤及赐予的！

缥缈居。

独孤及一只手撑着额头，表情痛苦不堪。这几日接二连三的变故让他郁郁寡欢到了极点，寝食难安，每每入梦都是花千树张牙舞爪地扑向自己。不觉间他患了头风病，发作起来，头疼欲裂。

他愧疚，自知对不住花千树，可事已至此，该如何弥补花千树支离破碎的心？

南浦拿来几颗九九归一益元丸，独孤及勉强吞下。他可以不思茶饭，但这九九归一益元丸雷打不动，无论发生什么都坚持下来了。还多亏了这益元丸，维持着他这几日的气力。

听说独孤及得了头疾，山庄各房纷纷前来探望，齐聚缥缈居，都声称自己带来了可以治疗独孤及头疾的药膳。

山庄祸事接踵而至，各房妾室不敢造次，都毕恭毕敬地站在那，不像往日那般有说有笑，一个个面色凝重，诚惶诚恐。

独孤及来回踱着步子，一会儿看看这个，一会儿看看那个。

"几日不见当刮目相看啊，个个都成了养生大家，都说能够治疗我的头疾。你们可知我的头疾因何而起？"

各房妾室都默不作声。此刻就算有人知道也不会站出来回答，哪怕是晏尺素。

南浦引着从外面请来的大夫匆匆赶到。

一番望闻问切之后，大夫欲为独孤及开方。独孤及一摆手："不急，你先给我看看她们手中的药膳，哪个能够治疗我的头疾？"

岳阑珊离大夫最近，当仁不让第一个站了出来，满脸堆笑："有劳大夫先看看我的吧，我带来的是山药陈皮粥。"

大夫小心翼翼地打开食盒，见药膳里有陈皮、山药、法半夏，摇了摇头："这粥虽然可以治疗头疾，但只能治疗痰湿引发的头疾，不适合侯爷。"

岳阑珊很是失望，不甘心："大夫，你再仔细看看，我可是准备了一个晚上呢。"

独孤及打断岳阑珊的话："不用看了，下一个。"

采桑子往前挪了挪脚步，表情也收敛了很多，不似以往那般明媚，怯怯道："我的是生姜葱白粥。"

婢女月来把食盒捧至大夫跟前，大夫看也没看，摆手道："你的粥只适合风寒头痛。"

莫离恨缓缓走上前去，自信满满："痛则不通，头痛是因为经络不通有瘀血所致。妾身给侯爷带来了三七月季花粥，三七活血化瘀，月季花行气开郁。妾身曾经有一阵子也是莫名头疼，就用此粥调理好的。侯爷不妨一试？"

大夫依然摇了摇头："瘀血头痛的位置比较固定，疼起来像针扎一般。可惜侯爷的头痛并非如此。"

虽得到了否决，但莫离恨面不改色，彬彬有礼道："妾身技艺不精，侯爷见笑了。"

月疏桐不说话，只是打开了食盒，一股红枣的香味扑鼻而来。大夫定睛一看，只见粥里有花生衣、红枣、枸杞子，便道："你这是用来治疗血虚头痛的。血虚头痛的疼痛不是很剧烈，但绵绵不绝，若有若无。"

月疏桐抱歉地笑了笑，退了下去。

轮到杨紫陌了，她一副胸有成竹的样子，心想，我隔三岔五就头痛，与侯爷感同身受，同病相怜，我的这款药膳自己用了屡试不爽，八成也适合侯爷。

杨紫陌趾高气扬道："妾身给侯爷精心准备了夏枯草决明子菊花粥。"

大夫注视了良久，抬起头，颇为遗憾地说："还差一点。这款食方可以调理肝胆火旺导致的头痛。这种头痛发作起来比较猛烈，通常发生在头部两侧，与侯爷的头痛并不完全吻合。"

杨紫陌立马垂头丧气。

只剩晏尺素一人，众人都把目光集中在她身上。如果连晏尺素做的药膳也不对症的话，那独孤及就要大失所望了。

大夫只瞧了一眼便露出久违的笑容，大声道："天麻钩藤粥，此粥正适合侯爷的头痛！"

独孤及很满意地看了一眼晏尺素，又问大夫："愿闻其详。"

"侯爷所患头疾是肝阳上亢引发，发作时疼痛的地方在头顶。这位夫人做的药膳有天麻、钩藤、白芍、川芎，正好可以平肝息风，柔肝活血，缓急止痛。"

未了，大夫还特意赞美晏尺素一番："夫人真是女中扁鹊，药膳中的配伍毫无破绽，令老夫佩服。"

晏尺素浅浅一笑，作揖道："班门弄斧了。"

独孤及眉头稍稍舒展，当众感叹道："知我者，晏尺素也。"

众人免不了都来夸赞一下晏尺素的手艺，唯有杨紫陌别过脸去，鼻子哼哼，满脸的不服气。

正说着呢，老太太在暮云的搀扶下，步履蹒跚而来。山庄接二连三出现变故，老夫人也深受打击，皱纹又多了许多，越发老态龙钟了。

老夫人此番前来是规劝独孤及多去玉雨轩安慰安慰花千树，怕花千树想不开再有个三长两短……

独孤及又何尝不是这样盘算的呢？只是他太过于愧疚，都没找着合适的借口去探望她，也没有足够的勇气去面对花千树那张爱恨交织的脸。

选时不如撞时，既然老夫人说到这份上了，不如此刻就动身前往。

于是，独孤及咳嗽了一下，郑重其事道："谁愿意去玉雨轩探望花千树就跟我来。"

独孤及都发话了，谁敢不从？何况无论出于何种心态，同情也好，好奇也罢，都该去瞧一瞧花千树这个活死人了。

一干人等尾随老夫人、独孤及浩浩荡荡前往玉雨轩，其排场之大，山庄前所未有。独孤及还特地准备了诸多贵重礼物。岳阑珊又不免眼红，心中直叹祸兮福兮，花千树免不了日后要得到侯爷的特别眷顾了。

来到玉雨轩，众人唏嘘不已，本是万紫千红的春天，玉雨轩却满目疮痍，毫无生气。没了下人的拾掇与打扫，院子一片狼藉，各种残枝败叶散乱一地，还时不时有老鼠来回肆无忌惮地穿梭。

晏尺素见此凄凉景致，心中一阵发紧。

再见到花千树时，众人更是吃惊不小。只见花千树披头散发，蓬头垢面，衣冠不整，似乎从花滋荣出事后就没梳洗过。

见花千树人不人鬼不鬼的模样，素来怯弱的采桑子吓得后退了好几步，后又赶紧躲在晏尺素的身后，只是探出头去看花千树。

岳阑珊的表情也十分惊愕，这与死人有何区别？

这么多人涌进屋子，花千树却没有丝毫反应，自顾自地饮着酒。

"千树啊，你就想开点吧。人死不能复生，你再难过也没有用，日子还得过啊。不要怪侯爷，他也只是按部就班，对花滋荣的处置已是法外开恩。谁能料到会发生这样的事。"

老夫人率先开了口，言语中有不安、有歉意，也只是远远地望着，不敢靠近花千树。

花千树一言不发，散乱的头发布满了尘埃，垂下来，遮住了她恐怖的脸。

独孤及想安慰她，却不知如何开口，怎么也不敢相信，眼前这个如老妪一般的女人曾经如花似玉，与自己朝夕相处。

晏尺素也满心伤怀，却并不恐惧花千树，向前走了几步，心中虽有千言万语却只能说："姐姐，节哀吧。"

杨紫陌不肯上前一步，唯恐沾了晦气："唉！这都是命。妹妹还是认命吧。"

岳阑珊倾斜了身子，假模假样道："是呀，还有我们陪着你呢。"

采桑子瑟瑟发抖，缩着肩膀，始终不敢言语。

月疏桐见花千树这般模样，马上想到了自己。人生无常，这深宅大院处处心机，谁能料到下一步会发生什么，花千树这样的飞来横祸会不会有一日突然落到自己头上？月疏桐也只是用充满哀怜的目光看着花千树，并不言语。

莫离恨倒面无惧色，竟然大大方方走到了花千树跟前："妹妹，你这几日可好？老夫人、侯爷来看你了。"

花千树终于开口了，声音嘶哑得如同来自地狱一般："侯爷，过来，我敬你一杯酒。"

花千树的声音如此瘆人，众人不知她是何意，面面相觑。老夫人唯恐不测，攥紧了独孤及的衣袖，暗示他不要过去。

独孤及并不害怕花千树，只是不知如何面对，既然花千树这么说了，他就大步走了过去。是福不是祸，是祸躲不过。

独孤及在花千树的对面坐了下来，想看一看她的脸，花千树的头发却把整张脸遮住了，只露出那如死鱼一般的眼睛。

"侯爷稍后，我去给你拿酒杯。"

说着，花千树起身，身子轻飘飘的，如鬼魅一般闪进了内室，须臾又飘了出来。

花千树给独孤及斟了一杯酒："这杯酒敬我们的夫妻之情。"

独孤及迟迟不肯举杯，花千树幽幽道："怎么？怕有毒？"

说完，花千树把独孤及面前的那杯酒拿过来一饮而尽，又给独孤及重新斟了一杯。

独孤及举起酒杯，脸上的愁绪千丝万缕，沉重道："千树，对不住了，想不到花滋……"

"花滋荣"三个字还未出口，花千树面露狰狞之色，狂笑了几声，突然从衣袖里掏出一锋利无比的簪子，以迅雷不及掩耳之势，用尽全身的力气，向独孤及的胸口刺了过去……

全场大乱，尖叫声彼此起伏，老夫人更是险些栽倒，面如土灰。

说时迟，那时快，千钧一发之际，晏尺素不顾一切地扑了过去。那尖利无比的簪子刺中了晏尺素的额际，鲜血汩汩而出……

众人这才反应过来，冲上去，七手八脚把花千树拿下。

而晏尺素重重跌倒在地上，头着地，晕死过去。

独孤及抱着晏尺素疯了一般冲向了屋外……

藕香榭。

已是半夜三更，晏尺素已经在病榻上昏迷了七八个时辰，此刻依然双目紧闭，丝毫没有要醒来的迹象。

大夫说，致使晏尺素不省人事的是脑府的瘀血，只有瘀血慢慢化开了她才会苏醒。好在晏尺素素日注重摄生，身体正气充足，正气存内，邪不可干，晏尺素身体内的这股浩然正气正在不遗余力地冲破她脑府的瘀血。

晏尺素的额际被花千树的簪子严重刺伤，留下一个闪电形的伤口，约莫二寸。大夫给晏尺素上了药，包扎好，说即便痊愈也会或多或少留下伤痕，影响面部美观。

大夫还说，晏尺素醒来后会落下一些病根，诸如头晕、头痛、善忘等，这依然是脑府残存的瘀血所致，需要汤药或者食方精心调理，假以时日终会恢复如初。

独孤及赏赐了大夫诸多贵重珍惜之物，说要不惜一切代价保晏尺素周全。晏尺素这次挺身而出，全然是为了他，独孤及感动得无以复加，无法用任何辞藻来描绘他的心情。

独孤及坐在床榻边，一只手紧紧握着晏尺素的手，一刻都不曾松开，内心的浓浓爱意源源不断地通过五指传递给晏尺素。他的神色焦虑而凝重，他的眸子一眨也不眨地盯着晏尺素如雪一般的面庞。

独孤及在心中呼唤着："素儿，你快点醒来吧。"

守护在晏尺素身边的还有缁衣，缁衣都哭成了泪人，在佛龛点燃了好多香，行五体投地跪拜大礼，不断祈求说愿意用自己的性命换取晏尺素的性命。这份主仆深情被月疏桐看在眼里，唏嘘不已，感叹晏尺素人缘太好，如若自己拥有她的一成也就心满意足了。她的婢女抹微会在她危难时刻像缁衣这般忠心耿耿吗？她毫无把握。

山庄女眷除老夫人年老体衰回蓬壶阆苑歇息外，其他各房都守在藕香榭。独孤及不离开，无论出于何种目的，她们都不敢离开一步。只是杨紫陌与岳阑珊二人实在抵抗不了瞌睡虫的袭击，歪在椅子上呼呼大睡，岳阑珊还打起了呼噜，响起了轻微的鼾声。好在她们只是在藕香榭的堂屋，要是在晏尺素的闺阁，非让独孤及轰走不可。

晏尺素此次舍身救人，在究极山庄被奉为美谈。各房除了心悦诚服之外，心思也有细微差别。莫离恨看到的是，以后独孤及会更加宠爱晏尺素了，她的劲敌越来越强大，越来越难对付。但是若真要她像晏尺素一样替独孤及挡那一刺，她还真没有勇气，所以只能在心里叹服晏尺素真狠得下心。

杨紫陌、岳阑珊则把目光集中在晏尺素额际上的伤口，心想，若她这张脸毁了，即便她再贤良淑德，独孤及最终也会冷落她。她们认为，男人不看脸，除非太阳从西边出来，更何况独孤及生来风流成性。所以，杨紫陌表面上哀哀戚戚的，心里却巴不得这样呢，不用她出手，天助她也。

鸡叫声传来，莫离恨去膳房热了热粥，轻手轻脚地端到了独孤及面前。

"侯爷，天都快亮了，喝点粥暖暖身子吧。"

独孤及看也不看一眼莫离恨，回绝道："不吃，哪吃得下。素儿生死未卜，哪有心思饭食。"

莫离恨见独孤及握着晏尺素的手，那般痴情模样，心里很不是滋味。莫离恨也不勉强，多说无益，端着粥，悻悻地走开了。

东方已经泛出了鱼肚白，独孤及问缁衣："什么时辰了？"

缁衣忙道："刚刚到了卯时。"

按照大夫的估计，卯时晏尺素该是要醒了，这也是寻常人早起的时刻。此时大肠经当令，大肠加速蠕动，促使人从睡梦中醒来。

又等了一段时间，卯时已过了一大半，晏尺素的双唇闭得紧紧的，身子也依然纹丝未动。独孤及越发焦灼不堪了，忍不住呼出了声："素儿，醒醒。素儿，醒醒。"

缁衣也在心中一遍又一遍默念道："辰光，你慢些走吧。夫人，你快些醒来吧。"

听到独孤及的呼声，众人以为晏尺素醒了，忙不迭跑过去。采桑子手忙脚乱，绊倒了一张凳子。杨紫陌、岳阑珊二人听到响动，也睁开迷迷糊糊的双眼，揉了揉，跟着跑了过去。

"醒了吗？醒了吗？"

采桑子有些兴奋，大呼小叫着，跑过去一看晏尺素依然如故，又不免大失所望，垂头丧气。

刹那间，莫离恨心中生出一个歹念，要是晏尺素永远醒不过来那该多好。可是，怎样才能让她神不知鬼不觉地永远瞑目呢？

月疏桐轻轻地宽了宽独孤及的心："尺素妹妹积善累德，福报甚深，定会吉人天相，化险为夷。侯爷不必过于担忧。"

杨紫陌打了一个哈欠，漫不经心道："是呀，是呀。晏妹妹素来与人为善，助人为乐，老天爷一定会保佑她平安无事的。"

少顷，缁衣抱来了独孤风，企图让独孤风唤醒晏尺素。

"少爷，快叫娘，快叫娘。"

独孤风虽咿呀学语，还不能完整地说出一句话，但在晏尺素的悉心教导下，已经可以叫爹唤娘了。

独孤风一双乌黑透亮的大眼睛忽闪忽闪的，一会儿看看缁衣，一会儿看看独孤及，一会儿看看晏尺素，似乎明白了什么，最后把目光定格在晏尺素的脸上。

独孤风叫了起来："娘——"

多么熟悉的呼唤啊！晏尺素隐隐约约听到有人在叫她，用尽全身的力气，终于睁开了眼睛。

"风儿。"

晏尺素也用微弱的声音唤了一下独孤风，余光中却见守了她一夜不曾眨眼的独孤及喜极而泣。

见晏尺素挺过了生死攸关的时刻，众人也舒了一口气，纷纷前去说一些暖心窝子的话。须臾，独孤及以晏尺素需要休息为由，遣散了各房，只剩他一人作陪。

独孤及一勺一勺地喂晏尺素食粥。晏尺素挣扎着要起身，被独孤及温柔地制止。

"这是稷米粥的粥油。缃衣说你平日经常用稷米粥的粥油为风儿补养身子，自己却舍不得喝。今日你就尝尝这美味的稷米粥的粥油吧。"

晏尺素慢慢道："是的。稷米粥的粥油大补气血，最适合脾胃虚弱及大病初愈之人。"

独孤及微微笑道，眼里充满无尽的爱抚："难不成比你给我制作的九九归一益元丸还好吗？"

半碗粥油下去，晏尺素唇色渐渐红润："各有千秋。益元丸更适合富庶人家，而稷米粥的粥油更适合寻常百姓。"

独孤及轻轻刮了一下晏尺素的鼻子："我还听缃衣说，你用这稷米粥的粥油治好了风儿的拉肚子呢。"

晏尺素呼吸匀称起来，声音也大了些："这稷米粥不仅能够治疗小儿腹泻，还能缓解大便秘结。"

独孤及又摸了摸晏尺素额头上的伤口："一说起摄生来呀，你就头头是道。"

晏尺素莞尔一笑，不再说话。虽然面色苍白，但独孤及丝毫不觉那影响她的笑容，依然那般妖媚动人。

如有微微的春风拂过独孤及的面庞："素儿，你怎么那么傻呢？不要命似的。"

晏尺素避开了这个话题，转而问："花姐姐如何了？"

独孤及抬起头来，面色有些凝重："暂且禁足在玉雨轩，门口安排了守卫。"

晏尺素有些着急道："不要怪花姐姐好吗？花姐姐真是太可怜了，家破人亡，遭受如此致命打击，换作谁都会有一些极端情绪的。过些日子，妾身再去劝她一劝。"

独孤及又捏了捏晏尺素的耳朵："就我的素儿菩萨心肠。她都把素儿伤成这样了，你还替她说话。不过啊，素儿现在是病人，素儿说如何处置就如何处置，一切听素儿的。"

独孤及一口一个"素儿"，听得旁边的缃衣忍不住抿嘴笑。

晏尺素心里也暖阳普照。

在藕香榭悉心调养了六七日，晏尺素的身子没有大碍了，活动自如，除了额际上留下些伤痕外，其他完好如初。除了按时服用大夫的汤药外，晏尺素自己也每日熬三七稷米粥喝，因为这三七最善除脑部的瘀血。汤药、食疗双管齐下，加速了晏尺素的康复。

至于额际上的伤痕，起初对镜一观，洁白无瑕的面庞上突然多出这一道伤痕确实有些触目惊心。独孤及虽口口声声说不在乎，但晏尺素明白，哪有不在乎的，看久了自然会有些生厌的。可是，这伤痕一时半会是消不掉的，如何是好呢？

晏尺素别出心裁，在伤痕处描了一朵莲花，瞬间化腐朽为神奇，那朵莲花为晏尺素整张脸增添了无穷的魅力。独孤及看了赞不绝口，喜悦之情洋溢于表，情不能自已，当着缃衣的面，俯身亲了一下晏尺素额际上那朵莲花。缃衣羞得捂住脸跑开了。

想看晏尺素笑话的杨紫陌心里十分失望，只能在心里暗骂晏尺素这个狐狸精狐媚法子一个又一个。她又想，原来侯爷喜欢这个调调啊。于是东施效颦，杨紫陌也在额头上描了一朵花，不过不是莲花，而是牡丹花。

重锦拿着铜镜给杨紫陌看，一边谄媚道："有了这朵牡丹，夫人真是国色天香、光彩照人，比起晏尺素那朵莲花要雍容华贵、妖娆美艳多了。"

杨紫陌喜不自禁，为了招摇显摆，携各房姐妹一起去探望晏尺素。

莫离恨看了杨紫陌额头上那朵俗不可耐的大红牡丹，心里笑掉了大牙，嘴上却极力恭维："唯有牡丹真国色，姐姐额上的牡丹犹如神来之笔，画龙点睛。"

月疏桐用丝巾掩面偷笑，不置褒贬。采桑子直言不讳，说不如晏尺素的莲花好看，晏尺素的莲花是锦上添花，杨紫陌的牡丹是画蛇添足。与杨紫陌有了隔阂的岳阑珊只说两个都好看，各有各的风姿。

用脚后跟想想也知道，独孤及看了杨紫陌的牡丹妆是何种神情了。他厌恶至极，世上竟还有这等庸脂俗粉。

又过了三五日，独孤及愁眉不展，提及山庄连续变故有诸多晦气，想约众妾室去山庄后山踏青郊游，去一去身上的阴霾，问晏尺素意下如何。晏尺素自然举手赞同，说趁暮春时节尚有各色野菜可挖，多采摘一些回来，既可烹制美味又可入药，岂不妙哉。一说到与摄生食方有关的话题，晏尺素总是津津乐道，兴趣盎然。

独孤及临走时，晏尺素面有犹豫之色，问了一句："可否带上花千树？"

独孤及对晏尺素粲然一笑："素儿觉得妥当就可以，还要看花千树的心性是否转变。"

晏尺素报以嫣然一笑："那是自然，明日妾身去玉雨轩走一趟。"

翌日，晏尺素与缁衣前往玉雨轩。这次，晏尺素给花千树带了逍遥散。这逍遥散上回调理好了月疏桐的倒经。花千树遭遇接二连三的打击，必然会积郁成疾，这逍遥散正适合她疏肝解郁。

进了玉雨轩的院子，晏尺素没有即刻去屋子里打扰花千树，而是与缁衣拿起扫帚清扫起院子来。清扫完院子，她又把院子各种杂物归置了一番，将院子的花花草草修剪了一番。大约花了一个多时辰，玉雨轩立马焕然一新，恢复了不少生机。

花千树听到响动，走出屋子，目睹了这一切。

花千树也没有打搅她们，只是静静地看着，心中像打翻了五味瓶，酸甜苦辣咸一齐涌上心头。照理，自己所遭受的一连串的厄运与晏尺素无关，而晏尺素还为自己求情，有恩于自己，可是她却平白无故地遭受自己狠狠一刺。幸好没有刺中要害部位，如眼睛、脖子，不然后果……

花千树不敢想下去了。那日疯狂之后，积压在心中如火山、地震般的郁怒得到宣泄，花千树暂时恢复了平静，只是内心的悲伤如长江之水奔腾不息，永远也流不尽。

花千树依然没有妆容。身陷囹圄，被禁足在这寂寞庭院，装扮又给谁看呢？她面容憔悴，依然披头散发，只是不再似往日人不人鬼不鬼的模样，头发没有再遮住面庞，一律齐整地垂于脑后。

晏尺素正襟危坐在花千树的对面。

因为有前车之鉴，缁衣则直直地立在一旁，全神贯注地盯着花千树的一举一动。只要花千树稍有妄动，她就会毫不犹豫地扑过去，像上次晏尺素救独孤及那样。

还是晏尺素先开了口："花姐姐近来可好些？"

　　花千树面无表情，声音低沉："生无可望，了无生趣，好不好又如何？倒是妹妹你，少来我这为好，以免沾了晦气。"

　　晏尺素递给花千树一个用鹅黄绸缎包裹好的匣子："今日妹妹特地来为姐姐送些膏子药，以疏解姐姐的郁结之气。"

　　花千树嘴角微微抽搐了一下："妹妹还是别把心思枉费在我身上，我这种人死不足惜，死了更好，早死早超生。"

　　晏尺素知花千树说的是气话，能够说气话说明还生有可恋，淡淡一笑："姐姐此言差矣。即便姐姐现在死去，下辈子还得轮回完成这辈子未完成的使命。人身难得，中土难生，今生不向此生度，更向何生度此生。"

　　花千树苦笑："姐姐愚钝，并不知如何度此生。"

　　晏尺素眉毛轻轻一扬，提高了嗓门："妹妹其实很是佩服姐姐的勇气。"

　　花千树用余光扫了一眼晏尺素："何出此言？"

　　晏尺素笑得如含苞待放的莲花："据说，这一世我们遭受的种种是上一世魂灵取舍的结果。姐姐这一世苦难重重，正表明姐姐上一世魂灵的强大与无畏。你看妹妹我，这一生平平淡淡没有多大的灾难，说明我的魂灵胆小谨慎呢。"

　　虽然有些巧言善辩，但晏尺素字字珠玑，这番独到的见解也颇令人耳目一新，甚是有理。花千树吃了一口茶，若有所思。

　　从落座到此刻，晏尺素才饮了不到半杯茶，花千树却连喝了四五杯。晏尺素不禁有些疑惑，她是在用喝茶来掩饰自己还是别有可图？

　　晏尺素纳闷道："姐姐素日这般喜爱品茶吗？"

　　花千树摇了摇头："要不是嘴巴干，也不至于这一杯一杯地饮，辜负了这清茶。"

　　"姐姐可能得了渴症。"

　　"如何调理？"

　　花千树不假思索地问道。这是出于本能，虽然她的面部表情依然如同死灰，但这句话出卖了她内心对生的渴望。

　　晏尺素心中暗喜，徐徐道来："口渴的原因有很多种的。比方说，晚上半夜起来喝水，这是阴虚口渴，可以喝酸梅汤，吃枸杞子，喝麦冬茶。又比方说，经常口渴但不爱喝凉水，喜欢喝热乎的茶，这是体内有寒，可以用姜枣茶调理。再比方说，有人口干舌燥但并不想喝水，只想用水漱一漱又吐出来，这是身体有瘀血的缘故。这种情况可以用藕节炖汤喝。"

　　晏尺素顿了顿，喝了一口茶，望了望缊衣。

　　缊衣心领神会，马上反应过来，接着说道："还有一种口渴，其实并不是真的渴，而是假口渴。"

　　花千树好奇道："口渴还有假的？"

　　"是的。这种假口渴表现为老想喝水，但又喝不多，一小口一小口的，这是因为身体痰湿过盛的缘故。奴婢记得夫人说过，这种口渴可以用陈皮荷叶茶祛湿化痰。"

　　花千树见晏尺素身边的丫鬟都如此精通摄生之道，暗暗吃了一惊，又想故意考一考缊衣，问道："依你看，我的口渴属于哪种？"

　　这下还真把缊衣问住了，毕竟缊衣只学了皮毛，花千树给出的症状又极少，缊衣摸不准，支支吾吾地说不出一个所以然。

晏尺素笑了笑，替缁衣解了围："首先，姐姐不是瘀血口渴，也不是痰湿口渴。因为姐姐是真的想喝水，且是大口大口地喝。那是不是因为体内有寒呢？也不是。因为茶只有热的好喝，并不代表姐姐喜欢喝热乎的水。我观察姐姐眼睛里有几许血丝，说明姐姐这几日睡眠不好，伤了阴，耗了津液，属于阴虚口渴。"

花千树的神态如枯木逢春，语气变得舒缓，也掺入了情感："妹妹明察秋毫。可惜你是女儿身，若是男儿身定是名动天下的良医。"

晏尺素趁机道："姐姐真是抬举了。其实妹妹此番前来还有一事，不日侯爷就会与姐妹们去山庄后山踏青郊游，姐姐可否赏脸一同前往？"

花千树抬头看见晏尺素诚恳的双眸，又见她额头上多出一朵莲花，想是为遮盖伤痕所绘。晏尺素如此以德报怨，她还能说什么呢？花千树生出无限愧疚，默默地点了点头。

两日后，独孤及携众女眷，备各种吃食美酒，盛大出游。

除老夫人要在家颐养天年外，其他女眷悉数出席。行至山脚下，大家呼吸着清新的空气，沐浴着柔和的阳光，看着满眼的郁郁葱葱，暂时忘却了究极山庄那些烦忧之事。

只是花千树的加入让各房颇感意外，没有人愿意与她走在一起，唯恐她心怀不轨。晏尺素本是与独孤及走在最前面，为照顾花千树的情绪，她主动走到队伍的后面，挽着花千树的胳膊。采桑子、月疏桐相继走到队伍的后面，与晏尺素一起，谈笑风生。

倾城别院的重锦咬着耳朵对杨紫陌说，花千树死灰复燃了。杨紫陌轻轻哼了一声，死灰复燃了还是死灰，咸鱼翻不了身的，掀不起大风大浪了。

莫离恨则想，晏尺素收了花千树的心，等于又为自己增添了臂膀，而自己在山庄中又多了一块绊脚石。

众人先在一溪水边玩曲水流觞。所谓曲水流觞就是每人隔着一段距离坐在溪水边，一酒杯顺水而下，酒杯在谁面前停住了，谁就站起来表演才艺，或是歌，或是舞，或是吟诗，无计可施者就罚酒一杯。此游戏甚是有趣，众人玩得尽情尽兴，都言许久不曾这般开心了。

曲水流觞结束后，众人又分享了些美食点心，祭了祭五脏庙，随后溯溪而上，在一开阔的山谷采挖各色野菜。

独孤及提议比试一下谁的眼力好，看谁采挖的野菜多，最后的获胜者会得到奖赏。奖赏的特别之处在于，独孤及会满足她提出的一个愿望，当然这愿望要在他力所能及范围内。

独孤及的这个特别奖赏让众人采挖野菜的兴致空前高涨。大家八仙过海，各显神通，每每采到一株都欢呼雀跃，还不忘向晏尺素请教一下各种野菜有什么食疗功效。

采桑子采到了鱼腥草，高举着鱼腥草挥着手臂，大声道："尺素姐姐，鱼腥草有什么好处？"

晏尺素逗她一逗："你要是吟出一句关于鱼腥草的诗句来，我就告诉你。"

采桑子虽能吟得出流芳千古的佳句，这冷门生僻的诗句就不行了。采桑子噘着嘴，向月疏桐求助。月疏桐稍微沉思片刻，便朗声道："十九年间胆厌尝，盘馐野味当含香。春风又长新芽甲，好撷青青荐越王。"

吟毕，众人一阵喝彩声。

晏尺素也笑靥如花，说起鱼腥草的诸多妙处来："鱼腥草啊，最大的用处就是治疗喉咙痛，它最善于化掉肺里面的浓痰。这种痰是黄色的，可以引发咳嗽。所以鱼腥草能够化痰止咳，消肿止痛。"

这边还没说完呢，那边又有岳阑珊嚷起来："晏妹妹，我挖到了一株荠菜。这荠菜又有什么特别之处啊？"

众人起哄："赶紧吟出一句关于荠菜的诗句来。"

岳阑珊把荠菜扔进篓子里，愁眉苦脸道："你要让我唱个曲儿还可以，吟诗还是饶了我吧。"

众人哈哈大笑。晏尺素也没有为难她，兴奋地讲述荠菜的功效："荠菜可以祛除过去一年残留在我们身体的寒邪，可以健脾祛湿、消胃肠之火，还对眼睛有特别的保养作用。"

比试进行了约莫一个时辰，大家收获满满，还意犹未尽。

结果很快就见分晓，晏尺素采挖了满满一篓子，压得紧紧实实的，有鱼腥草、马齿苋、艾草、荠菜……晏尺素自小就跟随父亲上山采药，手脚也麻利，自然识得多、采得多。晏尺素众望所归，拔得头筹。

莫离恨也采了大半篓子，略逊一筹。莫离恨是怀了心思的，想着若是摘得桂冠就可以让独孤及满足自己一个愿望了，等要紧时分再把这个愿望说出来。只恨书到用时方恨少，自己识得的野菜并不多。

岳阑珊也采了一篓子，但她那一篓子逃不出独孤及的火眼金睛，稀稀松松的，一按下去少了一大截。

采的最少的是杨紫陌。要不是看在独孤及特别奖赏的份上，她才不愿意去田间野地里沾一身土腥味呢，她认为此等粗活是下贱人干的。这也真难为了她，出身豪门，自小就娇生惯养，哪有机会去野外折腾，自然认不出什么野菜。她的篓子里只装了一些杂草滥竽充数。

这个特别的奖赏自然就落在晏尺素身上。

这正是独孤及最想看到的结果，他春风满面地问道："尺素，你的愿望是什么？"

晏尺素的回答让众人又惊又喜："妾身的愿望是恳请侯爷满足所有姐妹一个小小的愿望。"

这真让独孤及拿她没辙，越是想奖赏她点什么她越是不要，独孤及仍不死心，问道："这是你的心里话吗？难道你就不想要点什么吗？"

晏尺素道："妾身在究极山庄衣食无忧，再无他求，只希望姐妹们和睦相处。"

独孤及从晏尺素的篓子里掏出一株荠菜放到嘴边嗅了嗅，又扫视了一下众人，道："君子一言，驷马难追，我独孤及说到做到。你们都有些什么心愿快快说来，过了今日想说也没用了哦。"

岳阑珊迫不及待地跨出一步，正要说出自己的心愿，不料旁边的采桑子突然恶心呕吐起来。

采桑子什么也没吐出来，就是不停地干呕。莫非是感染了山林中的阴寒之气？晏尺素这样想着，赶紧去为采桑子切脉。

须臾，晏尺素面露喜色："恭喜侯爷，是喜脉！采桑子妹妹怀孕了！"

独孤及大喜过望："果真？"

“是的。”

晏尺素斩钉截铁道。虽然术业有专攻，自己不精通切脉，但一些明显的脉搏诸如喜脉还是把得出来的。

众妾室齐齐屈身，异口同声道：“恭喜侯爷！贺喜侯爷！”

采桑子有孕的消息瞬间传遍了整个山庄，真是喜从天降，而且来得及时，一扫山庄近日以来的消沉悲戚。老夫人笑得眼睛眯成了一条缝，笑着笑着又老泪纵横：“苍天有眼啊，苍天有眼啊！”

采桑子的朱嬴馆张灯结彩，一片喜庆。前来道喜的人络绎不绝，各种礼物如点心、保胎养胎的药材、光滑得连蚊蝇都站不住脚的绫罗绸缎、琳琅满目的首饰珠宝等堆满了一桌子。

朱嬴馆的下人们也都跟着沾光，得到相应的赏赐，个个喜笑颜开，庆幸自己跟对了主子。

此时最不开心的非倾城别院的杨紫陌莫属。杨紫陌气得把院子的牡丹花拂了一地，又喋喋不休地骂自己肚子不争气，明明怀上了两次都胎死腹中。

骂着骂着，杨紫陌突然也像采桑子一样恶心呕吐起来。婢女重锦忙不迭请来了大夫，一把脉，竟然也是喜脉，杨紫陌高兴得几乎要跳起来。冷静下来后，杨紫陌有些纳闷，这些日子独孤及没有宠幸她呀，莫不是大夫误诊，空欢喜一场吧？

重锦提醒道：“夫人，你忘了？桃夭夭出事那会，侯爷借酒浇愁误打误撞进了倾城别院……”

杨紫陌一拍大腿，恍然大悟：“天助我也！”

杨紫陌又让大夫切了脉，确认无疑后才大摇大摆走进了缥缈居，又走进了蓬壶阆苑。

喜上加喜，双喜临门，老夫人做梦都能笑醒了，这下就不用担心独孤家香火延续的问题了。独孤及呢，欣喜之余又有一丝惆怅，他最倾心的素儿什么时候才有喜呢？

杨紫陌整日在山庄各处招摇过市，唯恐天下不知她有喜了。

重锦善意提醒，让杨紫陌收敛一点，如果此次再滑胎，恐往后会无法生育。杨紫陌大手一挥，满脸的不在乎，说刚刚怀起，哪有那么娇气。

此刻最痛心疾首的又要属幽篁居的莫离恨了。不过莫离恨的嫉妒深深埋藏于心底，脸上依然笑容可掬，采桑子、杨紫陌怀孕她都送去了丰厚的贺礼。

光阴荏苒，这日子如流水，大好的春光一晃就过去了，眨眼间就来到了夏天。天气一日比一日热起来，采桑子站在门口，一阵暖风吹来，熏得她上下眼皮打架，昏昏欲睡。自怀孕以来，她身子沉沉的，脑袋也沉沉的，总觉得睡不够。

眼下是非常时期，采桑子每日的活动与以往相比有了天壤之别。采桑子好动，闲不住，平时像顽童一般东跑西跑。但凡你在究极山庄走着，无论是旭日东升还是日上三竿，抑或是残阳如血，总有那么几回能看到她的身影。要么在究极湖里泛舟，要么在寒烟阁上观湖，要么在天音阁里吹埙，有时还会去各处串门子，去的最多的自然是好姐妹晏尺素的藕香榭，其次就是月疏桐的重楼。

现在呢，她一日的安排也是满满当当的，不过不是自己编排的，是晏尺素出于她养胎安胎的考虑特意为她编排的。这一日会做什么呢？绝对不能轻易外出了，因为究极山庄是依山傍水而建，有一定坡度，挺着个肚子外出很容易踏空或者被石头绊倒，大人跌倒倒还好，肚里的孩子可能就没了。不怕一万，就怕万一。仅这一条，采桑子的嘴巴就翘得老高，足可以挂一个木桶。

活动范围仅限于朱嬴馆，还必须有人寸步不离地跟随。一日下来，采桑子阅书、临帖、作画、抚琴、赏花、漫步，当然还可以享受各种美味佳肴，前提是这些美味必须有利于胎儿。

这还不算什么，最让采桑子头疼的是每日还得匀出一些时辰来温习晏尺素为她量身定做的《养胎纪要》。如若换作月疏桐，这些事情她肯定做得有滋有味，对采桑子来说就有点枯燥无趣了。不过孰轻孰重她心里还是有数的，不就是十个月嘛，已经过去两个月了，还有八个月，咬咬牙就挺过去了。

百无聊赖的日子，采桑子最盼望的就是晏尺素的到来，晏尺素不但可以为她解闷，还会给她带来各种美食。这些食物不仅美味，还有利于养胎。采桑子不得不佩服晏尺素的那双巧手，最寻常不过的食材她都能变着花样做出耳目一新、色香味俱全的佳肴来。

受独孤及所托，晏尺素义不容辞，隔三岔五就要来朱嬴馆一趟，对采桑子嘘寒问暖，察看胎儿是否安然无恙。这不，晏尺素又携一款养生时令美食步履轻盈地走进了朱嬴馆。

采桑子正在婢女月来的搀扶下在院子里慢悠悠地走着。

采桑子逞能，不要月来搀扶，说："我又不是七老八老，身子没那么娇贵！"

晏尺素笑着大声道："又不听话了，不是你身子娇贵，是你肚中的孩儿身子娇贵。你不知道吗？怀孕前三月最容易滑胎。"

采桑子见晏尺素姗姗到来，尾随其身后的缃衣还提着一个大大的食盒，吐了吐舌头，兴高采烈起来。

婢女月来趁机道："小心驶得万年船。晏夫人把看护夫人的重任交给奴婢，万一有个闪失，奴婢可担不起这个责任啊。"

采桑子压根儿没听月来的絮叨，迎面走过去，抓住晏尺素的手，笑嘻嘻道："姐姐今日给妹妹带了什么好吃的？"

说着，采桑子的目光就定在了缃衣的花梨木镂花食盒上。

晏尺素哭笑不得，刮了一下她的鼻子："你呀，现在最应该要铭记于心的是什么不该吃。"

采桑子脱口道："哎呀，好姐姐，你嘱咐我背的那些饮食禁忌我已经烂熟于胸了。"

"果真？"

晏尺素半信半疑看了一眼采桑子，进了屋子，落座。

晏尺素迟迟不拿出带过来的美食，见采桑子那垂涎欲滴的表情，又好气又好笑："你说背得滚瓜烂熟了，那好，你说说孕妇什么该吃，什么不该吃。说不出来，我带来的这道美食就原封不动带回去。"

采桑子蹙着眉，摇头晃脑，搜肠刮肚："孕妇食饮禁忌最重要的一点是要多吃平和的食物，如五谷。不可吃偏性大的食物，不可吃破血破气的食物，不可吃活血化瘀的食物，不可吃利水泻下的食物。至于其他的嘛，果子、青菜、各种肉想吃就适当吃一点，浅尝辄止就可，切不可贪嘴暴饮暴食。如何？我说的都对吧？"

晏尺素见她神气活现的样子，有意杀杀她的威风，又问道："起居呢？日常起居又该注意些什么？"

采桑子理了理头绪："起床时要缓三分，沐浴时要防风寒，要防止滑倒，不可大喊大叫，不可引吭高歌，不可健步如飞，不可拎重物，不可同房……"

说到"不可同房"时，采桑子羞赧不已，面若桃花。

晏尺素紧追不舍："还有呢？还有最重要的一点落了。"

采桑子摸摸后脑勺，许久也没想出最重要的一点是什么，有些不好意思起来："姐姐，这最后一点，是……是什么？"

月来替采桑子答道："不要生气，尤其不要生大气。一生气就会胎动，生大气最容易引发滑胎。生闷气也不行，否则生下来的孩子会郁郁寡欢。"

晏尺素这才吩咐缃衣打开食盒，又补充道："总之，天塌下来也有地撑着，遇事一定要想开，要冷静。"

缃衣小心翼翼地端出一个青花瓷碗，采桑子迫不及待望去，只见碗里散落着像玛瑙一般的樱桃，还有白得像珍珠一般圆圆的鹌鹑蛋。

缃衣轻轻道："樱桃蛋羹，桑夫人慢用。"

这吃食看着就赏心悦目，闻着就沁人心脾，尝一口更是心旷神怡，赛过神仙。采桑子腮帮子鼓鼓的，话也不全乎，边吃边道："姐姐，我最爱吃樱桃了。听说樱桃美容养颜，还有什么其他功效？"

晏尺素轻轻一指："你看看，樱桃像什么？"

月来抢先道："像心！"

晏尺素巧笑嫣然："对喽。以形补形，红色又入心，所以啊，这樱桃最善补心养心，是心之果。炎炎夏日，出汗也多，汗为心液，汗血同源，出汗出多了会损耗心血，所以夏天要好好呵护我们的心脏。此时吃樱桃正当时，不过樱桃性子稍温，不可多食，不然会上火。"

一碗樱桃蛋羹下肚，采桑子身子暖暖的，手足也似乎有气力了许多。不料，才歇了一会儿，采桑子又呕吐起来，也没吐出什么，就是一些清水。

月来一边轻轻拍着采桑子后背一边道："夫人前日就这样了，一日总要呕吐一两回清水。"

晏尺素也不着急，知采桑子素来胃弱，呕吐乃脾胃虚寒所致，不紧不慢道："这是恶阻，通常发生在妊娠早期，患者会恶心呕吐、头晕倦怠，严重者食入即吐。"

好一会儿才缓解过来，采桑子抬起头来，表情很是难受，月来用丝巾给她擦了擦嘴，又端来茶水让她漱了漱口。

采桑子像没事人一样自嘲道："好在没把樱桃吐出来，不然岂不是暴殄天物，枉费了姐姐的一番心思？"

晏尺素肃然道："这两日有没有吃特别的食物？"

采桑子傻乎乎地笑着，朝月来挤了挤眼，支支吾吾地说："什么……特别的食物？"

月来不想因小失大，如实禀告："奴婢劝不住，夫人贪凉吃了一块冰镇西瓜。"

晏尺素先吩咐月来去膳房煮点姜枣茶来，又郑重其事地对采桑子道："妹妹脾胃虚寒就是平日贪食寒凉的结果，西瓜本是利水之物，孕妇本不可多食，更何况是冰镇的西瓜。夏日虽热，但脾胃却是最弱，一片虚凉之象，此时再食寒凉不是雪上加霜吗？所以，流火夏日我们更应该食饮一些温热之物。大夫医得了你一时，医不了你一生。很多疾病都是不好的习气所致，习气不改掉，就算华佗站在你面前又有何用呢？自己才是自己的神医。姐姐言尽于此，妹妹好好思思吧。"

晏尺素故意把脸别过去，装作很生气的样子。

采桑子自知有负于晏尺素的谆谆教导，过去拉着晏尺素的手嬉皮笑脸道："好姐姐！饶了我吧。妹妹知道错了，下不为例。"

月来端来了热气腾腾的姜枣茶，晏尺素又正色道："你这种呕吐可以用姜枣茶来调理。姜最能止呕，这姜枣茶温中散寒、健脾暖胃，是夏日应该经常饮用的养生佳品。每日晨起一杯姜枣茶会升发你的阳气，晚上不要喝姜枣茶，晚上属阴，阳气需要收敛，不要背道而驰。"

缁衣总结道："冬吃萝卜夏吃姜，不用大夫开药方。"

缁衣把碗勺放回食盒里，采桑子无意中瞟了一眼，见还有一碗樱桃蛋羹，好奇道："这一碗是给谁享用的？"

缁衣笑道："夫人别忘了，与你同样身怀六甲的，山庄还有一位。"

采桑子拍了拍脑门，"哦"了一声。

又絮叨了片刻，晏尺素起身告辞，与缁衣出了朱嬴馆，朝倾城别院走去。

快到倾城别院门口时，缁衣满脸的不高兴，她最不愿意去的就是这倾城别院了，每次都要忍受杨紫陌的冷嘲热讽、指桑骂槐。

平日晏尺素也极少与杨紫陌走动，只是目前属于非常时期，独孤及把杨紫陌的饮食调养事宜托付给了她，就算不乐意，也要尽职尽责。

缁衣忍不住抱怨道："夫人这等劳心劳力，她却一点不领情，真替夫人不值。听说每次等我们走后，她都把我们送过去的药膳倒了。"

晏尺素温和道："领不领情是她的事，尽不尽心是我们的事。"

杨紫陌在国色天香亭纳凉，歪在椅子上，重锦给她揉着肩膀，另外一个婢女给她捶着腿，好一番惬意舒爽。

杨紫陌张了张嘴，懒洋洋道："重锦，去给我弄点冰镇酸梅汤来。"

重锦应了一声，又想起什么似的，道："晏夫人不是说夏日不要喝冰镇的东西吗？"

杨紫陌不耐烦道："你听她的还是听我的？"

正说着呢，晏尺素迈着款款的步子走了进来，脸上挂着春风般的微笑。

"姐姐这几日可好？"

"说曹操，曹操就到。我跟重锦正念叨你呢，你就迫不及待地来了。放心，我们没说你坏话，别那么小心眼。"

杨紫陌一副皮笑肉不笑的样子，仍歪在椅子上。

不看僧面看佛面，看在她肚里孩子的份上，晏尺素并不计较，微微屈身道："夏日炎炎，樱桃上市，妹妹为姐姐做了樱桃蛋羹。小小吃食，不成敬意。"

杨紫陌看也不看一眼，甩了一下锦帕："放一边吧。"

晏尺素又好意提醒道："这凉亭姐姐可不能久待。万一睡着了，虚贼邪风很容易乘虚而入。孕妇身子娇贵，伤不了风，受不得寒，姐姐切不可大意。"

杨紫陌嗤笑一声，不以为然道："妹妹还真当我这身子是泥做的呀！这么热的天不就是乘个凉吗？能有什么事，你不要在这危言耸听了。"

晏尺素并不想惹恼杨紫陌，也不想与她争辩，旁敲侧击道："我听闻姐姐已经滑胎两次……"

一提到自己的伤心往事，杨紫陌心不免一紧，面仍不改色："放心，这回我定会把他完完整整生下来。"

晏尺素又开始不厌其烦地为杨紫陌讲述养胎注意事项，杨紫陌打断她的话："整日像老妈子一样喋喋不休，我的耳朵都快起茧了。好了好了，你说的我都知道了，你回去吧。"

晏尺素也不再勉强："如没有别的事，妹妹告退了。"

"好走，不送。"

缁衣憋了一肚子话，一出来就向晏尺素倾倒："她把夫人的话全当了耳旁风，又喝冰镇酸梅汤，又吹凉风，我看她肚里的孩子迟早会出事的。"

晏尺素恐缁衣一语成谶，严肃道："不可胡说。她肚里的孩子不仅是她的，还属于侯爷，属于老夫人，属于整个独孤家。"

缁衣见失了口，忙呸呸呸了几声："好！祝侯爷的这个孩子安然落地！"

晏尺素走不多远，杨紫陌就吩咐重锦把晏尺素送来的樱桃蛋羹倒了。重锦不敢怠慢，端起碗向院子角落的食槽走去。重锦实在禁不住樱桃蛋羹的诱惑，觉着就这样全倒了太可惜了，虽与晏尺素有仇，但与这美味佳肴无仇。于是她忍不住偷偷尝了几口，真是人间美味，又忍不住尝了几口，恰巧被起身的杨紫陌看了个正着。杨紫陌一声断喝传来，重锦吓得脸色煞白，身子瑟瑟发抖，那碗樱桃蛋羹也掉落在地，汤汁溅了她一身。

"你这个饭桶！你不是爱吃吗？把地上的樱桃全部捡起来，一个不剩地全给我吃下去！"

重锦吓得瘫软在地上，不断磕头求饶："夫人饶了我吧！下次不敢了！"

杨紫陌不依不饶："少废话，全给我吃了！"

重锦没办法，只得一一把樱桃捡起来用衣袖擦了擦，强忍着泪水，和着泥土，把樱桃一个一个吃了。

杨紫陌这才作罢，又对几个粗使丫头道："你们给我记着点，倘若像她这样，这就是你们的下场。"

幽篁居。

树上的知了没完没了地聒噪着，这闷热的天气让莫离恨烦躁不已。莫离恨本来就怕热，一热她就不停地出汗，一出汗她就得去换衣裳。

当然，让她更烦躁的绝非烈日灼心、暑气袭人，而是朱嬴馆与倾城别院的两个孕妇。采桑子倒也罢了，即便她生下十个八个孩子也不会拿自己怎样。杨紫陌就难说了，时下都没生呢，就已经骑在她头上作威作福了，若产下孩子，岂不是变本加厉、无法无天？

黄时雨一边给莫离恨摇着扇子，一边轻轻道："夫人，心静自然凉。"

莫离恨眉头紧锁："有没有法子让杨紫陌肚中的孩子神不知鬼不觉地从人间蒸发掉呢？"

黄时雨似乎想到了妙计，不动声色道："夫人是否听说过酸儿辣女？"

莫离恨随口道："民间谣传，当不得真。"

黄时雨面露阴笑："当不当得真无关紧要，只要倾城别院的那位信了就好了。据说，杨夫人求子心切，特别期望生下一个儿子，为此她尝试了很多民间土办法。上回她滑胎就是服用了一个土郎中给她开的汤药，那人声称汤药一定能够让她生下男婴，而不是女婴。"

莫离恨越听越有味道了，喝了一口绿豆汤："继续说下去。"

黄时雨把嘴凑到了莫离恨的耳边，压低了声音："夫人应该比奴婢更清楚，杨紫陌喜欢吃酸的……"

这六月的天似孩儿脸，说变就变。刚才还晴空万里的，这时突然狂风大作，瓢泼大雨倾盆而至。

莫离恨走至门口，舒心叹道："这场雨来得真及时啊。"

第二日，莫离恨与黄时雨来到了倾城别院。

酣畅淋漓的雨下了一夜，重锦与下人们正在院子里清除积水，打扫残枝败叶。杨紫陌挺着肚子，双手叉腰，在一旁指手画脚，说千万别伤着她心爱的牡丹。

"哎哟，稀客啊，好些日子不见妹妹了。这几日妹妹作甚去了？莫不是憋在屋子里生闷气吧？"

说完，杨紫陌还轻蔑地笑了几下。虽然是戏谑之言，但确确实实戳中了莫离恨的痛处。莫离恨何等精明之人，知她是在暗讽自己肚子不争气，但还是笑吟吟迎了上去："几日不见，姐姐越发富态了。"

杨紫陌得了便宜还卖乖："姐姐我是苦不堪言啊，真羡慕妹妹，身轻如燕。我现在啊，连最喜欢的舞蹈也戒了，一天到晚除了吃就是睡，哪能不胖呢。哎呀，愁死人了。"

莫离恨脸上风平浪静，心中却生出千万道利箭齐齐刺向杨紫陌："我听说妊娠后期会水肿，姐姐可担心着点，适当走动还是要的，不然真像……"

莫离恨险些说出"不然真像猪一样"，还好收住了口。

杨紫陌脸上颇为不悦："不然像什么？"

莫离恨尴尬地笑了笑："像杨玉环一样丰润迷人。不过姐姐也该明白侯爷好腰细，侯爷不就是欣赏姐姐能歌善舞，像汉宫赵飞燕一般吗？"

杨紫陌虽怀孕两次，但都没有到妊娠后期，都是一两个月就滑胎了。对姿首容颜身段最在乎的她忍不住问道："妹妹可别唬我，真会水肿？"

莫离恨轻轻抬起杨紫陌的胳膊，慢慢撸起衣袖："姐姐无事可掐一下自己的胳膊，如果按下去许久不曾起来就是水肿了。"

杨紫陌顺势掐了一下手臂，果真好久不曾起来，有些慌了，她可不想成为一个臃肿的人，急问道："如果水肿了，如何是好？"

莫离恨宽心道："姐姐莫慌，出现水肿喝点鲫鱼汤就好了。"

莫离恨来回摩挲着杨紫陌的玉臂，极力赞美："姐姐这手，肤如凝脂，吹弹可破，似婴儿般滑嫩，难怪侯爷爱不释手，连妹妹我也忍不住要多摸几回。"

杨紫陌听了起一身鸡皮疙瘩，赶紧缩回了手："妹妹屋里坐。"

其实啊，莫离恨恨不得在杨紫陌白花花的手臂上抠一块肉出来。

莫离恨让黄时雨奉上匣子，故作轻松道："妹妹手拙，比不得晏妹妹，听说姐姐爱吃酸的，就亲手做了一些山楂糕，酸酸甜甜的，倒也可口，姐姐莫要嫌弃。这一份大的给姐姐，还有一份小的给采桑子。"

杨紫陌见到酸味食物手就不听使唤，总想拿过来尝尝。她见那山楂糕红红亮亮的，不比晏尺素做的"步步莲心"差多少，咽了咽口水。又听莫离恨送了份大的给自己，心里颇为受用。

"妹妹真是有心了。"

黄时雨瞅准机会发话："奴婢听老一辈人说，多吃酸的可以产男婴。"

杨紫陌喜不自禁："是吗？那就借你吉言了。若真产下男婴，必有重赏。"

莫离恨作揖道："姐姐大富大贵，定会诞下一位少爷。姐姐好生歇着吧，不搅扰姐姐了，妹妹还得去一趟朱嬴馆。"

莫离恨前脚还未跨出倾城别院的大门，杨紫陌就急不可耐地打开匣子，抓起一块茶杯大小的山楂糕塞进了嘴里。这一吃还吃上瘾了，一发不可收拾，一块接一块，大半个匣子的山楂糕，不到一炷香的功夫就被她消灭掉了。

重锦三番五次劝她少吃点，以免把牙酸倒，豆腐都吃不成。杨紫陌也知现在是特殊时期，不能暴饮暴食，可手就是不听使唤。眼不见为净，杨紫陌让重锦把山楂糕收起来。可院子里走一圈回来，她惦记着山楂糕，又让重锦取来。重锦不依，杨紫陌就发飙，把一个茶杯摔在地上。重锦只得灰头土脸地把山楂糕取来。杨紫陌像着了魔似的，胃口大开，重锦看着，咽了咽口水，赶紧走开。

眨眼工夫，所有的山楂糕都被杨紫陌吃得一干二净。她晚膳也没吃就睡下了，一夜倒也无事。朝阳初露时，杨紫陌突然觉得胎动不安，接着腹痛不已。杨紫陌在床上不断翻滚着，出了一身的汗。这疼痛越来越剧烈，她忍不住叫唤起来。

"重锦……重锦……"

重锦闻声赶来，掀开被子一看，床榻全是血。

重锦大惊失色，惊呼道："夫人，夫人，你小产了……"

杨紫陌一摸下面，伸出手来一看，血淋淋的，撕心裂肺大叫一声："不——我的孩儿——"

杨紫陌的床榻周围占满了人。

独孤及脚底生风第一个赶到，老夫人也心急火燎地赶到，各房闻讯怀着满腹狐疑陆陆续续赶来。好端端的，怎么就突然滑胎了？

"这到底是怎么回事？"

独孤及厉声问道，背着手，来回踱着步子。

杨紫陌见独孤及一点不关心自己的身子，只在乎他的孩子，心中越发委屈，失声痛哭起来。

独孤及喝道："别哭了！"

月疏桐见独孤及对杨紫陌的态度，知他对杨紫陌已无半点爱意。

老夫人则不断唉声叹气，说了一些安抚话，问道："事已至此，哭有何用？得弄清缘由才好。说一说，到底发生什么了？无缘无故就这么没了，可怜我的孙儿啊。"

杨紫陌哭红了眼睛，抽噎着："我也不知道是怎么了，昨天还好好的，今早起来就这样了。"

晏尺素走过去，心有所思，询问道："姐姐昨晚吃了什么？"

一听晏尺素这么一问，站在后头的莫离恨心开始悬了起来。

一旁的重锦也泪眼蒙眬，面无血色，哑着嗓子说："夫人昨晚没吃什么，就吃了山楂糕。"

于是，重锦吞吞吐吐地将杨紫陌昨日疯狂吃山楂糕一事抖了出来。

一提到山楂糕，杨紫陌像突然明白了什么，不知道从哪里来的气力，突然从床上跃起，跳下床，朝莫离恨扑过来，一把揪住莫离恨的衣领，咬牙切齿道："就是你，蓄意谋害我的孩儿！故意送来山楂糕给我！你还我孩儿！你还我孩儿！"

杨紫陌的动作让莫离恨防不胜防，被她勒个半死，脸涨得通红，嘴唇也变得乌紫。众人七手八脚，费了九牛二虎之力才把杨紫陌拉开。杨紫陌五官扭曲成魔鬼，眼中是熊熊大火。

莫离恨重重喘了一口气，扑通一声在独孤及面前跪下来："妾身冤枉啊！此事与我无关。"

杨紫陌也跪在独孤及面前叫嚣道："侯爷，是她，是她，就是她！是她想害我的孩儿！侯爷，一定要为妾身做主啊！我的孩儿啊，可怜的孩儿啊！你死得好惨啊！"

独孤及蒙了，看看莫离恨，又看看杨紫陌，最后把求助的目光投向晏尺素。

晏尺素不慌不忙道："山楂活血化瘀、破血破气的作用比较强，孕妇少量食之无妨，但一次性大量食之就会造成胞宫收缩，从而引发小产。杨姐姐有两次滑胎的先例，胎儿比起寻常孕妇更加不稳当。"

莫离恨伏地道："妾身是好心好意，听说杨姐姐爱吃酸的，就送了一点山楂糕过去，同时妾身也送了采桑子妹妹一些。妾身有罪，罪在不知孕妇不能多食山楂，妾身也万万没想到杨姐姐会一次吃那么多。"

杨紫陌狂笑两声，指着莫离恨的鼻子大骂道："你这人面兽心、阴险狡诈之徒，我说呢，怎么平白无故给我送山楂糕，原来是黄鼠狼给鸡拜年。莫离恨，你还我孩儿的命来！"

说着，杨紫陌张牙舞爪又要扑过来，被独孤及一把推开："都给我闭嘴！"

老夫人过来，有些捶胸顿足道："紫陌啊，紫陌啊！你说你怎么就这么管不住自己的嘴呢！"

又过来责怪莫离恨："你也真是的，送什么不好？偏偏在这个时候送什么山楂糕！"

又指了指晏尺素："侯爷把紫陌的饮食交给你，你怎么就不告诉她孕妇不能吃山楂呢。"

缁衣挺身而出，为晏尺素辩护道："老夫人冤枉我家夫人了，夫人把一切都说得很明白，不信老夫人可以问问采桑子。"

采桑子怯生生道："是的，晏姐姐给我抄了一份《孕妇食饮纪要》，上面写得很清楚。山楂，孕妇不可多食……"

说完，采桑子把帛书缓缓掏出来给独孤及过目。

独孤及看了一眼，怒视着杨紫陌："你还有何话可说？"

"我……我……"

杨紫陌结结巴巴地说不出话来，因为她根本就没有看晏尺素给的帛书。当时晏尺素一走，她就把帛书烧掉了。

"你这是自作自受！"

独孤及面色铁青，怒斥一声，拂袖而去。

独孤及走后，莫离恨又跪在杨紫陌面前，乞求原谅："发生这等事，妹妹真心替姐姐难过，妹妹自知跳进黄河也洗不清。妹妹好心办了坏事，如果姐姐不解恨的话，就打妹妹几巴掌吧。"

杨紫陌毫不犹豫地扬起手掌，却被老夫人一声断喝："够了！自作孽，不可活！你这是报应啊，紫陌！我也管不了你了，你好自为之吧。"

说着，老夫人也在暮云的搀扶下气呼呼地走了。

众人也各说了几句安慰的话，陆陆续续离开了。

众人离开后，杨紫陌先是痴痴呆呆的，像死人一般，继而疯疯癫癫的，口里喊着"我可怜的孩儿啊"。最后她又似恶鬼，凶神恶煞地把重锦当作出气筒，将其骂得狗血淋头，说重锦为何不阻止她吃山楂糕。杨紫陌真是厚颜无耻，没脸没皮啊。重锦各种委屈、各种羞辱、各种愤怒一起涌上心头，在沉默中爆发了，大吼一声："够了！"然后冲出了门外。

这天气真是热得难以忍受，虽然是清晨，但藕香榭的膳房却像蒸笼一样。缁衣一边往灶里填柴火，一边用宽大的蒲扇为自己扇着风。可越扇越热，缁衣满头大汗，衣裳湿透。

缁衣正在炖一道大补气血的药膳——黄芪当归乌鸡汤。缁衣眉头紧蹙，满脸的不情不愿。因为这道药膳不是给独孤风的，也不是给晏尺素自己的，而是给倾城别院那个飞扬跋扈、恩将仇报的杨紫陌。缁衣想不明白，杨紫陌三次滑胎，以后再怀孕的机会微乎其微。一个女人不能生产就没有未来，杨紫陌显然已经失势，夫人完全不用去搭理她。夫人倒好，还炖这一大锅上好的乌鸡汤给她！

缁衣越想越来气，这么好的鸡汤就这么便宜她了，太不值当了。于是缁衣掀开锅盖，拿起勺子，从锅里舀了好多鸡肉出来，一边舀一边自言自语："舀出来一些给少爷吃，哼！"

这一幕被晏尺素撞见，晏尺素和颜悦色道："缁衣，你想吃鸡肉了跟我说。"

缁衣羞得无地自容，忙道："不是的，不是的，奴婢是想舀出来给少爷和夫人留着。这一大锅杨夫人也吃不完，弄不好她又会倒掉，岂不太可惜了。"

晏尺素又好气又好笑，耐心解释道："多少药材多少鸡肉是有比例的，你把鸡肉舀出来那么多，最后熬出来的汤疗效会大大降低。倒回去吧，听话。"

缁衣又把鸡肉倒回锅内，努着嘴嘟囔道："奴婢就是觉得夫人的好心好意被她当成了驴肝肺！"

晌午时分，晏尺素与缁衣冒着毒辣辣的太阳来到了倾城别院。

在倾城别院大门口，缁衣与匆匆出来的莫离恨撞了个满怀，手中的食盒晃荡了好一会儿，幸好药膳的汤汁没有溢出来。

冷不丁与晏尺素不期而遇，莫离恨脸上的表情有些尴尬，但很快就恢复了镇定。

"妹妹也是来看望杨姐姐的吧？我也是，刚出来。"

晏尺素也没多想，问："杨姐姐如何了？"

莫离恨摇了摇头："妹妹还是自个儿去看看吧。"说完匆匆离去。

缁衣小声嘀咕："夫人，你说莫夫人真不知道孕妇是不能多吃山楂的吗？"

晏尺素"嘘"了一声："小心隔墙有耳。"

山庄平日里最喧嚣闹腾的莫过于倾城别院了，杨紫陌隔三岔五就会召集一些歌女、舞姬在院子里笙歌曼舞。今日院子里却有些清冷寥落，下人们也不知道去哪儿了，素日最常见的重锦也不见踪影。

杨紫陌一个人孤零零地坐在国色天香亭里，没有人为她摇扇，也没有人为她捶背。

几日不见，杨紫陌的面容让晏尺素吃了一惊。眼前这个女人曾经可是山庄最注重妆容仪表、最花枝招展的人啊，此刻却像霜打的茄子一样蔫了。杨紫陌略施了粉黛，却掩盖不了她的憔悴萎靡，她眼神黯淡无光，眼角有细密的鱼尾纹，还有浮肿的眼袋。可见，这几日杨紫陌茶饭不思，寝食难安。

晏尺素忍不住问道："姐姐这模样……"

杨紫陌冷笑了一下，声音也不似往日响亮："怎么？吓倒你了？女为悦己者容，如今我已是虎落平阳被犬欺，精心打扮给谁看？"

晏尺素淡淡一笑，走了几步："姐姐何必如此悲观。青山不改，绿水长流，姐姐的日子还长着呢。"

杨紫陌苦笑道："你莫要再假惺惺地宽我心。别说我再度受孕的机会渺茫，就算有这个可能，侯爷也不会给我任何机会了。我已经被侯爷打入了冷宫，成了弃妇，成了丧家之犬，成了过街老鼠。"

杨紫陌像换了一个人，平日里她鹤立鸡群，骄傲得像一只凤凰，对人呼来喝去，八面威风。如今她脸上的傲慢气焰荡然无存，陷入一种浓重的无助与自卑中。

"姐姐何必妄自菲薄，人生起起伏伏，有高潮也有低谷。古人云，行至水穷处，坐看云起时。祸兮福所倚，姐姐又怎能断定没有柳暗花明又一村呢？"

沉闷的脸色多了几分激动，杨紫陌大声道："妹妹就会拣好听的说。你睁大眼睛看看，我这院子连个鬼影都没有！一群没良心的东西！树倒猢狲散，见我失了势，一个比一个跑得快。"

晏尺素正纳闷呢，追问道："重锦呢？"

杨紫陌狂笑了一声："她呀，再也受不了我这坏脾气喽，去老夫人那告了我一状，说我如何如何对她滥施淫威，说得声泪俱下，老夫人心软把她打发出去了。真是笑话！她是下人，我是主子，难不成要她对我发号施令吗？"

缁衣真想插一句，你那是发号施令吗？你那是不把重锦当人看！最后还是忍住了。

晏尺素垂头琢磨，杨紫陌定还有其他隐情吧，试探着问道："这山庄被侯爷暂时冷落的大有人在，下人们也不至于如此吧？"

晏尺素说了一个"暂时"，一来宽杨紫陌的心，二来不想把话说太满。人生无常，谁又能料定这些被冷落之人有朝一日不会东山再起呢。

杨紫陌用刀子一样的目光看了一眼晏尺素，冷冷道："没错，妹妹真是好眼力。若不是我父亲在朝中被奸人所害贬了职，他们怎敢如此对我？"

说着说着，杨紫陌又按捺不住躁动如烈火般的性子，突然指着晏尺素的鼻子发飙道："还有你！我杨紫陌如今众叛亲离，山庄的人视我为瘟疫一样，你为何不落井下石，躲我远远的？为何还要在这里假慈悲？你是来看我笑话的吧？你是来看我有多凄惨、多不堪的吧？说！你是不是来看我笑话的？说！快说！"

缁衣忍无可忍，大声道："夫人别在这里以小人之心度君子之腹了！我家夫人一片好心，为你送鸡汤过来调理身子，你却狗咬吕洞宾，不识好人心！"

晏尺素打开食盒，慢慢端出鸡汤，放在旁边的石桌上，轻言轻语道："姐姐刚刚小产，身子虚弱，需要好好调理，这些日子不要过度劳累，在家慢慢静养为宜。这黄芪当归乌鸡汤大补气血，最适合小产的人喝。姐姐再怎么生气，也不要跟自己的身子过不去。"

杨紫陌哈哈大笑，失心疯一般叫嚣道："鸡汤？哈哈！我看是毒汤！是砒霜！此刻，你巴不得我早点死去，一了百了，是不是？是不是？！"

杨紫陌满脸狰狞。缁衣气不过，拉起晏尺素的手就要走："夫人，她这种忘恩负义之人我们何必管她死活！我们走吧。"

就在这时，杨紫陌头疾发作，头疼欲裂，痛若刀劈。杨紫陌紧紧抱住自己的头，"哎哟，哎哟"地叫唤着，鬼哭狼嚎一般。

或许疼得实在无法忍受，或许近日来遭受的打击让她想不开，杨紫陌突然失去了控制，一头撞向亭中的石柱。

晏尺素眼明手快，不容分说地奔了过去，展开双臂护住了她。杨紫陌一头重重地撞在晏尺素右侧胸脯靠肩膀的位置。

晏尺素一阵剧痛，跌坐在地，表情痛苦不堪。

这一撞还真把疯魔一般的杨紫陌撞醒了。她看看那粗大的石柱，心中倒吸一口凉气，如果真撞上去，定会头破血流，一命呜呼。刚才怎么了？魔怔一般。杨紫陌惊魂未定，两只眼中露出惊恐之色，几乎要迸发出来。

缁衣冲过去，摸着晏尺素被撞的地方，焦急问："夫人，你怎么了？你太傻了啊！"

晏尺素疼得说不出话来，勉强挤出一丝笑容，用眼神示意缁衣不要担心，她没事。

好在不是要害部位，只是有些瘀血，晏尺素捂着胸脯，轻轻地揉着，好一会儿疼痛感才慢慢减轻。

杨紫陌幡然醒悟，爬将过来，抓住晏尺素的胳膊："为何？为何？为何你要这样做？你为何要救我？你为何不让我去死？妹妹这样做不值啊！"

晏尺素斜靠在石柱上，头歪向一边，脸上挂着苍白的笑："姐姐的头痛是肝火上炎引起的，病根在于姐姐每日生气，生气最容易伤肝。气为百病之源，若姐姐能够下定决心把容易生气的毛病改过来，你的头痛自然就会消失。姐姐平时可以用龙胆草煮水喝……"

"不要说了，不要说了！妹妹，姐姐对不住你啊！姐姐知道错了，我改，我改……"

杨紫陌情难自已，泣不成声，在晏尺素面前低下了高贵的头。

第十三章 喉喑

随着新生婴儿一声嘹亮的啼哭，朱嬴馆的采桑子顺利产下一子，独孤及为他取名为独孤清，希望这个孩子一生清清白白，没有负累，没有烦恼，像他母亲采桑子一样纯良，天真无邪。

独孤清的呱呱坠地为晦暗多日的究极山庄带来了无尽的喜庆，笼罩在山庄上空的乌云渐渐散去，阳光普照大地，一片祥瑞之兆。

老夫人悬在心头的石头终于落地。杨紫陌滑胎一事让老夫人忧心忡忡，生怕采桑子重蹈覆辙，每日必派暮云过去探望、询问、嘱托。晏尺素也加紧了看护，饮食起居严格把关，一丝不苟。杨紫陌滑胎的教训让采桑子丝毫不敢马虎，再也不敢随便乱吃东西了。

这几日，朱嬴馆一片繁忙之象，众人都笑逐颜开，各项事情也有条不紊地进行着。

晏尺素更是忙得不可开交，像对待亲生儿子一般无微不至地照料着独孤清。独孤清一生下来，晏尺素就用早已准备好的槐树枝、柳树枝、桃树枝、桑树枝、梅树枝烧了一大锅热水，用五种树枝煮出来的水为独孤清擦洗身子。

采桑子见晏尺素忙得团团转，不知何故，晏尺素就笑着告诉她，这些树枝有生发之气，用这些树枝洗澡，清儿就不会得湿疹、胎癣。另外，清儿有些胎黄，这是正常现象，胎黄从胞宫中带来，许多新生婴儿都有。可以用黄连加甘草熬成浓浓的汤汁，再用筷子绑上纱布，蘸黄连甘草汤让清儿吮吸。这样，清儿的胎黄就去得快些。

采桑子心疼清儿，说黄连太苦了，孩子这么小，会不会太残忍了。晏尺素耐心解释，说七日之内的孩子没有味觉，甜和苦都是一个味道。采桑子这才放下心来，并由衷佩服晏尺素，赞叹她真是女中扁鹊，学富五车。

究极山庄除桃夭夭被禁足不能走动外，其他各房都纷纷前来贺喜，除莫离恨、岳阑珊有些羡慕嫉妒恨外，其余人等都是发自内心地祝福。大家带来的礼物五花八门，都花了一番心思。

晏尺素带来的是她亲手一针一线、挑灯夜战缝制的新衣、新鞋。莫离恨带来的是坐月子期间需要的益气补血的药材，如人参、当归等。月疏桐带来的是用白银做的长命锁，亲手挂在了独孤清的脖子上。独孤清忽闪忽闪着大眼睛，笑眯眯地看着月疏桐，惹来众人一阵舒心的欢笑。许久不见的花千树也出现在众人的视线中，她的心性已经平和了许多，经历了这么多，许多事都看开了。她给独孤清带来了一个玉如意，祝福他事事如意。守财奴岳阑珊自然舍不得掏银子，就简简单单做了一个所谓辟邪的香囊敷衍了事。

让大家颇感意外又觉得有些别扭的是，杨紫陌也来了，只是身边少了一个人，那就是她的婢女重锦。杨紫陌不再大摇大摆，不再美艳照人，连走路也毕恭毕敬起来，倒有另外一番风姿，清丽可人。

众人对她指指点点，用异样的目光看着她，像打量天外来客一样。她带来的礼物更是让大家瞠目结舌，她带来的是一小袋稷米。

杨紫陌把布袋子轻轻搁在桌上，对采桑子柔声细语道："我听晏妹妹说用稷米熬成糜粥，最适合坐月子的人喝，所以就带来一点稷米，望妹妹莫要嫌弃。"

杨紫陌平日颐指气使、呼来喝去惯了，今日如此彬彬有礼，采桑子好不习惯，良久才反应过来，点了点头。

二人没有多余的话说，为避免尴尬，杨紫陌去逗独孤清。见了独孤清难免想到自己夭折的孩子，杨紫陌不禁潸然泪下。

须臾，岳阑珊扭着腰肢走了过去，阴阳怪气道："杨妹妹，三日不见当刮目相看啊，脱胎换骨了不成？"

杨紫陌并不理会长舌妇岳阑珊，只是用丝巾拭去了眼角的泪水。

岳阑珊见杨紫陌一声不吭，越发趾高气扬起来，心想，以往自己需要对她点头哈腰，今日也让她尝尝低三下四的滋味。真是三十年河东，三十年河西，世事难料啊。

岳阑珊又轻蔑地笑了一声，揶揄道："妹妹素来出手阔绰，今儿个怎如此捉襟见肘，只送来一小袋谷子？这与妹妹财大气粗的身份不符啊。不知道的人还以为妹妹忌恨采桑子妹妹的孩子，故意为之呢。"

晏尺素过来解围："礼轻情意重，岳姐姐的香囊不见得比杨姐姐的谷子高贵多少。何况稷米又是采桑子妹妹急需的调养佳品，而姐姐的香囊可有可无。"

晏尺素一针见血，说到了岳阑珊的短处，岳阑珊脸红一阵白一阵。

岳阑珊并不甘心错过羞辱杨紫陌的机会，继续道："杨妹妹，跟随你多年的重锦去哪儿了呀？"

杨紫陌倒也不忌讳，正色道："妹妹性子暴躁，待重锦过于苛刻了些。她忍受不了，回家了。"

岳阑珊怪笑一声，让人毛骨悚然："下人们都走了，偌大的倾城别院，妹妹孤零零一个人不会感到寂寞吗？"

杨紫陌表情僵硬，要是以往她一耳刮子就扇过去了，可现在她只能忍气吞声："有来有往，该走的走，该留的留。"

杨紫陌都有点佩服起自己来，看起来根本办不到的事情她却办到了，比如此刻面对岳阑珊的恶意挑衅，她的忍耐程度达到了她无法想象的地步，人的潜力真是无穷啊。

要是以往，花千树可能会站出来为杨紫陌说话，只是现在她泥菩萨过江，自身难保，也不想惹是生非了，管好自己就可。

岳阑珊不依不饶，咄咄逼人："对喽，还要恭喜妹妹的令尊，又平步青云了，一下子被贬到了千里之外的蛮荒之地。听说那里飞沙走石、茹毛饮血，也不知令尊有生之年能否回得来？老来客死他乡，真乃人生一大悲剧。"

岳阑珊口无遮拦的话已经触犯了杨紫陌最后的底线，杨紫陌本性使然，欲要反唇相讯。此时采桑子见空气里弥漫着火药味，赶紧出来圆场："各位姐姐，行行好，赶紧为妹妹支支招吧。坐月子要注意什么？照顾清儿又要注意什么？"

月疏桐过来摸了摸独孤清的脸蛋，问道："妹妹打算自己喂养还是交给奶妈子喂养？"

采桑子毫不犹豫地回答："当然自己喂养。"

说完，采桑子低头亲了一口独孤清，自言自语："清儿要乖哦。"

采桑子那神态惹得众人眉眼含笑。

月疏桐继续道："如果妹妹亲自喂养，坐月子可要仔细饮食哦。"

采桑子随手一指晏尺素："不怕，有晏姐姐在呢。"

晏尺素面如春风拂柳："虽说产后宜温，但也不可日日大鱼大肉、肥甘厚腻。你的身子刚刚经历生产，损耗了大量的气血，需要一个缓慢恢复的过程。一下子过食大量滋腻补品，身子承受不了，就好比大渴之人需要慢慢饮水，坐月子时的调养也需要细水长流，循序渐进。"

月疏桐微微点头："晏妹妹所言极是。采桑子妹妹素来胃弱，更得注意喽。另外，此非常时期妹妹不可大意，谨防外感，不要伤了风寒。此时若是病了，吃药会把药毒传给清儿的。"

采桑子抬起头来，用感激的眼神看着月疏桐："多谢姐姐提点。"

歪着脑袋想了一会儿，采桑子又道："除了杨姐姐带来的糯米外，我还可以吃什么呢？可以喝鸡汤吗？"

此言一出，立刻引来了哄堂大笑。

晏尺素戳了下采桑子脑门，知道她嘴馋，特别叮嘱道："可以喝鸡汤，但不可日日喝，喝的时候把鸡汤上面那层油撇掉。平常你要多多留意你的舌头，如果黄黄的就是补过了，小心变成胖子哦。"

隔三岔五去藕香榭与晏尺素切磋探讨，月疏桐的摄生之道也一日比一日精进，补充道："清儿的饮食也得当心哦。六个月内以母乳为主，六个月后要增加一些辅食啦，比如米糊、面糊、青菜等。这个时候培养孩子的脾胃至关重要，不要一味给孩子吃肉，不然以后他就会挑食。"

此时，杨紫陌随口一说："我的清儿这么乖，不会挑食的。"

刚才说了那么多也没让杨紫陌原形毕露，岳阑珊憋了一肚子气，这下可逮住机会了，又冷嘲热讽起来："哟！妹妹是想孩子想疯了吧。什么你的清儿，青天白日的睁眼说瞎话，明明是采桑子妹妹的清儿。你的啊，你的已经遭到报……"

那个"应"字还没说出口，岳阑珊突然失音了，如鱼刺卡住了喉咙，努了半天嘴硬是说不出一个字来。岳阑珊大惊失色，羞愧难当，捂着脸跑开了。

莫离恨心里笑道："这报应来得真及时。"

三日后，岳阑珊苦着一张脸，心急火燎地赶往藕香榭。尾随其后的是婢女素娥。素娥提着重重的食盒，食盒里装了好些养生食材，如山药、茯苓、薏米、大枣、桂圆等。这回岳阑珊可是下了血本，知道晏尺素喜欢鼓捣这些，投其所好，花了好些银子从药铺购得。

岳阑珊这是为了让晏尺素好好调理一下她的嗓子。

那日她失音狼狈不堪，仓皇逃回及第舍，翻箱倒柜地找清热解毒的药材。平日里，岳阑珊的嗓子就经常感到不适，要么干，要么痒，严重点还会肿痛，痛得喝粥都喝不了。花了很多银子，找了很多大夫也没治好。

这下更严重了，竟然失音了，连话都说不出来了，她可不想当哑巴。回去后喝了点金银花茶，才稍微好转一点，话虽然能够说出来了，但声音嘶哑低沉，连她自己都不信这是她的声音。

藕香榭的门口，缌衣堵住了岳阑珊的去路。

"哪阵风把岳夫人吹来了呀？"

缌衣虽为奴婢，但骨子里有股嫉恶如仇的侠气，平日里就看不惯岳阑珊说长道短，搬弄是非，欺软怕硬。

岳阑珊嗓子不好使，让素娥说明来意。

"我家夫人嗓子好几日都未好，特地来让晏夫人瞧瞧。"

素娥与岳阑珊一个德行，眉毛上挑，语气生硬，那架势似乎是说，晏尺素给岳阑珊看病是荣幸之极。

缌衣张开双臂："真是不讨巧了，我家夫人正在午睡，你们还是晚点再来吧。"

素娥不信，贼溜溜的眼珠子到处乱转，踮起脚尖朝里望了望："你别诓我，小心吃不了兜着走。你让我进去瞧瞧，谁知道你说的是真是假。"

缌衣越发来气了，死死堵在门口。素娥推搡着，骂道："好狗不挡道。"

缌衣气得脸色铁青，正要还口，一直闭口不言的岳阑珊哑着嗓子吃力道："缌衣，你就行个方便吧。我哪得罪你了？说说看，如果你让我心服口服，我向你赔不是。"

岳阑珊今日是有求于晏尺素，又知缌衣与晏尺素情同姐妹，不想在此刻开罪于她。要是平时，她肯定横冲直撞进去了，缌衣一个小小的婢女怎阻挡得了她？

缌衣见岳阑珊说的还中听，态度也算诚恳，于是眉头一皱，欲捉弄一下她，道："夫人，其实奴婢有一个偏方可以治好你的嗓子。"

"洗耳恭听。"

"回去找一团棉花把嘴塞住，只在用膳时把棉花取出来，三天三夜不说话，保管你的嗓子马上好起来。"

话虽然糙，但不无道理，岳阑珊嗓子上的毛病就是说出来的。

"好你个缌衣！竟敢羞辱我家夫人，我跟你没完！"

说着，素娥放下食盒，冲过去欲与缌衣撕扯。

岳阑珊也气得不行："你这小蹄子不想活了吗？你一个小小的奴婢竟敢欺负到我头上了，真是无法无天了！反了你了！素娥，给我揍……"

话还未说完，嗓子越来越嘶哑了，岳阑珊心想不妙，别见了晏尺素成了哑巴，一句话说不出来，岂不白白糟蹋了我带来的礼物？于是，她赶紧收了口，搅了搅舌头，用唾沫润了润嗓子。

缌衣正欲大展拳脚与素娥厮打一番，晏尺素听见争吵声，走了出来。

见晏尺素到来，二人才收了手。

缌衣借故跑开，晏尺素把岳阑珊请进了院子。

落座后，缌衣端来茶水，岳阑珊狠狠瞪了一眼缌衣，吃了一口茶才能说出话来："素娥，把礼物拿过来。"

素娥将食盒提过去，打开盖子，一股脑把各种食材倒在桌上。

岳阑珊缓缓道："这是我精挑细选为妹妹准备的养生食材，相信妹妹必能妙手回春，把姐姐的嗓子调理好。"

晏尺素看了一眼食材，一本正经道："姐姐还是把食材带回去吧，无功不受禄，况且这些食材我这里也应有尽有。"

岳阑珊脸色一暗，低低道："那妹妹不想给我调理嗓子了？"

晏尺素一笑："妹妹可没说这种话。"

岳阑珊满脸堆笑："我就知道妹妹医者仁心，怎会忍心见姐姐受这等苦楚？"

晏尺素不用望闻问切就对岳阑珊的病情了如指掌，因为她太熟悉岳阑珊的性子了，有什么样的性子就会得什么样的病。一天到晚叽叽喳喳、喋喋不休，把口水都说干了，嗓子能不出毛病吗？嗓子也需要休息的。

"肺为声音之门，肾为声音之根。姐姐得的病叫喉喑，表现为声音嘶哑，甚至说不出话来。喉喑有实证与虚证之分。风寒外袭、痰热交阻都会导致喉喑，是为实证。姐姐的喉喑明显不属于实证。"

岳阑珊死性不改，又抢了话："那我这属于虚证喽。"

晏尺素颔首："虚证也有两个方面，一个是肺燥津少，一个是肾阴不足。姐姐就偏于肾阴不足，除了嗓子不舒服外，姐姐平时还有不寐、烦躁、腰膝酸软、耳鸣、目眩等症状吧？"

岳阑珊见晏尺素说得头头是道，而且把她的症状都说了出来，不禁竖起大拇指，赞不绝口："真是神了！比大夫还神！妹妹说的都对。那姐姐该如何是好？"

晏尺素沉思片刻，说道："用'百合固金汤'，此方滋养肺肾，最适合经常说话或者歌唱导致的嗓子各种不适。"

"那需要吃多久呢？"

晏尺素郑重其事道："病来如山倒，病去如抽丝。姐姐这个病是多年积累的结果，不要奢望一下子就能除根，坚持下去总会好的。服药是其一，还有最重要的一点是姐姐该三缄其口，节约一下你的口舌，不要说太多话，话多伤气。该说的说，不该说的不说，言多必失，祸从口出啊。"

岳阑珊似有所反省，面有愧色："姐姐我没其他毛病，就是管不住自己的嘴。妹妹的金玉良言，姐姐这回一定谨记在心。如果妹妹治好了我的病，姐姐定投桃报李，任妹妹差遣。"

晏尺素笑了笑，一字一顿道："姐姐言重了，妹妹不会差遣任何人，也不会被任何人差遣。"

幽篁居。

莫离恨立于一丛紫竹下，神思飘忽。一片半黄半绿的竹叶慢悠悠地飘下来，落在莫离恨的发髻上。

又是一年寒冬腊月。前几日下了一场瑞雪，屋子里阴冷阴冷的，莫离恨在院子漫步，沐浴一下冬日里的暖阳。往事如烟，莫离恨回忆着，不觉间想到什么，闪了神就愣在紫竹下。

黄时雨搓着手，哈着热气，小跑过来。

"夫人，听说昨日晏尺素去了玄都阁。"

"玄都阁？"莫离恨微启朱唇，几乎都快忘记玄都阁的存在，忘记玄都阁还幽禁着一位叫桃夭夭的妙龄女子。

黄时雨轻轻拂去莫离恨发髻上的竹叶："是的，好像是桃夭夭病了，她去送汤药，估计是邀买人心去了。"

莫离恨嘴角泛起的笑比这三九天刺骨的风还要冷："桃夭夭一生禁足，就算她笼络成功又有何用？"

昨日酉时，晏尺素是去了玄都阁。

桃夭夭神经兮兮地赤足在雪地里乱舞，婢女依依劝不住，桃夭夭便感染了风寒。她全身高热不止，额头滚烫得如火烧火燎。对桃夭夭不离不弃的婢女依依心急如焚，一口气跑到了藕香榭寻求帮助。晏尺素二话不说，即刻吩咐缁衣煮了一碗陈皮蚕沙竹茹水一起端了过去。这陈皮蚕沙竹茹水晏尺素一直备着，凡是有谁高热，屡试不爽。桃夭夭服用了这神仙水一般的汤水后沉沉睡去，翌日醒来高热全部退去。

黄时雨的脸上不乏忧虑："夫人说的也是，不过这山庄的局势越来越不利于夫人了。除了禁足的桃夭夭，遁入空门的江晚照、重楼的月疏桐、朱嬴馆的采桑子、玉雨轩的花千树、及第舍的岳阑珊，就连死对头倾城别院的杨紫陌也都归附了晏尺素。你说这晏尺素给她们灌了什么迷魂汤啊，一个一个争先恐后地往藕香榭跑。"

莫离恨神色冰冷，轻蔑道："天下攘攘皆为利来，天下熙熙皆为利往。一旦利益的铁链断裂，依附在晏尺素身上的人情网就会土崩瓦解。记住，这山庄没有永远的敌人，也没有永远的朋友。"

黄时雨似乎有些动摇，憋在心里的话想一吐为快，但又怕惹恼莫离恨。良久，才鼓足勇气，小心翼翼道："夫人，有一句话奴婢不知当讲不当讲。"

"但说无妨。"

"如若夫人停止争斗，与晏尺素交好，又将会是怎样的结果？"

莫离恨一时无法揣测黄时雨怎会突然冒出这等荒谬的想法，面有愠色，厉声道："怎么？莫非你也想归附晏尺素不成？！"

黄时雨被莫离恨咄咄逼人的目光吓得瘫软在地："夫人恕罪，奴婢一时胡思乱想的。"

莫离恨又弯腰把黄时雨扶起，面上虽有几分迷茫但依然果决："开弓没有回头箭，这是一条不归路，如果我们半途而废只有死路一条。"

黄时雨随即表态："奴婢誓死效忠夫人。"

末了，莫离恨又长叹一声："真希望这一切早点结束啊。"

"夫人，我们回屋吧，银耳百合莲子羹差不多快好了。"

莫离恨"嗯"了一声，转身，怀着复杂的心绪慢慢朝屋子走去。

一提到这银耳百合莲子羹，莫离恨就愁肠百结。这清心安神的莲子越放越多，可她的睡眠却每况愈下，丝毫不见好转。每每入夜，她都胆战心惊，总觉得四周有鬼魅飘忽。好不容易入睡也是噩梦连连，不是被追杀，就是失足堕入深渊。每每被吓醒，她就再也无法入睡，以至于到后来，必须要黄时雨守着她才可以勉强入睡。

黄时雨曾好心建议莫离恨换一个调养的食方，说这个食方可能不对症，还提议去晏尺素那讨要一个食方。不料这话惹毛了莫离恨，她说晏尺素算什么东西，还真把自己当神医了，她偏不去，她不信自己比不过晏尺素，说着还把黄时雨端来的莲子羹打翻在地。从此，黄时雨再也不敢提换食方的事。莫离恨刚愎自用起来，比当初的杨紫陌有过之而无不及。

喝完莲子羹，莫离恨在床榻上歪了一会儿，又提议去山庄各处转转，疏解一下心中的郁结之气。

出了幽篁居，路过倾城别院，又路过藕香榭，拐了个弯，就来到究极湖。虽然是冬日，这究极山庄依然是风景如画，风物宜人。莫离恨伫立在风入松亭，想起一首禅诗，忍不住吟道："春有百花秋有月，夏有凉风冬有雪。若无闲事挂心头，便是人间好时节。"

可是，她这千丝万缕的烦心事何时才能散尽呢？

思绪纷飞间，一信差沿着风入松亭边的小径匆匆而来，在亭口打住了脚步，拱手问道："这位贵人，敢问藕香榭如何走？"

一听藕香榭，莫离恨的神经就紧绷，问道："你有何事？"

信差随口道："回贵人的话，小的是去藕香榭传一封书信给晏夫人。"

晏尺素？莫离恨纳闷起来。这会子会有什么事情需要书信来传递？莫非是她家中出了事？也不能啊。晏尺素娘家离究极山庄不过几里路，出了事随便一个下人跑跑腿就可以。莫离恨越发好奇起来，走出亭子，笑容可掬道："我是晏夫人的好姐妹，不如把书信交给我吧，我替你转交，也省得你东跑西跑地找不着地。"

"这……"信差有些迟疑不决。

黄时雨也没多想，只当莫离恨做个顺水人情，大声道："放心吧！这位小哥，我家夫人也是这山庄的夫人，还诓你一封信不成？"

信差想着还有其他加急信件需要马不停蹄地派送，于是掏出信件递给了莫离恨。

信差走后，黄时雨不假思索道："夫人，我们这是要去藕香榭吗？"

莫离恨看了看信的封皮，落款处并非晏尺素家人，估摸着定有蹊跷之事，于是把信递给黄时雨，道："拆了，拿来我看。"

黄时雨大为不解："这……不妥吧？"

"少啰唆，让你拆就拆！"

黄时雨用有些颤抖的手好大一会儿才拆开了信皮，满腹狐疑，不知莫离恨葫芦里又要卖什么药。

莫离恨迫不及待地抖开信纸，一目十行，看完后露出诡异的笑容："真是天助我也！真是天赐良机！扳倒晏尺素的机会终于来了。"

原来这封书信是晏尺素的故人祝东风鸿雁传情。祝东风信中追忆了与晏尺素的种种往事，笔墨柔情缱绻，相思之情跃然纸上。他说自己不日就要远离故土，奔赴边疆，保家卫国，与匈奴外族殊死搏斗。此一去生死未卜，不知是否还有归期，望晏尺素顾念旧情，于城郊月湖最后一叙。

莫离恨讲述了信中的内容，黄时雨听后很快就明白过来，喜上眉梢："恭喜夫人，夫人这回要否极泰来了。"

二人又把信件装好，鼓捣了一下，看不出被拆的痕迹，至多是有途中磨损的迹象。二人匆匆去了缥缈居，趁没人注意的时候，黄时雨身手敏捷地将信放在了缥缈居的门口。

独孤及踏着暮色归来，南浦拾起地上的信件交给独孤及。独孤及一看，见落款处写着祝东风，心中狐疑，这祝东风何许人也，怎么从未听素儿提起过？除了族人，素儿怎会与外姓男子有书信往来？信中又写了什么？

独孤及把信随手扔在案几上，打算明日送过去。去内室更衣出来，见案几上的信，独孤及又忍不住拿起反复端详，眉头紧锁，疑虑如大雾一样包裹了他。这信到底写了什么？突然一个念头闪过，莫不是素儿与这祝东风有私情吧？一想到这，独孤及的心如被针刺了一下。

不会的，不会的，素儿绝不会是这样的人。独孤及心里念叨着，手不由自主地拆开了信封。

属于他的女人决不允许有丝毫的欺瞒与背叛，一直以来这是独孤及心中最大的忌讳。可想而知，独孤及看完这封鸿雁传情之书后，心中是做何感想的。他怒不可遏，拍案而起，脸上的表情如山雨欲来风满楼。

独孤及一刻也等不得，拿起信件，怒气冲冲地赶到藕香榭。

晏尺素与缃衣，还有独孤风以及奶妈子围坐一团，正准备享用晚膳。

独孤及来势汹汹，晏尺素颇为纳闷，赶紧起身迎上去，温柔道："侯爷来了？正好，跟我们一起用晚膳吧。妾身为侯爷做了天麻炖鱼头，可以调理侯爷的头晕头痛，想着用完膳就给侯爷送过去。侯爷赶巧来了，也就省得妾身再跑一趟了。"

独孤及瞟了一眼一桌子丰盛的佳肴，面色铁青，讥讽道："气都气饱了，哪里吃得下！你跟我出来！"

晏尺素心中暗暗一紧，随独孤及走出屋子，来到莲心亭。缃衣让奶妈子好生哄独孤风用膳，自己跑到屋子门口，远望晏尺素与独孤及。

晏尺素还从未见过独孤及对自己发雷霆之怒，预感大事不妙，做好了迎接暴风骤雨的准备。

到了莲心亭，晏尺素谦恭有礼道："侯爷息怒。不知何事让您如此大动肝火？侯爷有头疾，不可轻易动怒。"

"看看你做的好事！"

独孤及怒发冲冠，把信件重重摔在石桌上，拂袖而去。

晏尺素拿起信件速速阅读起来，看完信心里凉了半截，四肢乏力，瘫软在石凳上，手中的信件也滑落在地。晏尺素在心中暗暗叫苦，祝东风啊祝东风，我与你早已是情断义绝，你我之情已如明日黄花，这两年来也从无音讯往来。你要走就走好了，临了临了，还来这么一出，你这不是让我陷入险境吗？

晏尺素直怨祝东风书生意气，不知审时度势，拿捏分寸。如今白纸黑字，祝东风文采风流，又写得如此情意绵绵，虽是过往，但晏尺素有口难辩，跳进黄河也洗不清了。

缟衣跑过来，捡起地上被风吹得哗哗响的信纸，看完后也六神无主，不知如何安慰晏尺素，只是一遍又一遍轻轻呼唤着："夫人，夫人，夫人……"

今夜，星光璀璨，晏尺素从来没有如此焦灼地期待天音阁的箫声响起。曾经，独孤及对她说，思她时会去天音阁，吹起他的箫。记不清有多少个夜晚，独孤及的箫声裹着浓浓的爱恋悠悠传来。可今夜，她枯坐到天明也不曾听见那熟悉又伤感的箫声。

终究还是抵挡不了美味的诱惑，又有坐月子的借口，素来不辜负美食的采桑子一轮月子坐下来不知不觉竟胖了一圈。一日，采桑子对镜梳妆，发现自己的面颊有些婴儿肥，又临水照影，顿时沮丧不已，自己的体态宛如杨玉环之丰腴。

这如何了得？侯爷好细腰，即便侯爷不好细腰，她也见不得自己的体态如此臃肿，她想要娉娉婷婷、袅袅娜娜。

于是，采桑子来到藕香榭，一进院子就大呼小叫："好姐姐，快帮帮我。"

缟衣一脸愁容地朝阁楼指了指，采桑子一口气跑上了阁楼，气喘吁吁，香汗淋漓。

晏尺素正在阁楼作画，画中是一望无际的湖泊，湖中一角伸出一块陆地，湖中有一叶扁舟，舟上之人还未画完。此画晏尺素从前日开始创作，预想完工后送给独孤及。

采桑子品鉴能力尚浅，不知晏尺素画中意境，双手撑着下巴，好奇问道："姐姐画中何意？"

晏尺素知采桑子无法理解，想起昨日一事，低低道："人，终究是孤独的。"

采桑子丈二和尚摸不着头脑："好端端的，姐姐为何发出此等慨叹？"

"你不见这画中的孤舟有柳宗元'独钓寒江雪'的意境吗？不过，这孤舟之外的广阔天地、日月河山、花草树木又是无限的。这大量的留白代表一个人的心灵，人可以茕茕孑立，但心可以遨游天地。"

采桑子双唇紧闭，把头摇得像拨浪鼓似的："妹妹才疏学浅，姐姐跟我说这些无异于对牛弹琴。姐姐你还是歇息一下，跟我说说如何减掉身上恼人的赘肉吧。"

晏尺素本也无心作画了，满脑子是独孤及愤怒的眼神，于是收起笔墨、宣纸。

晏尺素望了一眼采桑子，淡淡道："你也不算胖，就是丰腴了一些。"

采桑子摇了摇晏尺素的手臂，焦急道："哎呀，姐姐快别宽我的心了，明明胖了一圈。"

晏尺素反问道："知道是如何胖起来的吗？"

采桑子又有些羞羞答答起来："没听姐姐之言，贪嘴……"

"知道就好。坐月子是最容易长肉的，坐着不动，肥甘厚腻吃得又多，进的多、出的少，焉有不胖之理？"

采桑子吐了吐舌头："姐姐教训的是。可是，人为何会发胖呢？"

采桑子问的虽然简单，但要说明白并非易事。晏尺素思考了良久才缓缓道："其实啊，人发胖是身体的一种自我保护。外感六淫，内伤七情，再加之食饮无度，身体五脏六腑的湿寒之气越来越重，清阳之气越来越微弱。如果此时外面稍微有一些风吹草动，比如刮风下雨、天气骤冷，寒邪就会乘虚而入，如入无人之境，直逼五脏六腑。那么，如何保护五脏六腑，使其不受寒邪侵犯？我们的身体此时会形成一层又一层的脂膏，这脂膏就是抵御外界寒邪的屏障。你的湿寒之气越重，你的脂膏就越多，屏障也就越大，因而身子就越胖。"

采桑子摸了摸自己圆滚滚的胳膊，点了点头，打破砂锅问到底："按照姐姐的说法，只要去掉身上的寒湿之气，身子自然就瘦下来喽。这寒湿之气又如何去掉呢？"

晏尺素挤出一丝笑容："你还真是刨根问底啊。不过，这寒湿之气不好祛除，尤其是湿气，如油入面，很难去除。千寒易去，一湿难除。冰冻三尺非一日之寒，在祛寒湿这件事上，你要做好打持久战的准备。"

要不是关系到自己的身段，采桑子才没有兴致问这么多呢。此刻她竖起两只耳朵，聚精会神："姐姐快快说来，愿闻其详。"

"祛湿的关键在于健脾。健脾祛湿，健脾在先，祛湿在后，脾好了湿气自然就会慢慢消退。怎么健脾？首先，健者，运行有力也，健脾就是要活动，适当的活动是健脾不二之选。其次，要好好食饮，饮食有节有度，不贪寒凉厚腻，多食五谷。"

采桑子又摸了摸微微鼓起的肚子："有没有特别的食方？"

"陈皮荷叶茶可以健脾祛湿消脂。如若妹妹严格按照我说的去做，再每日饮陈皮荷叶茶，一月有余妹妹就会恢复往昔的窈窕婀娜。"

采桑子有些雀跃起来："妹妹一定谨遵姐姐的教诲。"

见晏尺素始终愁眉不展，脸上一片阴霾之色，声音也低缓消沉，采桑子忍不住问道："姐姐今日怎了？心事重重的。"

晏尺素也确有一些抑郁，想找一个人倾诉，见采桑子这般问，也就不再瞒着："妹妹，这回姐姐可摊上大事了。"

采桑子拍拍胸脯，信誓旦旦："什么大事？说出来，妹妹定当为姐姐分忧。"

于是，晏尺素理了理头绪，将独孤及看了祝东风写给她的鸿雁传情之书，而后勃然大怒一事和盘托出。

采桑子听了面有虑色："姐姐可得慎重处理此事，万万不可重蹈覆辙，落得和桃夭夭一样的下场。"

晏尺素面色愈发凝重了："我又何尝不是这般思虑的，只是侯爷正在气头上，我的话恐怕他也听不进去了。"

"姐姐此时还是回避为好。姐姐姑且在藕香榭等待消息，妹妹来为你想办法。"

说完，采桑子就匆匆离去。晏尺素追上去嘱咐她不可胡来，采桑子应着，一溜烟儿就没了影。

采桑子并没有锦囊妙计，只是出于本能要去缥缈居替晏尺素求情。她本想单刀赴会，又恐势单力薄，且自己笨口拙舌的，无法说服独孤及，于是想着拉众姐妹一起去求情。采桑子备了薄礼，一一敲开了山庄各房的大门。

采桑子在做这件事的时候大有一种替朋友两肋插刀的侠义气势，一改往日胆怯懦弱的性子，有一种豁出去的感觉。这让众姐妹大为惊讶，刮目相看。

如是往昔，估计没有人会响应采桑子的行动，那时大家还巴不得晏尺素出事呢。如今不可同日而语，山庄姐妹一一被晏尺素的德行折服，也都受了其恩惠。晏尺素给她们精心配制的食方也大显神通，无一例外地调理好了她们日日为之烦忧的宿疾。于是，大家纷纷加入去缥缈居求情的队伍。不就是动动嘴皮子说几句话吗？这有何难。

幽篁居的莫离恨竟也爽快答应一同前往。黄时雨劝她不要去，以免触怒龙颜，莫离恨则说不仅要去，还要踊跃表现，越踊跃侯爷就越生气。

采桑子还亲手为独孤及烹制了一道养生药膳——益肾养脏汤。因为瞒着晏尺素，这个食方还是向月疏桐讨教来的。月疏桐说冬三月是养脏的季节，此时对应的五脏是肾，冬季补肾正当时。养脏汤的食材有栗子、核桃、莲子、枸杞子、葡萄干等，一起洗净下锅，炖煮半个时辰就可，益五脏，固本培元，尤其适合虚劳过度的男子。

众人合计，想着先去老夫人那一趟，老夫人可是最喜爱晏尺素了。晏尺素把风儿照顾得妥妥帖帖，风儿一日比一日茁壮，老夫人每每见之喜笑颜开，直夸晏尺素的贤良淑德可比肩独孤风的生母温烟芙。只是这几日不巧，老夫人玉体欠安，抱恙在床，不便去搅扰。

采桑子起头，携众姐妹逶迤而入，进了缥缈居。

采桑子先把益肾养脏汤奉上。

独孤及好生奇怪，平日采桑子可从未领头携众人来这缥缈居，于是直截了当道："无事不登三宝殿，有何事快说。"

采桑子缓缓跪下，众人也参差不齐，一一跪在独孤及面前。

独孤及一脸不耐烦，呵斥道："起来，起来！都给我起来！动不动就下跪，成何体统！"

独孤及这一下马威让采桑子打了一个激灵，又颤颤巍巍站起来，众人也跟着起身，个个面目沉重。

采桑子怯怯道："请侯爷开恩。"

独孤及脸色阴沉："开什么恩？你不好好在家照料清儿，跑来这作甚！"

还是杨紫陌按捺不住风风火火的性子，开门见山道："此事与晏妹妹无关，请侯爷三思。既然是写给晏妹妹的信，怎会平白无故出现在侯爷手中？定是有人陷害晏妹妹。"

自杨紫陌滑胎、家里出事后，她性情大改，今日为晏尺素求情让独孤及颇感意外，忍不住多看了几眼杨紫陌："谁吃了豹子胆敢陷害她？她都亲口承认有祝东风这个人，且承认那封信是祝东风亲笔所写。"

"这……"杨紫陌哑口无言，败下阵来。

听杨紫陌说有人要故意陷害晏尺素，做贼心虚的莫离恨把心提到了嗓子眼，生怕隔墙有耳，她的所作所为被杨紫陌听了去。见杨紫陌如此表情，她才缓下心来。莫离恨启朱唇，明皓齿，幽幽道："侯爷息怒。哪个少年不多情，哪个少女不怀春，晏妹妹情窦初开难免有一些风月之事，也情有可原……"

独孤及毫不犹豫打断莫离恨的话："给我闭嘴！岂有此理！"

见莫离恨哪里是来求情的，分明是来挑拨离间的，月疏桐赶紧向前一步："旁观者清，当局者迷。作为旁观者，妾身只知晓晏妹妹对侯爷一往情深，曾数次对我提及侯爷对她情意如山，她这辈子别无他求，只求一心一意用在侯爷身上。请侯爷明察。"

这番话说得讨巧，独孤及虽在气头上，但听着顺心不少。

杨紫陌虽表面上不再计较，但对莫离恨送山楂糕导致她滑胎一事仍怀恨于心，又站出来瞪着莫离恨道："什么风月之事，妹妹别在这无中生有，信口雌黄，玷污晏妹妹的清白。"

岳阑珊赶紧出来插话："晏妹妹对侯爷之心日月昭昭，天地可鉴！"

桃夭夭与花滋荣暗通款曲一事仍历历在目，花千树也不好多说什么，只道："晏妹妹对侯爷是否一心一意，侯爷完全可以自己感知，不需要我们这些外人多言。妾身只希望侯爷不要冤枉一个好人。"

采桑子酝酿了一肚子的话终于说了出来："晏姐姐对风儿如何？比亲生母亲还有过之而无不及。对老夫人如何？亲生女儿也未必有晏姐姐这样孝顺。对侯爷如何？侯爷心里有数。对我们大家如何？侯爷现在所见到的一切，就是晏姐姐对我们的结果。晏姐姐如莲花一般纯洁无瑕，出淤泥而不染，怎么会三心二意、朝三暮四？侯爷擦亮眼睛，不要委屈了姐姐，生分了姐姐。"

得道者多助，委实地说，这么多人替晏尺素求情，独孤及心里还是很高兴的，但男人的颜面也难以放下，他大手一挥："你们说千遍道万遍不就是想替她开脱吗？白纸黑字，铁证如山，教我如何相信她！"

月疏桐深深作了作揖，字字珠玑、句句在理："侯爷，即便是祝东风写信给晏妹妹又能说明什么？只能说明那是祝东风一个人的事，与晏妹妹无关，是祝东风一厢情愿。晏妹妹花容月貌、德才兼备，遇见侯爷之前有人倾慕合情合理，敢问世上之人谁不追求美好？侯爷不但不应该恼怒，更应该开心才对。倾慕晏妹妹的人越多，说明侯爷的眼光、品味越高。难道侯爷真希望晏妹妹无人问津吗？"

独孤及低头，无言以对。是啊，不问青红皂白就这样待晏尺素，自己是不是太冲动、太过于心胸狭隘了？

采桑子趁热打铁："侯爷切不可因为这封信贻误了与晏姐姐百年修来的缘分啊。"

莫离恨突然想起晏尺素有一本医书《食疗本草》，上面有祝东风的落款，于是又心生一计，说道："如果侯爷实在不相信晏妹妹的清白，可以去藕香榭搜查一下。如果晏妹妹与祝东风有私情，定会私藏一些相关物件。"

独孤及迟疑了半天，才缓缓道："就依你的法子办。"

日上三竿，晏尺素继续在阁楼里心不在焉地作画。这幅《孤舟图》看来真的完不成了，就剩最后一个人了，可反反复复数次还是画不好。但这个立在舟上目视远方的人又是整幅画的点睛之笔，没有他，这幅画就失了意趣。

这几日独孤及像蒸发了一般，再也没光顾藕香榭。好几次听到外面急促厚重的脚步声，晏尺素以为是独孤及，兴冲冲地跑到门口，却又失望而归，不过是路人而已。而后她又不免自嘲，这个时候他怎么会来呢？

天音阁的箫声似乎已经永远消失了，采桑子也杳无音信。晏尺素预感到，事情越来越严重了。

采桑子比晏尺素更加焦急，恨不能插翅飞到藕香榭，可是独孤及的命令不得违抗。昨日缥缈居求情后，独孤及采纳了莫离恨的提议，打算搜查藕香榭，并严令在搜查之前任何人不得去藕香榭为晏尺素通风报信，此次搜查行动让莫离恨全权负责。

蓬壶阆苑的婢女暮云来报，说老夫人这几日牙疼，请大夫看了，吃了汤药，就是好不了。老夫人不想吃药了，又不便走动，让暮云来藕香榭要个食方。

晏尺素搁下画笔，细细问询。牙疼有三种情况，一是蛀牙疼，二是风火牙疼，三是虚火牙疼。晏尺素问暮云，老夫人怎么个疼法，暮云如实回答说老夫人是隐隐作痛，也没有其他上火的症状。晏尺素明白了，老夫人的牙疼是虚火引起的，让暮云回去煮点胡椒汤给老夫人喝就可以了。

暮云虽不懂医理，但也知晓胡椒作为膳房常用的食材是温热之物，于是皱着眉头问道："老夫人上火牙疼，喝胡椒汤不是火上浇油，疼得更厉害吗？"

晏尺素笑着解释："老夫人并非真的上火，而是虚火上炎。这胡椒啊正好可以引火归元，把虚火引下来，这样老夫人的牙就不疼了。"

暮云似懂非懂地点了点头，一番感谢之后回去复命了。

暮云走了没多久，晏尺素听到院子里传来杂乱的脚步声，从阁楼窗棂探出头去一望，只见莫离恨携一干家丁呼啸而来，与搜查队伍一同前来的还有她朝思暮想、牵肠挂肚的独孤及。晏尺素的心猛地一跳，稳了稳神，匆匆走下来楼来。

莫离恨依然是一副彬彬有礼、笑容可掬的模样："打扰妹妹了。侯爷有令，让我彻查你与祝东风有染一事。"

晏尺素镇定自若，冷笑道："姐姐如此大张旗鼓是要做什么？"

莫离恨一副受命于独孤及而无可奈何的表情："妹妹莫要生气，只是搜查一下罢了。清者自清，浊者自浊，如此才可以还妹妹一个清白。"

说完，莫离恨就对家丁疾声下令道："给我搜！"

晏尺素一声断喝："慢着！"

晏尺素走向独孤及，不曾想他会有如此举动，没有大喊大叫，只是淡淡地、冷冷地问："侯爷真的就这么不相信我吗？真的以为妾身与其他男子有私情吗？"

独孤及背对着晏尺素，语气像屋檐下结成的冰棱子："事已至此，多说无益，一切等搜查结果出来再说。"

晏尺素再也无话，一个"好"字出口，心碎了一地。

家丁们冲进了屋子翻箱倒柜，弄得鸡飞狗跳，屋里很快一片狼藉。莫离恨则领着几个婢女直接进了晏尺素的书房。一推开门，浓浓的油墨香扑鼻而来，莫离恨也吃了一惊，不大不小的书房，并排立着五个书架，书架上堆满了各种医学典籍。莫离恨一本也不落下，费了好大一番劲儿才从最后一排书架中找到了那本《食疗本草》。

莫离恨急不可耐地翻开，只见扉页上题有一行飘逸游龙般的字：晏家尺素，妙手回春。后面落款是"祝东风"。

莫离恨露出了阴鸷的笑容。

莫离恨不动声色，毕恭毕敬地把《食疗本草》交到了独孤及手中。

独孤及翻开书的封皮，第一眼就见到了那行字，那行字像一把匕首直刺他的心脏。只是独孤及并没有像上回那样暴跳如雷，他脸色深沉，声音很轻，但每个字却透着失望："你还有何话可说？"

晏尺素也不想争辩："如果侯爷认为这本书有问题，妾身无话可说。"

独孤及摇了摇头，苦笑了良久："如果你认为这没问题，那我也无话可说。"

晏尺素面无表情，语气生硬："既然都无话可说，侯爷要怎么处置，妾身毫无怨言。"

独孤及却做出一副无所谓的样子："我哪敢处置你啊，还是你来处置我吧。"

顿了顿，又像想起什么似的，说道："对了，我送你的步摇也没怎么见你戴过，比起你这本爱不释手的书来，它大可弃如敝屣。我不想留在这里讨人嫌，你大人有大量，原谅我这小肚鸡肠的人，把它还给我吧。从此，你我互不相欠。"

故作轻松的话语中透着绝望与绝情。

晏尺素的心在流血："抱歉，侯爷，你的步摇永远也要不回来了，因为它被我遗失在了池塘。"

缁衣急得火烧火燎，不明白为何已经到了火烧眉毛的时候了，夫人还祖护杨紫陌。她冲上去跪在独孤及面前道："侯爷，那步摇不关夫人的事，是杨紫陌夫人把它扔进荷塘里了。"

听晏尺素说把步摇弄丢了，独孤及的心万念俱灰，原来自己如此倾心的女子对自己却这般无情无念。听缁衣这么一说，独孤及又有一丝动容。只是，她与祝东风千丝万缕的瓜葛使他终究无法释怀。这是一种嫉妒，一种占有，一种极端的爱。

近在咫尺，却似在天涯。晏尺素与独孤及的心门都关闭了。

独孤及没有对晏尺素进行任何处置，迈着沉重的步子，带着满脸受伤的神情离开了藕香榭。

这种方式比处置晏尺素更加冷酷无情。

寂照庵。

昨夜又下了一场雪，寂照庵院子里出奇的寂静，只有一个女尼在轻轻地清扫着地上的积雪。院子墙角有一棵青松，树枝上的雪偶尔滑落，落地的声音竟清晰可闻，更显出这寂照庵的幽静。

江晚照正襟危坐，姿首端庄地为晏尺素沏茶，动作舒缓优雅。

只见茶杯中茶叶片片，垂直下沉，那披附于茶叶的白毫随之徐徐飘落，如同绿荫丛中雪花纷飞一般。

一股与众不同的氤氲茶香袭来，晏尺素心旷神怡。

这种感觉只可意会，不可言传，每每来到这寂照庵，晏尺素的心就安静了许多。这寂照庵的一草一木有一种莫名的亲切感，似乎前世她就在寂照庵待过。

"这是敬亭绿雪，请施主品尝。"

晏尺素见江晚照的面容比之前要祥和许多："妙尘师父法相庄严，气色也一日比一日好。"

江晚照双手合十："阿弥陀佛。卸下红尘负累，轻松了很多。也多亏了施主赐予的调理之法，让贫尼无病无疾。"

晏尺素的眼神中有羡慕、有钦佩："妙尘师父是有福报之人，终得解脱。不似妹妹，还在红尘中苦苦挣扎。"

江晚照见晏尺素口气多有无奈，神色也不似往日明媚，不禁问道："施主可遇到烦心事了？"

晏尺素没有正面回答，只幽幽地念道："至近至远东西，至深至浅清溪。至高至明日月，至亲至疏夫妻。"

念完心中一片凄凉。

江晚照即刻明白晏尺素与独孤及出现了感情不睦，但作为出家人，也不便盘问旁枝末节，窥探私隐，只稍作提点："该遇上的总会遇上，无论结果如何，你不会失去什么。施主颇具慧根，想必会自行妥善处理。"

虽然隐晦，晏尺素自然也明晓江晚照口中的处理是指与独孤及之间的情感纠葛。不过当局者迷，她还真是无从下手。瞻前顾后，左右思量，她今日来寂照庵就是为了让江晚照这个世外之人指点迷津。

"一位旧人给我修书一封，侯爷看到，疑我与旧人有私情。我不知应该静待水落石出还是主动澄清，望大师指点一二。"

江晚照缓缓举起茶杯，眼眸澄澈如水："月疏桐施主的重楼，你敬我们三杯茶，今日贫尼也回敬施主三杯茶。这第一杯是万古长空。"

晏尺素缓缓饮尽："天地宇宙之浩瀚，历史长河之悠久，这等凡尘俗事渺如尘埃，不值得一提。"

江晚照微微一笑，又举起第二杯茶："这杯茶叫一朝风月。"

这风月自然指的是晏尺素与独孤及。晏尺素颔首，迟迟不肯饮这杯茶，当初劝月疏桐与江晚照之时头头是道，如今自己却沦陷，这不是一种绝妙的讽刺吗？

江晚照又轻轻唤了一声："施主，请饮茶。"

晏尺素回过神来，歉意一笑："风月之事一朝一夕，昨日如胶似漆、缠绵悱恻，今日咫尺天涯、形同陌路。人生无常，情爱则是无常中无常，若不想被这无常困住，则要顺应无常。"

江晚照又端起第三杯茶："当下随缘。"

从寂照庵出来，晏尺素只觉笼罩在脑海中的云雾慢慢散去，眼前豁然开朗。江晚照最后让她随心，想做之事就去做，不想做之事勉强为之也无济于事。

这边晏尺素在寂照庵求佛问道，那边独孤及却在花街柳巷借酒浇愁。

从来没有哪个女子像晏尺素这般如此牵动他的心，一思一念、一情一愫、一悲一喜、一忧一乐均记挂心头。这几日，独孤及也度日如年，食之无味，睡眠不安。他不明白，为何脑子里全是晏尺素的身影？换做以前，他至多睡一觉起来就好，天涯何处无芳草，何必单恋一枝花？可现在他的眼里只有她，即便她做了他最不能容忍的事，他对她也恨不起来，只是独自伤心，自己折磨自己。

花满楼，荣城最出名的青楼。

何以解忧，唯有杜康。独孤及左拥右抱，一群花枝招展的庸脂俗粉围着他，给他斟酒，为他卖笑，为他歌，为他舞。他表面上嘻嘻哈哈，似乎尽情尽兴，可是只有他自己明白，此刻这纸醉金迷、灯红酒绿间，他的心里却想着她。

素儿，你为何要如此对我？

素儿，你在干什么？

素儿，今晚的月亮好圆，你是否在阁楼赏月？

……

夜已深，花满楼门口的灯笼在迷离的夜色中闪着妖娆魅惑的光，多少寂寞之人在此寻欢作乐，多少颗寂寞的心在此寻找慰藉。南浦一直在门口守候着独孤及，差不多的时候，他走进去提醒独孤及该回山庄了。独孤及却大手一挥，让南浦自己回去，说今夜他要留宿花满楼，今夜他要醉生梦死，逍遥快活。

有那么一刻，他的眼前浮现出一副道德枷锁，一个念头闪过，他这样做是否对得住晏尺素？之前，他从未有过这样的念头。之前，他亦寻花问柳，流连忘返于各种风月场所。没有人说他，因为他是侯爷，什么样的女子他要不得？他自己也觉得理所应当、理直气壮，从没负疚感。只是有了晏尺素后，他瞬间就收心了。

此刻他又回归原本的样子，在花满楼花天酒地，这意味着什么？意味着心里不再有她？意味着与她情断义绝？意味着与她共同的过往一笔勾销？

翌日，独孤及从温柔乡里醒来，见枕边躺着一陌生女子，他大惊失色，手忙脚乱穿好衣裳，仓皇逃出花满楼。

此时天还蒙蒙亮，街上行人寥寥无几，独孤及深一脚浅一脚地走着。这一夜风流不但没有让他放松，反而愈发加重了他的心理负担。

真是越怕什么就来什么，适才还想着万一被晏尺素知道了自己一夜未归该如何面对，这不，独孤及刚一到缥缈居门口，就看到一个熟悉得不能再熟悉的身影。

那不是他魂牵梦萦的晏尺素吗？只见她坐在台阶上，头枕在双膝上，一动不动，似乎睡了过去。

这大清早天寒地冻的，她坐在这里做什么？

独孤及满腹狐疑，一个箭步奔了过去，轻轻地摇醒了晏尺素。

晏尺素睁开双眼，起身行礼："见过侯爷，侯爷万福。"

这一番客套让独孤及不由自主后退了一步，想去扶她的手，却触电似地缩了回来，怔怔地看着她："你……怎在此？"

晏尺素脸上的表情风轻云淡，轻轻柔柔道："昨夜来为侯爷送九九归一益元丸，南浦说侯爷正在花满楼，妾身于是在此等候，不觉间睡了过去。"

"你在此枯坐了一宿？"

独孤及竟然有些惊慌失措。这下糟了，自己在花满楼逍遥快活的事全被她知晓了。花满楼是荣城第一青楼，她岂能不知？这该死的南浦，也太木讷了，一句谎话也不会说。

愧疚、感动、怨恨、疼惜……千情万绪涌上心头。

昨夜，晏尺素挣扎了一夜。当南浦面无表情地告诉她独孤及在花满楼醉生梦死，那一刻，她崩溃了，觉得天塌了下来。晏尺素只觉天旋地转，跌坐在冰冷的台阶上，手中的匣子也重重摔在地上。她的脑袋嗡嗡作响，脑中一片空白，不知是愤怒还是绝望，似万箭穿心，似千刀万剐。

因为，晏尺素有一个根深蒂固的念头，当一个男人对你无爱无恋之时才会去外面放纵。

缁衣要拉她回藕香榭，她执意不肯。她心乱如麻，让缁衣先回去，说要一个人静静。

独自一人在万籁俱寂的夜里坐了很久，也想了很久，寒风吹着她的发丝，她的脑袋时而清醒，时而混沌不堪。

她可以接受独孤及在山庄雨露均沾，却万万接受不了他在外面拈花惹草。这是一种什么样的心态？这个问题像鬼魅一样缠绕了她好久，也是她万分纠结痛苦的所在。

后来，她终于想明白了，男人在某个特别时刻去外面放纵并不代表什么，并不意味着他移情别恋、朝三暮四。

所以，当独孤及披着朝霞、沾着寒露归来时，她不哭也不闹，脸上平静得像一潭死水。

"这益元丸就放这儿了，侯爷记得吃。"

终究还是无法完全做到像没事人一样，晏尺素说完不等独孤及回话，转身就走，不争气的眼泪如珍珠般掉落。

独孤及也无心追上去，望着她寥落清冷的背影，重重地叹了一口气。

如此，二人的隔阂又加深了。

幽篁居。

莫离恨正在闺房用鲜红的胭脂小心翼翼地涂抹着一朵白梅花瓣，这是莫离恨闲来无事画的九九红梅消寒图。只见一张洁白无瑕的宣纸上画着一枝梅，枝条上有九朵盛开的白梅，每朵白梅花有九个花瓣。从冬至起，需每日给一片花瓣着色。莫离恨每日晨起梳妆时，用胭脂涂抹一个花瓣，等到花瓣全部染红时，又是一个万紫千红的春天。

"还有九个花瓣又是春天了。"

莫离恨看了一眼红梅消寒图，喃喃自语。

莫离恨今日梳灵蛇髻，黄时雨拿来宝蓝点翠珠钗悠悠说道："下个春天该是夫人的春天了。"

莫离恨细细望了望镜中的自己，嘴角露出一丝阴冷的笑："不到最后一步，切不可掉以轻心。"

黄时雨把珠钗慢慢地插入莫离恨的发髻："据奴婢暗中观察，半个月过去了，侯爷一日都不曾去藕香榭。"

莫离恨似乎并不满足："今日不去不代表明日不去，这一日担心着一日，何日是个头？如果此时再来一件事让晏尺素雪上加霜，让侯爷彻底死心，那就高枕无忧了。"

黄时雨琢磨着，夫人又有什么计策了？一边给莫离恨戴翡翠镯子一边探问："夫人还有何锦囊妙计？"

莫离恨扶着黄时雨的手起身："在这山庄中，侯爷最在乎的是谁？"

黄时雨眨了眨眼睛："独孤风与独孤清。"

莫离恨点点头："孺子可教也。如果让独孤风凭空消失，侯爷会怎样？侯爷会对晏尺素怎样？"

此言一出，黄时雨吓出一身冷汗："夫人，奴婢觉得还是莫打孩子的主意为好。孩子毕竟是无辜的，夫人怎能下得了手？万一有个闪失，夫人也在劫难逃。"

莫离恨笑出了声，甩了甩锦帕："看把你吓的，我还不至于愚蠢至此，也不会要风儿小命。我只是让他凭空消失几天，然后再把他毫发无损带到侯爷面前，说是我们千辛万苦寻得。"

黄时雨这才"哦"了一声，赞道："夫人此举乃釜底抽薪，晏尺素恐再无翻身之日了。"

翌日，晏尺素与缁衣携一道药膳去看望抱恙在床的老夫人。黄时雨趁奶妈子上茅房之际，用吃食把独孤风哄到了门口，然后一把抱起独孤风撒腿就跑，一边跑一边说带风儿去见娘亲。独孤风嘴里有蜜一样的点心吃，倒也不哭不喊，一路上竟无人发觉异样。出了究极山庄的大门，黄时雨松了一口气，走到一户人家，见了一个黄脸婆，把独孤风交给了她，说只需照料三日，并给了她好些金银珠宝。黄脸婆见钱眼开，自然乐不可支，应允下来。

这边藕香榭的奶妈子秘结，痛苦挣扎了好久才从茅房出来，四下里打望独孤风，却不见他的踪影。她大声呼叫也不见回应，这才着急了，把下人问了个遍，都说不知风儿去哪儿了。

这可了得！独孤风是老夫人的命根子，是独孤及心头上的肉，他要是有个三长两短，奶妈子死一百回也不足惜。奶妈子面如土灰，跑去蓬壶阆苑，一下子跪在老夫人与晏尺素面前，捶胸顿足，痛哭流涕。

"老夫人！夫人！风儿少爷他，他，他不见了！"

老夫人这几日身子本来就不济，奶妈子话音刚落，老夫人就晕过去了。晏尺素两边着急，一边要抢救老夫人，一边吩咐缁衣、奶妈子去通知各处姐妹，一起找寻独孤风。

老夫人苏醒后，晏尺素才着急忙慌地跑出来，问下人们怎么回事，下人一问三不知。晏尺素只好跑出去，扯着嗓子喊独孤风的名字，见到一个人就冲过去问看见风儿没有。她的嘴唇都磨破了，嗓子都喊出血来，茫茫山庄，徒有回音。山庄其他姐妹也心急如焚，四处寻找，连置身世外的江晚照也帮着一起寻找。大家几乎找遍了山庄的每一个角落，都不见独孤风的影子。晏尺素绝望了，拖着疲惫不堪的身子回到藕香榭，一脸的憔悴不堪，傻傻地瘫坐在莲心亭，无声地抽噎。

采桑子等众姐妹都过来安慰晏尺素，一个个也愁眉苦脸，唉声叹气，一筹莫展。莫离恨还表现得最热乎，一遍又一遍说没事的，风儿吉人天相，一定不会有事的，就算丢了也会找回来的。

暮色时分，独孤及回到山庄，一听风儿丢了，怒发冲冠，一口气跑到藕香榭，把晏尺素一顿臭骂。晏尺素自知理亏，一声不吭，把头深深埋于胸前，任独孤及狂风暴雨般地数落。

三日后，莫离恨把独孤风带到了独孤及面前。

独孤风毫发无损，只是身子脏了一些。

失而复得，独孤及喜极而泣，把独孤风搂得紧紧的。

晏尺素听到这个消息，一路狂奔到缥缈居。独孤风见到晏尺素，叫着"娘"扑进她的怀里。然而，一只无情的手把独孤风与晏尺素分开了，独孤及冷若冰雪的脸让晏尺素不寒而栗。

"风儿暂时由莫离恨抚养。"

晏尺素苦苦哀求："不！侯爷，请不要把我与风儿分开。"

独孤风也感觉到了什么，"哇"的一声号啕大哭起来，挣扎着，企图挣脱独孤及的臂膀，回到晏尺素温暖的怀抱。可惜，独孤及不为所动，把独孤风抱得死死的，走出缥缈居的大门，与莫离恨一前一后朝幽篁居走去。

临走时，莫离恨还装作很难过的样子，扶晏尺素起来："妹妹放心，我一定好好照顾风儿。妹妹想风儿了，随时过来探望。"

独孤及无情地抱走风儿，完全不顾及两年来母子间的情感，晏尺素心在淌血，欲哭无泪。

莫离莫恨

第十五章

　　幽篁居的竹子长出了嫩绿的新叶，斜风细雨中，两只燕子比翼双飞，又是一个早春悄然来临。黄时雨颇有先见之明，说得不差毫厘，这个春天属于莫离恨。

　　把独孤风领到幽篁居半月后，莫离恨以为该做点什么了，于是她给究极山庄各房姜室写了一封请柬，让黄时雨一一送过去。请柬别具匠心，用质地轻柔、洁白如雪的云锦写成，请柬中间夹了一片新发芽的嫩竹叶。

　　莫离恨内敛低调，不喜张扬，这一回她是别有用心的。一则向老夫人、独孤及表决心，她是非常重视抚养独孤风这件事的，哪怕仅仅是暂时抚养。二则要告诉山庄姐妹，她重新获得独孤及的宠爱，山庄要有焕然一新的气象了。

　　究极山庄上下对莫离恨抚养独孤风一事议论纷纷。老夫人的反对意见最大，不仅仅是因为她对晏尺素的偏爱，其他姑且不说，单从抚养孩子的能力上，山庄无人能望其项背。老夫人起初并不知晓祝东风一事，还是后来缁衣瞒着晏尺素告诉她的，缁衣恳求老夫人主持公道。老夫人义不容辞，找到独孤及好说歹说，独孤及始终一副这事他自有主张、老夫人不必操心的强硬态度。老夫人最后也爱莫能助，这夫妻间的事，谁又能说得清楚呢。

　　山中姐妹态度都很鲜明，都站在晏尺素这一边，这也是莫离恨迟迟不宴请她们的原因。唯有岳阑珊处于纠结茫然之中，她看了莫离恨发来的请柬，叨唠着莫离恨发个请柬也花里胡哨的，夹个什么竹叶。对于莫离恨的深意，她是无法理解的。同样费解的还有杨紫陌、采桑子。

　　岳阑珊这边又唉声叹气，说真看不透这究极山庄的风云啊，变幻无穷。起初吧，她投靠莫离恨，觉得她深受老夫人与独孤及的喜爱。后来杨紫陌来了，她又攀附杨紫陌，觉得她后台靠山无人能及。温烟芙来了之后，她又与温烟芙交好，因为独孤及独宠温烟芙一人，山庄第一夫人位置非她莫属。结果呢，温烟芙竟然难产而死。这会子好不容易定下心来要一心一意与晏尺素交好，谁知又出了祝东风这档子事，山庄的风又刮到幽篁居去了。

　　真是人算不如天算啊，还是别想了，头都大了，就跟着晏妹妹走吧。

　　岳阑珊一边叹着气，一边朝幽篁居走去。

　　到了幽篁居，其他姐妹都还未到。岳阑珊见莫离恨今日的打扮，虽不花枝招展，但别有一番风情。岳阑珊说了一连串恭维话，莫离恨只是浅浅笑着，岳阑珊便觉无趣，逗独孤风去了。

山庄姐妹陆陆续续到来。采桑子翘首以盼，却始终不见晏尺素的身影。此时晏尺素的两难境地，姐妹们感同身受，也不去多想。其实杨紫陌也不想来的，虽然没有确凿证据，但她总觉得莫离恨是故意害她，让她痛失爱子的。只是苦于自己目前在山庄的地位一落千丈，比不得从前了，任性不起来了。

幽篁居许久不曾这般喧哗了，莫离恨热情洋溢，把姐妹们招呼得面面俱到。吃了茶，用膳时辰还未到，莫离恨提议去观赏一下她的竹子，众人都说好。

众人进得竹园，只见那各色竹子粗细不等，高矮不齐，但都错落有致，各有风姿。一阵微风吹来，竹叶发出沙沙的响声，竹子特有的清香也扑鼻而来，让人心旷神怡。

要是往昔，山庄第一才女月疏桐定忍不住提议大家一起来咏竹，只是今日晏尺素不在，她兴致荒芜，只是淡然道："独坐幽篁里，弹琴复长啸。莫妹妹是否经常一人独坐竹林，抚琴自乐呢？"

莫离恨嫣然一笑，身上的绿衣裳轻轻飘起，似这纤纤翠竹在春风中摇曳："若要论琴艺，妹妹自然要甘拜下风喽。若月姐姐不嫌弃，我这有粗琴一张，我拿出来，姐姐献上一曲，何如？"

月疏桐此刻没有心思抚琴，连连摆手："莫妹妹的美意我心领了，只是今日状态不佳，恐手拙，还是留待下次吧。"

莫离恨也不勉强。采桑子摘了一片竹叶轻轻一抛，那竹叶似玉蝶一样缓缓飘落，煞是好看。采桑子侧着头，好奇地问："宁可食无肉，不可居无竹。莫姐姐如此爱竹，这是为何？"

莫离恨觉得此时可以适当炫弄一下自己的学识与见地，张口道："姐妹们以为这竹子最特别之处在哪？"

采桑子脱口而出："四季常青！"

花千树沉吟半响："竹子贵在品格，独树一帜，不同流合污，高雅脱俗。"

岳阑珊眉头紧锁，想说又怕说出来让人笑掉大牙，便紧紧咬住嘴唇，免得又言多必失，祸从口出。自那日从晏尺素处讨要了调理嗓子的方法后，岳阑珊在说话这事上节制了不少。用了晏尺素说的百合固金汤后，嗓子的毛病很少再犯了。

杨紫陌不屑回答莫离恨的问题。月疏桐是懂得，但此时也不宜抢了主人的风头，也低头不语。

在采桑子的催促下，莫离恨不再故弄玄虚，清了清嗓子："竹子，贵在有节，而其他树木都没有节。节，节制也。这告诉我们，为人处世要有节制、有节操，要懂得审时度势，进退有度。"

杨紫陌终于逮住了一个机会，语中带刺道："怪不得妹妹如此喜爱竹子，原来是妹妹极其懂得掌握分寸、拿捏得当喽。"

莫离恨知杨紫陌话中有话，也不理会："姐姐谬赞了。"

岳阑珊想起莫离恨送来的请柬夹有竹叶，忍不住道："莫妹妹好生奇怪，送个请柬夹个什么竹叶，这是在捉弄我这个脑子笨的人呢。"

采桑子扑哧一笑："岳姐姐说到我心尖上去了，我也云里雾里。莫姐姐快说说这是何意？"

莫离恨云淡风轻："其实也没什么，就是想告知大家春天来了，有一番新的气象了。"

杨紫陌讥讽道："我看是你想告诉我们，妹妹这幽篁居有一番新气象了吧。"

杨紫陌这话未免过于直白，众人皆知此话有所指，一下子安静下来，气氛有些沉重。

今日是特别的日子，莫离恨也不与她计较，四两拨千斤："除了我这不起眼的幽篁居，杨姐姐的倾城别院更是有一番新的气象。"

为化解尴尬，采桑子急忙道："莫姐姐，这竹子有什么特别的功效？"

"这——"莫离恨一时语塞，思索良久也答不出来，"我还真没细究过呢。"

岳阑珊叹曰："要是晏妹妹在就好了，定能说个全乎。"

正说着呢，晏尺素着白玉兰散花衣，提着锦盒，姗姗来迟。

委实地说，对于这次宴会，晏尺素确实踌躇不决，只是后来觉着不去的话过于狭隘，给人落下话柄。而且自己也确实惦记风儿，过去看一眼也好。缁衣呢，性子倔，死活不去，还说莫离恨要是真心为夫人好，就不应该把风儿领了去。

晏尺素把忧伤深藏于心底，面若春风："我来迟了，让姐妹们久等了。"

众人见晏尺素一副没事人的模样，心里皆叹晏尺素的抗打击能力非同凡响。唯有心细如针的月疏桐从她的眼神中看出她内心的伤痛。

采桑子雀跃着过来，挽着晏尺素的胳膊，笑嘻嘻道："姐姐来了真好。我们正说着这竹子的特别功效呢，姐姐快给我们细细道来。"

晏尺素巧笑嫣然，当仁不让："这竹子啊，全身都是宝。先说这竹叶吧，用淡竹的叶子泡茶可利尿通淋，可治目赤头通，还可清心除烦。再说这竹汁吧，祛痰健胃，生津利尿，养血益阴。竹开花后会结果子，形状如麦，皮青色，内含竹米，味甘甜，是为竹实。竹实有什么妙处呢？可通神明，轻身益气。"

晏尺素顿了顿，缓了缓气，接着道："还有这竹茹，是竹茎刮去绿色皮层后，再刮取得到之物，可治呕吐、吐血，还可以安胎，对高热有奇效。今日我给莫姐姐准备的薄礼里面就有竹茹。最后这竹根也有用处，竹根煮汁服，可解丹石之毒，治心肺五脏热毒。"

采桑子三句话不离本行，众人正听得津津有味，她突然叫道："那竹笋呢？"

晏尺素轻轻戳了一下采桑子的脑门，美目盼兮："就知道你会这么问。竹笋，是大家耳熟能详的山珍美味，清脆爽口，滋味鲜美，还可以入药，调理消渴，利水益气，特别适合老夫人食之。"

晏尺素说完，众人啧啧称赞。

差不多到用膳的时候了，众人一路谈笑风生，进了屋子。

晏尺素把锦盒拿出来，打开盒子："略备薄礼，望姐姐笑纳。"

众人一看，只见锦盒分门别类陈列放着蚕沙、陈皮、竹茹这三样药材，都不解其意。采桑子快人快语："姐姐为何单送这三样？"

晏尺素凝视着锦盒，娓娓道来："小儿是纯阳之体，稍一着凉生病就会高热不止。再者，小儿脾胃虚弱，容易积食，积食也会引发咳嗽、高热。这三样药材最能治疗小儿高热，莫姐姐可以备着，以备风儿不时之需。"

莫离恨皮笑肉不笑："妹妹有心了。我知道风儿是妹妹的心头肉，妹妹把心放在肚子里，我定会把风儿照顾得安然无恙。"

莫离恨话音刚落，黄时雨匆匆跑来，垂着头，低声道："夫人，少爷又咳嗽了。"

莫离恨脸色暗了下来："前日不是刚好了吗？"

众人随莫离恨急促的脚步进了内室。

晏尺素有些左右为难，渴望见到风儿，又怕见到风儿自己伤心，风儿也会哭闹。于是她放慢了脚步，走在了最后头。

奶妈子正在喂风儿喝鸡汤。风儿神情萎靡，眼神黯淡，除了咳嗽时要张嘴外，把小嘴闭得紧紧的。鸡汤香气浓郁，采桑子都快垂涎三尺了，可风儿似乎丝毫不感兴趣。

莫离恨问奶妈子何故，奶妈子也说不出个所以然来，只道风儿突然就不喝鸡汤了，突然就咳嗽了。

透过人群间隙，晏尺素看到了这一幕，于心不忍，直言不讳道："这是鸡汤惹的祸。"

众人都回头看着晏尺素，主动为她让出道来。风儿看到了晏尺素，眼睛大放光芒，起身，扑了过去。晏尺素紧紧地搂着风儿，不断抚摸着他的脑袋，眼角含着泪花。良久，晏尺素才抱着风儿徐徐起身，问道："风儿是不是着凉了，染了风寒？"

黄时雨如实相告："前一阵子开春放暖，给风儿洗了个澡，不小心就着凉了。大夫给开了药，吃了也见好。不知怎的，今日又犯病了。"

晏尺素正色道："昨日给风儿吃的什么？"

"养病期间，风儿饮食寡淡，好了后，夫人怕委屈了风儿，给他炖了一锅鸡汤。昨日风儿胃口还蛮好，吃了鸡肉，又喝了鸡汤。不料今日……"

"这是食复！"晏尺素语气坚定，又忍不住去抚摸风儿的脸蛋，好不心疼："小儿着凉病愈后，脾胃最是虚弱，此时应当继续以清淡饮食巩固，等脾胃之气恢复如初后方可加以荤腥饮食，切不可操之过急，马上给予滋腻之物。这样会导致小儿不消化，脾胃存有积食，积热上涌，引发咳嗽或者再度高热。"

杨紫陌趁机冷嘲热讽道："莫妹妹真是好心办了坏事，没有那个金刚钻，就不要揽那个瓷器活。"

莫离恨脸有些挂不住了，深吸了一口气道："小小咳嗽何必大惊小怪。黄时雨，去炖点雪梨蜂蜜汁来，为风儿润肺止咳。"

晏尺素忙道："且慢，风儿咳嗽有痰，此时不宜用润肺之物调理。"

莫离恨不明就里，以为晏尺素故意找茬，脸色愈发难看："为何？"

晏尺素为说得浅显易懂，打了一个比方："好比往阴沟里泼水，越泼阴沟里的水越脏。这肺就好比这个阴沟，肺里的痰就好比阴沟里的污水，吃进的润肺之物就好比泼进阴沟的水。越泼越脏，越吃痰越多，咳嗽也越来越严重。此时应该先化痰，再止咳。"

众人鸡啄米似地频频点头。晏尺素说得深入浅出，头头是道，莫离恨无话可说。

采桑子也有孩子，甚为关心，追问道："那该如何是好？"

"注意查看孩子的痰，如果是黄痰，就用萝卜皮和梨皮煮水喝。注意是梨皮，切不可用梨肉，梨肉是润肺的。也可以用鱼腥草煮水喝，鱼腥草最善化浓痰。"

采桑子刨根问底："那如果是白痰呢？"

"可以用陈皮、甘草煮水喝。"

众人全神贯注地聆听着晏尺素如沐春风一般的讲述，丝毫没有察觉独孤及已悄无声息地来到了门口。晏尺素与莫离恨的对话一字不落地被独孤及全听了去。晏尺素与莫离恨教子育儿，孰优孰劣，显而易见。其实，独孤及心里跟明镜似的，只是他心里憋着劲儿呢，她晏尺素如不亲自来求他，他绝不主动开口把风儿还给她。

独孤及背着手，轻轻咳嗽了一声，佯装刚到的样子，语气轻柔，并无责怪："莫离恨，我把风儿交给你，你可别辜负我对你的期望。"

听到独孤及独特带有磁性的嗓音，众人忙不迭地前来请安。

"侯爷福如东海。"

莫离恨也不知适才与晏尺素的对话侯爷是否听到，心里没底，脸上的笑也很不自然："侯爷放心，妾身定然一丝不苟地照顾风儿，护他周全，不辱使命。"

独孤及笑呵呵地与众人一一打招呼，唯独对晏尺素不理不睬。他从晏尺素怀中把风儿抱过来，不小心触碰到了晏尺素的手臂，有一种麻酥酥的感觉。为掩饰内心的渴望，独孤及一连亲了风儿好几口。

采桑子问："侯爷怎么一个人？老夫人怎没有来？"

独孤及不动声色，只道老夫人身子不适。其实老夫人想给晏尺素薄面，让晏尺素心里好受些，用行动告诉她，自己是站在她这一边的。

接下来的宴会有些索然无味，大家心照不宣，只低头吃着自己面前的菜肴。即便有自己喜爱吃的，如果菜肴不摆在自己面前，绝不起身去夹。大家都拘谨得很，不似往日，其乐融融，有说有笑。

照理这般场合杨紫陌是游刃有余的，可此一时彼一时，她再也没有往日呼来喝去的派头了。

独孤及见她们个个似闷葫芦一般，为活跃气氛，有一搭没一搭地跟众姜室说着话，独独不给晏尺素只言片语。独孤及一反常态，还给众姜室夹了菜，就是不给晏尺素夹菜。晏尺素也不气恼，也不尴尬，面若一汪湖水，风平浪静，也不理独孤及，把他当空气。

众人都以为独孤及对晏尺素怨恨甚深，只有月疏桐看得明白，独孤及越是这样，就越表明独孤及很是在乎晏尺素。

宴会不欢而散。

"旧燕初归，荷叶连连，迤逦天气融和。新晴巷陌，是处轻车骏马，禊饮笙歌。旧赏人非，对佳时、一向乐少愁多。远意沉沉，幽闺独自颦蛾。

正消黯、无言自感，凭高远意，空寄烟波。从来美事，因甚天教，两处多磨。开怀强笑，向新来、宽却衣罗。似恁他、人怀憔悴，甘心总为伊呵。"

在一个烟雨蒙蒙的午后，春燕翩飞，晏尺素于莲心亭，笔墨与泪珠齐下，写下这首感人肺腑的闺怨词。

弹指一挥间，又是两个月过去了，独孤及还真真绝情呢，这两个月硬是没有踏进藕香榭一步。只是有好几次，独孤及驻足藕香榭门口观望，暗自神伤，最后还是落寞离去。

晏尺素起初是日日望眼欲穿，一回又一回地等待，一次又一次地失望。最后，她麻木了，不再有奢望。

如若独孤及心里有她，怎能忍得住排山倒海般的思念，迟迟不来找她？独孤及忍得住，证明心里已经没有她。既然他心里没有自己，自己又何必勉强？哀莫大于心死。没有独孤及陪伴的日子，晏尺素只能靠回忆来打发惆怅。

一个人也不错，有更多的时日独处，有更多的精力研习食养之术，有更多的心思练习琴棋书画，有更多的闲情逸致对月抒怀、低头弄花。

晏尺素原以为离了独孤及，自己会活不下去，至少会如行尸走肉一般，如今看来不过如此。看来这男欢女爱并非人生的必需品，有则为日子锦上添花，没有则日子另有一番平淡如水的美。

当然，陪伴她的还有采桑子、月疏桐。二人常隔三岔五地来找她，有时一个人，有时结伴而行，更多时候两人没有约好却能在藕香榭撞见彼此，相视一笑，心有灵犀。杨紫陌、花千树、岳阑珊虽有心向往之，却苦于才疏学浅，与晏尺素无太多共同话题，只得在自己身体有恙时前来讨几个食方。

一个人的日子，晏尺素有感而发，情思泉涌，敞露心扉，给独孤及写了很多信。只是这些情意绵绵的书信并未到达独孤及的手中，晏尺素写完就藏于匣子，收于箱底。

其中有一封大意如下：

又是一个春天到来了，万物生长，不知夫君的心情会不会和春天一样好呢？

我们快有六十个日夜没有会面了吧，时光匆匆，溪边的梅花花瓣落下，就像片片玉屑。栏杆旁的梨花开了，吐出朵朵白色花蕊。燕子衔泥归来，百灵又开始鸣唱。面对依然如旧的景物，不免感叹人事，独自悲伤。妾身常常想，你什么时候能回到我的身边，与我一起共享这美好的春光？

你把风儿交给了莫离恨姐姐，我不怪你，莫姐姐冰雪聪慧，善解人意，相信一定会把风儿照顾得妥妥当当。这些日子，我不知道你常去哪里，应该是莫姐姐的幽篁居吧。

莫姐姐对你也一定体贴入微吧？你对莫姐姐也一定疼爱有加吧？如若真是这样，妾身衷心祝福你。这世上还有什么比两情相悦更美好的呢？

其实，妾身一直想问你，这些日子你有没有思我念我？如果有，为何天音阁没有传来你的箫声呢？也不知道有生之年还能不能与你携手，看高山流云、溪涧飞花。

妾身反复表白心意，即使写秃了十支笔，用完了所有的墨，也没有办法写尽我对你的思念。我手里握着笔，眼泪竟不知不觉滴在纸上，眼前总是浮现出你的样子。郁结的心绪，无法靠自己纾解。我不相信你就这般舍我而去，我不相信你会对我如此绝情。我怎么总是觉得你就在我身边呢？还是我真的太想你了。我很少哭泣了，可是想起你的时候，眼泪就忍不住流下来。这是什么原因呢？这就是所谓的一往情深吧。

情不知所起，一往而深，生者可以死，死者可以生。生而不可与死，死而不可复生者，皆非情之至也。

就写到这里吧，该去为你做九九归一益元丸了。

夏日时节，虽夜幕笼罩大地，但屋子里还是闷热得很。独孤及在烛光下观书，让南浦加了几块冰，又喝了莫离恨差人送来的消暑酸梅汤，仍然五心烦热。再加之有三五蚊蝇在眼前飞来舞去，他越发焦躁不安了，想着还是去外面转悠转悠吧。

出了缥缈居，见人们三五一群地在究极湖边纳凉，一阵风吹来，舒爽不少。偌大的山庄去哪儿呢？独孤及漫不经心地走着，要是往昔他定会去藕香榭赏荷塘月色，回想起花前月下与晏尺素相依相偎，多么温馨美妙啊。

这晏尺素也真是的，死活不来向我告饶。你说不来告饶吧，每月的九九归一益元丸还按时按量差人送过来。这女人的心思似海深，怎么猜也猜不着啊。要是换作别的女子，八成会跑到我跟前，哭成一枝梨花春带雨。可她呢，不哭、不闹、不上吊，默默地待在藕香榭。晏尺素，你要犟到何时啊，真急死我了。

藕香榭是不能去了，去哪儿呢？

还是去看看风儿吧。

独孤及信步走至幽篁居门口，屋檐下两盏灯笼飘忽不定，闪着幽幽的光。一粗使丫头见独孤及驾临，欲去禀报，独孤及伸出手指在嘴边"嘘"了一声，轻手轻脚地走了进去。

听到屋子里传来莫离恨与黄时雨的交谈声，独孤及不由自主停住了脚步。

"恭喜夫人，守得云开见月明，侯爷对夫人越来越眷顾了。奴婢算了一下，这七日有四日侯爷来了幽篁居。这究极山庄第一夫人的位置指日可待了。"

"唉，侯爷还不是看在风儿的份上。"

"风儿真是夫人的福星啊。"

"早知如此，在老夫人第一回让我们认养风儿时，就应该把风儿领回来的。"

"后来多亏了夫人亡羊补牢，想出锦囊妙计，让风儿凭空消失三日，惹得侯爷怪罪于晏尺素，这才把风儿从晏尺素手中夺了过来。"

听到这，独孤及再也听不下去了，他简直不敢相信自己的耳朵。在自己跟前一直温良恭顺的莫离恨竟然这般阴险狡诈、蛇蝎心肠！独孤及的无名之火冒出三丈，头发几乎要根根竖起，恨不能即刻破门而入，一把卡住莫离恨的喉咙，让她窒息而死。

但独孤及忍住了！此刻，他最想做的是找到晏尺素，告诉晏尺素真相。他冤枉她了，他对不住她，他让她受委屈了。

粗使丫头还立在院门口，为不打草惊蛇，独孤及装作若无其事的样子，轻手轻脚地走了出去。

粗使丫头见独孤及在门口待了片刻就打道回府，好生奇怪，于是跑进屋子，禀告莫离恨："夫人，刚刚侯爷来了，在门口站了会儿又走了。"

莫离恨手中的莲子羹"哐当"一声掉在了地上。她大惊失色，糟了，侯爷是不是听到了什么？

莫离恨一把抓住粗使丫头的手臂，面露狰狞之色，盘根究底问独孤及到底何时来的，何时走的，到底站了多久。

粗使丫头的手臂被莫离恨攥得生疼，也不知她哪儿来的那么大气力。粗使丫头被她突如其来如魔鬼一般的举动吓得不行，支支吾吾半天，只说侯爷站了片刻。

莫离恨稍微冷静了下来，松开了粗使丫头的手。借着微弱的烛光，可以看见她苍白的脸上挂着豆大的汗珠。

黄时雨用瑟瑟发抖的声音道："不会这么巧吧？就这片刻能听到什么？保不准侯爷临时有事去其他地方了呢？如果侯爷真听到了什么，以侯爷的性子，定会冲进来兴师问罪的。"

其实，黄时雨心里也没底，只是用这些话来宽莫离恨的心，也用来稳自己的神，不让自己太过恐慌，以免六神无主。

莫离恨像从鬼门关逃脱了一般，深深地舒了一口气："如果侯爷听见了，我们将功亏一篑，所有的努力都付诸东流。"

　　今夜，莫离恨又要失眠了。

　　这边，独孤及健步如飞，一口气跑到了藕香榭。

　　"缁衣，缁衣，夫人在哪？"

　　见独孤及深夜来访，缁衣喜出望外。可万般不巧，晏尺素此刻不在，缁衣又不免沮丧失望地说："夫人说出去走走，奴婢也不知道夫人去哪儿了。要不侯爷在藕香榭等一会儿，奴婢去找找。"

　　独孤及甩出一句"不用了"，转身就跑。

　　独孤及知道晏尺素去了哪儿。

　　如果猜得没错，晏尺素一定在天音阁。

　　跑过幽篁居，跑过倾城别院，跑过重楼，跑过朱嬴馆，跑过寒烟阁，跑过听雨轩，独孤及来到了天音阁。

　　久违的琴音从天音阁里传了出来，独孤及魔怔一般停住了脚步。

　　今夜晏尺素心血来潮，从箱底翻出写给独孤及的书信，看了不禁潸然泪下。她想着，好久不曾去天音阁抚琴了，不如去弹上一曲以抚慰自己悲伤的心。她不想缁衣跟着，只想一个人静静地享受那特别的辰光。

　　晏尺素只身一人来到天音阁，见到了那架千古名琴太古遗音。这还是独孤及馈赠给她的。她用鸡毛掸子轻轻拭去琴上的尘埃，修长而灵巧的手指在琴弦上柔缓地跳跃着，弹的是那首名动天下的大悲之歌——《何满子》。

　　一声何满子，双泪落君前。

　　琴声如泣如诉，往事历历在目。晏尺素忆起往昔与独孤及琴箫合奏的情形，情不能自已，泪如泉涌。这饱含深情的泪水滴落在琴弦上，竟与晏尺素纤纤玉指弹奏出来的琴音相得益彰。晏尺素不知疲倦，弹了一曲又一曲，似乎要把这些日子所有的苦楚全部诉诸这琴声里……

　　独孤及站在那里，纹丝不动，如痴如醉。也许是天气太过闷热，也许是晏尺素的琴声感动了上苍，突然下起了瓢泼大雨。

　　天音阁的琴声并未停止，反而愈发酣畅淋漓，似乎要与上苍一争高低，看谁的泪水更多一些。

　　这滂沱大雨早已让独孤及成了落汤鸡，全身湿透，刺骨的寒意丝丝侵入他的肌肤腠理，可是他的心却如春暖花开。独孤及如坚不可摧的磐石一般伫立在雨中……

　　也不知过了多久，雨渐渐变小了，天音阁的琴声也终于停止了。晏尺素袅袅娜娜走下天音阁，为独孤及撑起了伞……

　　"素儿。"

　　独孤及呢喃着，也不知脸上流的是雨水还是泪水。

　　"侯爷。"

　　晏尺素回忆着，无语凝噎。她忆起上一回为他撑伞是在自家大门口，从那一刻起，她就芳心暗许。

　　"素儿，我错怪了你……"

"我从来没有怪过你……"

缥缈居大堂。众人神色焦虑，坐立不安。昨夜独孤及风吹雨淋一个多时辰，即便是铜墙铁壁，也禁不起暴风骤雨的轮番攻袭。何况男子五八，身子都会走下坡路，禁不起太大的折腾。第二日晨起，独孤及就觉得浑身无力，头重如裹，腰酸背痛，继而高热不止，处于半昏迷半清醒状态中。

"晏夫人，侯爷有请。"

侯爷染上风寒而卧病在床的消息不胫而走，山庄各房纷纷前来侍疾。当南浦从内室走出来时，莫离恨本能地站了起来，她以为独孤及会召她去侍疾。出乎意料，南浦念出来的名字却是这两月来一直备受冷落的晏尺素。

莫离恨的心"咯噔"一下，难道昨晚侯爷真听到了自己和黄时雨的对话？一想到这，莫离恨就觉得毛骨悚然。不做亏心事，不怕鬼敲门。昨夜莫离恨忧虑过盛，彻夜未眠。要不是心心念念系挂着卧病在床的侯爷，估计她早就昏昏欲睡了。

众人也颇为诧异，于情于理此刻独孤及应该召莫离恨进去才对，怎么突然又召了晏尺素？岳阑珊更是如坠入雾里，这山庄的风又要转向了？这侯爷的城府也太高深莫测了，她庆幸自己这回没有当墙头草，没有倒向暂时受宠的莫离恨这一边。这不，晏尺素看样子又要东山再起了。

杨紫陌、月疏桐等人见独孤及召晏尺素进去侍疾，心里暗自高兴。采桑子更是喜不自禁，脸上都绽开了花，这回晏姐姐的苦日子总算到头了。

晏尺素拎着双层镂花紫檀木食盒匆匆走进了内室。南浦低声说了一句："昨夜侯爷在睡梦中一直呼唤你的名字。"晏尺素听了，一股暖流涌遍全身。

独孤及躺在床榻上，身上盖着厚厚的被子，被子上绣有莲花，流光溢彩，正是出自晏尺素那双灵巧的手。

独孤及面色萎黄，眼睛微微张着，鼻中的气息微弱。见晏尺素来了，独孤及黯淡的双眸才稍稍有了光泽。

"素儿，你来了。"

独孤及的眼睛虽无神，但柔情丝毫不减。

"侯爷，你真傻，想要听我的琴声可以进天音阁里面的，为何要站在雨中，让自己遭罪？"

晏尺素双膝跪于榻前，神情焦虑，心有愧疚。

独孤及露出苍白无力的笑容，却情真意切："素儿为我做了那么多事，吃了那么多苦，我为素儿淋一点雨又算得了什么呢？我记得上一回淋雨是在你家门口，那一回你接受了我的爱慕之心。这一回素儿还会接受我的爱慕，回到我的身边吗？我被爱冲昏了头脑，做了一些愚不可及的事，误会了，委屈了你。素儿宰相肚里能撑船，不要放在心上，一定要原谅我。素儿总是那么谦卑，可是太谦卑了会苦了自己……素儿，其实我很惦记你，很想你……"

独孤及的双唇一张一翕，碎碎念念地说着。晏尺素默默听着，垂着头，盈盈粉泪，泣不成声。

"侯爷，求你别说了……"

独孤及沉浸在往昔中，暂时不作声了。晏尺素伸手去摸了摸独孤及的额头，服了汤药后，高热退却了不少，但额头还是烫手。晏尺素欲抽回手，独孤及却轻轻握住了她的红酥手。

"素儿的手像春风一般温暖，是天底下最好的手，最美的手……"

被独孤及这般直白地夸着，晏尺素有些羞涩，脸颊飞起了红晕："侯爷，妾身给你煮了蚕沙竹茹陈皮水，可以让你的身子好得快些。"

说着，晏尺素缓缓收回了手，打开食盒，端出一个青花瓷碗，用汤勺在碗里搅动了几下，舀起一勺汤送到独孤及唇边。

"侯爷，我喂你。"

独孤及凝视着晏尺素一连串娴熟轻柔的动作，鼻子一酸，泪珠在眼眶里打转："素儿煮的汤胜似灵丹妙药，就算是白水也比大夫开的药强。"

晏尺素脸微微一热，忍不住娇嗔了一句："你呀，身子还未好，就油嘴滑舌了。"

独孤及喝了一口汤，暖到心坎："倘若有一日我病了，素儿又不在身边，该如何是好？"

"执子之手，与子偕老。生死契阔，不离不弃。"

晏尺素一字一顿，饱含深情地吟出这一句。

独孤及露出孩子般天真灿烂的笑容："不如素儿教教我如何调理，万一哪日我外出了也好用得着。上回在你家门口淋了雨，记得你叮嘱过我要怎么做，可是回去后我就忘记了，觉得有你在，我不用操心。你瞧，我还真离不了素儿呢。"

晏尺素也笑靥如花："侯爷真愿意学吗？真愿意学，妾身就叨扰几句。"

独孤及喝完一口汤，来了精神，脸上却又有些疑惑："有时得病大夫说我偶感风寒，有时得病大夫说我偶感风热，可我觉得身上症状大同小异，相差无几。这风寒与风热的差别之处在哪里？"

晏尺素理了理头绪，娓娓道来："若染上风寒，身子会怕冷，寒则凝滞，凝滞就不通，不通则痛，所以会全身酸痛。不通，鼻子也会塞住，流出来的鼻涕清稀如水。此外还会头晕头痛，全身无力，不思饮食。肺为娇脏，风寒入侵肺脏就会引发咳嗽，此时咳出来的痰是白的。染上风寒身子不会出汗，至多微微出汗。嗓子也不会疼，最多微微发痒。"

一碗汤下肚，独孤及觉着身子有了气力，坐了起来："如此说来，昨日我就是染上了风寒喽？染上风寒该如何处理呢？"

晏尺素把碗放回食盒，不紧不慢道："风寒初起，可以用取嚏法。就是把纸或者布帛搓成细细的一截去捅鼻孔，人为地引起打喷嚏，直到打不出来为止。再用热水泡泡脚，基本上就无忧了。风寒加重，用生姜葱白连须煮水喝。记着生姜要去皮，因为皮是收敛的，这里要取生姜的发散之性。不要煮太久了，水开一刻钟就可。风寒后期，就用张仲景的桂枝汤，服上三副就好了。"

独孤及轻轻"哦"了一声，似有所悟，又道："平常大夫给我开的就是桂枝汤。那风热呢？"

晏尺素为独孤及披了披被角："风热与风寒的区别在于一个'热'字，所以一上来就高热。尤其是小儿，像风儿，一烧全身像个火球。热邪伤阴，损耗津液，热则汗，风热会出汗，因为没有堵塞经络，身子不会酸痛。风热也会流鼻涕，此时鼻涕黄而黏稠，痰亦是如此。风热侵袭，嗓子一定会疼，严重的会疼得咽不下口水。"

独孤及颔了颔首，做恍然大悟状："难怪有时大夫给我开双花饮，原来是染上了风热。"

晏尺素进一步道："双花就是金银花。其实一般用桑叶加菊花就可以，如果喉咙很痛，就加上金银花。金银花是咽痛克星，任何与喉咙有关的疾病都可以酌情用之。"

独孤及还从未如今日这般对岐黄之术、摄生之道有如此浓厚的兴致，一个问题接一个问题，像泉水一般汩汩而出，源源不断。实则，独孤及是醉翁之意不在酒，他是想打开晏尺素的话匣子，与她畅谈一番。谈其他话题不如谈晏尺素最擅长的摄生之道，如此晏尺素才会不拘礼、不局促，才会如鱼得水，游刃有余。

独孤及打破砂锅问到底："那如若分不清风寒与风热，又该如何？"

独孤及以为这个问题会难倒她，不料晏尺素不假思索道："为避免误判吃错了药而南辕北辙，此时可以用豆豉加葱花煮水喝。"

独孤及向晏尺素竖起了大拇指，似乎一本正经又似乎在打趣："日后素儿就当我的老师吧。有素儿在，我百病无忧喽。"

摄生话题已谈得差不多了，晏尺素想起外头还有诸多姐妹候着，善意提醒道："侯爷是否该见一见外头的姐妹了？以免让她们过于心焦。"

独孤及问："莫离恨是否有来？"

晏尺素知道这是独孤及痛心疾首之处，低低回应着："来了。"

独孤及的脸色旋即乌云密布："我真是瞎了眼，怎么就信了她！她做出如此伤天害理之事，还有何颜面来见我？"

晏尺素忙劝慰道："此事还是等侯爷身子痊愈了再做处置吧。"

独孤及一把抓过晏尺素的手放在自己的手心，眼神焦灼又有似水柔情："素儿，我把莫离恨交给你，任凭你怎么处置。"

独孤及此举有些出乎晏尺素的意料，晏尺素一时不知独孤及意欲何为，又不好违拗，于是敷衍道："多谢侯爷信任，一切等侯爷病好再做打算也不迟。"

末了，独孤及让晏尺素传众姐妹进来，唯独不见莫离恨。

晏尺素走出内室，众姐妹一拥而上，七嘴八舌地问独孤及病况如何。晏尺素让她们进去，唯独拦下了莫离恨。众姐妹一阵错愕之后，鱼贯而入，进了内室，只把莫离恨一个人晾在那里，莫离恨呆若木鸡。

晏尺素走过去，屈了屈身："莫姐姐还是请回吧，侯爷此刻不想见你。"

独孤及见了所有的姐妹，独独弃她如破帚，这意味着什么？

侯爷一定知晓了什么。莫离恨不敢想了，浑身发抖，不由自主后退了几步。她突然又恼羞成怒，面露狰狞之色，冲上去，一把抓住晏尺素的胳膊，恶声恶气道："是你！一定是你！一定是你这个狐狸精妖言惑众，在侯爷面前中伤我、诋毁我、污蔑我！"

晏尺素冷笑了几下，字字戳中她的要害："要想人不知，除非己莫为。姐姐做了什么，心里比我更清楚。不是不报，时候未到。"

一直在一旁守卫的南浦大踏步过来，掰开莫离恨的手，义正词严："侯爷需要静养，莫夫人休得在此喧哗！"

莫离恨踉踉跄跄，扶墙而去。

三日后，独孤及病愈，此时独孤及想做的第一件事就是去幽篁居把独孤风领走，带到晏尺素的藕香榭。

独孤及脚底生风，一路的郁郁葱葱、花团锦簇也无心顾及，威风凛凛地破门而入。

莫离恨歪坐在椅子上，双手按摩着太阳穴。昨日又是一夜不曾合眼，这不寐之症已无药可治了。黄时雨则拿着拨浪鼓，不断摇晃着，逗着独孤风嬉戏。

莫离恨担心的日子终于来临。独孤及闯进了屋子，如从天而降，矗立在莫离恨面前。独孤及面色铁青，二话不说，抱起独孤风就走。

莫离恨如临大敌，花容失色，追上去，扯住独孤及的衣襟："侯爷这是作甚？好端端的。"

如果不是把处置权交给了晏尺素，独孤及这会子定然吆喝着家丁把莫离恨五花大绑起来，押入暴室。

独孤及不想浪费自己的口舌，更不想见莫离恨哭天喊地的样子，只冷冰冰道："放开！"

莫离恨当然知晓独孤及为何突然把独孤风抱走，只是想从他口中得知他到底听到了什么："妾身做错了什么？侯爷不妨明说。"

独孤及抓住莫离恨的手，奋力一甩："不知廉耻的女人！"

说完，他气势汹汹离去。莫离恨被独孤及狠狠一甩，跌坐在地上，无力地伸出手，冲着独孤及的背影哀叫道："侯爷……"

世上最恐怖之事不是已然发生的祸端，而是灾祸将要发生却迟迟引而不发。莫离恨这几日一直处于焦灼状态，如果给她一刀，痛痛快快也就罢了，而目前这种境地就像凌迟处死，痛不欲生却又无可奈何。

如果前几日还抱有一丝侥幸，此刻看到独孤及无情无义地把独孤风抱走，她知道她的末日已经来临。独孤及知道了什么不重要，重要的是独孤及已经知道了。

黄时雨哭着过来拉莫离恨，竟不知她的身子如此沉重，费了九牛二虎之力也拉不起来。

"夫人，求求你了，不要这样，起来再说……"

莫离恨不愿意站起来，后来她勉强坐起，蜷缩着身子，抱成一团。莫离恨两眼呆滞，透出无限绝望。泪水模糊了她的妆容，一张脸如厉鬼一般。

"他为何不让我去死！为何要这般折磨我！"

在莫离恨看来，这种不做处罚的处罚比任何一种酷刑还狠毒百倍。

黄时雨抽噎着："夫人，天无绝人之路，一定会有办法的。"

莫离恨苦笑着："还能有什么办法，单凭蓄意谋害杨紫陌腹中胎儿一条，侯爷就足以置我于死地……如今在侯爷眼中，早已视我为十恶不赦的毒妇，所犯之滔天大罪，罄竹难书……这是天要绝我啊！上辈子我究竟做了什么孽啊……"

莫离恨哀号着，忏悔着，但一切为时已晚。

黄时雨也不断用衣袖抹着眼泪，泣不成声。

也不知过了多久，莫离恨用微弱的声音，嘶哑着嗓子道："如今木已成舟，覆水难收，待在山庄死路一条，时雨，你打点一下行装，逃出去吧。逃得越远越好，不要再回来。你跟我这么多年，却落得如此下场，我不想连累你。我会向侯爷坦诚所有罪过，与你无关……"

黄时雨扑通一声跪在莫离恨面前："夫人，奴婢这条命都是您给的，我岂能扔下您不管？"

黄时雨所言不虚。黄时雨的身世也颇为凄惨，父亲好赌成性，输光了所有的家产，喝得酩酊大醉，失手把妻子打死。父亲吃了官司，进了牢房。黄时雨欲哭无泪，身无分文，流落街头卖身葬母。绝望中，莫离恨走了过来，拉起她冰冷的手，把她带回了家……

莫离恨哀哀道："你伺候我这么多年，该还的也都还了，而今我唯一能够为你做的也仅限于此。"

黄时雨劝道："夫人，既然山庄绝非久留之地，不如我们一起逃吧。天下之大，总有我们容身之处的。"

莫离恨怪笑了一下，言语中尽是无奈："天下之大，哪里有我的容身之地？我能逃到哪里去呢？逃到我养父家中？亦是死路一条，还连累家人。侯爷一手遮天，要抓捕我这个罪妇易如反掌。再者，我一弱女子毫无谋生之技，要想偷生只得贱卖到青楼。身为究极山庄的夫人，在烟柳之地苟延残喘，这样的人生有何意义？生不如死。"

莫离恨的一番话浇灭了黄时雨最后一丝希望，她低下了头，只觉前路迷雾重重，九死一生。

莫离恨又加重了语气，极其庄重道："你一个人走吧。事不宜迟，现在就收拾东西，马上就走。"

莫离恨说着站了起来，走进屋子，翻箱倒柜，把一些稀罕之物全搜罗出来，一股脑地倒在桌子上："这些你全带着，安定下来后，找一户人家嫁了吧。什么荣华富贵，不过是过眼烟云，平平淡淡过日子……"

莫离恨像交代后事一般絮絮叨叨的，见黄时雨哭成泪人，便亲手把黄时雨的细软收拾了出来，系好了包裹。

黄时雨千般万般不忍，迟迟不肯挪动一步。

"夫人，奴婢走了，您可怎么办啊？"

"是生是死，要杀要剐，听天由命！"

莫离恨一脸决然，拉着黄时雨就走。黄时雨死命不肯，莫离恨突然大叫一声："滚！你给我滚出去！"

说着，莫离恨连拉带拽，用尽全身气力把黄时雨推到了大门外。"嘭"的一声，她把门关得死死的，用后背抵着门，任黄时雨在外面如何哭喊、如何敲门，就是狠心不开。

黄时雨在大门口磕了三个头："夫人，我走了，您保重。下辈子我再来给您做牛做马。"

良久，见外面不再有响动，莫离恨才倚着门，瘫软在地，泪如泉涌。

黄时雨磕了头之后并没有马上走，而是坐在门口流着伤心的泪水，又怕莫离恨听见，强忍着不让自己哭出来。这泪水怎么也流不完，也不知过了多久，反正把此生的泪水都哭干了，黄时雨才缓缓起身，把全部的细软放在门口，一步三回头，义无反顾地朝缥缈居走去。

黄时雨跪在缥缈居门口。

残阳如血，独孤及的身影被拉得很长，他一脸凝重地回到了缥缈居。对于如何处置大逆不道的莫离恨，晏尺素迟迟拿不出妥善的法子来，独孤及头疼不已。回来见黄时雨跪在门口，想着定是莫离恨派来的说客，独孤及没声好气道："你在这作甚？你以为跪一跪就能抹杀你们的罪孽？"

黄时雨没有哀求，只是磕头，一个接着一个，磕得"砰砰"直响。黄时雨的额头流出了一大摊血，独孤及于心不忍，制止了她。

"有什么话快说吧。"

黄时雨终于抬起了头，那张脸像冰封的雪山，寒气逼人，眼神里的决绝让独孤及倒吸一口凉气。

"侯爷，奴婢有罪。所有的罪行都是奴婢一手策划，与夫人无关。"

独孤及厉声喝道："你何罪之有？从实招来！"

黄时雨一件一件陈述着自己这两年来犯下的所有罪过，每说完一件后面都要加上一句，此事都是她一手谋划。黄时雨面无惧色，似乎也不想得到独孤及的原谅，那张脸没有一丝表情。

独孤及虽然怒不可遏，但也不是糊涂之人，知是黄时雨在替莫离恨顶罪，只是不知是她自愿的，还是莫离恨逼她来的。

"这个狠毒的女人，死到临头还要拉你下水！"

黄时雨额头上的血流到了嘴角："非也！奴婢指天发誓，奴婢此时跪在这里，夫人毫不知情。不瞒侯爷，夫人让奴婢逃出山庄……"

独孤及嘴角挤出一丝冷笑："不曾想，你和莫离恨还有这等主仆深情。只是啊，她犯下的罪你是顶替不了的。"

黄时雨突然起身："奴婢不是顶罪，奴婢是一人做事一人当。奴婢自知罪无可赦，只求侯爷看在奴婢这条贱命的份上，饶夫人一死！"

说着，黄时雨魔怔了一般，以迅雷不及掩耳之势一头撞向缥缈居门口的石柱，倒在血泊之中。

南浦扑过去想拦住她，却迟了一步。

独孤及目睹此情此景，不免动容，莫离恨这个蛇蝎女人竟然有这样一个忠心贞烈的奴仆，也算是她上辈子修来的福。

人之将死，其言也善，看在黄时雨忠心耿耿、以命相搏的份上，独孤及心里已有裁决，打算放莫离恨一条生路，但活罪难逃。至于怎样的"活罪"，只待晏尺素深思熟虑之后再与她商议。

"南浦，不要惊动任何人，把她埋到后山去吧。"

隔墙有耳，山庄人多眼杂，这等性命攸关、惊天动地的大事如何瞒得住？第二日，黄时雨触柱暴亡一事便在山庄传得沸沸扬扬，众人无不为之震惊。山庄各房妾室也都瞠目结舌，采桑子正在吃一块健脾祛湿的阳春白雪糕，差点噎住了。而此时独孤及依然没有把莫离恨的罪行公布于众，各房妾室难免议论纷纷，人心惶惶。知晓内情的晏尺素也不免为黄时雨的贞烈决绝而扼腕叹息，还让缁衣去佛龛前为黄时雨烧了几炷香，望她能够早登西方极乐。

噩耗传来，莫离恨哭得死去活来。

莫离恨在院子里为黄时雨烧了很多纸钱，一边烧，一边淌着泪，说黄时雨怎么这么傻，这样死去一点不值得……

一晃又过了几日，明日就是端阳节了。晏尺素正在为山庄姐妹配置端午兰汤药浴

第十五章　莫离莫恨——

所需的各种草药，有佩兰、白芷、丁香等。用这些香草煮出来的水沐浴可以祛湿解毒辟邪。

缁衣也没闲着，忙得满头大汗，她正在包粽子。这粽子与别处的不同，别处的粽子吃多了腻味、腹胀，这粽子包了山药茯苓馅，吃了还可健脾祛湿。

独孤及裹着一身热浪走进屋子，拿起一小撮佩兰放在鼻边嗅了嗅："真香啊！这是什么？"

晏尺素莞尔一笑，面若出水芙蓉："这是佩兰，香气宜人。用佩兰泡茶可提神醒窍、祛湿除秽，还可理气健脾，尤适合身体有寒湿之人每日饮之。"

独孤及点头，又拿起另外一种香草："这个呢？"

晏尺素秋波流转："这个是白芷，最益肌肤，食之可让肌肤洁白如雪。"

似有所感，独孤及直抒胸臆道："愿得年年，长共素儿解粽。"

突然又想起莫离恨一事，独孤及皱了皱眉头，长叹一声："可是这人间的烦恼啊，像这糯米一样得数也数不清。"

晏尺素知他所想，亦有愁思浮上脸颊："侯爷，不如去屋外走走吧，妾身有些话要对侯爷说。"

来到莲心亭，晏尺素屈身道："妾身这几日思来想去，觉得处置莫姐姐最好的法子是——"

晏尺素也不知是否符合独孤及的心意，欲言又止。

独孤及淡淡一笑："说来听听。"

"不如让莫姐姐落发为尼，跟随江晚照姐姐修习佛法，解脱烦恼。"

独孤及眼睛一亮："素儿这样处置是不是太轻了一点？"

晏尺素目光悠远："说轻也不轻，说重也不重。"

独孤及会心一笑："素儿认为她能修得正果？"

晏尺素没有把握，只道："大奸大恶之人亦容易大彻大悟，所谓'放下屠刀，立地成佛'。"

"就依你所言。"

莫离恨睁开迷迷糊糊的双眼，已是日上三竿。她昨夜又失眠了，直到五更时分才疲倦睡去。她慵慵懒懒起床梳妆，拿起铜镜端详着自己的面容。

由于长年累月的不寐，莫离恨面色无华，萎黄如枯木一般，暗褐色的斑斑点点布满了整张脸；那双秋水早已不再明眸善睐，眼白泛着血丝，眼珠子不再晶莹透亮，而是黯淡无光，眼周黧黑，微微浮肿；曾经最引以为傲的朱唇也蒙上了黑影；再看那曾经如云的鬓发，枯黄没有光泽，竟然夹杂着白发，轻轻一扯，发丝掉落一地……

镜中的这张脸让莫离恨触目惊心。原来自以为是的沉鱼落雁、闭月羞花全是靠浓妆艳抹出来的。莫离恨不敢再看下去了，铜镜也从无力的手中滑落，掉在地上发出让人心惊肉跳的脆响。

这是我吗？这镜子里面的人是我吗？不，不是我！她是丑八怪，是丑八怪……

莫离恨如梦呓一般喃喃自语着，又像痴人一般傻傻笑着，再也无心梳妆，披散着头发，走出了屋子。

自从黄时雨暴亡后，莫离恨就过着行尸走肉一般的日子，她不再有任何念想，坐吃等死。独孤及处罚她的命令还没有下达，但是她心里明白这是早晚的事。她不是没想过死，也准备过三尺白绫，只是她不甘心，不甘心老天爷会如此待她。

夏日毒辣的太阳刺得她眼睛都睁不开，她使劲揉了揉眼睛，看见三个朦朦胧胧的身影向她逶迤而来。

来人正是晏尺素、月疏桐、杨紫陌。

那日与独孤及促膝相谈后，晏尺素寻思着要来幽篁居走一遭，劝莫离恨别再执迷不悟，回头是岸，皈依我佛。独孤及首肯，不过再三嘱咐务必要小心，必须要有气力大一点的人作陪，以免再次发生花千树用簪子刺人那样的悲剧。莫离恨心狠手辣，如今身陷囹圄，难免会魔性大发，做出鱼死网破、同归于尽的举动。

晏尺素就选了月疏桐、杨紫陌。月疏桐精通佛理，可以用如来智慧帮助她说服莫离恨。杨紫陌则是众姐妹中气力佼佼者。人不能太多，也不能有持刀持械的家丁，这样像是去抓捕莫离恨，不利于游说。

独孤及有点小埋怨晏尺素太过心慈手软，莫离恨罪有应得，何必如此煞费苦心硬要把她从悬崖边拉上来呢？晏尺素莲心莲语，坦诚实言众生都是佛，来到人间都是自渡或者渡他，如若能够让她洗心革面，胜造七级浮屠。

晏尺素听说莫离恨一直有不寐之症，特地为她熬了安神定志的桂圆莲子酸枣仁羹。

一路上，杨紫陌盘根究底问幽篁居到底发生了什么，晏尺素只是笑而不语。晏尺素不想再起波澜，节外生枝，如若莫离恨真能遁入空门，这些事也就没有说的必要。

莫离恨看清了三人的脸，晏尺素走在最前面，脸上挂着莲花般的微笑："听说莫姐姐有不寐之症，特地前来给姐姐送一碗安神定志汤。"

莫离恨面如死灰，像是等这一日等了很久："你终于来了。"

杨紫陌见莫离恨披头散发，一脸憔悴模样，冷嘲热讽道："妹妹今日真是天生丽质，与众不同啊。"

听杨紫陌的口气，独孤及并没有把自己的罪行公布于众，不然以杨紫陌跋扈的性子还不立即张牙舞爪扑过来，非把自己吃了不可。

莫离恨完全摸不准晏尺素葫芦里卖的什么药，也猜不透她是魔还是佛："我看不是安神定志汤，是杀人夺命汤吧？"

月疏桐不动声色，澄清道："莫妹妹误会了。此汤我亲眼所见是晏妹妹亲手熬制，里面有桂圆、莲子、酸枣仁。如果不信，我可以先替莫妹妹尝一下。"

杨紫陌上下打量了一下莫离恨，用异样的目光看着她："妹妹今日怎的了？平日里温文尔雅，轻言细语，今日怎这般口出狂言？别把晏妹妹的好心好意当成了驴肝肺。"

莫离恨冷冷道："晏尺素，不要多此一举。要杀要剐，给个痛快话吧。我这不寐之症由来已久，又岂是你一碗汤就能医治得了的？况且那莲子羹我亦每日食之，但凡有点效果，我早就好了。你还真把自个儿当神医了？"

晏尺素避开其锋芒，不急不躁："我这汤中不仅有莲子，还有桂圆，更有酸枣仁。莲子清心安神；桂圆补益心血，交通心肾；酸枣仁益气镇惊，安神定志。三管齐下，必然能够改善姐姐的睡眠。妹妹才疏学浅，岐黄之术也只懂皮毛，但也知心脾不足、心肾不交、心胆气虚、痰湿内蕴、食滞中阻都会引起不寐。姐姐不寐的根源在于心胆气虚，而姐姐只注重心脾不足的调养，完全忽略了心胆气虚的调理，自然是无法治愈不寐之症了。"

如果不是独孤及告诉她莫离恨所犯的罪行，晏尺素也不敢断定她不寐的主因是心胆气虚。步步心机，殚精竭虑，做了那么多见不得人的事，晚上自然担惊受怕，噩梦连连。

莫离恨无话可说，自己俨然活死人一般，睡不睡得着已经无关紧要，现在她只想知晓独孤及到底如何处置她。

杨紫陌又想起腹中夭折的孩子："不做亏心事，不怕鬼敲门。妹妹睡不着原是怕鬼啊。"

莫离恨已经麻木不仁，杨紫陌无论怎样讥讽挖苦，她都没有反应。她转过身子，向前走了几步，用单薄的背影对着她们："事已至此，我只想知晓侯爷如何处置我？"

晏尺素轻挪三寸金莲，也向前走了几步："我前些日子去了寂照庵，与江晚照姐姐交了一番心，感慨万千。这万丈红尘，如梦如幻，你想牢牢地抓住它，你以为抓住了，可等你摊开手掌，空空如也。求不得，就会产生烦恼，这烦恼如三千发丝，似鬼魅一般，如影相随。与其终日烦恼不堪，不如归去，皈依我佛，了脱生死。"

晏尺素话音刚落，莫离恨突然发出尖利疯狂的笑声，那笑声让人毛骨悚然。等了这么久，终于等到了独孤及的处决。这真是出乎意料的处决啊！莫离恨要的是独孤及全心全意的爱，要的是做究极山庄第一夫人，要的是荣华富贵。独孤及却处心积虑用这样一个看似宽宏大量的处罚来剥夺她想要的一切。独孤及，你真的好狠心，让我苟活于世，一日一日折磨我、消耗我，直到我油尽灯枯，灰飞烟灭。

莫离恨仰天狂笑，露出凶神恶煞的模样，指着晏尺素的鼻子吼道："想要我落发为尼，除非我死！哈哈哈！我绝不会让你们的奸计得逞！"

说着，莫离恨疯疯癫癫地手舞足蹈着，还口出狂言："我是山庄第一夫人，我是山庄第一夫人……"

见此等情景，晏尺素颇感遗憾，叹了一口气："看来我也无能为力了。"

月疏桐劝慰道："夏虫不可语冰，妹妹也不必自责。莫离恨业障太深，此时与她论佛法，无异于对牛弹琴。"

杨紫陌附和道："就是，妹妹仁至义尽，是死是活，由她去吧。"

须臾，莫离恨痛哭起来，继而又嬉皮笑脸，脱了她的鞋子朝杨紫陌扔过来。杨紫陌跳着脚，后退了几步，骂道："疯了，疯了，疯婆子。"

莫离恨赤着脚一阵风一般冲出了院子，三人也跟了过去。

月疏桐有些迷茫："也不知她是真疯还是假疯。"

杨紫陌道："依我看，八成是装疯卖傻。走，瞧瞧去。"

就这样，三人跟在后面，保持着一定距离。莫离恨在前头，一会儿哭，一会儿笑，一会儿叫，看见蝴蝶就去扑，看见花就去采，还时不时捡起地上的石子吓唬她们："别过来，过来就扔你。"

杨紫陌张开双臂，护住晏尺素与月疏桐："别怕，别怕，她是装腔作势。"

不觉间，莫离恨来到了究极湖边。

莫离恨似乎看见了什么，兀立在那一动不动，眼睛直勾勾地盯着前方。三人也被莫离恨这一惊一乍的模样吓得停住了脚步，远远地注视着她的一举一动。

冥冥中，莫离恨瞥见黄时雨飘飘摇摇从天而落，站在湖边，笑吟吟地向她招手。莫离恨唤了一声"时雨"，扑了过去，却扑了个空，黄时雨瞬间不见了。莫离恨揉揉眼，定睛一看，黄时雨又跑到岸边一个竹排上去了。莫离恨想也未想就冲了过去。到了竹排，莫离恨左右摇摆，黄时雨又不见了，又跑到了湖上。

黄时雨如一缕轻烟，立在湖面上，幽幽地说："夫人，奴婢好想你，快来跟我做伴儿吧……"

晏尺素大叫一声"不好"，只见莫离恨纵身一跃，跳进了湖中……

第十六章

观音手

　　淡淡的云在天空飘着，微微的风吹拂着脸庞，又是一年秋高气爽时，晏尺素迈着轻快的步子走在通往玄都阁的路上，跟着身后的是提着沉重食盒的缁衣。缁衣有些气喘，走两步歇一脚，不断冲着晏尺素的背影叫唤："夫人，等等我。"

　　食盒第一层放的是山茱萸神仙酒，用山茱萸、枸杞子、五味子泡的药酒，桃夭夭喜欢喝酒，与其喝那些伤身的酒，不如喝养生的药酒。此酒滋补肝肾，强筋壮骨。

　　食盒的第二层放的是吴茱萸香囊，佩之可辟邪，防风散寒，预防头疾。此香囊本是做给老夫人的，顺带给桃夭夭也做了一个。

　　后日就是重阳节，大后日就是老夫人的七十寿辰，老夫人决定把生日和重阳节一起过，全山庄好好热闹一番。

　　晏尺素善意提醒老夫人"遍插茱萸少一人"，老夫人这才想起桃夭夭一直禁足在玄都阁。值此大喜之日，理应格外开恩，于是老夫人下达特赦令，重阳日桃夭夭可破例与大伙一起欢度佳节。

　　桃夭夭在玄都阁过着与世隔绝的日子，也不知道如何了，晏尺素这样思虑着，转眼间就到了玄都阁的门口。没有人通报，玄都阁只有桃夭夭一人，寂寞庭院深深，度日如年连连。一直跟随她的婢女依依也被她打发走了，她实在不想再拖累一个无辜的人。

　　桃夭夭正在院子里劈柴，她抡起斧头，一斧子下去没有劈着，又来一次，还是没有劈着，如是反复数次才成功。桃夭夭累得满头大汗，没有奴婢为她扇风，也没有奴婢用清香扑鼻的锦帕为她擦汗，汗珠子流进眼睛里了，她直接用衣袖揩揩。一个人，什么事都要身体力行。

　　好在，有永远不负她的美酒"醉红颜"，如果没有佳酿她真不知如何打发这无聊平淡的日子。

　　晏尺素的到来让桃夭夭有些惊喜，她停下手中的活，迎了过来。

　　"妹妹又给我带什么好吃的了？"

　　缁衣快步跟了上来，把食盒放在木墩上。晏尺素指着食盒，神秘一笑："你猜。"

　　桃夭夭哪有耐性猜，直接打开了食盒，一股酒香飘了出来，桃夭夭大喜："知我者，晏尺素也！"

　　晏尺素忙拿住桃夭夭的手："此酒非一般的酒，是用山茱萸、枸杞子、五味子酿制而成，药性甚强，不可贪杯哦。"

　　"好妹妹，我只喝一口。这样才好有气力劈柴是不？"

晏尺素笑道："你还甭说，这酒强筋壮骨，喝了确实增长气力。"

晏尺素也就不再阻拦，桃夭夭确实也只倒了一小杯，浅尝辄止。此酒口感清冽又不乏醇香，既有五谷之香，又有各种药香，而且又不会像汤药那般难以下咽。桃夭夭对晏尺素竖起大拇指，赞不绝口。

顿了一会儿，桃夭夭问："无事不登三宝殿，妹妹这次光临寒舍有何贵干？"

晏尺素打趣道："无事就不能过来与姐姐絮叨一会儿？姐姐还嫌我不成？"

桃夭夭实话实说："妹妹可是山庄瑰宝，人人盼而得之，我这卑贱之躯哪敢嫌弃妹妹。只希望妹妹啊，隔三岔五来这儿瞧上一会儿，也好让我沾沾喜气，闻闻人间烟火。"

晏尺素笑出了声，声音悦耳动听："今日我来是恭喜姐姐的。"

"喜从何来？"

"重阳节老夫人过七十大寿，姐姐可与我们一起参加寿宴。"

桃夭夭大喜过望，有些不相信自己的耳朵，情难自已，抓住晏尺素的胳膊，一连问了好几个"真的吗"。直到晏尺素拼命点头，桃夭夭确信无疑后，她才鼻子一酸，落下泪来，喜极而泣。

桃夭夭被关在玄都阁太久了，她太想出去走一走，透一透气了，哪怕一个时辰她也心满意足。这回老夫人寿宴要举办三日，这就意味着她足足有三日可以自由飞翔，如鸟儿出笼一般。这大大出乎她的意料，完全称得上是她禁足以来最大的喜事了。

桃夭夭又问及山庄近日之事，晏尺素收敛了笑容，声音有些低沉："幽篁居的莫离恨死了，溺水而亡……"

桃夭夭听了晏尺素略带伤感的讲述，先是怔怔的，继而觉得有些同病相怜，悲从中来："这山庄最应该去死的是我，可是没想到莫姐姐走在了我的前头……莫姐姐是心比天高，命比纸薄……"

晏尺素看着她那哀伤的眼神："快别说死不死的，老夫人大喜的日子不吉利。死不可怖，何惧活着？"

重阳日，蓬壶阆苑张灯结彩，热闹非凡。

花梨木大圆桌上，独孤及、老夫人、晏尺素等围坐一团，欢声笑语不绝于耳。

晏尺素吟咏了祝寿词，杨紫陌舞了霓裳羽衣舞，月疏桐抚了一曲《梅花三弄》，采桑子吹了埙，花千树弹了琵琶，桃夭夭吹了笛子，岳阑珊唱了小曲，一番尽情尽兴的才艺表演后，寿宴正式开始。

山庄各房免不了要为老夫人献上一道自己亲手烹制的精美菜肴。

杨紫陌献上的是补益精血的芙蓉鸡，月疏桐献上的是强筋壮骨的三七杜仲大骨汤，采桑子献上的依然是美白润肤的猪肤汤，花千树献上的是滋阴养血的陈皮老鸭汤，桃夭夭献上的是健脾祛湿的荷香猪肚，岳阑珊献上的是利水消肿的三豆鲫鱼汤，各有特色。

所有的菜肴都上齐了，晏尺素的压轴大菜才千呼万唤始出来，只见那佳肴用一个硕大的玉碟盛放着，一层一层堆放着，每一层是圆月形，一共四层，一层比一层小；食材不计其数，颜色五彩缤纷；香味扑鼻而来，各种香味都有，就是分不出是什么香味。

在众目睽睽下，晏尺素的脸上如绽开出千万朵莲花："这道菜肴的名字叫作'五谷丰登'，是用二十余种食材精心烹制而成。"

众人都伸长了脖子，眼睛眨也不眨地盯着"五谷丰登"，都惊叹这是怎么做出来的。

老夫人乐不可支，问："这'五谷丰登'第一层最大，是用什么做的？"

"是用五谷中的稻、黍、稷、麦、菽，碾成末，搅拌在一起，加入佐料蒸制而成。"

老夫人又问："第二层次之，又是用什么做的？"

"是用五菜中的韭、薤、葵、葱、藿，剁成碎末，揉成一团，摊成饼子，加入鸡蛋清，再加入佐料蒸制而成。"

老夫人甚为满意，颔了颔首："那第三层呢？"

"是用五种果实枣、李、栗、杏、桃，剁成碎末，加入糯米粉，揉成一团，摊成饼子，加入鸡蛋黄，再加入糖蒸制而成。"

老夫人眉飞色舞："那最后一层呢，又是什么？"

"是用五畜中的牛、犬、羊、猪、鸡，剁成肉泥，加入麦子粉，揉成一团，摊成饼子，加入鸡蛋，再加入佐料蒸制而成。"

老夫人啧啧称赞，都不知用什么辞藻来美言了。众人瞠目结舌，叹为观止。这需要花多大的心血与精力才能完成这道精妙绝伦、举世无双的佳肴啊。晏尺素真是当之无愧的天下第一妙手，众人心悦诚服，五体投地。

独孤及眼里含了千种柔情、万种爱意："第一层最多，最后一层最少，这样堆放有何寓意吗？"

只见晏尺素庄妍淑雅，鬓发如云，腰肢轻亚，目若秋水，风度超群："五谷为养，唯有五谷才是养人的根本。五菜为充，五种蔬菜是用来补充身体的。五果为助，五种果实是用来帮助我们消化的。五畜为益，五种肉食是对身体有益的，但并不是必须的，只是锦上添花。按此顺序堆放是想告诉大家，食养之道的精髓在于食用五谷，其他的食物可以依次递减，这样我们的身体才无虞，才安康。切不可反其道而行之。借'五谷丰登'这道菜肴，祝大泰朝国泰民安，风调雨顺，五谷丰登。祝老夫人颐养天年，寿比南山。祝侯爷吉祥如意。"

老夫人被晏尺素这一番珠玑之言感动得热泪盈眶，情不自禁地握着晏尺素的手，不断摩挲着："尺素啊，你这一双手到底是什么样的手啊，灵巧无比，慈善悲悯，既能烹饪佳肴，又能抚慰心灵。大伙得给你这双别样的手取个名字才好。"

老夫人话音刚落，一个洪亮的声音传来："观音手！"

一位气宇轩昂、丰神俊朗的锦衣男子快步走了进来。

欲知这位锦衣男子是谁，且待续篇。